中国社会科学院文库
文学语言研究系列
The Selected Works of CASS
Literature and Linguistics

中国社会科学院创新工程学术出版资助项目

中国社会科学院文库 · **文学语言研究系列**
The Selected Works of CASS · **Literature and Linguistics**

《歌德谈话录》与歌德文艺美学

ECKERMANN'S SPEECHES WITH GOETHE AND GOETHE'S AESTHETICS OF LITERATURE AND ART

贺 骥 著

中国社会科学出版社

图书在版编目(CIP)数据

《歌德谈话录》与歌德文艺美学/贺骥著.—北京：中国社会科学出版社，2014.8

ISBN 978 - 7 - 5161 - 4785 - 6

Ⅰ.①歌…　Ⅱ.①贺…　Ⅲ.①歌德,J. W. V.(1749～1832)—语录②歌德,J. W. V.(1749～1832)—文艺美学—思想评论　Ⅳ.①I516.64②I01

中国版本图书馆 CIP 数据核字(2014)第 211271 号

出 版 人	赵剑英	
责任编辑	史慕鸿	
责任校对	周　昊	
责任印制	李　建	

出　　版	中国社会科学出版社
社　　址	北京鼓楼西大街甲 158 号（邮编 100720）
网　　址	http://www.csspw.cn
	中文域名:中国社科网　　010 - 64070619
发 行 部	010 - 84083685
门 市 部	010 - 84029450
经　　销	新华书店及其他书店

印刷装订	北京一二零一印刷厂
版　　次	2014 年 8 月第 1 版
印　　次	2014 年 8 月第 1 次印刷

开　　本	710 × 1000　1/16
印　　张	20
插　　页	2
字　　数	333 千字
定　　价	59.00 元

凡购买中国社会科学出版社图书,如有质量问题请与本社联系调换

电话:010 - 64009791

《中国社会科学院文库》出版说明

《中国社会科学院文库》（全称为《中国社会科学院重点研究课题成果文库》）是中国社会科学院组织出版的系列学术丛书。组织出版《中国社会科学院文库》，是我院进一步加强课题成果管理和学术成果出版的规范化、制度化建设的重要举措。

建院以来，我院广大科研人员坚持以马克思主义为指导，在中国特色社会主义理论和实践的双重探索中做出了重要贡献，在推进马克思主义理论创新、为建设中国特色社会主义提供智力支持和各学科基础建设方面，推出了大量的研究成果，其中每年完成的专著类成果就有三四百种之多。从现在起，我们经过一定的鉴定、结项、评审程序，逐年从中选出一批通过各类别课题研究工作而完成的具有较高学术水平和一定代表性的著作，编入《中国社会科学院文库》集中出版。我们希望这能够从一个侧面展示我院整体科研状况和学术成就，同时为优秀学术成果的面世创造更好的条件。

《中国社会科学院文库》分设马克思主义研究、文学语言研究、历史考古研究、哲学宗教研究、经济研究、法学社会学研究、国际问题研究七个系列，选收范围包括专著、研究报告集、学术资料、古籍整理、译著、工具书等。

中国社会科学院科研局

2006 年 11 月

自　序

　　歌德是人类文化史上一位达·芬奇式的博学多能的全才，他是伟大的文学家、自然科学家、国务活动家、剧院经理、文艺评论家、业余画家和非体系的思想家与美学家。对歌德的研究称作"歌德学"。百年来，我国的歌德学主要研究的是歌德的文学作品以及歌德与中国的关系，当然也探讨了歌德文艺美学，但相关书籍大多是西方美学史著作，而不是深入、系统、全面地研究歌德文艺美学的专著，往往篇幅有限，因此缺乏应有的广度和深度。国外虽有数量可观的研究歌德文艺美学的论文和专著，但研究大多从哲学美学和文艺学的角度，很少涉及被誉为"歌德百科全书"的《歌德谈话录》。

　　艾克曼辑录的《歌德谈话录》涉及文学、造型艺术、戏剧艺术、音乐、宗教、伦理、政治、哲学、自然科学和技术等诸多领域，它囊括了歌德文艺美学的所有基本概念，因此笔者拟从此书中完备的美学基本概念出发，回溯青年和中年歌德的文艺美学，并系统、深入和全方位地考察歌德的美学思想与他的世界观、自然观、政治观、宗教观和伦理观的联系，从而获得对歌德文艺美学的整体性认识。

　　歌德的文艺美学思想建立在他的世界观和自然观的基础上。本书第一章评介了歌德自发的唯物主义世界观，其核心是唯物主义的感觉论。这种在生活实践和科学研究中产生的自发唯物主义世界观是他的现实主义美学的基础。歌德在研究自然时发现大自然是由简单到复杂逐渐进化的，人是从低等动物演化而来的，他从这种渐变的自然观出发，在政治上反对暴力革命，在美学上反对极端的、割裂传统的文学革命，主张在继承传统的基础上创新。在自然哲学和宗教领域，他坚持具有自然主义色彩的泛神论，并在文艺美学中将艺术与自然进行类比，从而建构了他的有机论美学和自主美学。歌德在自然研究中形成了他的自发的自然辩证法，这种自发辩证法既支持了他的有机论美学，又促使他提出了艺术与自然之间的辩证关系：艺术既是自然的奴隶，又是自然的主人。

第二章侧重于阐明歌德的自主美学。为了确立作为一位艺术家的自我认识和与朋友进行思想交流，歌德作了零散的美学反思。他主要是从艺术与自然的关系出发来理解艺术美的，他认为艺术真实是艺术家在自然真实的基础上用自己的精神能力创造出来的一个和谐整体，这个主观和客观相结合的有机整体就是艺术美。作为一位折中主义者，歌德在形式美学派和内容美学派之间进行了调和，他提出艺术美就是有意蕴的形式，就是形式美和内容美的有机统一。他还从自然研究和艺术实践出发，指出"美是一种原始现象"，即美就是审美者对现象中的本质的直观把握，是外在形象所表现的内在理念，是"现象中的规律"。中年歌德从形式美学出发认为丑是不和谐的、畸形的，并从效果美学出发认定丑是令人精神呆滞的、令人嫌厌的。晚年歌德认识到了丑的积极作用，他将丑定义为"最特殊、最自然、最粗犷的东西"，要求艺术家以丑来衬托美并化丑为美。笔者运用布尔迪厄的文化社会学，分析了富有的精神贵族歌德独立而自信的习性，这种习性驱使他在 18 世纪末 19 世纪初的德国文学场中率先发起了一场培养纯粹艺术的符号革命，革命者歌德在与他律的祖父辈、父辈和同辈作家的斗争中，建立并捍卫了艺术自主的原则，即使美的艺术独立于政治、经济、道德和宗教等外在权威，提出了把艺术美当作唯一的神来敬奉的艺术宗教，并创立了文学场的自主法则——先锋派作家之间的自由竞争，这一法则的首创使他成为"为艺术而艺术"潮流的先驱。

第三章探讨了歌德关于艺术创造力的见解。歌德认为艺术创造力就是艺术家创造新艺术形象的精神能力，包括感受力、直觉能力（预感和灵感）、想象力、概括力和艺术表现力，其中他尤其推崇无意识的灵感和创造性的想象力，他认为艺术创造主要仰赖想象力，想象力是把自然真实提升为艺术真实的最重要手段。但他反对脱离现实的纷乱的幻想，要求艺术家用经验和理智来约束过于自由的主观想象力，这种态度确定了他与非理性的德国浪漫派的分野。他将天才视作卓越的创造力和持久的影响力，并用隐德来希（Entelechie）和魔性来解释天才。他认为隐德来希就是人的独特的"性灵"（个性），而强烈的隐德来希就是"魔性"，魔性就是"只喜欢不可能"的进取精神和非理性的旺盛的生命冲动，它能够激发人的创造力。歌德的魔性说对后世的非理性主义产生了启发性的影响。

　　第四章分析了歌德的自然观，澄清了自然与艺术的关系。歌德通过自然科学研究和在斯宾诺莎等人的影响下，建立了具有自然主义和力本论色彩的泛神论自然观，他认为自然（宇宙）具有物质的和精神的双重属性，物质性体现在元素和由元素构成的物质的"极性"上，精神性则体现在灵魂的整饬与"升华"作用上。歌德从肯定自然是独立于人的思维的客观实在的自然主义出发，并以明晰而纯净的、具有普遍性和理想性的古希腊罗马艺术为楷模，创建了他的古典现实主义美学和以心物交融的艺术形象为本体的艺术本体论。在方法论上，歌德主张用感性直观和理论思维相结合的经验理性主义思维方式来认识自然，从这种思维方式出发，他建立了"在特殊中表现一般"的典型化文艺创作方法。但他的自然主义泛神论仍带有唯心主义色彩，对神性的信仰导致他将艺术家"最高级的创造力"归诸神赐灵感，并给他的某些作品打上了宿命论烙印。"自然"在歌德的文艺美学中指的是"现实"，即可感知的现象世界，包括大自然和人的现实生活。歌德认为艺术创作的动力（审美情感）和艺术处理的素材皆来自自然，在细节上艺术家必须忠实于自然和自然规律，这种客观的依赖性使艺术成为自然的奴隶；但艺术家又具有能动的精神能力，他能够运用艺术规律（形象思维、形式美法则和典型化手法），以其心智将粗糙的自然素材加工成精神性的有机整体，使自然素材为他的"更高的意图"服务，因此艺术又是自然的主人。

　　第五章转向了艺术作品本身，介绍了歌德所作的艺术品的内部研究。歌德将艺术作品分成三个有机的结构性要素：素材指的是艺术家从生活中获取的原始材料；意蕴指的是生活素材本身含有的思想情感或艺术家为自然素材赋予的意义，素材和意蕴构成作品的内容；形式则是内容的存在方式，是内容的组织方式、结构方式和表现方式。歌德非常重视艺术家的形式感，他提出了三种形式定义：他要求诗人用"令人愉悦的限制性的形式"来约束过于自由的想象力，从而使诗人的构思得以定型；他批评了自我授权的、对素材进行肆意锤炼的"暴虐的形式"，因为暴虐的形式主义艺术家忽视了素材和题材本身的重要性；"无定形物的造形"指的是想象力的赋形作用，想象力可以在知性和理性观念的指导下，对无定形的自然素材进行加工，通过类比、变形和重组创造出别有意味的审美意象。歌德关于"特征是美的基础"的论述在西方美学史上占有重要地位。青年歌德所说的"特征"指的是融合了民族性格的艺术家的个性，而张扬民族性格和艺术家个性的艺术就是"显出特征的艺术";中年和晚年歌德心目中的"特征"则指的是生活原型的个性和通过个性化与概括化手法创造的艺术形象的典型性。中年歌德创造性地综合了内容美学派和形式美学派的观点,将"特征"定义为表现对象既有个性又有普遍性的"意蕴",他要求艺术家在个性化的基础上对生活现象进行概括,形成既有个性又有普遍性的"意蕴",并赋予意蕴以较高贵的形式,而对意蕴进行形式化艺术处理的结果就是艺术美。换言之,"显出特征的艺术"若具有多样统一的形式感,就上升为"美的艺术"。

第六章评介了晚年歌德提出的世界文学构想。世界文学是歌德于1827年提出的文学发展蓝图,它指的是国际性的文学交往和文化接触。歌德心目中的世界文学具有普遍性、整体性和尘世性,普遍性指的是它表现了普遍的人性,整体性体现在各民族文学的相互交流、相互借鉴和相互融合上,尘世性指的是它采用的是尘世题材,它再现的是广阔的世俗的社会生活而不是德国浪漫派式的宗教体验。歌德认为正在形成的世界文学能使各民族文学相互取长补短,共同提高;它可以防止民族文学的僵化,通过外来影响赋予民族文学以新的活力;它能够促进各民族相互理解和相互容忍。但他也意识到了世界文学带来的不良后果:民族文学有可能丧失其特性和大众文化盛行于世。为了防止民族文学失去特性,歌德的解决方案是既保持本民族的传统和特色,又具有普遍的人类意识。针对世界文学的大众化倾向,他举起美文学和精英文化的大旗,呼吁世界上的文化精英组成一个"淡泊宁静的教派",共同坚守美文学阵地。

歌德是一位从文艺创作经验出发来谈论文艺的、非体系的美学家,而不是一位从概念出发来进行思辨并建立理论体系的哲学美学家。他的具有自然主义和力本论色彩的泛神论自然观和自发唯物主义与自发辩证法的世界观是他的文艺美学的思想基础。在自然科学领域,歌德自称为"经验主义者和实在主义者",他的这种自我认识乃是研究歌德文艺美学的一杆标尺。

贺　骥

2013 年 5 月 28 日于北京

目　　录

绪　　论

第一节　选题的学术价值

一　选题的原因

笔者之所以选择"《歌德谈话录》与歌德文艺美学"作为研究课题，是因为：

第一，笔者的学术背景。笔者于1995年进入中国社会科学院外文所工作，开始研究德语文学，奥地利作家霍夫曼斯塔尔（1874—1929）和德国作家贝恩（1886—1956）是主要研究对象，迄今为止已发表了《霍夫曼斯塔尔的语言批判》和《贝恩与政治》等十余篇学术论文。歌德是德意志文化最杰出的代表和举世公认的德意志诗宗，他对后世的德语作家产生了广泛、深远而且巨大的影响，例如霍夫曼斯塔尔就写有《论威廉·迈斯特的漫游年代》等文章，贝恩则撰有《歌德与自然科学》一文。关于歌德对这两位一流作家的思想和创作所产生的影响，德国学者已出版了专著《歌德与霍夫曼斯塔尔》和《贝恩作品中的歌德形象》。为了更准确地理解霍夫曼斯塔尔和贝恩，为了更深刻更全面地了解德语文学和德国文化，笔者必须研究歌德，研究歌德的文艺思想，研究晚年歌德的思想宝库和打开歌德文艺美学和文学创作奥秘的钥匙——艾克曼辑录的《歌德谈话录》。

第二，基于学术传承。20世纪30年代，北京大学德文系主任杨丙辰先生已开始研究歌德，他的论文《歌德与德国文学》收入宗白华和周辅成主编的《歌德之认识》（1933）一书。冯至是杨丙辰先生的嫡传弟子，他于1948年发表了专著《歌德论述》，这本小书的内容后来得到了较大规模的扩展，成为我国歌德研究的名著《论歌德》（上海文艺出版社1986年版）。杨武能教授是冯至先生的得意门生，自1978年以来他一直专攻歌德，译著和学术专著不断面世，产生了巨大的社会影响，获得了崇高的学术威望。杨教授青出于蓝，在歌德学领域建树颇丰，于 1991 年发表比较文学专著《歌德与中国》（生活·读书·新知三联书店），1999 年发表系统研究歌德的论文集《走近歌德》（河北教育出版社），2000 年在德国出版研究歌德接受史的专著 Goethe in China（《歌德在中国》，Peter Lang 出版社），并且移译了艾克曼辑录的《歌德谈话录》（四川文艺出版社 2008 年版）。笔者曾师从杨武能教授研究歌德，将歌德的文艺美学确定为研究课题，可以使笔者从杨丙辰经冯至先生传至杨武能教授的学术传统中汲取宝贵精华，可以使笔者站在巨人的肩膀上登高望远，从而有所发现，有所收获。

第三，鉴于我国歌德研究的现状。1949 年后我国的歌德研究主要针对的是歌德的文学作品以及歌德与中国的关系，当然也探讨了歌德的文艺美学，但研究歌德文艺美学的深度和广度不够充分，尤其是目前还没有专门研究歌德文艺美学的高质量论文或专著。鼓吹艺术拯救人生的德国哲学家尼采曾称《歌德谈话录》为"世上最好的德语书"，① 其中凝聚着晚年歌德丰富的文艺美学思想，而晚年歌德的文艺美学思想是从他的青年和中年时代发展演变而来的，从《歌德谈话录》中完备的美学基本概念出发，可以回溯青年和中年歌德的文艺美学，从而获得对歌德文艺美学的整体性认识。

二　选题的目的和学术价值

笔者选择研究"《歌德谈话录》与歌德文艺美学"这个课题，主要有以下目的：

第一，笔者力图以此论著达到拾遗补阙的目的。《歌德谈话录》在我国拥有广泛的读者，各种版本相继问世，笔者所知道的版本有：曾觉之译《高特谈话》，世界书局 1935 年版；周学普译《歌德对话录》，商务印书馆 1937 年版；朱光潜译《歌德谈话录》，人民文学出版社 1978 年版；洪天富译《歌德谈话录》（全译本），译林出版社 2002 年版；杨武能译《歌德谈话录》（选译），浙江文艺出版社 2004 年版；杨武能译《歌德谈话录》

---

① Friedrich Nietzsche, *Menschliches*, *Allzumenschliches*. Berlin: Walter de Gruyter, 1988., S. 599.

（全译本），四川文艺出版社 2008 年版。这些版本都有前言或译后记，杨译本的前言指出了《歌德谈话录》的可信性和重要性，洪译本的译后记介绍了歌德的世界观、政治观、宗教观和文艺观，朱译本的译后记介绍了歌德时代的德国文化背景、歌德的世界观和文艺观。由于篇幅所限，这些前言和后记对晚年歌德的文艺美学思想的研究难免缺乏深度和广度。比较充分地研究歌德文艺美学的著作主要有朱光潜的《西方美学史》（下卷第十三章歌德）和曹俊峰、朱立元、张玉能的《西方美学通史》第四卷《德国古典美学》（第八章歌德的美学思想），这两本书开创了我国研究歌德文艺美学的先河，其中也探讨了晚年歌德的文艺美学，但它们都是美学史著作，而不是只研究歌德文艺美学的专著，因此它们对歌德文艺美学的探讨也不够深入和广泛。本书从《歌德谈话录》中完备的美学基本概念出发，力图梳理出歌德文艺美学的发展脉络，从整体上多方面地研究歌德文艺美学，希望能弥补上述著作和文章的缺漏，能使中国读者更好地理解歌德的文艺美学思想，能为我国的歌德学增砖添瓦。

　　第二，笔者潜心研究歌德文艺美学，力图以本书纠正学界的某些错误。杨武能教授曾向笔者指出我国学界和译界的一个错误，即将歌德所说的"Dämon"（灵魔，又译"精灵"）译作"魔鬼"或"恶魔"（见茨威格的传记 *Der Kampf mit dem Dämon* 的中译本《与魔鬼作斗争》①等版本），这种误译表明译者不理解歌德的这个概念，其实这个概念出自俄耳甫斯教和苏格拉底，苏格拉底在《申辩篇》中说他的护身精灵经常提醒他不要做某事。本书将专辟一节来介绍歌德的"灵魔"观和魔性说。朱光潜先生是笔者所景仰的学界泰斗之一，但智者千虑，必有一失。笔者在研究康德对晚年歌德的影响时，发现了朱先生的一个错误。朱先生在介绍康德的天才观时强调"自然通过天才替艺术定规则"，朱先生认为康德所说的"自然"就是"自然的必然（规律）"。②其实康德在《判断力批判》第 46 节中所说的"自然"（Natur）指的并不是自然规律或大自然，而是天才的"自然禀赋"（Naturgabe，即天赋），关于这一点康德在该书的第 47 节里说得非常明确："自然禀赋必须为艺术（作为美的艺术）提供规则。"③康德

①　《与魔鬼作斗争》，徐畅译，西苑出版社 1998 年版。
②　朱光潜：《西方美学史》下卷，人民文学出版社 1979 年版，第 386 页。
③　康德：《判断力批判》，邓晓芒译，人民出版社 2002 年版，第 154 页。

所说的"自然禀赋"（天赋）指的是天才天生就能够协调自由的想象力和知性，能把二者以一种幸运的比例结合起来，创造出非认识性的审美意象。而邓晓芒先生的《判断力批判》译本也有错误，他的一句译文如下："因此天才这个词也很有可能是派生于 genius，即特有的、与生俱来的保护和引领一个人的那种精神，那些独创性的理念就起源于它的灵感。"① 邓晓芒先生将"Geist"译作"精神"不太准确，"Geist"实际上指的是苏格拉底所说的"精灵"（ΔAIMΩN），即《歌德谈话录》中的"灵魔"（Dämon）。

从拾遗补阙和纠错改正这两方面来看，"《歌德谈话录》与歌德文艺美学"是一个很有价值的研究课题。

第二节 《歌德谈话录》的可信性及其接受史

一 艾克曼的生平

艾克曼是《歌德谈话录》一书的辑录者。艾克曼（Johann Peter Eckermann，1792—1854）于 1792 年 9 月 21 日出生于德国吕内堡和汉堡之间的小城——卢厄河畔的温森，父亲是货郎，母亲是纺织娘。由于家境清贫，童年时他就做牧童。少年时他已显露出绘画才能，其画作受到市长麦耶的欣赏。他的天资也引起了城里其他要人的注意，他们资助他去念私塾，学习法语、拉丁语和音乐。1808 年他做了温森城一家律师事务所的文书，1810 年成为吕内堡税务局职员，1812 年成为贝文森市府秘书。1813 年夏，二十一岁的艾克曼加入了汉诺威伯爵基尔曼塞克的狙击手军团，与法国军队作战。1813 年冬，他随军来到了佛兰德和布拉班特，乘机熟悉了尼兰德绘画。1814 年他从军团复员。

1815 年他前往汉诺威，想师从画家拉姆堡学艺，遭到画家婉言谢绝。为了谋生，他当上了汉诺威军服装备部的登记员。工余时间，他博览群书，阅读了温克尔曼的著作、克尔纳的诗集《琴与剑》、克洛普斯托克与席勒的作品和歌德的文学作品。歌德的诗集给他带来了心灵上的震撼，他在《歌德谈话录》的序言中写道："我阅读他的诗歌，并且一读再读，享

---

① 康德：《判断力批判》，第 152 页。

受了难以言表的幸福。我觉得现在我才开始觉醒，并获得了真正的觉悟。"① 从此他视歌德为最伟大的作家和精神上的导师，并且以歌德的诗歌为楷模创作了许多自己的诗歌。在接触德国文学的同时，他还阅读了贺拉斯、维吉尔、奥维德、西塞罗和恺撒的拉丁文著作。1817 年 1 月他结识了芳龄十七的约翰娜·贝特拉姆，并和她订婚。1820 年他草拟了剧本《爱德华伯爵》的创作提纲。1821 年 5 月他进入格廷根大学学习法学，同年他自费出版了他的第一本《诗集》，并把它寄给了歌德，但歌德反应冷淡。艾克曼并没有气馁，他认真细读科塔出版社出版的二十卷本《歌德文集》。1822 年秋他从格廷根大学退学，潜心写作文学评论和文学理论文章，这些文章后来被他结集命名为《主要以歌德作品为范例的诗论》。1823 年春他完成了这部《诗论》，并于 1823 年 5 月 24 日把它寄给了歌德。《诗论》的真知灼见、其作者流畅的文笔和其献词所表达的对歌德的崇拜立即赢得了歌德的好感，歌德于是邀请他来魏玛。

　　1823 年 6 月 10 日，歌德在魏玛的家里接见了艾克曼。歌德时年七十四岁，艾克曼三十岁出头。不久歌德请艾克曼做他的助手，来编排他早年发表在《法兰克福学者报》上的文章，后来又委托他来编辑《诗与真》，并和里默尔一起来编辑歌德最终审定的《歌德文集》。在编辑《歌德文集》和《论艺术与古代》杂志的同时，艾克曼开始记录他与歌德的谈话，歌德本人也希望艾克曼记录他们之间的谈话。1823 年末，艾克曼通过歌德了解了卡斯（Las Cases）写的《圣赫勒拿岛回忆录》，1824 年初，他读到了梅德温（Thomas Medwin）写的《拜伦勋爵谈话录》。受到这两本书的启发，他于 1824 年初决定撰写《歌德谈话录》。在此期间，约翰内斯·法尔克（Johannes Falk）和弗里德里希·封·缪勒（Friedrich von Müller）也制订了类似的写作计划，这两人的竞争使艾克曼的决心变得更加坚定。从艾克曼的成长过程来看，他的天资、爱好和能力都与歌德相近似，因此由他来撰写《歌德谈话录》和塑造歌德形象是最合适不过的了。

　　艾克曼利用他写给未婚妻约翰娜的信件和他快速作的摘记，凭着良好的记忆力来撰写谈话录；有时他也记下了他与歌德的完整谈话（例如1823—1824 年冬季的谈话）。在记录他和歌德的谈话的同时，他激励歌德完成了《威廉·迈斯特的漫游年代》、《浮士德》第二部和自传《诗与

---

①　Johann Peter Eckermann, *Gespräche mit Goethe*. Berlin & Weimar: Aufbau-Verlag, 1982, S. 21.

真》。歌德也鼓励艾克曼继续记录他们之间的谈话，他对艾克曼说道："您所从事的事业具有恒久的价值，文学会因此而感谢您的。"① 早在1824年，艾克曼就表达了要发表《歌德谈话录》的愿望，但歌德希望在他去世之后发表谈话录，为的是把艾克曼这位不可多得的人才留在自己身边，发挥更大作用。1825年11月7日，艾克曼在歌德的帮助下获得了耶拿大学哲学博士学位。1829年艾克曼成为魏玛公国储君卡尔·亚历山大的英语教师。1831年1月20日，他被指定为歌德遗著的发行人。1831年11月9日，艾克曼终于和他的"永远的未婚妻"约翰娜结婚，两年之后约翰娜去世。

　　1832—1834年，艾克曼把主要精力用于十五卷《歌德遗著》的编辑和出版工作。在此期间艾克曼承受了巨大的竞争压力，法尔克的书《我与歌德的亲密私人交往》于1832年面世，卡尔·福格尔的书《公务中的歌德》于1834年出版，1836年弗里德里希·封·缪勒也准备推出他的回忆录（该书于1870年面世，取名为《和歌德的谈话》）。在索勒的催促下和大公爵夫人玛丽亚·帕芙洛弗娜的支持下，艾克曼撰写的《歌德谈话录》第一册和第二册终于在1836年复活节由莱比锡的布罗克豪斯出版社出版。1837年艾克曼开始了第三册的准备工作。他在第三册中使用了他的日记，由于资料不足，他便利用了瑞士自然科学家索勒（Frédéric-Jean Soret，1795—1865）于1841年交给他的索勒与歌德的谈话记录。此外他还运用了歌德的书信、日记和文章以及司各特等人写给歌德的信件来敷衍对话。这种拼凑的方式使第三册在时间和素材上显得不太连贯，不像第一册和第二册那样浑然天成。在第三册中，叙述、轶事和修饰的成分大增，对话部分则相应减少，从而使第三册有些名不副实。1838年艾克曼推出了他的第二本《诗集》。1843年他获得了魏玛公国内廷参事的头衔。同年他因报酬问题和出版商布罗克豪斯打了一场官司，结果他败诉。1848年，马格德堡的海因里希斯霍芬出版社推出了《歌德谈话录》的第三册，但由于政局动荡，到1850年为止第三册只卖出了八百零五本。1848年艾克曼准备撰写《歌德谈话录》的第四册，这一册的内容按计划应该是歌德对他的晚年作品的评论，但留存下来的只有艾克曼所写的前言和几个片断。1854年12月3日，艾克曼逝世于魏玛，享年六十二岁，他的墓碑上写着："歌德的

---

① Johann Peter Eckermann, *Gespräche mit Goethe*. Stuttgart：Philipp Reclam jun.，1998，S. 908.

朋友艾克曼长眠于此。"①

　　从整体上来看，《歌德谈话录》非常真实可信。谈话录包括的时间长达九年（从1823年6月10日至1832年3月），共计录了大约二百五十次谈话，真实地再现了暮年歌德的主要思想：内心世界与外部世界的一致，有机的生长是生物发生和艺术创作的基本原理，预感和经验的关系，原始现象是直观认识的终极目的，等等。德国文学史家、冯至先生的老师贡多尔夫在他的专著《歌德》（1916）一书中盛赞艾克曼："艾克曼用纯净而灵敏的耳朵倾听歌德的声音，他的记录堪称不朽的贡献。"②

二　艾克曼与歌德的关系

　　艾克曼的论著《诗论》（1823）的观点与晚年歌德的文艺观不谋而合：驳斥从主观自我出发的独创性，推崇古希腊罗马文化，反对浪漫派和命运悲剧，褒扬风格贬低虚拟，提倡培养人的感性直观能力，主张读者进行创造性的阅读。对大自然和文艺的共同爱好最终使两人成了一对忘年交。艾克曼是歌德的朋友、助手和学生，两人之间逐渐形成了一种良性互动的关系：大师歌德启发和教育他的门徒艾克曼，艾克曼则努力理解歌德，激励歌德完成晚年的作品，并且参与编辑了歌德最终审定的四十卷本《歌德文集》。关于两人之间的关系，艾克曼在1838年12月27日致布罗克豪斯的信中说得非常明确："我和他之间的关系是师生与合作者之间的关系。"③

三　记录歌德言论的目的

　　艾克曼撰写《歌德谈话录》的目的在于将歌德的重要言论传诸后世。1844年3月5日，他在致劳伯的信中写道：他并没有马上把他所获得的印象写下来，而是等待几天甚至几星期，"直到微不足道的东西彻底消失，而留下比较重要的内涵"。④艾克曼并没有进行虚构，但他对歌德的谈话也不是照单全收，而是选择那些有永恒价值的东西。他要把谈话录写成一本文化知识读物，写成一种歌德百科全书。他在1830年9月12日的谈话中写道："对我来说，这些谈话变成了我无止境的文化修养的基础。我非常

①　Johann Peter Eckermann, *Gespräche mit Goethe*. Stuttgart：Philipp Reclam jun. , 1998, S. 940.
②　Friedrich Gundolf, *Goethe*. Berlin：Verlag Georg Bondi, 1922, S. 746.
③　Johann Peter Eckermann, *Gespräche mit Goethe*. Stuttgart：Philipp Reclam jun. , 1998, S. 914.
④　Ebd. , S. 918.

高兴地听了这些谈话，并把它们记了下来。现在我要把它们加以整理，并把它们奉献给更好的人类。"①

四 《歌德谈话录》的可信性

总的来说，艾克曼是根据他的笔记或日记中的提示词，来逐一敷衍成篇，最终完成《歌德谈话录》的。他常年和歌德亲密交往，熟悉歌德的思想、思维方式和语言风格，因此能够准确描述歌德关于某个主题的思想，从而使谈话录在总体上具有了可信性。艾克曼在谈话录中竭力模仿歌德的高雅文风。他使用了一种适合于上流社会的文雅的社交语言，这种语言有时甚至带有学术色彩。他并未对歌德的语言风格和自己的叙述语言进行严格的区分，因此二者的语调几乎一模一样，均为一种宁静而柔和的语风。艾克曼对歌德思想和语言风格的熟悉保证了他撰写的《歌德谈话录》的可信性，对此歌德的儿媳奥蒂莉作出了如下评价："读这本书时我们觉得我们听见了歌德的话语和声音。"②

歌德非常支持艾克曼记录他们之间的谈话，他把艾克曼当作他的思想的最佳翻译，他知道谈话录将传诸后世，因此他对谈话录的内容和形式均施加了影响。1826 年他记下了他和艾克曼讨论过的主题；在 1828 年 6 月 15 日致卡莱尔的信中，歌德将谈话录视作了解他的思想的原始资料。歌德本人也读过谈话录的部分内容。1825 年 5 月 24 日，歌德在他的日记中写道："通读并审阅了艾克曼的谈话录。"③ 1829 年 3 月 16 日，他写了下述日记："中午，艾克曼博士来了。他给我带来了一册谈话录。"④ 1830 年 9 月 12 日，艾克曼在致歌德的信中写道："阁下有时读过几页谈话录，您对我的工作表示赞许，并且一再鼓励我继续从事这项事业。"⑤ 歌德对谈话录所施加的影响也确保了《歌德谈话录》的可信性。德国文学史家贡多尔夫充分肯定了谈话录的真实性，他写道："听者艾克曼用柔和的声音来记录他和歌德的谈话，谈话录呈现了老年歌德的神话形象，这种形象仿佛是由

---

① 艾克曼：《歌德谈话录》，洪天富译，译林出版社 2002 年版，第 499 页。
② Johann Peter Eckermann, *Gespräche mit Goethe.* Stuttgart：Philipp Reclam jun., 1998，S. 922
③ Ebd., S. 915
④ Ebd., S. 916.
⑤ Ebd.

歌德本人塑造的。"①

五　《歌德谈话录》的写作手法和艺术魅力

艾克曼对谈话场景的描述非常生动。他使时间、地点（包括周围环境）、在场人物、生活事件和谈话内容融为一体，从而赋予他撰写的谈话录一种独特的魅力。整部谈话录浑然天成，丝毫没有给读者留下堆砌资料的印象。艾克曼本人将自然天成视作他的追求目标。1844 年 3 月 5 日，他在致劳伯的信中写道："我交给自己一项任务：隐藏所有的技巧从而创造出一种自然作品的纯粹印象。"②

艾克曼的《歌德谈话录》主要采用的是对话体。问与答使他和歌德的对话显得生动活泼。他在书中还运用了间接引语、叙述性的报道、评论和通告，使它们和对话相互衬托，意趣盎然。谈话录并不是歌德的言论和轶事的大杂烩，艾克曼对他所记录的原始材料进行了去粗取精的剪裁，选取他所认为的重要内容，舍弃那些多余的、繁乱的枝节。在构造对话时，他采用了概括的原则。他并不是死板地按日期来组建对话，而是把分散的歌德言论按照一个相同的主题集中在一起来建构对话，从而形成了一整条清晰的主题之链。

六　《歌德谈话录》接受史

《歌德谈话录》第一册和第二册于 1836 年面世，魏玛公国首相缪勒立即撰文盛赞该书。他在书评中写道："艾克曼非常诚实地再现了令人尊敬的大师的思想和话语。"③ 1844 年 2 月 7 日，德国小说家劳伯（Heinrich Laube，1806—1884）在《上流世界报》上撰文褒扬艾克曼的《歌德谈话录》。艾克曼的《歌德谈话录》为和谐的"伟人"（Olympier）歌德建立了一座丰碑，歌德的至亲好友都认为艾克曼塑造的歌德形象与歌德本人非常相像。但该书（第一册和第二册）出版后销路不畅，至 1843 年底只卖出了一千九百八十八本。海涅和黑贝尔均对该书提出了批评。海涅在《论浪漫派》一书中写道："有一位名叫艾克曼的先生……似乎有些可笑，尽管

---

① Friedrich Gundolf, *Goethe*. Berlin: Verlag Georg Bondi, 1922, S. 745.
② Johann Peter Eckermann, *Gespräche mit Goethe*, Stuttgart: Philipp Reclam jun., 1998, S. 923.
③ Ebd., S. 940.

他并不缺乏思想。"①

《歌德谈话录》第三册于 1848 年由海因里希斯霍芬出版社出版，1868年布罗克豪斯出版了完整的《歌德谈话录》（第一册、第二册和第三册），这本书于是开始畅销并一版再版，好评不断。尼采在他的著作《人性，太人性了》（1878）一书中对此书激赏不已："如果我们撇开歌德的著作尤其是他和艾克曼的谈话录（这是世上最好的德语书）不看，那么在德语散文中究竟还有什么书值得一读再读呢?"②《歌德谈话录》受到了德国读书界的普遍欢迎，赫尔曼·巴尔于 1921 年写道："在歌德的著作中……读者最熟悉和最流行的就是艾克曼的谈话录。"③

《歌德谈话录》在外国也获得了广泛的接受。英国在 1839 年之前就出版了《歌德谈话录》（第一册和第二册）的英译本，1850 年又出版了约翰·奥克森福德（John Oxenford）的全译本（第一、第二和第三册）。1862 年法国出版了夏尔（Josoph-Numa Charles）的节译本，1880 年出版了让·许泽维尔（Jean Chuzeville）的全译本。自 1839 年以来，艾克曼撰写的《歌德谈话录》被译成了英语、法语、亚美尼亚语、汉语、丹麦语、希腊语、日语、意大利语、朝鲜语、挪威语、波兰语、俄语、捷克语、斯洛伐克语和土耳其语等，《歌德谈话录》逐渐获得了世界性影响。

第三节　课题目前的研究现状

由于笔者立足于前人的研究成果而力图有所发现，有所拓展，有所创新，因此有必要关注国内外《歌德谈话录》和歌德文艺美学的研究现状。

一　国外关于《歌德谈话录》和歌德文艺美学的研究

国外学者主要研究艾克曼的生平、艾克曼与歌德的关系、爱克曼所塑造的歌德形象、《歌德谈话录》的产生过程及其可信性。他们大多做的是外部研究，很少涉及歌德的文艺美学。国外的专著和论文主要有：Heinrich Hubert Houben, *J. P. Eckermann. Sein Leben mit Goethe*, 2 Bde, Leipzig

---

①　Heinrich Heine, *Sämtliche Werke*. Leipzig: Insel Verlag, 1910, Bd. 7, S. 55.

②　Friedrich Nietzsche, *Menschliches, Allzumenschliches*. Berlin: Walter de Gruyter, 1988, S. 599.

③　Johann Peter Eckermann, *Gespräche mit Goethe*. Stuttgart: Philipp Reclam jun. , 1998, S. 941.

1925 – 1928；Julius Petersen，*Die Entstehung der Eckermannschen Giespräche mit Goethe und ihre Glaubwürdigkeit*，Frankfurt a. M. 1925；A. Stockmann，*Eckermanns Gespräche mit Goethe und die neueste Forschung*（in *Stimmen der Zeit*，1927，S. 446 – 454）；M. Nußberger，*Eckermanns Gespräche und ihr dokumentarischer Wert*（in *Zeitschrift für die Philologie*，52，1928，S. 207 – 215）；G. Sprengel，*Eckermanns Goethebild*（in *Zeitschrift für deutsche Bildung*，4，1928，S. 487 – 492）；W. Schultz，*Die Charakterologie des großen Menschen in den Gesprächen Goethes mit Eckermann*（in *Jahrbuch der Goethe-Gesellschaft*，17，1931，S. 154 – 189）；A. R. Hohlfeld，*Eckermanns Gespräche mit Goethe*（in A. R. Hohlfeld，*Fifty Years with Goethe*，Madison 1953，S. 129 – 140）；D. van Abbé，*On Correcting Eckermann's Perspectives*（in *Publications of the English Goethe Society*，23，1954，S. 1 – 26）；Karl Robort Mandelkow，*das Goethebild J. P. Eckermanns*（in *Gratulatio. Festschrift für Christian Wegner*，Hamburg 1963，S. 83 – 109）；P. Stocklein，*Die freie Porträtskunst Eckermanns und anderer Gesprächspartner*（in P. Stocklein，*Literatur als Vergnügen und Erkenntnis*，Heidelberg 1974，S. 96 – 106）；L. Kreutzer，*Inszenierung einer Abhängigkeit. J. P. Eckermanns Leben für Goethe*（in L. Kreutzer，*Mein Gott Gothe*，Reinbek 1980，S. 125 – 142）。

　　国外研究歌德文艺美学的专著和论文集主要有 Wolfgang Heise，*Die Wirklichkeit des Möglichen. Dichtung und Ästhetik in Deutschland 1750—1850*，Berlin & Weimar：Aufbau-Verlag，1990；Christian Schärf，*Goethes Ästhetik. Eine Genealogie der Schrift*，Stuttgart：Verlag J. B. Metzler，1994；Matthijs Jolles，*Goethes Kunstanschauung*，Bern：Francke Verlag，1957；Herbert von Einem，*Beiträge zu Goethes Kunstauffassung*，Hamburg：Marion von Schröder Verlag，1956；Paul Menzer，*Goethes Ästhetik*，Köln：Kölner Universitätsverlag，1957。沃尔夫冈·海泽（Wolfgang Heise）的专著《可能的现实——1750—1850 年的德国文学和美学》探讨了莱辛、康德、席勒、歌德、瓦肯罗德、海涅和荷尔德林等人的世界观和美学观，其中有两章专门研究歌德的《浮士德》，他认为《浮士德》反映了时代和历史的变迁，并将歌德的美学称作理想的现实主义。克里斯蒂安·谢尔夫（Christian Schärf）在他的专著《歌德的美学——一种文字谱系学》中采用了新视角，提出了新概念，他依据尼采和福柯的谱系学、德里达的文字语言学以及马

图拉纳的极端建构主义（der Radikale Konstruktivismus），提出了"歌德的文字谱系学"，他认为歌德的文本是具有文本间性的"超文本"（Metatext），而不是用创造性的精神能力对个人经历进行改造而成的"天才文本"，从而打破了歌德作为"奥林匹斯神"的神话。马提伊斯·约勒斯（Matthijs Jolles）在他的专著《歌德的艺术观》中揭示了歌德的文艺观的特色，他从歌德的书信体散文《收藏家及其亲友》出发，分析了自然与艺术的关系以及形式与内容的关系，指出歌德所说的"艺术真实"就是模仿自然和创造性的想象的结合，艺术"美"就是对意蕴进行形式化处理的结果。赫伯特·封·埃内姆（Herbert von Einem）的论文集《论歌德的艺术观》颇有真知灼见，但无体系性。保尔·孟策尔（Paul Menzer）的专著《歌德的美学》指出了歌德美学与康德美学的密切联系，但未充分显示歌德美学的特色。这五本著作都探讨了歌德的哲学美学和文艺美学，但很少涉及作为"歌德百科全书"①的《歌德谈话录》。

歌德和艾克曼谈话的题目非常广泛，包括文学、造型艺术、戏剧艺术、音乐、宗教、政治、哲学、自然科学和技术，堪称翔实可信的"歌德百科全书"，因此笔者非常重视《歌德谈话录》。这本书几乎涵盖了歌德文艺美学的所有基本概念，因此笔者可以从此书出发，以书中的美学基本概念为关键词，从整体上来理清歌德文艺美学的发展脉络。

二 国内关于《歌德谈话录》和歌德文艺美学的研究

目前国内还没有专门研究《歌德谈话录》的学术论文或学术专著，只有《歌德谈话录》中译本的前言、译后记和一些涉及《歌德谈话录》的文章与著作，这些文章与著作或者简介了艾克曼的生平及其与歌德的关系，或者概述了《歌德谈话录》中歌德的世界观和文艺观，或者在概述歌德的美学思想及世界观时屡屡提及《歌德谈话录》。这类文章和专著主要有：朱光潜撰写的"译后记"，见《歌德谈话录》第264—283页，人民文学出版社1978年版；冯至的论文《歌德与杜甫》，见《冯至全集》第八卷第174—189页，河北教育出版社1999年版；朱光潜《西方美学史》下卷，人民文学出版社1979年版；曹俊峰、朱立元、张玉能《西方美学通史》

---

① Johann Peter Eckermann, *Gespräche mit Goethe*. Hg. v. Otto Schönberger. Stuttgart: Philipp Reclam jun., 1998, S. 920.

第四卷《德国古典美学》，上海文艺出版社 1999 年版。

第四节　研究对象和研究方法

一　研究对象

本书的研究对象是歌德的文艺美学，尤其是他晚年的文艺美学。由于歌德的美学思想与他的自然观和世界观紧密相联，本书也会涉及歌德的自然观、宗教观、政治观和哲学思想。由于歌德晚年的思想并不是孤立的、从天而降的，而是他的青少年和壮年时期思想的发展和日益成熟，因此本书也会涉及歌德的其他著作和文章，例如《诗与真》、《出征法国记》、《意大利游记》、《格言与反思》、《席勒与歌德通信集》和《歌德论文学艺术》等书。为了从整体上把握歌德的文艺美学，笔者的具体做法是：从《歌德谈话录》中的美学基本概念出发，回溯青年和中年歌德的美学思想，从而理清歌德文艺美学的发展脉络。

二　研究方法

本书主要采用：

第一，实证主义的研究方法，从种族、环境和时代的角度来研究晚年歌德的文艺美学以及他的文艺美学思想的来龙去脉，并用歌德本人的著作、文章、书信、自传和同时代人的言论与著作作为佐证来支持本书的论述。

第二，运用新批评的细读法，通过词句的言外之意和暗示去发现前人尚未发现的歌德的文艺美学思想。

第三，辅以比较文学的研究方法（影响研究、平行研究和跨文化研究），尤其注重歌德的文艺美学思想与中国古代文论的类比与融通，以使中国读者更容易理解歌德的文艺美学思想。

第四，在说明歌德的美学基本概念时，本书运用词源学的研究方法以澄清歌德与前人的异同和对前人思想的扬弃。

第五，在探讨歌德的自主美学时，运用布尔迪厄的文化社会学，分析富有的精神贵族歌德独立而自信的习性，这种习性驱使他在 18 世纪末 19 世纪初的德国文学场中率先发起了一场培养纯粹艺术的符号革命，革命者歌德在与他律的祖父辈、父辈和同辈作家的斗争中，建立并捍卫了艺术自主的原则，创立了文学场的自主法则——先锋派作家之间的自由竞争。在阐释歌德的魔性说时，本书采用了对观的方法，把歌德的魔性说放入欧洲思想史中来考察。

第五节　研究思路、难点与创新

一　研究思路

笔者将《歌德谈话录》当作打开歌德文艺美学思想宝库的一把钥匙，首先对《歌德谈话录》中的美学基本概念作出恰切的解释，再从这些基本概念出发，反观青年和中年歌德的文艺美学思想，从而梳理出歌德文艺美学的发展脉络。

二　难点

首先，从参考文献上来看，国内关于歌德文艺美学的研究资料都很简略，大多是从美学史的角度来简介歌德文艺美学，缺乏深度剖析和全面论述，对笔者没有多大启发性；而国外的研究资料又很少探究《歌德谈话录》中晚年歌德的文艺美学，因此笔者必须在少量有参考价值的国内外研究资料的基础上独立思考，以回溯的方式打通青年、中年和晚年歌德的文艺美学，理清歌德文艺美学的演进脉络。

其次，从学养上来看，笔者不是哲学系科班出身，哲学和美学功底不够深厚，需要广泛阅读哲学和美学书籍并向专业人士请教才能理解艰深的哲学和美学概念。歌德是一位非体系的、博大精深的思想家和承前启后的美学家，他的文艺美学既有自己的特色和独创性，又是对欧洲哲学和美学思想的继承和对东方思想的吸纳，与歌德的文艺美学有关的思想家数量庞大，主要有赫拉克利特、苏格拉底、柏拉图、亚里士多德、贺拉斯、西塞罗、普罗提诺、瓦萨里、但丁、斯宾诺莎、莎士比亚、夏夫兹博里、艾迪生、荷迦兹、卢梭、狄德罗、鲍姆嘉通、温克尔曼、莱辛、哈曼、赫尔德、康德、席勒和谢林等人，要弄懂歌德的文艺美学思想，必须熟悉欧洲哲学史和美学史，必须首先能读懂这些艰深的思想家的哲学和美学代表作，这种深广的阅读对笔者而言既是一件难事，又是一种挑战。

再次，从知识结构上看，笔者的知识面远非广博。歌德是人类文化史上的一位全才和注重肉眼直观的自然科学家，他的自然研究为他的文艺美学奠定了本体论上的基础。只有懂得歌德的自然科学思想，才能正确理解歌德的文艺美学。笔者是自然科学的门外汉，因此面对的是一项艰巨的任务。

最后，从歌德著述的浩繁来看，笔者穷一生之力也未必能把握歌德的思想。歌德的文艺美学与他的世界观、自然观、政治观、宗教观和伦理观紧密相联，为了正确理解歌德的文艺美学，必须认真阅读他的原著（包括汉语译著）。歌德是人类文化史上一位罕见的全才，他的著作汗牛充栋，魏玛版的《歌德文集》就有一百四十三卷之多，能读完读懂这百余卷花体字的德文书已是一件了不起的事。为研究方便起见，笔者以十二卷本的汉堡版《歌德文集》和河北教育出版社出版的十四卷本汉语《歌德文集》为依据，同时参考魏玛版、法兰克福版和其他版本，从歌德思想的整体来研究歌德文艺美学，希望能掌握歌德文艺美学的精髓，以拙著为我国的歌德学做出微薄的贡献。

三　研究方法的创新

实证主义的研究方法可以保证本书的扎实可靠；新批评的细读法可以发现前人尚未发现的歌德的某些文艺思想；比较文学的研究方法可以融贯中西，使我国读者更好地理解歌德文艺美学，并且有可能发掘出我国古代文论中遭到埋没的原创性思想；文化社会学是从社会学的角度来观察和研究文化史、文化现象和文艺现象，它能使笔者从一种更广阔的社会文化大背景（经济、政治、媒体和科技等）去阐释歌德的自主美学；词源学和思想史的观察方法能使笔者理清歌德对前辈和同辈思想家的继承与创新。

四　研究领域的拓宽

目前国内对歌德文艺美学的研究在深度上，尤其在广度上很不够，本书因篇幅较长和涉及面较广，庶几能拓宽歌德文艺美学研究。本书对歌德文艺美学的探究涉及他的自然观、宗教观、道德哲学、历史哲学和政治哲学等诸多领域，能为我国的歌德学作出一份新贡献。

第 一 章

歌德的世界观

第一节　自发唯物主义

　　如此说我就要称赞自己对自然的研究啦，因为它能防止这种精神病。须知在自然研究中，我们始终是与无限的、永恒的真实打交道；任何一个在观察和处理其研究对象时不绝对诚实、纯洁的人，立刻会被真实判为不合格而抛弃。我还相信某些得了辨证病的人，没准儿会通过研究自然获得有效的治疗。①

　　本节题记引自 1827 年 10 月 18 日艾克曼记录的歌德与黑格尔的对话，它表明歌德在自然科学领域是一位彻底的唯物主义者。唯物主义是主张唯有物质才是世界的本原的世界观和坚持物质第一性、精神第二性的哲学学说。② 恩格斯在《路德维希·费尔巴哈和德国古典哲学的终结》（1886）一文中提出了辨别唯物主义和唯心主义的标准："唯物主义把自然界看作唯一现实的东西，而在黑格尔的体系中自然界只是绝对观念的'外化'，可以说是这个观念的下降……凡是断定精神对自然界说来是本原的，从而归根到底承认某种创世说的人……组成唯心主义阵营。凡是认为自然界是本原的，则属于唯物主义的各种学派。"③ 歌德在与黑格尔的对话中，将唯

---

　　① 艾克曼：《歌德谈话录》，杨武能译，四川文艺出版社 2008 年版，第 172 页。本书所依据的各种歌德中译本均为参考，具体表述均按笔者的个人理解略有改动。
　　② 冯契主编：《哲学大辞典》上册，上海辞书出版社 2007 年版，第 19 页。
　　③ 马克思、恩格斯：《马克思恩格斯选集》第四卷，人民出版社 1995 年版，第 221—224 页。

心主义辩证法称作颠倒黑白的精神病，他反对黑格尔从"绝对理念"出发的辩证法，而把物质的自然称作"无限的、永恒的真实"，坚持只有自然才是世界的本原。

在意识和物质的关系问题上，歌德认为物质决定意识，客观物质世界不依赖于人的意识而存在，物质世界是人的意识的来源，意识是对客观世界的反映，物质是第一性的，意识（即思维）是第二性的。他在哲学的基本问题上坚持唯物主义，反对雅科比等唯心主义者脱离现实世界，遁入到对"另一个世界"的空洞玄想之中，他在《格言与反思》（1829）中写道："人真实地置身于现实世界之中，他能够凭借其感官认识和把握现实的和可能的事物，所有健全的人都坚信其自身的存在和他们周围的存在者的存在。但是正如在眼睛里有一个无视神经的盲点一样，人脑中也有一个空白点，这个空白点不能反映任何对象。如果某人特别留意这个空白点，全神贯注于这个空白点，那么他就会罹患精神病，就会预感到另一个世界的事物，而这些事物纯属子虚乌有，既没有形体，也没有边界，它们只是一些空洞的、吓人的夜的幽灵，只是一些迫害梦魇者的鬼怪。"① 歌德并不是真的认为人脑中有一个生理学上的空白点，他开了一个玩笑，他的真实意图是用这个空白点来嘲笑唯心主义者意识的空洞。他把那些陷入对超验世界的玄思中的唯心主义者称作精神病，而把相信物质世界的真实性的唯物主义者称作"健全的人"。

关于意识的起源、内容、本质和作用等问题，歌德认为意识是自然界长期发展的产物，意识是人脑对客观物质世界的反映，其内容是客观的，其形式是主观的，意识对客观物质世界的反映不是机械的，而是能动的。他在《颜色学草稿》（1810）一文中详细探讨了人的感觉（尤其是视觉）的起源："眼睛的存在得归功于光，光促使动物的普通辅助器官变成一种能够感应光的器官；在光照下和为了感应光，于是形成了眼睛，以使内在之光迎合外在之光……颜色和光之间的关系虽然十分明确，但是这二者皆属于整个大自然，因为大自然要借颜色和光展示给视觉。大自然也以同样的方式显示给其他的感觉。我们闭眼，我们睁眼，我们侧耳谛听，从最轻微的呼吸到最狂野的噪音，从最简单的声响到最协调的和声，从最强烈的

---

① Johann Wolfgang von Goethe, *Werke*. 14 Bde. Hg. v. Erich Trunz, München: Verlag C. H. Beck, 1978, Bd. 12, S, 373. 以下简称 "Goethe-HA"（汉堡版《歌德文集》）。

呐喊到最柔和的、理性的话语，都只是大自然在言说，都只是大自然在展示它的存在、力量、生命和状况，以至于一位看不见无限的可见世界的盲人能够通过听觉来把握无限的、充满生机的自然界。大自然还以同样的方式向其他的感官言说……大自然就是这样自言自语并通过千万种现象对我们言说。"① 歌德的唯物主义感觉论在此力透纸背：人类的感官和感觉能力是自然界长期演化的结果，是大自然催生了能够感受自然现象的感官，是外在自然的刺激导致了能够感受刺激的感官的产生，我们的感觉所呈现的是客观的自然现象。

　　在 1807 年 8 月 2 日与古典语文学家里默尔（Friedrich Wilhelm Riemer，1774—1845）的谈话中，歌德旗帜鲜明地反对主观唯心主义，他说道：我们用来表示事物的概念并非纯粹的主观观念，而是真实的客观事物以表象的形式在人脑中的再现。② 歌德关于观念内容的客观性的论述与马克思主义的反映论非常接近。马克思在《〈资本论〉1872 年跋》中明确指出："观念的东西不外是移入人的头脑并在人的头脑中改造过的物质的东西而已。"③ 歌德在原则上反对贝克莱和康德等人的唯心主义认识论，对此叔本华有生动的记述："歌德全然是一位实在主义者，他简直无法理解存在即被感知：只有作为认识的主体之表象的客体才是存在的。'哎呀，这太荒谬了！'有一次他瞪着朱庇特的双眼对我说道，'只有当您看见了光的时候它才存在？恰恰相反！如果光看不见您，那么您就不存在。'"④ 歌德的态度非常明确：物质是第一性的，自然是真实存在的，感觉就是客观自然作用于感官而留在人脑中的映象。

　　歌德承认意识是人脑对客观自然的反映，但是他反对机械唯物主义者把反映当作一种被动的、机械的、照相式的活动。在《诗与真》第十一卷（1814）中，他批评了法国启蒙思想家霍尔巴赫（1723—1789）的机械唯物主义。他反对霍尔巴赫以牛顿力学为基础的机械决定论，反对霍尔巴赫把宇宙间的一切运动归结为机械运动，他认为霍尔巴赫没有认识到有机界和心灵的本质，不了解文学创作过程的性质，否定了精神的能动性。他认

　　① Johann Wolfgang von Goethe, *Über Kunst und Literatur*. Hg. v. Wilhelm Girnus. Berlin：Aufbau-Verlag, 1953, S. 110. 以下简称 Girnus。

　　② Girnus, S. 110.

　　③ 马克思、恩格斯：《马克思恩格斯选集》第二卷，人民出版社 1995 年版，第 112 页。

　　④ Girnus, S. 111.

为霍尔巴赫的《自然体系》（1770）一书非常可怕："它的内容显出那样的灰色、黝暗，带着死的气味，把它浏览一下也很吃力，并且对着它就像对着幽灵那样感到发抖……如果著者真能在我们面前证明世界是确由他所说的动的物质构成，这种学说我们也许还觉得满意。但是，他关于自然知识的贫弱，跟我们不相上下，因为他把一些一般概念提出来之后，马上就无视它们，为的是要把比自然更高的东西，或现于自然中的更高的自然，化为物质的，有重量的，虽运动而没有方向、没有形状的自然。"①

　　歌德所说的"现于自然中的更高的自然"指的是物质世界的最高产物"精神"。精神即心灵，也就是所有意识过程的总和，歌德将它称作"居支配地位的较高的指导原则"。他在《〈西东合集〉的注释和论文》（1819）中对"精神"这个概念作出了解释，并指明了精神的能动性："东方诗艺的最高特性就是我们德国人所说的精神，即居支配地位的较高的指导原则……在所有的东方诗人身上我们都能发现对世界本质的概括、反讽和才华的自由运用……那些诗人能够回忆万事万物，能够轻松地把最遥远的事物勾连在一起，由此可见他们的能力非常接近于我们所说的机智，但是机智不那么崇高，因为机智相当自私和自鸣得意，而精神则保持完全的自由，无论在哪里精神都能够和必然被称作天才。"② 在 1817 年 1 月 3 日致公爵夫人帕芙洛弗娜的信中，歌德指出感性、知性、理性和想象力是精神的有机组成成分，在这四种精神能力中，他尤其重视创造性的想象力。他写道："想象力是我们精神的第四种主要能力，它以记忆的形式补充感性，它以经验的形式把世界的直观展现给知性，它为理性概念塑造或找到形象，它激活整个人类的心灵，人类若无想象力就会变得无聊而无能。"③

　　歌德以现象直观的方法来研究自然，在自然研究的基础上形成了自发唯物主义。他认为自然（即宇宙）在空间和时间上都是无限的、无始无终的。他在《无限》（1815）一诗中歌颂永恒的自然："你不会结束，这是你的伟大，/你没有开端，这是你的造化/……你是真正的诗人之泉，涌出

---

　　① 歌德：《诗与真》下册，刘思慕译，载《歌德文集》（5），人民文学出版社 1999 年版，第 510—512 页。

　　② Johann Wolfgang von Goethe, *Werke*. Hg. im Auftrage der Großherzogin Sophie von Sachsen. Weimar: Böhlau, 1887–1919. Abt. I, Bd. 3.1, S. 181f. 以下简称"Geothe-WA"（魏玛版《歌德文集》）。

　　③ Johann Wolfgang von Goethe, *Briefe*. Bd. 3. Hamburg: Christian Wegner Verlag, 1965, S. 385.

一个个欢乐的波浪。"① 歌德的这种宇宙观接近于无神论，它完全符合恩格斯在《自然辩证法》一书中提出的辩证唯物主义宇宙概念。

歌德坚持世界的可知性原则，他认为人们可以透过各种现象逐步认识到事物的本质，现象和本质之间是对立统一的关系，本质是事物内在的根本性质，它单一而稳定，现象则是事物的本质在各方面的外在表现，它们丰富多彩、变动不居，但内在和外在是紧密结合在一起的，繁多的现象并不是无本质的东西，而是单一的本质在各方面的显现。他在《附言》(Epirrhema，1820) 一诗中写道："你们在观察自然时/要同样重视一切与一；/物既不在内里，也不在表面：/因为内在的本质，就是外表的显现。"② 他反对将现象和本质割裂开来，反对将自然切分为壳与核，否认在自然现象之外还有一个不可知的物自体或超自然的神。

在认识论上，歌德认为认识来源于客观现实和社会实践，他从主体与客体的相互作用（即实践）的角度来阐明人类认识的发展：人类在改造客观世界的实践活动中，既扩大了现实客体的范围，又促进了主体本身的能动性的发展。他在杂志《论形态学》第一期的前言中写道："当生动地观察自然的人开始与自然作斗争时，首先他感觉到了一种要征服客体的强烈欲望。但这种征服欲持续的时间并不长，客体于是对人施加强烈的影响，使人感觉到人也必须承认客体的力量，也必须尊重客体的影响。他刚刚开始相信这种相互影响，就发觉了一种双重的无限：在客体方面呈现出存在与变易以及复杂状况的多样性，在主体方面则呈现出无限提高的可能性，主体的感受力和判断力变得越来越灵活，从而形成了接受和反作用的新形式。"③ 由此歌德得出了认识运动（即认识的发展过程）的结论：人的认识是由感性认识上升为理性认识，理性认识正确与否，要在实践中检验，一个正确的认识往往需要经过由实践到认识，再由认识到实践的反复循环才能完成，认识的发展过程是一个在实践中不断接近真理的过程。他强调认识必须受到不断变化的现实的检验："自然生成的客体很快又得到了改造，如果我们要达到对自然的生动直观，我们就必须按照自然为我们树立的榜样不断地保持自身的灵活性和可塑性。"④

---

① 歌德：《迷娘曲——歌德诗选》，杨武能译，广西师范大学出版社2003年版，第232页。
② Goethe-HA，Bd. 1，S. 358.
③ Girnus，S. 111.
④ Ebd.

　　歌德的唯物主义世界观是他的现实主义美学的基础。他在哲学上坚持意识是对客观世界的能动反映，与此相应，他在美学上认为艺术来源于现实，在艺术创作上坚持从客观世界出发的原则。在 1830 年 3 月 21 日与艾克曼的谈话中，歌德说道："古典的诗和浪漫的诗这个概念如今已传遍世界，引起了许多的争论和分歧，它原本出自我和席勒，我主张写诗要用客观的方法，并坚持以此为准则。席勒呢完全以主观的方法写作，认为他那样做正确……施莱格尔兄弟抓住这个思想，把它加以发挥，结果现在传遍了全世界，闹得人人都在谈古典主义和浪漫主义。"① 歌德主张的古典主义（Klassizismus）其实就是现实主义，张玉能先生把这种以古希腊罗马艺术及其和谐尊严之美为审美理想的现实主义美学称作"古典现实主义"。② 歌德在《说不尽的莎士比亚》（1826）一文中对这一点作出了明确的说明："古典的：朴素的，异教的，英雄的，现实的（Real），必然，应当；现代的：感伤的，基督教，浪漫的，理想的，自由，愿望。"③

　　艺术与现实的关系（即审美关系）是美学的基本问题，歌德认为对这个问题的不同回答形成了两大美学流派：从客观现实出发的现实主义美学和从主观愿望出发的理想主义美学。早在 1795 年，歌德就指出了艺术的来源是现实生活，他在《文学上的无短裤主义》一文中写道："一个意义重大的文本犹如一次意义重大的演说，都仅仅是生活的结果。作家和行动的人都不能制造他降生和工作的条件。"④ 在《诗与真》第十三卷（1814）中，歌德提出了"化现实为诗"⑤ 的创作原则。在《〈西东合集〉的注释和论文》中，他进一步说明了艺术的美和伟大是对生活的美和伟大的反映："假如没有崇高的、强大的、智慧的、行动的、美好的和灵巧的人，假如诗人不能用这些人的优点来提高自己的精神境界，那么诗人又会有什么作为呢？犹如葡萄藤缠绕榆树、常春藤攀附着墙，诗人倚靠着这些美好的人向上攀升，进入心明眼亮的佳境。"⑥

---

① 艾克曼：《歌德谈话录》，杨武能译，第 271 页。
② 曹俊峰、朱立元、张玉能：《德国古典美学》，上海文艺出版社 1999 年版，第 498 页。
③ 歌德：《论文学艺术》，范大灿、安书祉、黄燎宇等译，上海人民出版社 2005 年版，第 222 页。
④ 同上书，第 12 页。
⑤ Goethe-HA, Bd. 9, S. 588.
⑥ Girnus, S. 145.

第二节　达尔文进化论的先驱

　　大自然总是表现得很富足，甚至很浪费，它比你们推想的大度得
多，它不是一开始仅仅创造了那可怜巴巴的一对儿，而是马上创造出
了几十甚至几百对。也就是说，地球发育成熟到了一定程度，洪水消
退了，陆地变得葱绿，这就到了变出人类来的时代，于是通过万能的
上帝，只要那里的土地允许那里便出现了人，也许最早是在一些高
原上。①

　　本节题记引自艾克曼记录的 1828 年 10 月 7 日歌德与德国博物学家马
提乌斯（Martius，1794—1868）的谈话，从歌德的这段话中我们可以看
出，人类是大自然发展到成熟阶段的产物，换言之，人类是从大自然进化
而来，人是自然之子，而不是上帝之子。歌德明确反对《圣经》宣扬的上
帝创造了亚当和夏娃那"一对儿"，他坚称大自然最初创造的人类是"几
十甚至几百对"，也就是说大自然创造的是一个种群。歌德认为人类诞生
于陆地，他预感到最早的人类诞生在高原上（南方古猿的化石已于 20 世
纪上半叶在非洲高原上被发现，当代有科学家认为非洲古猿是全人类的共
同祖先）。他还暗示了人类祖先是从水生动物演化而来。他所说的"万能
的上帝"指的并不是创造了世界的基督教的上帝，而是自然本身，因为依
据歌德的泛神论，神就是自然。

　　关于地球岩石的成因，歌德赞成以维尔纳（A. G. Werner，1750—
1817）为代表的和缓的水成论（Neptonismus），反对暴烈的火成论（Plu-
tonismus）。1827 年 2 月 1 日，歌德对艾克曼说道："矿物学也一样令我感
兴趣，只不过是在两个方面：首先在于它巨大的使用价值，其次，我想在
其中寻找到原初世界形成的论据；维尔纳的学说使人产生了这样的希
望。"② 关于生命的诞生，歌德认为生命"最初在水里产生，随后从原始形

---

① 艾克曼：《歌德谈话录》，杨武能译，第 189 页。
② 同上书，第 138 页。

式里逐渐演变"。① 在《浮士德》第二部中，歌德借泰勒斯之口说道："万物都起源于水！万物都靠水维系！海洋，请永远统治！……是你啊，使生命之树常青。"②

关于人类的诞生，歌德认为人来自大自然和生命的缓慢进化："经过千千万万次的变形，到变成人还需相当时间。"③ 由此可见，歌德的进化论自然观已具备了达尔文进化论的雏形。恩格斯在《路德维希·费尔巴哈和德国古典哲学的终结》一文中明确指出歌德是达尔文进化论的先驱者之一："黑格尔把发展是在空间以内、但在时间（这是一切发展的基本条件）以外发生的这种谬论强加于自然界，恰恰是在地质学、胚胎学、植物和动物生理学以及有机化学都已经建立起来，并且在这些新科学的基础上，到处都出现了对后来的进化论的天才预想（例如歌德和拉马克）的时候。"④

一　歌德时代的生物发生学

歌德是在进化的意义上来解释自然的形成和发展过程的，他心目中的进化（Evolution）指的是渐进和缓慢而持续的发展，这种渐变的自然观完全排斥了暴力的因素，它彻底否认了火山喷发式的巨变和突变。在歌德时代的生物发生学领域，占主导地位的是预成论和渐成论，歌德的进化论自然观与这两种学说均保持了批判性的距离。

关于生命的产生，歌德时代主要有三种学说：无生源说、预成论和渐成论。无生源说（Theorie der Urzeugung）是关于地球上的生命最初是从非生命物质中自然产生的学说。⑤ 持无生源说的人认为单细胞生物和蛆虫是从泥土或空气中自发生殖的。1745 年，英国牧师尼达姆（J. T. Needham，1713—1781）在密封的容器里培养生物，试图证实无生源说，但他失败了。无生源说和神创论一样遭到了绝大多数自然科学家的否定。

生物发生学上的统治思想当属预成论（Präformationstheorie），其代表人物哈勒（Albrecht Haller，1708—1777）、博纳（Charles Bonnet，1720—1793）、林耐（Carl von Linné）和斯帕兰扎尼（Spallanzani，1729—1799）

① 《冯至全集》第八卷，河北教育出版社 1999 年版，第 57 页。
② 歌德：《浮士德》，杨武能译，广西师范大学出版社 2003 年版，第 393—394 页。
③ 同上书，第 389 页。
④ 马克思、恩格斯：《马克思恩格斯选集》第四卷，第 229 页。
⑤ 冯契主编：《哲学大辞典》上册，第 1627 页。

均为 18 世纪自然科学的领军人物。预成论认为生物是从预先存在于胚细胞（精子或卵子）中的雏形发展而来，[1] 换言之，在胚细胞里就已存在着微型生物，胚细胞含有其种类的一切未来世代的预成雏形，就像套盒那样，大盒子依次套装着许多小盒子，因此预成论也被称为"套盒理论"（Einschachtelungslehre）。由于预成论认为胚细胞中包含有未来世代的雏形，因此世代之链在形态上是不变的，它只承认量变（由小到大），不承认质变，它在种系发生学上坚持僵化的"物种不变论"（Artenkonstanz）。因为预成论比较符合基督教的创世说，所以它成了生物学领域的霸主。歌德在《出征法国记》（1822）一书中揭露了预成论与神创论沆瀣一气："套盒理论看起来颇有说服力，博纳的《自然沉思录》尤其有助于灵修。"[2] 1788 年，歌德阅读了法国博物学家帕特林（Louis Patrin，1742—1815）的著作《对发育论的怀疑》。帕特林认为有机物本身就具有发育成新的组织的内驱力，例如，胚胎本身就能发育成成熟的个体，鸡潜存于鸡蛋中，正如橡树潜存于橡实中。歌德随即批判了帕特林的预成论："他认为生物只有通过回归自我才能生长发育，生物的生成是预先决定的，但是实际上生物并不需要预先形成和预先存在……鸡当然潜存于受精卵中，但橡树并非存在于橡实中，将来能再次生蛋的鸡也不存在于鸡蛋中。预成是一个空洞的词。在生物存在之前，怎么会有一个雏形呢？"[3]

　　渐成论（Theorie der Epigenese）是预成论的反对者，其代表人物为德国胚胎学家沃尔夫（C. F. Wolff，1734—1794）和解剖学家布鲁门巴赫（Blumenbach，1752—1840）。渐成论认为生物体的各种组织和器官，都是在个体发育过程中逐渐地依次形成，胚细胞（精子或卵）中并不存在成体的雏形，[4] 这一学说由沃尔夫在其著作《发生论》（1759）中提出。沃尔夫认为胚胎中的无定形的有机物质在内部的形成力（Bildungstrieb）的作用下，通过吸收外界养料，依次开始组织和器官的分化，逐渐发育成成体。这种内部的形成力是个体发育的动因，沃尔夫将它称作"本质力"（Vis essentialis），布鲁门巴赫将它称作"形成力"（Nisus Formativus）。1816 年

---

　　① 冯契主编：《哲学大辞典》上册，第 1027 页。

　　② Goethe-HA，Bd. 10，S. 314.

　　③ Johann Wolfgang von Goethe, *Sämtliche Werke*. Hg. v. Hendrik Birus u. a. Frankfurt a. M.：Deutscher Klassiker Verlag，1987ff. Abt. I，Bd. 24，S. 89f. 以下简称"Goethe-FA"（法兰克福版）。

　　④ 冯契主编：《哲学大辞典》上册，第 1027 页。

10 月至 1817 年 5 月，歌德认真钻研了沃尔夫的著作，他称赞沃尔夫是胚胎学的"卓越先驱"，[①] 但是他批评沃尔夫把自己局限在现象和经验的领域，沃尔夫的错误就在于他认为只有看见的事实才是存在的，与沃尔夫的经验主义相比，预成论者则具有"想象"和"猜想"[②] 的优点。

歌德认为在观察自然时，不仅要运用"肉体之眼"，而且要运用精神之眼（Geistes-Augen），要通过现实中的现象来发现形态学上的类型。1817年 6 月，歌德阅读了布鲁门巴赫的著作《论形成力和生殖活动》（1781），并在康德的《判断力批判》第 81 节的启发下写成了《形成力》一文。歌德在这篇文章中批判预成论只注重量变而无视质变，同时再次批评了渐成论忽视本质的经验主义："如果我们回到哲学领域再次审视预成论和渐成论，那么我们就会发觉这两个词只是敷衍我们的假说而已。套盒理论自然会立即引起有较高文化修养者的厌恶，但是吸收和接受理论始终设立了一个吸收者和被吸收者的前提，此时假如我们想不到预成这个概念，我们也会去求助于预先勾画、预先决定、预先确定，总之是去求助于前定论，直到我们能够发现某种本质为止。"[③] 歌德对胚胎学上的预成论和渐成论均表示不满，于是他另起炉灶，用形变和类型概念来建构自然的秩序，并将预成论和渐成论作为次要因素纳入其中，从而创立了研究有机体形态的形态学（Morphologie）。

二　歌德的进化思想

歌德时代的"Evolution"一词主要指的是"个体发育"（Ontogenese，又译"个体发生"），例如，渐成论被时人称作"发育理论"（Evolutionstheorie）。自达尔文于 1859 年发表《物种起源》以来，"Evolution"一词具有了全新的含义，它指的是生物通过生存斗争和适者生存的自然选择而实现的缓慢演变，即达尔文主义意义上的"进化"。达尔文主义是以自然选择为核心的生物进化理论，[④] 它描述的是生物的种系发生史（Stammesgeschichte），它用适者生存、不适者淘汰的自然选择和物种的可变性来解释种系发生史，在解释时它重视所有物种及其变种在系谱学上的关联，后来

---

① Goethe-FA, Abt. I, Bd. 24, S. 426.

② Ebd.

③ Ebd., S. 452.

④ 冯契主编：《哲学大辞典》上册，第 1024 页。

德国博物学家海克尔（Ernst Haeckel，1834—1919）在达尔文学说的基础上详细描绘了生物进化的系谱，创建了系谱树（Stammbaum）。

19 世纪下半叶，在德国的自然科学界和思想界爆发了一场关于歌德是否是达尔文主义的先驱的论战。德国学者梅丁（Karl Meding，1791—1862）在他的著作《自然研究家歌德和当代的关系》（1861）中首次将歌德与达尔文勾连在一起。博物学家海克尔紧随其后，他在《有机体的普通形态学》（1866）和《达尔文、歌德和拉马克的自然观》（1882）等书中明确指出歌德是达尔文的先驱，这个论点的支持者有新康德主义者朗格（F. A. Lange，1828—1875）、哲学家施特劳斯（D. F. Strauß，1808—1874）和化学家卡利舍（Kalischer，1845—1924），反对者有生理学家杜布瓦 - 雷蒙（Du Bois-Reymond，1818—1896）和哲学家施泰纳（Rudolf Steiner，1861—1925）等人。恩格斯在《路德维希·费尔巴哈和德国古典哲学的终结》一文中也将歌德视作达尔文主义的先行者之一。笔者赞同海克尔和恩格斯的观点，以歌德的自然科学著述为依据，主要从以下四个方面对这个论点进行论证：歌德发现人类颌间骨、原始植物构想、形变与类型概念以及歌德对圣·喜来尔（又译圣·希兰）和居维叶之间的争论的态度。

人类颌间骨（Zwischenkieferknochen，又译"颚间骨"）的发现是歌德对骨学的重大贡献之一。在歌德时代，解剖学界普遍承认脊椎动物有颌间骨，而否认人类也有颌间骨。如果我们仔细观察脊椎动物的面额，我们就会发现在脊椎动物的上颌骨正面的中央线上，有两块小骨并列在一起，它们的下方插着四颗门牙，解剖学家们把它们称作"颌间骨"（拉丁文学名 Os intermaxillare）。更准确地说，面额中央的腭纵缝（Gaumenlängsnaht）把颌间骨分为左颌间骨和右颌间骨，而整个颌间骨则通过颌间缝（Sutura intermaxilaris）而与上颌骨相分隔。由于成年人的颌间骨与相邻的上颌骨已紧密连生在一起，所以人类的颌间骨变得难以识别，只有在颅骨尚未密合的胎儿和某些面颅畸形的人身上，才能清楚地看见颌间骨。早在公元 2 世纪，古罗马医师盖仑（Claudius Galenus，约 129—200）就声称人类也有颌间骨，但这个论点遭到了比利时解剖学家维萨里（Andreas Vesal，1514—1564）的驳斥。1780 年，法国解剖学家德阿苏尔（d' Azyr）断言他发现了人类有颌间骨，他的研究成果遭到了荷兰解剖学家康培（P. Camper，1772—1789）、德国解剖学家布鲁门巴赫和索迈林（S. Th. von Sömmering，1755—1830）的否定。这些权威的解剖学家将人类没有颌间骨视作人与动物的重要区别和人具有语言能力的关键因素，从而间接地支持了特创论。1784 年 3 月，歌德在德国解剖学家洛德尔（J. Chr. Loder，1753—1832）的指导下从事比较解剖学研究，他比较了动物和人的头骨，"通过思索和偶然"① 发现人也有颌间骨。1784 年 5 月 27 日，他写信给施泰因夫人和赫尔德，报告了他的这一发现。1784 年 12 月 19 日，他把他的论文《从比较骨学的角度试论人和其他动物一样其上颌也有颌间骨》通过索迈林寄给了康培。歌德的这一发现一方面说明了他关于自然之和谐的世界图景，另一方面也证明了他的进化论。在关于比较解剖学的演讲中，他明确指出人是从简单的动物进化而来，人是动物进化过程的最终结果："人具有完美的体格，他集诸多特性和天禀于一身，由此而在身体方面成为一个小宇宙，成为其他动物种类的代表。如果我们不是采取从上至下的观察方式（非常遗憾，迄今为止这种俯视众生的行为经常发生），试图在动物中来寻找人的痕迹，而是采取从下至上的观察方式，在复杂的人身上最终重新发现比较简单的动物的遗迹，那么我们就能最清楚地认识到人是万物之灵长这一事实。"②

　　原始植物（Urpflanze）是歌德所说的"原始现象"（Urphänoinen）之一，原始现象是歌德的自然观中的一个基本概念，它指的是可以直观到的各种类似现象的本质。原始现象具有双重含义：一方面它指的是想象中虚构的元现象，从其中可以推导出其他的、比较复杂的现象；另一方面它指的是真实存在的原型（Urform），该原型可以派生出真实存在的物理现象或生物现象。③ 同理，原始植物既指的是歌德所构想的所有植物的原型，又指的是真实存在的、叶状的植物原型，"隐藏在所有形态之中并且能够显现的"真实的变形者，④ 歌德本人还绘制了叶状的原始植物图。1787 年 3 月 25 日，歌德在意大利首次使用了"原始植物"概念，他在致施泰因夫人的信中写道："请你转告赫尔德，我马上就要完成原始植物的构想了，但是我担心没有人愿意从它身上辨认出整个植物世界。我的子叶学说非常

① Johann Wolfgang von Goethe, *Die Schriften zur Naturwissenschaft*. Vollständige mit Erläuterungen versehene Ausgabe im Auftrage der Deutschen Akademie der Naturforscher Leopoldina. Weiamr: Hermann Böhlau Nachfolger, 1947ff. Abt I, Bd. 10, S. 6. 以下简称 "Goethe-LA"。

② Girnus, S. 117 - 118.

③ Bernd Witte u. a. （Hg.）, *Goethe Handbuch*. Stuttgart & Weimar: Verlag J. B. Metzler, 2004. Bd4. , S. 1080. 以下简称 GHb。

④ Goethe-WA, Abt. I, Bd. 32, S. 44.

出色、非常理想，很难再对它加以改进了。"① 18 世纪 80 年代早期，歌德和赫尔德在一起讨论过"原始形态"（Urgestalten），那时歌德正试图在自然三界（植物、动物和岩石）中发现"原始形态"。歌德心目中的"原始形态"指的是最初的、最简单的、原始的模式、蓝本和本质，指的是某个自然领域的诸多现象中的内在规律，这种规律可以通过感官来把握②。"原始植物"概念就是在"原始形态"说的基础上形成的。在意大利，歌德通过不断的观察和反复的实验，利用演绎法和归纳法，借鉴林耐的植物体系，在斯宾诺莎思想的影响下，终于"发觉到了那个自然似乎总是用来游戏的本质形式"。③ 他认为他走上了正路，于是他认真"观察自然物"，以便"从其本质形式出发……建立一种相应的理念"。他在笔记中写道："所谓理念，乃是总是表现为现象并作为所有现象的规律而呈现在我们眼前的东西。"④ 歌德断定，植物在初始阶段非常简单，然后朝着多样化发展，这种想法使他萌生了去发现一种不同于林耐静态的人工分类法的自然分类法的希望。他在帕多瓦写道："在此地我的那个想法变得越来越鲜明了：我们也许可以从一种植物形态中发展出所有的植物形态。只有这样才可能真正地确定植物的种属和类别。"⑤ 在此歌德提出了现存的所有植物皆从一种原始植物发展而来的假说，他正是从进化的观点出发来试图建立自然分类法的。1787 年 4 月 17 日，他在巴勒莫公园里又想起了那个作为"模型"的真实存在的原始植物。⑥ 1787 年 6 月 8 日，他在罗马写信给施泰因夫人，最后一次谈到了他的"原始植物"构想："请转告赫尔德，我已完全接近了植物生殖和组织的秘密……原始植物将成为世上最奇妙的生物……借助于这种模式和相关的钥匙，我们就可以想象出许多以至无穷的植物。"⑦ 早在 1787 年 2 月 19 日，歌德就谈到了他关于植物学的奇特想法，即他关于"原始植物"的构想，从这个构想出发，他断言大自然是由简单到复杂逐渐进化的："我们发现大多数植物已经变绿。遇到这些植物的时候，我关于植物学的奇特想法变得强烈起来。我正在发现新的、美好的关系：大自

---

① Goethe-HA, Bd. 11, S. 222.

② GHb, Bd. 4, S. 1077.

③ Goethe-WA, Abt. IV, Bd. 7, S. 242.

④ Goethe-WA, Abt. I, Bd. 13, S. 39

⑤ Goethe-WA, Abt. I, Bd. 30, S. 891.

⑥ Goethe-HA. Bd. 11, S. 266.

⑦ Goethe-WA, Abt. I, Bd. 31, S. 239.

然这样一个好像一无所有的庞然大物，是如何从简单发展为丰富多彩的。"①

"形态学"（Morphologie）是由歌德引入科学史的。"形态学"一词最早出现在1796年9月25日歌德的日记中。18世纪末，歌德在他的骨学研究和植物学研究的基础上，并通过和席勒、谢林在自然哲学领域的相互切磋，创立了生物学的分支——形态学。达尔文和海克尔后来都沿用了歌德首创的"形态学"概念。形态学是研究生物体外部形态、内部结构及其变化的科学。形变和类型是歌德形态学的核心概念。"形变"（Metamorphose）的意思是形态变化，这个概念在古希腊罗马神话中指的是人变形为动物、植物、泉水或其他自然物。歌德时代的"形变"一词主要指的是"变态"，即某些动物在个体发育过程中的形态变化，例如某些昆虫的变态是由幼虫经蛹变为成虫；歌德拓展了这一概念，用它来指有机体的变形和变形的结果。歌德的"形变"概念一方面指的是个体发育过程中持续的形态变化，另一方面指的是类型的衍变力，即一个基本类型能衍生出各种各样的物种。在《植物的形变》（1790）等论文中，歌德从形态学的角度区分了四种形变：逐步形变（sukzessive Metamorphose）指的是生物体依次出现不同的生命形态，例如，从种子植物的子叶（又译"胚叶"）中生出茎秆，从有结节的茎秆上生出枝条和叶子，由叶子变态为花，花经过受粉变成果实，果实包被着种子，种子中又含有子叶；同步形变（simultane Metamorphose）指的是一系列相似结构之间的差异，例如某个脊椎动物脊柱的椎骨之间的差异；退行性形变（rückschreitende Metamorphose）指的是退化，例如某些野生的寄生虫幼虫的生殖器官会发生严重的退化；偶然形变（zufällige Metamorphose）指的是由外部因素造成的异常形变，"其发育失去了平衡或违背了平衡……其本性虽然在高度自由地发挥作用，但是距离其基本规律还不算太远"。② 由此可见，歌德所说的"偶然形变"类似于达尔文所说的不定变异（即随机变异）。

1787年，歌德形成了"原始植物"的构想，并提出了与之相关的植物器官"同源说"（Homologie）：他认为叶子是植物的基本器官，植物其

---

① 杨武能、刘硕良主编：《歌德文集》第11卷（意大利游记），赵乾龙译，河北教育出版社1999年版，第159页。

② Goethe-LA, Abtl. I, Bd. 9, S. 110.

它部分都是叶子的逐步形变。① 与植物结构中的叶子相对应，歌德认为椎骨（Wirbel）是动物结构的基本要素，人和哺乳动物的颅骨（尤其是面颅）是由椎骨演变而来，并由此产生了"原始动物"（Urtier）的构想。1790 年春，他在威尼斯海滩的沙丘里发现了一具开裂的羊颅骨，他认为这具羊颅骨证实了他所认识到的真理："整个颅骨是由椎骨演变而来的。"②1790—1795 年，歌德逐渐形成了他的"类型"（Typus）概念，这一概念在他的论文《从骨学出发的比较解剖学导论初稿》（1795）中得到了详细的阐述。他所说的"类型"指的是植物或动物共有的、普遍的、有严格界限的基本模式，例如，显花植物类型和脊椎动物类型，而这些固定的类型都有一个原型（原始植物或原始动物）作为其起源。1796 年，他在解剖学和骨学的演讲稿中写道："我们已不怕一切，而作出底下的结论：生物界中，最完善的形状——如鱼类、两栖类、鸟类、兽类和人类都是根据一种原始的格式构成。基本格式中之各部虽能变化，但其范围一定比较狭小。新的形状逐日发现，逐日变化，数目亦逐日增进。"③

1830 年 2 月 15 日，法国动物学家乔弗列·圣·喜来尔（Geoffroy Saint-Hilaire，1772—1844）在巴黎科学院宣读他的两个学生合写的一篇论文，该论文从乔弗列的"结构的统一"（unité de plan）原理出发，将头足纲动物的结构与脊椎动物的结构勾连在一起。由于乔弗列和动物学家居维叶（Georges Cuvier，1769—1832）的学术观点不同，加之该论文中有一段攻击居维叶本人的文字，于是居维叶奋起反击，开始了科学史上著名的"巴黎科学院论战"，论战的核心问题是动物的类型学说。乔弗列认为所有的动物只有一种基本模式："自然根据惟一的图式，创造一切生物：主要的格式是到处不变的；要变的，只在次要部分。"④ 这便是他的"结构的统一"原理。居维叶则认为整个动物界分为四种基本类型：脊椎动物门、软体动物门、节肢动物门和放射状动物门。

1830 年 7 月 19 日，两人在巴黎科学院就研究方法问题再次展开论战，乔弗列主张自然科学研究应采用综合法，居维叶则坚持分析法。综合法是思维把对象的各个部分联结成一个有机整体加以考察的方法，它注重在事

---

① Goethe-HA, Bd. 13, S. 375.

② Goethe-HA, Bd, 10, S. 435 – 436.

③ 朱洗：《生物的进化》，科学出版社 1958 年版，第 37 页。

④ 同上书，第 27 页。

实的基础上进行推论和猜想，强调对象的各个部分的内在联系，这正是歌德所主张的整体观和有机论。1830 年 8 月 2 日，歌德明确表态支持乔弗列的综合法："由乔弗列引入法国的自然科学研究的综合法，而今已不可逆转……从今以后，法国的自然科学研究也将是精神统驭物质。"① 乔弗列在他的著作《动物学哲学原理》（1830）中将歌德引为同道，歌德于是为这本书写了一篇书评，他将巴黎科学院论战的实质归结为"两种不同的思维方式"的冲突，② 并把乔弗列的动物器官构造的统一原理称作"类似论"（Theorie von den Analogien）。1830 年 12 月 27 日，乔弗列写信给歌德，对歌德友好而充满理解的书评表示感谢。1832 年歌德去世后，他从亚历山大·封·洪堡（Alexander von Humbolt，1769—1859）的手中得到了这篇书评的第二部分。在第二部分中，歌德反对自然科学研究中的目的论，他主张以形态与功能的相互作用来解释自然，并建议用"类型"来取代乔弗列的"结构"（plan）。

目的论（Teleologie）是主张世界上的一切事物或发展都是由一定的目的或理想的最终状态预先决定的和朝着预定目的运动的唯心主义学说，它的哲学基础是神创论。目的论者认为多样的物种是上帝预先设计好的，动物每一个器官的形态普遍适应于它所表现出来的功能，世界万物都是为人而设和由人利用的，所有这一切都证明了上帝的智慧和仁慈。歌德从他的泛神论出发，否认超越于自然的造物主，主张在自然科学领域排除目的论，他认为万物的产生是自因，自然本身就具有一种形成力，多样的物种和人都是自然的创造物，人是从低等动物进化而来的。1831 年 2 月 20 日，他在和艾克曼的谈话中说道："人的头盖骨有两个未填满的空洞。你问为何不会有多少结果，相反问如何则可能认识到，这两个空洞实为动物头盖骨的遗存；在那些低等动物身上，这两个空洞还要大一些，即使到了高级的人的身上，它们也仍未完全消失。"③ 歌德反复比较了脊椎动物的颅骨和人的颅骨，发现人类新生儿的前囟和后囟尚未闭合。人的囟门（Fontanellen）与脊椎动物的颅顶骨空洞之间存在着相似的关联，于是他得出了人是由低等动物进化而来的推论。

---

① 艾克曼：《歌德谈话录》，杨武能译，第 278 页。
② Goethe-LA，Abt. I，Bd. 10，S. 374.
③ 艾克曼：《歌德谈话录》，杨武能译，第 293 页。

简言之，歌德认为大自然是由简单到复杂缓慢地向前发展，人是由低等动物逐渐进化而来的，他的自然观具有达尔文主义的萌芽，就连达尔文本人也承认歌德是达尔文主义的开路先锋之一。达尔文在《物种起源》第六版（1872）的开篇《本书第一版刊行前，有关"物种起源"的意见的发展史略》中简述了拉马克的物种渐变论，在对拉马克的脚注中他将歌德视作进化论的先驱之一："根据小圣·喜来尔的意见，无疑歌德也是主张同一观点的最力者，歌德的主张见于 1794 和 1795 年他的著作的引言中，但这些著作在很久以后才出版。他曾明确指出，今后自然学者的问题，应当是牛怎样得到它的角，而不是牛怎样用它的角……这就是说歌德在德国，达尔文医师在英国，圣·喜来尔（不久我们将会谈到他）在法国，于1794—1795 年这一期间内，关于物种起源作出了相同的结论。"①

需要指出的是：歌德的进化思想只有一个粗略的框架，他并没有从严格意义上的种系发生学和系谱学的角度来解释生物的进化，也没有解决进化的机制问题。杨武能教授指出：歌德的"进化论思想，明显支配着他的政治哲学和宗教哲学。"② 歌德从他的渐变的自然观出发，认为社会的发展也应该是渐进的，因此他主张"合乎时势的改良"③，反对暴力革命。在美学领域，他一方面重视艺术的传承，另一方面又主张变化和创新，但是他在原则上反对极端的、割裂传统的文学革命，尽管这种革命能够拓展文学的形式和内容。1830 年 3 月 14 日，他对艾克曼说道："任何革命都免不了过激，一开始，政治革命通常要的只是消除各式各样的弊端，可是还没等革命者明白过来，他们已经深深陷入流血和恐怖的烂泥坑。今天法国人在进行文学变革也一样，一开始追求的只是更加自由的形式，然而到了眼下已不能就此停步，而是要把迄今的全部内容连同形式一块儿抛弃。人们已开始声称表现思想和行为没有意思，却试图去写形形色色丑恶淫邪的东西。希腊神话美好的内容让魔鬼、巫师和僵尸取代了，古代高贵的英雄不得不让位给骗子和罪犯……可是如此拼命追求外在的效果，任何深入的钻研都会置之度外，也就完全忽视人的内在素质和才能按部就班的认真培养。"④

---

① 达尔文：《物种起源》第一分册，周建人等译，商务印书馆 1983 年版，第 3 页。
② 杨武能：《三叶集》，巴蜀书社 2005 年版，第 77 页。
③ 艾克曼：《歌德谈话录》，洪天富译，第 51 页。
④ 艾克曼：《歌德谈话录》，杨武能译，第 264 页。

第三节　自然主义的泛神论

我相信上帝和自然，相信高尚会战胜邪恶，但这在那些虔诚的灵魂看来还不够，我还得相信三位一体。然而这有悖于我心灵的真实感受，而且我也明白，即使如此对我未必会有多大好处。①

本节题记引自 1824 年 1 月 4 日歌德与艾克曼的谈话，歌德说他不相信基督教的三位一体（超越宇宙的圣父、道成肉身的圣子、发自圣父的圣灵），但是他相信"上帝和自然"。在此他明确表明了他的泛神论信仰：神即自然，自然即神，在自然之外并没有一位超然的、终极的神。歌德在他的自传《诗与真》第四部第一节中谈到了斯宾诺莎对他的世界观、自然观和文艺观的影响。1831 年 2 月 28 日，歌德把《诗与真》第四部的手稿交给了艾克曼，艾克曼于是写了一段文字，详细介绍了歌德的泛神论信仰："我们称之为神性的这个伟大存在，不只体现在人的心里，而是也体现在浩瀚无垠、包罗万象的大自然中……歌德在早年便发现斯宾诺莎是这样一位高瞻远瞩的思想家，很高兴这位伟人的观点正好符合自己青春时期的需要。他在斯宾诺莎身上看到了自己，于是他借助斯宾诺莎坚定了自己终生的信念。这些信念不具有主观的性质，而是以体现神的创造和意愿的客观世界作为基础。"②

泛神论（Pantheismus）是一种主张神和世界同一的哲学和宗教学说，它认为神就是宇宙生命本身。③ 泛神论这个概念由英国宗教哲学家托兰德（John Toland，1670—1722）首创，1720 年他在讨论苏西尼派观点时用这个词来表示神和万有的同一。犹太教和基督教的创世说认为神超出于世界之外，泛神论则将神等同于世界，它把世界万物统一于一个实体（神或自然，deus sive natura）。强调神性（神即自然）的泛神论与无宇宙论和万有在神论有相似之处，强调尘世性（自然即神）的泛神论接近于无神论。泛

① 艾克曼：《歌德谈话录》，杨武能译，第 33 页。
② 同上书，第 298 页。
③ Günther Drosdowski（Hg.），*Duden Das große Wörterbuch der deutschen Sprache*. Mannheim：Bibliographisches Institut，1980，Bd. 5，S. 1944.

神论认为作为万物整体的自然是唯一的实体（神）的显示，从这个角度来看它属于宗教上的一元论。泛神论认为神和自然在本质上相同，因此它和相信一位超验的人格神的有神论相矛盾。① 总的来看，西方的泛神论具有自然主义倾向，它把神融化于自然之中。

西方哲学史上的泛神论源远流长，它发端于米利都学派（泰勒斯）和埃利亚学派（色诺芬尼和巴门尼德），经过新柏拉图主义、库萨的尼古拉、布鲁诺传至斯宾诺莎、歌德、德国唯心主义和德国浪漫派。斯宾诺莎的学说是最典型的泛神论，他把笛卡尔的二元论（精神和物质是互不相干的两个实体）化解为只有一个实体（自然）的一元论，他认为这个唯一的实体具有思维和广延两重属性，自然和神是同一的。歌德和他的同时代人倾向于自然主义，他们从自然本身（自然原因、自然原理和自然规律）来解释自然和一切自然现象。由于斯宾诺莎的泛神论迎合了这种世俗化的世界观，斯宾诺莎主义于是在 18 世纪的德国成为一股强大的思想潮流。海涅在《论德国宗教和哲学的历史》（1834/35）一书中断言："德国是泛神论最繁荣的土地，泛神论是我国最伟大的思想家们和最优秀的艺术家们的宗教……泛神论在德国是一个公开的秘密。"②

斯宾诺莎是对歌德的思维方式施加了决定性影响的伟人之一。狄尔泰认为，在方法论上，歌德的现象直观来自斯宾诺莎的"直观认识"（cognitio intuitiva），而代表歌德特色的类比法则来自歌德对斯宾诺莎的"等同性认识"（cognitio adaequata）的修正。③ 歌德的斯宾诺莎研究分为三个时期。1773—1774 年歌德阅读了科勒鲁斯（J. Colerus，1647—1707）写的《斯宾诺莎生平》和斯宾诺莎的代表作《伦理学》。斯宾诺莎的高尚人格和调和一切的学说使他感到了一股强大的亲和力。1784—1785 年他潜心钻研《伦理学》，并与友人托布勒（Georg Christoph Tobler，1757—1812）一起研讨斯宾诺莎学说，托布勒写下了断片《自然》（1784），歌德则完成了著名的论文《斯宾诺莎研究》（1786）。1811—1812 年他重读斯宾诺莎，并在《诗与真》第三部和第四部中对斯宾诺莎哲学进行了详细的论述。

1770 年初，歌德阅读了法国哲学家培尔（Pierre Bayle，1647—1706）

---

① GHb, Bd, 4, S. 828.
② 海涅：《论德国宗教和哲学的历史》，海安译，商务印书馆 1974 年版，第 74 页。
③ Goethe-HA, Bd. 10, S. 580.

的《历史与批判辞典》之后写下了一篇《日记》（Ephemerides）。培尔将布鲁诺的万有统一说（All-Einheitslehre）斥责为异端邪说。歌德则将布鲁诺关于太一与无限的同一的思想誉为"一种伟大的思想"。① 歌德在新柏拉图主义的流溢说的框架下论证了神和世界在本质上的一致，并据此驳斥了神和世界的分离以及灵魂和肉体的分离。青年歌德当时是从二手资料中了解斯宾诺莎的，他错误地将斯宾诺莎主义贬为理性流溢说的变种。

歌德在他的自传《诗与真》中回忆了他青年时期的泛神论信仰以及建立在该信仰之上的对大自然和对存在的敬畏。他时常在法兰克福郊外的森林中漫步，"与大自然进行交谈"②，他将他与大自然的对话视作崇拜上帝的纯朴方式和对崇高感的原始体验。在去斯特拉斯堡大学之前，他综合了新柏拉图主义、神秘学和基督教救世说，建立了一个泛神论的流溢说体系和宇宙起源学模式：首先是神的自我创造，然后神（即圣父）又创生圣子，圣父圣子又创生第三者——圣灵；这个神圣的三位一体又创生出内含矛盾的第四者——琉息斐（Luzifer，魔鬼），琉息斐又创生出物质世界。在这个宇宙起源学模式中，神与自然、一与多皆听命于一种具有自我化和无我化机制的、永恒的"创造欲"。③ 在《乡村牧师致新任牧师的信》（1773）中，歌德依据斯宾诺莎的《神学政治论》和《约翰福音》，倡导宗教宽容和泛神论意义上的博爱。1774 年 4 月 26 日在致苏黎世牧师普芬尼格（J. K. Pfenniger, 1747—1792）的信中，歌德将天才视作神性的化身和神与自然的同一性的体现者，表达了他对具有创造力的天才的崇拜："我真诚地拥抱我的兄长：摩西，先知，福音书作者，使徒，斯宾诺莎或马基雅维里！"④

1785 年，德国哲学家雅科比发表了他的著作《论斯宾诺莎的学说·致门德尔松先生的书简》。雅科比认为斯宾诺莎的学说虽然堪称彻底的哲学，但其本质却是无神论，哲学并不能满足人类的精神需求，因此人类必须皈依宗教信仰，信仰乃是直接知识或顿悟，只有通过信仰才能认识上帝。雅科比要求走中间道路的哲学家门德尔松（Moses Mendelssohn, 1729—1786）在宗教和哲学之间作出抉择。门德尔松于 1786 年完成了著作《门

---

① Hanna Fischer-Lamberg, *Der junge Goethe*. Berlin：Walter de Gruyter, 1974, Bd. 1, S. 427.

② Goethe-HA, Bd. 9, S. 223.

③ Ebd. , S. 351.

④ Johann Wolfgang von Goethe, *Briefe*. Bd. 1. Hamburg：Christian Wegner Verlag, 1962, S. 159.

德尔松致莱辛的朋友们》，他对雅科比的论调奋起反击，于是爆发了一场关于斯宾诺莎的论战，雅科比的信仰哲学遭到了持世俗化的世界观的思想家们（康德、赫尔德和歌德等人）的一致反对。

在 1787 年 10 月 8 日致赫尔德的信中，歌德批评雅科比混淆了知识与信仰，"崇拜一种空洞的、幼稚的幻象"①。为了表明他对斯宾诺莎的正确理解，他完成了论文《斯宾诺莎研究》。晚年的莱辛信仰斯宾诺莎的泛神论，他曾对雅科比说道："一与一切（Eins und Alles）！除此之外我一无所知！"②"一与一切"（Ἑνχαὶπᾶν）这个术语出自古希腊哲学家色诺芬尼，他认为唯一的神既是一，又是一切。莱辛用这个术语来表达他的泛神论信仰：神无所不在，万物都是神的显现。歌德在论文中引用了莱辛的名言，他将自然视作神的显现，视作按照永恒的自然规律创造出来的有机整体，并依照斯宾诺莎哲学断言自然是存在与完美的统一。歌德认为神性（完美、慈爱、创造性等）体现在自然万物中，自然本身就具有创造性，它是"能生的自然"（natura naturans），其机制是自我化和无我化或舒张和收缩，人作为自然之子同样具有创造性，艺术家创造的艺术品是类似于自然产品的有机整体，艺术品的产生是一种类似于植物的有机的生长，他从泛神论出发推衍出了他的有机论美学。

在《诗与真》第四部里，歌德谈到了斯宾诺莎对他的创作论的影响：诗人的创作才能乃是"天赋"（Natur），③ 是灵感"不由自主的"、无意识无目的的涌现。1787 年 9 月 6 日，歌德在他的罗马书信中将古代的艺术作品比作自然产品："这些高超的艺术作品是由人按照真实的自然规律创造出来的最高的自然产品。"④

斯宾诺莎反对神学目的论，坚持唯物主义的决定论，他认为具体事物的产生是由因果性决定的，因果联系和相互作用是事物产生和运动变化的唯一根源，由此他建立了一个没有预定目的的、只按自然规律活动的神的概念。歌德也认为自然是按照其内在的必然规律运动的，他在《诗与真》第十六章中写道："自然循着永恒的必然规律而运行，而起作用，这种规

---

① Goethe-HA, Bd. 11, S. 416.
② Ebd., S, 654.
③ Goethe-HA, Bd. 10, S. 80.
④ Goethe-HA, Bd. 11, S. 395.

律是那样神圣，以至连神也不能怎样变更它。"① 歌德将艺术类比为自然，他认为艺术也不受外在目的支配，而只受艺术本身的规律的支配，由此建立了他的"自主美学"（Autonomieästhetik，即从艺术的自身规律出发捍卫艺术的独立自主，使美的艺术不受政治、经济、道德和宗教等外在权威的辖制）。1830 年 1 月 29 日，歌德在致作曲家策尔特（K. F. Zelter，1758—1832）的信中将斯宾诺莎哲学视作他的自主美学的来源之一："康德在他的《判断力批判》一书中将艺术与自然相提并论，并给予二者以下述权利：从伟大的原理出发从事无目的的活动。仇恨荒谬的终极原因的斯宾诺莎早就使我相信了这一点。自然和艺术太伟大了，以至于它们无法依照目的而活动，也没有必要进行有目的的活动，因为联系无处不在，联系就是生命。"②

在歌德的早期文学作品中渗透着丰富的泛神论思想：人是自然之子的自我体认；对大自然的热爱，对自然和世界的虔敬；一种融新柏拉图主义、神秘主义、魔法、炼金术和占星术为一体的全知的（pansophisch）自然哲学和一种天人合一的神秘感。少年维特的心中充满着万有的统一感，他在生机勃勃的大自然中感觉到了"全能上帝的存在"和"博爱天父的嘘嘘"。③ 在颂歌《伽倪墨得斯》中，博爱的上帝与神圣的自然合而为一，天人亦合一："让我们互相拥抱！/飞升到你的怀中，/博爱的父亲！"④ 在《浮士德》第一部中，浮士德向玛格莉特道出了他的泛神论信仰，他将自然（即神）视作取消了一切差别的浑然统一体："这包容万物者，/这维系万物者，/他不是包容维系着你、我和他自身？"⑤ 浮士德在解读大宇宙的符记和召唤地灵时，他看见了生命和行动的"神灵"、流溢说的"众生之源"和"造化"（wirkende Natur，即"能生的自然"），⑥ 而这"神灵"则化身为"派生的自然"即整个现象世界："傍着时光飞转的纺车，我织造神性生命之裳。"⑦

歌德晚年的许多文学作品依然流露出明显的泛神论思想，例如，格言

---

① 歌德：《诗与真》下册，刘思慕译，《歌德文集》（5），第 720 页。
② GHb, Bd. 4, S. 1002.
③ 歌德：《少年维特的烦恼》，杨武能译，广西师范大学出版社 2003 年版，第 44 页。
④ 歌德：《迷娘曲——歌德诗选》，杨武能译，第 38 页。
⑤ 歌德：《浮士德》，杨武能译，第 159 页。
⑥ 同上书，第 22—23 页。
⑦ 同上书，第 25 页。

诗《泛神论者》，自然哲学和思想诗《世界灵魂》、《附言》、《旁白》、《当然》、《个体和全体》、《在庄重的尸骨存放所》。在《旁白》（Parabase，1820）一诗中，神显示为多种多样的自然物，大宇宙与小宇宙（即人）相呼应，万物相互关联："永恒的太一即造化，/它有多样的显示；/大即小，小即大，/万物依其持有的方式。/总在变化，坚决自保；/远与近，近与远；/不断塑造，不断改造——/这使我万分惊叹。"①

在《格言与反思》（1829）中，歌德坦言他在不同的领域扮演不同的角色："在自然研究领域我们是泛神论者，在文学创作领域是多神论者，在道德领域是一神论者。"② 歌德的意思是说他在自然科学领域是唯物主义者，在从事文艺创作时沉迷于瑰丽多彩的想象和善于运用神话的具体形象以避免抽象，在为人处事时严格恪守基督教的道德。但歌德的泛神论是一种物活论（Hylozoismus）的泛神论，他相信宇宙是有生命的、有灵魂的，据此他写下了《世界灵魂》（1803）一诗。他依照斯宾诺莎的属性说（实体具有思维和广延双重属性），提出了精神和物质共生说，他认为自然既是物质又是精神（但在大多数情况下他将自然视作纯粹的物质世界），正如人既有肉体又有灵魂，他写道："物质的存在永远离不开精神，精神的存在也永远离不开物质。"③ 由此可见泛神论者歌德是一位不彻底的唯物主义者，因为他不承认物质是离开人的意识而独立存在的，并且他也没有抛弃有神论。

晚年歌德认为人的命运是由神和"神所派遣的精灵"④ 决定的，天才的灵感来自神授，天才人物的"魔性"来自精灵的"较高的影响"。⑤ 晚年歌德认为精神是一种非物质性的存在，它不受时间的辖制。1823 年 2 月 19 日，他向缪勒首相（Kanzler von Müller，1779—1849）提出了"精神永存"⑥ 的假说。1824 年 5 月 2 日，歌德在和艾克曼谈到死亡问题时说他相信精神不灭："我坚信我们的精神具有不朽的性质，会永永远远地存在和

---

① Geothe-HA, Bd. 1, S. 358.

② Goethe-HA, Bd. 12, S. 372.

③ Goethe-WA, Abt. Ⅱ, Bd. 11, S. 11.

④ Goethe-HA, Bd. 5, S. 731.

⑤ Johann Peter Eckerermann, *Gespräche mit Goethe*. Berlin & Weimar: Aufbau-Verlag, 1982, S. 393.

⑥ Kanzler Friedrich von Müller, *Unterhaltungen mit Goethe*. Weimar: H. Böhlaus Nachfolger, 1959, S. 16.

活跃下去。就像太阳，只在我们凡俗的眼睛是沉没了，实际上却永不沉没，一直继续在放着光辉。"① 歌德是从"行动的概念"（Begriff der Tätigket）出发推导人的精神永存的："对我而言，我们对精神永存的信念来自行动这一概念；因为我不停息地劳作直至终生，即使我现在的存在形式不能继续支撑我的精神了，大自然也有义务给予我另一种存在形式。"② 这种精神不灭的唯心主义只是对他劳作的一生的心灵安慰而已。

第四节　自发辩证法

你们想必学习了基督教会发展史——我在五十年前就已经学习了——所以能够理解万物是怎样相互联系在一起的……穆斯林是以这样的学说开始他们的哲学课的，即任何存在的东西都有其对立面。因此他们是这样训练青年人的思想的，他们推出一种看法，然后让青年人批判和说出相反的看法，通过这种正反的训练，青年人的思维和表达能力大大提高。③

本节题记引自 1827 年 4 月 11 日歌德与艾克曼等人关于宗教和辩证法的谈话，歌德谈到了辩证法的一些主要内容：普遍联系、矛盾以及通过正题反题合题来获得真理的方法。辩证法是关于事物的普遍联系、相互作用、运动发展变化和矛盾的对立统一的哲学学说。④ 辩证法（Dialektik）一词源于古希腊文 dialektikē，原指辩驳术，最著名的就是苏格拉底的辩驳术，首先苏格拉底承认自己无知，招引对方发表一通言论（Rede），然后他进行反驳（Gegenrede），使对方陷入矛盾并承认其无知，最后苏格拉底通过修正意见而发现真理，苏格拉底将这种方法称作"精神助产术"。而黑格尔关于辩证法是普遍联系、对立统一和发展变化的思想，已成为辩证法的通常含义。

歌德在他的自然研究和生活实践中形成了自发的、朴素的辩证法思

---

① 艾克曼：《歌德谈话录》，杨武能译，第 55 页。
② 同上书，第 204 页。
③ 艾克曼：《歌德谈话录》，洪天富译，第 251—252 页。
④ 冯契主编：《哲学大辞典》上卷，第 72—73 页。

想。在《实验作为主体和客体的中介》（1810）一文中，他明确指出世界上的事物存在着普遍联系："在生机勃勃的大自然中所发生的事情无不与整体相联系，如果我们觉得经验是孤立的，如果我们把实验看成是孤立的事实，那么这并不意味着它们是孤立的；问题在于：我们怎样才能发现现象之间的联系和事件之间的联系？"① 接着他指出了事物之间存在着相互作用："由于自然中的一切，尤其是较普遍的力和元素，都处于永恒的作用和反作用之中，因此我们可以说，每一种现象都与其他无数种现象相联系，正如我们可以说，一颗高悬在夜空中的星星正在向四面八方射出它的光。"② 他用形象的比喻说明只有揭示事物的内在联系才能发现客观真理：每个个别的现象只是"一条珠联璧合的大项链的环节而已。如果有人遮住整条珍珠项链而只把其中最美丽的单个珍珠展示给我们看，并且要求我们相信其余的珍珠也同样美丽，那么这桩交易就很难达成。"③

歌德将发展变化视作自然和物质世界的法则，例如，他认为生命是从简单形式逐渐向复杂形式发展的，人是从低等动物进化而来的。他坚决反对形而上学："万物已存在和已完成的信念……把整个世纪笼罩在雾霭之中。"④ 在《论植物学》（1817）一文中，他批评了静止的、不变的"形态"观："形态"这个概念假定"一个互相关联的整体是确定的和完成了的，其性状是固定的。"⑤ 歌德本人则持一种变化的形态观："但是如果我们仔细观察所有的形态，尤其是有机形态，那么我们就会发现所有的形态不是固定的、静止的、已完成的，万物都处在持续的变动之中。"⑥ 他在《论形态学概念》（1817）一文中写道："形态是一种运动的、变易的、易逝的东西。形态学就是变化学。形变论是破解一切自然符码的密钥。"⑦ 在《论博物学和科学学》（1810）一文中，他认为静止是相对的，变动是绝对的："某些形态一旦形成，得到了具体化和个体化，就会顽固地长期自我保存至许多世代"，但是他相信"所有形态永恒的变动性"。⑧

---

① Goethe-HA，Bd. 13，S. 17.
② Ebd.，S. 17 - 18.
③ Girnus，S. 122.
④ Ebd.
⑤ Ebd.，S. 123.
⑥ Ebd.
⑦ Ebd.
⑧ Ebd.

歌德并不是机械地考察因果关系的，他认为前因后果只是人们的感觉习惯而已。他采取的是辩证的、"发生学的方法"，即把原因和结果视作一个有机联系的整体，因为结果出现时，原因并没有消失，而是渗透在结果之中，原因和结果是相互纠结在一起的。他在《格言与反思》中写道："当思维的人考察原因和结果时，他特别容易犯错误。这二者共同构成了密不可分的现象"。① 关于事物的转变，歌德认为是量变和质变的共同作用导致了事物的发展变化。他在《格言与反思》中写道："如果我们发挥我们的能力，竭尽心智和全力观察宇宙，那么我们就会认识到：量与质乃是现象世界的两极。"② 而歌德所说的"形变"实际上指的是旧质向新质的转变，质变乃是事物根本性质的变化，即歌德在《幸福的渴望》（1814）一诗中所歌咏的"死与变"（Stirb und Werde）。③

歌德用一种历史的眼光来看待自然科学，他认为自然科学是随着时代而发展的。在歌德时代，现代化学和现代生理学才刚刚起步，歌德就预感到了这两门科学未来的发展方向，并预言了化学生理学的出现，期望以它为基础来研究生命现象，来揭开生命之谜。他在《对形态学的思考》（1817）一文中写道："新近的化学发现揭示了最微妙的分离与结合，我们有望借此了解一个生命有机体的极其细腻的功能。正如我们通过对结构的精确观察而拥有了解剖生理学一样，随着时间的推移我们也有望得到一门化学生理学。"④ 在《论形态学》杂志第一期的前言中，歌德阐明了认识的辩证发展过程：人类的认识是由感性认识上升到理性认识，是一个实践、认识、再实践、再认识从而不断接近真理的过程。⑤

歌德在自然研究的基础上形成了他的自发辩证法，他认为认识是对客观物质世界的反映，认识必须受到实践的检验，他从他的自然辩证法出发反对黑格尔思辨的唯心辩证法，将唯心辩证法称作诡辩和精神病。1827年10月18日，他批评思辨哲学家黑格尔颠倒了思维与存在之间的关系。⑥ 歌德反对唯心辩证法将客观物质世界归结为精神，从概念出发进行抽象思辨

① Goethe-HA, Bd. 12, S. 446.
② Ebd., S. 453.
③ 歌德：《迷娘曲——歌德诗选》，杨武能译，第227页。
④ Goethe-HA, Bd. 13, S. 125.
⑤ Girnus, S. 111.
⑥ 艾克曼：《歌德谈话录》，杨武能译，第172页。

并推演出整个客观实在。

　　歌德的自然辩证法认为自然是一个相互联系的有机整体，他将艺术与自然进行类比，建构了他的有机论（即整体论，Holismus）美学。在 1831年 6 月 20 日与艾克曼的谈话中，歌德认为天才的艺术品是有机的生长的结果，它是自然地长成的，而不是机械地构成的，天才的作品是有生命的，它是在天才的心灵中自然长成的有机整体。① 他从自发辩证法出发，提出了艺术与自然之间的辩证关系：艺术既是自然的奴隶，又是自然的主人。② 歌德的意思是说艺术的素材来源于自然（即现实），但艺术必须高于自然，必须对自然进行精神化，赋予自然素材以情感、思想和意义，使自然素材服务于艺术家"更高的意图"，"即他要从特殊中显示出的一般、世界观和人生观"。③ 在《评狄德罗的〈画论〉》（1799）一文中，歌德明确提出了艺术是经过精神灌注的第二自然的美学思想："艺术家怀着对创造了他自己的大自然的感激之情，奉还给大自然一个第二自然，但这是一个有感情，有思想，由人创造的自然。"④

第五节　人道主义

　　　　一个宗教题材，自然同样可以成为很好的艺术表现对象，只不过有个条件，就是它必须反映普遍的人性。正因此，怀抱耶稣的圣母就是个绝佳的题材，它不但得到千百次的表现，而且永远为人喜闻乐见，百看不厌。⑤

　　本节题记引自 1824 年 5 月 2 日歌德与艾克曼关于宗教与艺术的关系和关于普遍人性的谈话。关于宗教与艺术的关系，歌德认为宗教和人的其他较高的生活需求（Lebensinteresse）一样，只是艺术表现的素材（Stoff）；而宗教题材如果能表现普遍的人性，那么它就是艺术塑造的绝佳对象。歌

---

① 艾克曼：《歌德谈话录》，洪开富译，第 582 页。
② 艾克曼：《歌德谈话录》，杨武能译，第 147 页。
③ 艾克曼：《歌德谈话录》，朱光潜译，人民文学出版社 1978 年版，第 278 页。
④ 歌德：《论文学艺术》，范大灿等译，第 116 页。
⑤ 艾克曼：《歌德谈话录》，杨武能译，第 54 页。

德认为人人皆有知、情、意，人类的生活和情感具有共性，因此他相信人具有超阶段、超民族、超种族的普遍人性（das Allgemein-Menschliche）。1827 年 1 月 31 日，歌德在谈论中国人和中国小说《玉娇梨》时说道："人们的思想、行为和情感几乎跟我们一个样，我们很快会觉得自己跟他们是同类。"① 这种普遍的人性论是歌德的人道主义和世界主义的基石。

人道主义（Humanismus）是关于人性、人的尊严、人的价值和个性发展的思潮和理论。② 古希腊罗马的人道学说、文艺复兴时期的人文主义、启蒙运动的人道主义和虔敬主义的人道主义是歌德的新人道主义（Neuhumanismus）的思想来源。柏拉图认为人性来源于理念世界，他要求净化人的灵魂，灭除人的欲望，以达到绝对完满的至善。西塞罗最早使用了"人道精神"（humanistas）一词，用它来指一种能促使个人的才能得到最大限度的发展的教育制度。③ 爱比克泰德认为人是神的一颗微粒，人人都是世界公民，人人皆兄弟，他提倡容忍、自制和博爱。琉善主张消除种族、社会和经济差别，推崇真诚和仁慈。文艺复兴时期的人文主义破除了以神为中心的基督教思想，张扬以人为中心的现世精神，肯定人拥有寻求一切人间快乐、争取个性解放、进行自由创造和支配自然的权利。18 世纪的法国启蒙思想家提出了"天赋人权"和"自由、平等、博爱"的思想。德国启蒙主义者莱辛则在《论人类的教育》（1780）一文中指出：人类历史表现为理性和道德的进步，人类的道德是可以提高的，人性是可臻完美的。④

虔敬主义（Pietismus）是 17 世纪末至 18 世纪中叶发生在德国新教内部的宗教改革运动，它强调个人内心的虔诚和行动上的博爱，并力图以一种圣洁的生活实践来破除僵化的教条。在《诗与真》第八卷中，歌德对他的忘年交、虔敬主义者冯·克勒敦堡女士（1723—1774）进行了回忆和歌颂："她的心境没有一刻不愉快宁静……她的最爱好，甚至唯一的话题就是人能够反躬自省而获得的道德的体验；她还把宗教的见解添上去，后者经过她的非常蕴藉而独创的观察便成为自然和超自然的了。"⑤ 歌德在继承

---

① 艾克曼：《歌德谈话录》，杨武能译，第 133 页。

② 夏征农主编：《辞海》（缩印本），上海辞书出版社 1989 年版，第 348 页。

③ 同上。

④ Kurt Böttcher u. Hans Jürgen Geerdts（Hg.），*Kurze Geschichte der deutschen Literatur.* Berlin：Volk und Wissen Volkseigener Verlag，1983，S. 194.

⑤ 歌德：《诗与真》上册，刘思慕译，《歌德文集》（4），人民文学出版社 1999 年版，第 347 页。

传统人道主义思想的基础上，提出了他的新人道主义理想：通过文化教育、审美教育和社会实践，不断地实现自己的才能和发展自己的个性，把自己培养成一个体现了感性与理性、思想与行动、个人与社会、艺术与生活之统一的"完整的人"（Vollmensch）。

歌德在《戴面具者的化装游行》（1818）一文中写道："人道是我们永远的目标。"① 他的人道概念的核心内涵是"博爱"（Menschliebe），其外延囊括了社会生活、政治、司法、学术、医疗、自然研究、文艺和宗教等诸多领域。在《诗与真》第十二卷（1814）中，他将"人道和世界公民"② 视作同义词，他本人也自称为"世界公民"（Weltbürger），在民族问题上提倡理解、宽容、平等和自由。1830 年 3 月 14 日，他对艾克曼说道："民族仇恨就是个怪东西——你总发现在文明（Kultur）程度最低的地方，民族仇恨最强烈。可在达到了一定的文明程度以后，它就完全消失了；这时候，人们在一定意义上已经凌驾于民族之上，已经感到邻国人民的幸福和痛苦就是自己的幸福和痛苦。"③ 在《诗与真》第十三卷中，他赞扬德国的律师和法官在司法领域推广"人道主义"。④ 1832 年，歌德在一篇书评中表扬了当权者在司法和政治领域的仁慈："死刑逐渐被废除，最严厉的刑罚获得了减轻，人们在考虑改善被释放的罪犯的状况，并把野孩子教育成好人。"⑤ 他在《诗与真》的补遗中要求君主应该具有"世界公民的性情，给臣民带来幸福"。⑥

1821 年 7 月 12 日，歌德在致罗斯托克大学学督波特（Carl Friedrich von Both，1789—1875）的信中写道：他希望"通过提高人道来促进一种较高的和较自由的鉴赏力"。⑦ 在《意大利游记》中，他称赞德国文学已显现出一种"较自由的、视野开阔的人道。"⑧ 在文化教育和审美教育领域，人道意味着世界公民式的开放态度。1827 年 5 月 4 日，歌德在谈到法国日耳曼学学者安培（1800—1864）时说道："安培是一个很有修养的学

---

① Goethe-WA, Abt. I, Bd. 16, S. 271.
② Goethe-HA, Bd. 9, S. 550.
③ 艾克曼：《歌德谈话录》，杨武能译，第 267 页。
④ Goethe-HA, Bd. 9, S. 565.
⑤ Goethe-WA, Abt. I, Bd. 49.2, S. 67.
⑥ Goethe-WA, Abt. I, Bd. 53, S. 383f.
⑦ GHb, Bd. 4, S. 499.
⑧ Goethe-WA, Abt. I, Bd. 31, S. 27.

者，他早就克服了许多法国人所具有的民族偏见、恐惧感和目光短浅，就其思想而言，他更多地是一个世界公民。"① 在艺术内容方面，古希腊的雕塑艺术堪称人道典范，因为它表现了灵与肉的统一。在歌德所写的一首箴言诗里，人道综合了人性的各种不同成分："它把灵魂赋予享受，把精神注入需求，/把优美赐给力量，使心灵进入崇高。"②

歌德认为新教文化采用的是一种"宽容的、人道的教育方式"，而天主教文化实行的是一种"强制的、奴化的"教育。③ 歌德吸收了虔敬主义的精髓，将心灵视作人道的本源。他在《现代教皇派和保皇派》（1827）一文中写道："表现内心情感的诗"，必定"完全符合人道"。④ 作为虔敬主义的传人，歌德认为基督教的人道高于古希腊罗马的人道，他在《古典派和浪漫派在意大利的激烈斗争》（1820）一文中写道："我们德国人也不能否认我们从《圣经》那里获得的教育……我们所以感到它离我们近一些，是因为它影响了我们的信仰和最高的道德准则，而其他的文献则只是引导我们的趣味和做人的普遍道理。"⑤ 歌德和赫尔德一样将基督教的博爱、宽恕和救助视作"人道的动力"。⑥ 歌德在八行诗残稿《秘密》中塑造了一位效仿基督的骑士团骑士胡曼努斯（Humanus），这位胡曼努斯像基督一样"为他人而活"，其人道的出发点就是自我克制："只有自我克制的人才能挣脱/束缚众生的强力。"⑦

与此同时歌德也指出了人道这个概念的一些问题，他担心机构化的慈善会造成人的弱化和矮化。1787 年 5 月 27 日，他在致施泰因夫人的信中写道："我也承认人道终将获胜，但是我担心与此同时世界将变成一所大医院，而一个人将变成另一个人的人道护士。"⑧ 作为一位伟人，歌德彻底拒绝了怜悯，他倡导自强不息、宏己救人的浮士德精神："真正的男子汉只能是/不断活动，不断拼搏。/……用我的精神去攫取至高、至深，/在

---

① 艾克曼：《歌德谈话录》，洪天富译，第 267 页。

② Goethe-WA, Abt. I, Bd. 5. 1, S. 279.

③ Goethe-WA, Abt. I, Bd. 34. 1, S. 115.

④ Goethe-WA, Abt. I, Bd. 41. 2, S. 277.

⑤ 歌德：《论文学艺术》，范大灿等译，第 251 页。

⑥ Johann Gottfried Herder, *Herders Sämtliche Werke*. Hg. v. Bernhard Suphan. Berlin: Weidmann, 1877 – 1913, Bd. 14, S. 296. 以下简称 HSW。

⑦ Goethe-WA, Abt. I, Bd. 16, S. 178.

⑧ Goethe-HA, Bd. 11, S. 382.

我的心上堆积全人类的苦乐，／把我的自我扩展成人类的自我，／哪怕最后也同样地失败、沦落。"①

作为启蒙主义的继承人，歌德认为人性是可以改善的，而人性的改善则与人性这个概念的双重含义紧密相联。"人性"（Humanität，即人道）这个概念有两个含义。广义的（即全面描述的，deskriptiv）人性指的是人的所有属性，包括人的自然属性和社会属性，人的善与恶；狭义的（即作为道德规范的，normativ）人性仅指美德，例如善良、宽容、诚实、公正、谦虚、忠诚、勤奋、慷慨。启蒙主义者莱辛及其后继者赫尔德在其历史哲学中用人性的可臻完善（Perfektibilität）观念消除了这对矛盾：广义的人性和狭义的人性在理想的最终状态下合二为一，理想社会的人"只因为是好事才去做好事"。② 歌德的广义上的人性概念也包括人的道德缺陷，例如，在《托尔夸托·塔索》（1789）一剧中，国务大臣安托尼俄说他对摘取桂冠的诗人塔索的嫉妒乃是"人之常情"。③ 1798 年 5 月 5 日，歌德在致席勒的信中再次运用了广义的人性概念："只有整体的人才过着人性的生活。"④ 1824 年 8 月 25 日，歌德在致策尔特的信中写道：莎士比亚笔下充满矛盾的"人物和角色"具有复杂的"人性"。⑤ 而歌德的狭义的人性概念指的是道德价值，例如他在 1828 年 3 月 14 日致卡莱尔（Thomas Carlyle，1795—1881）的信中所说的"美好和人道、善良和高尚"。⑥

在歌德的诗剧《伊菲格涅亚在陶里斯》（1787）中，广义的人性与狭义的人性之间的关系甚至构成了戏剧的冲突。伊菲格涅亚的祖先坦塔罗斯具有广义的人性："做神的朋友，他又不过是凡人。／他的罪是人之常情。"⑦ 坦塔罗斯的人性缺陷——"傲慢和不忠"⑧ 招致了众神的诅咒并由此引发了他的后裔之间的相互残杀。连续五代的诅咒最终通过蛮族国王托

---

① 歌德：《浮士德》，杨武能译，第 74—75 页。

② 冯至主编：《中国大百科全书·外国文学》第一卷，中国大百科全书出版社 1982 年版，第 580 页。

③ 歌德：《歌德戏剧集》，钱春绮等译，人民文学出版社 1984 年版，第 464 页。

④ Johann Wolfgang von Goethe, *Briefe*. Hamburger Ausgabe. Hamburg：Christian Wegner Verlag, 1968，Bd. 2，S. 343.

⑤ Goethe-WA, Abt. IV, Bd. 38, S. 231.

⑥ GHb, Bd. 4, S. 500.

⑦ 歌德：《歌德戏剧集》，钱春绮等译，第 266 页。

⑧ 同上。

尔斯的善举而得以破除。陶里斯国王托尔斯同样具有复杂的人性，但他在纯洁无瑕的伊菲格涅亚的感化下，听见了"人道的声音"，① 克制了自己的"愤怒"，仁慈地赦免了俄瑞斯忒斯的死刑。这部古典文学诗剧严格遵循了启蒙主义的人性可臻完善观念。老年歌德依然坚信人性的向善，1817 年 7 月 29 日，他在致法学家希茨西（J. E. Hitzig，1780—1849）的信中写道："人是可以变好的，我们千万不可失去这个信念。"② 1827 年他赠给扮演俄瑞斯忒斯的演员克吕格尔（G. W. Krüger，1791—1841）一首格言诗："纯洁的人性能补偿/所有的人性缺陷。"

但歌德从辩证法出发对摆脱了邪恶的"纯洁的人性"也提出了批评，1802 年 1 月 19 日，他在致席勒的信中写道："我就此奉上仿古希腊风格的戏剧《伊菲格涅亚》的抄本……我阅读了某些片断，发现该剧太人道了（Verteufelt human）。"③ 歌德在此作了自我批评，其原因大概是他不想成为雅科比那样的"人道的说教者"。"太人道了"这句话表明了歌德在伦理学上的辩证思维：如果某人绝对地善、绝对地道德纯洁，如果片面的人性取代了完整的人性，那么善就会转变为恶，完人就会变成魔鬼。此时歌德大概想到了雅各宾派领袖罗伯斯庇尔（Robespierre，1758—1794）。"廉洁者"罗伯斯庇尔在道德狂热的驱使下实行革命恐怖，把君主立宪派和吉伦特派的头目、投机商乃至雅各宾派的同党丹东、阿贝尔和萧梅特等人统统送上了断头台。智者歌德表现出了对他人的宽容和善意，1832 年 1 月 3 日，他在致物理学家塞贝克（Th. J. Seebeck，1770—1831）的信中写道：人性的某些缺陷是不可避免的和可以接受的。④ 只有承认和接受人性的弱点，才能宽以待人，才有可能实行人道。总的来看，歌德在提倡改善人性的同时，他还是倾向于广义的、复杂的人性。

朱光潜先生认为，歌德几乎把他的全部文艺理论建立在超阶级的普遍人性的信念之上，朱先生的见解有一定的道理，但不全对。歌德曾说："只有一种真正的诗，它既不专属于普通人民，也不专属于贵族，既不专属于国王，也不专属于农民。谁若是觉得自己是个真正的人，谁就会在这

① 歌德：《歌德戏剧集》，钱春绮等译，第 346 页。
② GHb, Bd. 4, S. 501.
③ Johann Wolfgang von Goethe, *Briefe*. Hamburger Ausgabe. 1968, Bd. 2, S. 428.
④ GHb, Bd. 4, S. 501.

种诗上下工夫。"① 在歌德的普遍人性论、法国空想社会主义和费尔巴哈哲学的影响下，青年黑格尔派掀起了一场"真正的社会主义"哲学和文学运动，他们打着"真正的人性"和"普遍的爱"的旗帜，批判资本主义的剥削，呼吁资本家良心发现，宣扬阶级调和。恩格斯将他们的先贤歌德贬为"真正的小市民"，将"真正的社会主义"定性为"小市民的幻想"。② 市民阶级出身的歌德认为艺术应表现普遍的人性，他所说的"普遍的人性"实际上是市民性（Bürgerlichkeit），他的具体做法就是将市民的美德和缺陷推广成普遍的人性，这一点在他的市民史诗《赫尔曼与窦绿苔》中表现得尤为明显。

---

① 朱光潜：《西方美学史》下卷，人民文学出版社1986年版，第436页。
② 北京大学中文系文艺理论教研室编：《马克思、恩格斯、列宁、斯大林论文艺》，人民文学出版社1997年版，第57—58页。

第 二 章

歌德的自主美学

第一节　美与丑

我忍不住要笑那些美学家，他们自讨苦吃，硬想用几个抽象的词来定义我们所谓的"美"，定义这个无以言表的概念。美是一种原始现象，尽管本身从不现形，却可见地反映在创造性精神的千万种表现中，那么形形色色，那么千姿百态，就像自然本身一样。①

本节题记引自 1827 年 4 月 18 日歌德与艾克曼关于美、自然和艺术的谈话。从这一天的谈话中我们可以看出：歌德反对从理论上来探讨美和对美下固定的定义，他反对对美进行抽象概括和教条化；但他还是对美作了普遍性的描述，他从他的自然研究和艺术实践出发，指出美是一种原始现象，它是创造性精神的表现。原始现象（Urphänomen）是歌德的自然观和世界观中的一个基本概念，它指的是可以直观到的、各种类似现象的本质。美是一种原始现象，换言之，美就是审美者对现象中的本质的主观把握，是特殊所显现出来的一般，是外在形象所表现的内在理念，是"现象中的规律"。②

歌德对系统的美学理论持怀疑的态度，他反对对美、艺术、审美创造和审美经验进行理论上的探讨。德国哲学家摩西·门德尔松（Moses Mendelssohn，1729—1786）试图把握美的本质，他明确地将美定义为"主观

---

① 艾克曼：《歌德谈话录》，杨武能译，第 144 页。
② Goethe-WA, Abt. I, Bd. 11, S. 155.

的完满"。① 歌德对这种脱离艺术实践的理论探讨进行了嘲讽，他说门德尔松试图"把握美就像捉住一只蝴蝶一样"，② 如果门德尔松真的能把握住美，那么美就会像这只可怜的小生灵一样死去，成为一具没有生命和灵魂的僵尸。歌德认为较为可取的做法是去"寻找美之所在，而不是战战兢兢地追问什么是美"，③ 因为美是一个"漂浮的、闪光的阴影图像（Schattenbild），任何定义都无法把握它的轮廓"。④

1771—1774 年，瑞士哲学家和学院派古典主义美学家茹尔策（Johann Georg Sulzer，1720—1779）出版了两卷本的美学百科全书《美艺术的一般理论》，1772 年他在莱比锡出版了该书的节选《美艺术的起源、真实本性和最佳应用》，同年歌德在《法兰克福学者报》上发表了一篇批判性的书评，他坚决反对对美进行理论上的抽象概括，反对茹尔策所主张的艺术的功利性。书评的矛头直指脱离艺术实践的理论家，这种理论家"对艺术没有感性经验"，⑤ 却侈谈"艺术的本质"。⑥ 1773 年秋，歌德在致罗德勒（P. L. Röderer，1754—1835）的信中把僵化的理论称作"泥淖"，他认为与其"对他人的最完美的杰作进行评头论足"，⑦ 还不如自己动手去从事艺术创作。

歌德终生都对脱离艺术实践的理论抱有反感，他一直反对脱离实际的理论家对美和艺术下定义，反对他们对审美体验所作的解释。歌德非常厌恶"哲学家以严格的方式建立的美学理论"，⑧ 他把这种厌恶感甚至发泄到了美学之父鲍姆嘉通的头上。1750—1758 年，鲍姆嘉通出版了两卷本的巨著《美学》，1748—1750 年他的学生迈尔（Georg Friedrich Meier，1718—1777）发表了三卷本的巨著《一切美艺术和科学的基础知识》，歌德批判他们"耗费了太多的纸张，高深的理论令众多读者头痛"。⑨ 老年歌德依然反感空泛的理论，1826 年 5 月 1 日他在致魏玛公国

---

① 冯契主编：《哲学大辞典》下卷，第 1704 页。
② Johann Wolfgang von Goethe, *Briefe*. Bd. 1. Hamburg：Christian Wegner Verlag，1962，S. 111.
③ Ebd.，S. 110.
④ Ebd.，S. 111.
⑤ 杨武能、刘硕良主编：《歌德文集》第 12 卷，第 3 页。
⑥ 同上书，第 6 页。
⑦ Johann Wolfgang von Goethe, *Briefe*. Bd. 1. Hamburg：Christian Wegner Verlag，1962，S. 155.
⑧ Goethe-WA，Abt. I，Bd. 47，S. 42.
⑨ Goethe-WA，Abt. I，Bd. 46，S. 91.

首相缪勒的信中写道：没有什么东西比"美学理论更空洞、更令人厌恶了"。① 作为一位有实践经验的文学家和艺术家，而不是作为一位创立美学体系的理论家，歌德于 1789 年写下了他的座右铭："我们不能认识美，而只能感受美或创造美。"②

尽管歌德对理论持有怀疑的态度，然而在歌德的著述中还是能够发现一些或含蓄或明确的美学反思。这些零散的美学反思旨在确立歌德作为一位艺术家的自我认识，或用于朋友之间的思想交流，用歌德自己的话来说，它们是"一位艺术家的自白……他本人以其为准绳，同时希望他人也能以其为准绳"。③ 这些"自白"出现在不同的场合、意图和语境中，并且随着历史和个人经历的变化而变化，但是我们仍然能从中找到歌德美学思想的主线，这条主线就是艺术与自然的关系。换言之，我们应该从艺术与自然的关系中来理解歌德心目中的艺术美。

自然在歌德美学中指的是客观现实（Realität），它包括自然界和人的个人生活，尤其是社会生活。唯物主义世界观决定了歌德是一位现实主义者，他遵循艺术模仿自然的美学原则，他认为现实生活是艺术最重要的来源，艺术创作必须从现实生活出发，艺术必须贴近生活，必须酷似自然。他在《〈希腊神殿前厅〉发刊词》（1798）一文中写道："对艺术家提出的最高要求就是他应该依靠自然，研究自然，模仿自然，创造出与自然现象毕肖的作品来。"④

青年歌德将自然视作艺术创作的标准。1769 年 2 月 13 日，他在致弗里德丽克·厄泽尔（Friedrike Oeser，1748—1829）的信中写道：自然高于"矫揉造作的绘画"和"假金箔"。⑤ 在狂飙突进时代，歌德以"自然"来反对法国古典主义的人为规则和僵化教条。青年歌德认为艺术必须"毕肖自然"，换言之，艺术不是也不可能完全模仿自然的原貌，他所说的"模仿自然"主要指的是艺术应该模仿大自然的创造过程和大自然无穷无尽的创造力，因为大自然能将各种成分融合成一个活的有机体。他将艺术创作

① GHb, Bd. 4, S. 9.
② Johann Wolfgang von Goethe, *Werke*. Hg. v. Paul Stapf. Wiesbaden: Emil Vollmer Verlag, 1965, Bd. 7. S. 616.
③ Goethe-WA, Abt. I, Bd. 47, S. 42f.
④ 歌德:《论文学艺术》，范大灿等译，第 49 页。
⑤ Johann Wolfgang von Goethe, *Briefe*. Bd. 1. Hamburg: Christian Wegner Verlag, 1962, S. 90.

视作是对斯宾诺莎泛神论意义上的"神即自然"（deus sive natura）的创造原理的模仿，而不是对客观物质世界的简单模仿。歌德在《论德国的建筑艺术》（1772）一文中，将斯特拉斯堡大教堂的建造者埃尔温·封·施坦巴赫（Erwin von Steinbach，约1244—1318）称作"神一般的天才"① 和"神化的赫拉克勒斯",② 并将他视作艺术家的楷模，因为他具有神或自然一样的内在的创造力，他无视"流派和原则",③ 以创造性的精神将各种"分散的部分融合成一个活的整体"。④ 在《纪念莎士比亚命名日》（1771）一文中，他效法夏夫兹博里（Anthony Shaftesbury，1671—1713）将莎士比亚称作普罗米修斯式的"第二个造物主",⑤ 莎士比亚摆脱了规则的束缚，以他的精神气息和自由的想象力塑造了许多伟大的人物，歌德赞颂道："这是自然！是自然！没有什么比莎士比亚的人物更为自然了。"⑥ 青年歌德所说的"自然"指的不是具体的自然物，而是"能生的自然"（natura naturans）无所不在的作用原理，他认为艺术家应该像大自然一样具有一种"内在的创造力",⑦ 应该模仿大自然的自我创造，把来自现实的素材塑造成"充满活力的形象"。⑧

歌德在强调模仿大自然的内在创造力的同时，他并没有放弃"毕肖自然"的现实主义创作原则。1781年6月21日，他在致燕妮·封·沃伊格茨（Jenny von Voigts，1720—1794）的信中写道：按照"鲜活的自然真实"⑨ 来进行塑造胜过模仿一幅名画。通过阅读康德的《判断力批判》（1790）一书，他更加坚定了艺术类似自然的信念，他在《新近哲学的影响》（1795）一文中写道：自然和艺术这两个领域同样都是独立的，都是无特定目的的。但恰恰是艺术的独立自主（Autonomie）使歌德意识到了艺术的异质性，因此他反对将艺术等同于自然，反对艺术简单地模仿自然，而要求艺术家在毕肖自然的基础上创造出高于自然真实的"艺术真实"。

---

① Goethe-HA, Bd. 12, S. 13.

② Ebd. , S. 15.

③ Ebd. , S. 9.

④ Ebd. , S. 12.

⑤ Ebd. , S. 670.

⑥ 歌德：《论文学艺术》，范大灿等译，第4页。

⑦ 歌德：《迷娘曲——歌德诗选》，杨武能译，第50页。

⑧ Goethe-HA, Bd. 1, S. 53.

⑨ Johann Wolfgang von Goethe, *Briefe*. Bd. 1. Hamburg: Christian Wegner Verlag, 1962, S. 362.

他在《评狄德罗的〈画论〉》（1799）一文中写道："大自然组织真实的有机体，艺术家组织虚假的有机体……艺术并不追求与大自然较量广度和深度，它将自己局限于自然现象的表面，但是它有自己的深度，自己的力量……艺术家怀着对创造了他自己的大自然的感激之情，奉还给大自然一个第二自然，但这是一个有感情，有思想，由人创造的自然。"①　"第二自然"（zweite Natur）即艺术真实，它是艺术家以丰产的精神对客观自然灌注生气的结果，是艺术家"心智的果实"，② 是主观世界对客观世界的改造和提升，是艺术家在自然真实的基础上用自己的心灵能力（Geisteskräfte）创造出来的一个和谐的整体，而这个主观和客观相结合的整体就是艺术美。

　　青年歌德的自然概念主要来自亚里士多德和斯宾诺莎。魏玛古典文学时期（1794—1805）的歌德在柏拉图主义和新柏拉图主义的影响下，他的自然观发生了明显的转变，他确立了本质（理念、原型、形式或规律）高于现象的等级。与柏拉图和普罗提诺不同的是：他把本质定位在经验和现象的领域，而不是把它拔高到超验的领域。1798 年歌德将可以直观到的各种类似现象的本质称作"恒定的纯现象"。③ 自 1805 年以来，他又将它称作"原始现象"（Urphänomen）。为了能直观"原始现象"，必须剔除不纯的、偶然的、不稳定的现象，必须在精神的指导下对各种现象进行细致的选择。在本质主义的基础上，古典文学时期的歌德形成了两种自然概念。一种是"低级的、现实的自然"，④ 即粗糙的物质世界和纯感性的现象世界；另一种则是理想的自然，即现象和本质的统一，这种理想的自然才是艺术的标准和指归，换言之，艺术家应该追求艺术真实，应该塑造出能表现事物本质、能体现事物规律、能融合感性和理性的艺术形象，而理性化了的感性艺术形象就是艺术美。正如歌德在自然研究领域反对肤浅的经验主义，他在艺术领域同样反对平庸的自然主义，反对"在按照自然进行描绘时的奴性忠实"。⑤ 古典文学时期的歌德要求艺术家摆脱"低级的、现实

---

① 歌德：《论文学艺术》，范大灿等译，第 113—116 页。

② 艾克曼：《歌德谈话录》，朱光潜译，第 134 页。

③ Goethe-WA, Abt. Ⅱ, Bd. 11, S. 38.

④ Johann Peter Eckermann, *Gespräche mit Goethe*. Berlin & Weimar: Aufbau-Verlag, 1982, S. 257.

⑤ GHb, Bd. 4, S. 10.

的自然"，运用自己的心灵能力重造一个本质与现象、理性与感性相统一的"美的自然"，① 创造出"既是自然的同时又是超自然的"② 艺术作品。

对现象和本质、特殊和一般、摹本和原型进行调和是德国古典美学的一大特色。席勒在《审美教育书简》（1795）一书中从理论上建立了调和的范式，他将美定义为质料与形式、感性现象与理性观念的和谐。歌德在《格言与反思》（1829）中明确指出"美即规律的显现"，③ 他要求艺术家发挥主观能动性，在现象中把握本质，在感性里融入理性，在特殊中显出一般，使粗糙的质料服从内在的形式（即心智）或艺术家"较高的意旨"，④ 从而塑造出由精神灌注生气的活的艺术形象。歌德的美是"现象中的规律"的观点直接启发了黑格尔的美学观，黑格尔在他的《美学》（1835—1838）一书中指出"美就是理念的感性显现"，⑤ 换言之，艺术美就是感性的精神化和精神的感性化，就是感性和理性的和谐统一。

歌德在《对自然的简单模仿、虚拟和风格》（1789）一文中所说的"风格"（Stil）和在《格言与反思》中所说的"象征"（Symbol）都是艺术美的同义词。他将风格视作"艺术可能达到的最高水准……风格就是以最深刻的认识，以事物的本质为基础，因而我们就能在那些看得见摸得着的形态中认识这种本质"⑥。他认为为一般而找特殊的"寓意"是概念化的纯主观的创作方法，而象征则是观念的形象化，它实现了特殊现象和普遍本质的叠合、客观世界和主观世界的统一。他写道："诗人究竟是为一般而找特殊，还是在特殊中显出一般，这中间有一个很大的分别。由第一种程序产生出寓意，其中特殊只是作为一般的一个例证或典范；但是第二种程序才特别适宜于诗的本质，它表现出一种特殊，并不想到或明指到一般。谁若是生动地把握住这特殊，谁就会同时获得一般。"⑦

歌德认为美客观地存在于自然和艺术中，但只有作为主体的人才有审美意识，美能激发肯定性的情感，丑则激发否定性的情感。他在《格言与反思》中写道："显现的规律依据其最独特的条件最自由地创造出客观美，

① Goethe-HA，Bd. 12，S. 490.
② 歌德：《论文学艺术》，范大灿等译，第 50 页。
③ Goethe-HA，Bd. 12，S. 470.
④ 爱克曼《歌德谈话录》，朱光潜译，第 134 页。
⑤ 黑格尔：《美学》第一卷，朱光潜译，商务印书馆 1981 年版，第 138 页。
⑥ 歌德：《论文学艺术》，范大灿等译，第 7—8 页。
⑦ Goethe-HA，Bd. 12，S. 471.

客观美当然会被相配的主体所发现所理解。"① 而大自然则无美感或丑感："大自然致力于创造生命与存在，致力于保存和繁衍其造物，它从不理会其样子是美还是丑。"② 通过观察自然和观赏古希腊罗马的雕塑，他还从形式的角度确定了美的概念。作为温克尔曼（Johann Joachim Winckelmann，1717—1768）形式美学的传人，他认为美在于结构的和谐，美是合乎规律的、匀称的、成比例的、对称的。他在《格言与反思》中写道："美就是所有不必思考和反思而直接令人愉悦的事物之柔和而高度的协调一致。"③ 在《论拉奥孔》（1798）一文中他说得更加明确："对象以及表现对象的方式得服从于感性的艺术规律，就是说，必须服从有序、明了、对称、对照等艺术规律，从而使眼睛觉得它美。"④ 作为美的对立面，丑在歌德的美学中只占有次要的地位。与美相反，丑就是结构的不和谐，丑是畸形的、无形式的、难看的。1794 年 7 月，他在谈论自然界中的丑时说道："这个生物由于长得不和谐，所以也就不能给我以和谐的印象。所以，鼹鼠虽完美，但丑陋，因为它的形体只允许它作少量的、有限的行动，某些部位的畸形发展使它显得奇形怪状。"⑤ 1831 年 6 月 27 日，歌德批评雨果的《巴黎圣母院》缺乏艺术真实，因为他直接描绘"极丑"，描绘令人痛苦和令人厌恶的"各种变形和鬼脸"。⑥

狂飙突进时代的歌德提倡自然和"显出特征的艺术"，⑦ 并借此来反对茹尔策古典主义类型化的美的概念。1775 年 11 月他来到魏玛后，陷入到繁杂的宫廷事物之中，文学创作被搁置一旁。为了提高自己的艺术修养和审美趣味，他于 1786 年 9 月初前往意大利，在意大利待了近两年，认真观察自然、社会和古代艺术，而他的观感则带有美丑对立的强烈印记：南方与北方，阿西西的密涅瓦神殿与圣方济各主教座堂，罗马古城及其狂欢节与杀猪，罗马艺术家小区和谐的人际关系与帕拉戈尼亚王子的愚蠢、那不勒斯公主的无聊和卡廖斯特罗（Cagliostro，1743—1795）的行骗。歌德

---

① Goethe-HA, Bd. 12, S. 470.

② 歌德：《论文学艺术》，范大灿等译，第 112 页。

③ Goethe-HA, Bd. 12, S. 467.

④ 歌德：《论文学艺术》，范大灿等译，第 28 页。

⑤ 《歌德席勒文学书简》，张荣昌、张玉书译，安徽文艺出版社 1991 年版，第 11 页。

⑥ Johann Peter Eckermann, *Gespräche mit Goethe*. Berlin & Weimar: Aufbau-Verlag, 1982, S. 656.

⑦ Goethe-HA, Bd. 12, S. 13.

所写的自传《意大利游记》（1816/1817）充满了美丑对立的词汇。一方面是对美的积极评价：自然、活物、个性、形式、合乎规则、伟大、自由、清晰；另一方面是对丑的消极评价：乏味、幼稚、无耻、愚蠢、疯狂、混乱、荒芜、粗糙、单调、畸形。意大利之行不仅使歌德得到了丰富的审美观照的材料，而且使他获得了审美评价的标准，这个标准就是形式严谨、结构和谐、具有"理想的现实性"①的古希腊艺术。这一时期最重要的美学理论文献就是歌德为德国小说家莫里茨（Karl Philipp Moritz, 1757—1793）的小书《论对美的创造性模仿》而写的书评（该书评于1789年7月发表在《德意志信使》杂志上）。歌德在书评中强调了美的非功利性，他认为自然美就是人对作为和谐的有机整体的自然物进行审美观照时所感受到的美，他写道："唯一能培育我们的真正的审美享受的东西，就是美自身的产生过程：对作为唯一伟大整体的自然和艺术的静观。"②艺术美则是对自然美的创造性模仿，它体现了艺术家的思想感情、世界观和创作个性，它是艺术家对自然进行精神灌注的结果，歌德写道："由个性决定的创造力选择一个对象，并把最高的美的反光投射到对象上"。③

歌德晚年还从效果美学的角度来确定美与丑，他认为美使人精神活跃，丑使人精神呆滞。效果美学（Wirkungsästhetik）是美学的一个分支，它主要研究艺术品对接受者（观众、听众和读者）所产生的心理效果和社会效果。④早在1766年，莱辛就在《拉奥孔》一书中从效果美学的角度对美和丑进行了理论探讨。他认为美即形式美："对于一座美的雕像来说，正确的比例是组成它的美的重要因素。"⑤在《拉奥孔》第二十一章中，他强调了美对审美主体所产生的心理效果：令人愉悦、令人陶醉、令人惊羡。在第二章中他指出丑就是形式丑（畸形或歪曲原形），与此同时他强调了形式丑对审美主体所产生的心理效果："令人恶心……惹人嫌厌……引起反感……令人不愉快。"⑥他认为画（指造型艺术）是一种空间艺术和视觉艺术，其最高原则在于描绘物体美，它应该避免丑，因为丑令人不

---

① 歌德：《论文学艺术》，范大灿等译，第386页。
② Johann Wolfgang von Goethe, *Werke.* Wiesbaden：Emil Vollmer Verlag, 1965, Bd. 7, S. 616.
③ Ebd. , S. 615 – 616.
④ Günther u. Irmgard Schweikle（Hg. ）, *Metzler Literatur Lexikon.* Stuttgart & Weimar：J. B. Metzler, 1990, S. 504.
⑤ 莱辛：《拉奥孔》，朱光潜译，人民文学出版社1979年版，第131页。
⑥ 同上书，第13页。

快，"会产生最坏的效果"，① 诗（指文学）是一种时间艺术和借助词语唤起人们的想象的语言艺术，其最高原则在于表现真，由于诗不具有画的直观性，诗应"避免对物体美作细节的描绘"，② 但是诗人可以借助美所产生的效果来暗示物体美："凡是不能按照组成部分去描绘的对象，荷马就使我们从效果上去感觉到它。诗人啊，替我们把美所引起的欢欣、喜爱和迷恋描绘出来吧，做到这一点，你就已经把美本身描绘出来了！"③ 莱辛在第二十四章中指出：由于形体丑无论在自然里还是在绘画里均产生"不愉快的效果"，所以"形体的丑单就它本身来说，不能成为绘画（作为美的艺术）的题材"。④ 在第二十三章中他指出：丑完全可以入诗，因为在诗里形体丑在空间中并列的部分已转化为在时间中承续的部分，形体丑所引起的反感被冲淡了；诗人可以描写丑，他"可以利用丑作为一种组成因素，去产生和加强某种混合的情感"，⑤ 换言之，丑在诗里可以加强喜剧的可笑性和悲剧的可怖性。⑥

　　莱辛在《拉奥孔》一书中所指出的诗与画的不同、美与丑的区别，尤其是美和丑对受众所产生的不同的心理效果得到了歌德的首肯。歌德在《诗与真》第二部（1812）中写道："造型艺术家要保持在美的境界之内，而语言艺术家总不能缺少任何一种含意，但可以逸出美的范围以外。前者为外部的感觉而工作，而这种感觉只有由美可以得到满足；后者诉诸想象力，而想象力还可以跟丑合得来。莱辛这种卓越的思想的一切结果，像电光那样照亮了我们。"⑦ 但莱辛所说的物体美只是形式美，他完全排斥了作为艺术美的有机部分的内容意义，歌德对莱辛的形式主义美学作了纠正，他强调艺术美是有意蕴的形式，是内容和形式的有机统一，他说道："古人的最高原则是意蕴（das Bedeutende），而成功的艺术处理的最高成就就是美。"⑧

　　荷兰哲学家赫姆斯特惠斯（Frans Hemsterhuis，1721—1790）在他的

① 莱辛：《拉奥孔》，朱光潜译，第 13 页。
② 同上书，第 122 页。
③ 同上书，第 123 页。
④ 同上书，第 140—141 页。
⑤ 同上书，第 133 页。
⑥ 同上书，第 134 页。
⑦ 歌德：《诗与真》上册，刘思慕译，《歌德文集》（4），第 323 页。
⑧ Johann Wolfgang von Goethe, *Werke*. Wiesbaden：Emil Vollmer Verlag, 1965, Bd. 7, S. 989.

著作《论雕塑的书信》（1769）和《论愿望》（1770）中指出：美即能激发审美主体的想象力的诗意真实。歌德在他的自传《出征法国记》（1822）中从效果美学的角度对赫姆斯特惠斯的美的概念作了改写，他认为美能使人精神活跃、使人满怀热望，而丑则使人精神呆滞、令人失望而遭人厌弃："当我们直观处于最活跃和最完美的状态下的合乎规律的生命体（das gesetzmäßig Lebendige）时，它会激起我们的再现欲，使我们感到灵活和极其活跃，这种生命体就是美……因为美是有功效的和给人带来希望的，而产生于凝滞的丑则使我们精神呆滞，它令人失望，使人无所欲求、无所期待。"①

1797 年，德国考古学家和艺术理论家希尔特（A. Ludwig Hirt, 1759—1837）在他的文章《试论艺术美》和《拉奥孔》中提出了偏重于内容的"特征"说，他认为艺术美的基础是特征，而特征的标志就是"真实和富于个性的意蕴"。② 歌德赞同希尔特对艺术作品的内容的重视。1797 年 7 月 14 日，他在致瑞士画家迈尔（Johann Heinrich Meyer, 1760—1832）的信中写道：希尔特的功绩在于"他把特征和激情归入艺术作品的素材，而由于时人对美和神圣的静穆的概念的误解，特征和激情受到了很大程度的排斥。"③ 歌德继承和发展了希尔特的特征说，他将希尔特的"意蕴"和温克尔曼以及莱辛的形式美综合起来，得出了艺术美就是内容和形式的统一，就是有意蕴的"精神美"和感性的形式美的有机统一。④ 但是希尔特的"特征"是一种抽象化和普泛化的"类型概念"，⑤ 只有一般的骨架；而歌德所说的"特征"是特殊和一般的统一，是个性化的、形象化的、具体而生动的典型，是"严肃和游戏内在地结合起来"的"艺术真实"。⑥

在《论拉奥孔》（1798）等文章中，歌德批评了希尔特古典主义的美的概念，他从艺术作品的局部和整体的关系以及内容和形式的关系的角度来阐明艺术美，将艺术美确定为有差异的统一，即多样统一，"寓变化于

① Goethe-HA, Bd. 10, S. 338 - 339.
② Johann Wolfgang von Goethe, *Briefe*. Hamburger Ausgabe. Hamburg: Christian Wegner Verlag, 1968, Bd. 2, S. 595.
③ Ebd. , S. 283.
④ 歌德：《论文学艺术》，范大灿等译，第28页。
⑤ Goethe-HA, Bd. 12, S. 84.
⑥ 歌德：《论文学艺术》，范大灿等译，第108页。

整齐"，① 用歌德自己的话来说就是 "丰富的统一性" 和 "统一的多样性"（einige Mannigfaltigkeit）。② 最早发现多样统一美学规律的是古希腊的毕达哥拉斯学派，它认为音乐是对立因素的和谐统一，类似于我国《尚书》所说的 "八音克谐"（八种乐器发出的不同声音能在整体上达到和谐）。③ 英国哲学家夏夫兹博里认为美里面所包含的供感官知觉的理性内容就是多样性中的统一原则。他的学生、英国哲学家哈奇生（Francis Hutcheson，1694—1746）则在其著作《论美和德行两种观念的根源》（1725）中明确提出绝对美的基础就是 "多样统一" 即 "寓变化于整齐"（unity in variety）："统一性相等时，多样性能增加美……多样性相等时，较大的统一性能增加美。"④ 歌德继承和发展了前人的思想，他认为艺术美就是多样的统一体，即在丰富的变化中形成的和谐的有机整体，它在局部上呈现为差异与变化，在整体上表现为有机联系与和谐统一，换言之，艺术美是在整齐中寄寓着差异、对照、变化、主从、奇正和虚实。他在《论拉奥孔》一文中指出最完美的艺术作品在局部上各有特色、在整体上则是一个高度有机的生命体："最高级的艺术作品向我们展现出活生生的、高度有机的天性……还要想知道人体各个部位在形态和效用方面的不同之处，把各种特点都彼此分离开来，并一个个表现出来，这样就形成了各种不同的特征。"⑤ 在内容与形式的关系方面，多样统一要求选材和结构服从统一的艺术构思，拉奥孔群雕正是通过对小儿子的怜悯、对大儿子的担忧和希望来削弱父亲的巨痛引起的恐惧，从而达到了一种 "节制"，"形成了一个既是感性，又是精神的完美整体"。⑥ 在《诗与真》第二部（1812）中，歌德再次强调了艺术美是多样的统一体，他赞扬斯特拉斯堡大教堂在局部上各有其特征，在整体上则将各种矛盾的因素和谐地结合起来："那些较大的部分配合非常适当，那些藻饰不论多么细微，也雅致而丰富多彩。但是我又觉得这些繁异的藻饰是互相连结的，由一主要的部分派生另一部分，互相错综的各细微的部分虽然相似，而式样仍变化多端。"⑦

---

① 朱光潜：《西方美学史》上卷，第 224 页。

② Goethe-HA, Bd. 12, S. 81.

③ 《尚书译注》，顾宝田注译，吉林文史出版社 1995 年版，第 17 页。

④ 章安祺编订：《缪灵珠美学译文集》第 2 卷，中国人民大学出版社 1998 年版，第 62 页。

⑤ 歌德：《论文学艺术》，范大灿等译，第 26 页。

⑥ 同上书，第 35 页。

⑦ 歌德：《诗与真》上册，刘思慕译，《歌德文集》（4），第 394 页。

　　中年歌德认为丑是畸形的、难看的，后来他又认为丑是令人精神呆滞的、令人嫌厌的。晚年歌德对这种观点进行了纠正，他对丑进行了积极的评价：丑是特殊的、自然的、粗犷的、真实的、强烈的和有生气的。1816年9月27日，他在帕多瓦的隐修院观看了意大利画家曼特尼亚（Andrea Mantegna，1431—1506）创作的粗犷而真实的壁画。他在《意大利游记》中写道："他的油画令人惊叹。这些画具有极其鲜明而可靠的现实感。"①1820年6月歌德购得了由安德烈·安德烈亚尼（Andreani，1540—1610）根据曼特尼亚的铜版画《恺撒的凯旋》（1492）复制的九幅木版画，不久又得到了曼特尼亚的铜版画原件。同年歌德在《日志与年记》中再次表达了他对曼特尼亚的《恺撒的凯旋》的赞赏，称它为"艺术史中的一个非常重要的议题"。②在《曼特尼亚的〈恺撒的凯旋〉》（1823）一文中，歌德对这个议题展开了探讨，说明了曼特尼亚的作品能产生令人惊叹的效果的原因：曼特尼亚将古希腊的高贵和自然的粗犷紧密结合在一起，以丑来反衬美，造成一种鲜明的对比，从而产生打破常规的奇效。歌德写道：一方面他在追求高贵而和谐的古典风格和形式规范，另一方面"他在表现各式各样的人物和性格时，成功地塑造出了最直接、最富于个性的自然性。他懂得如何真实地描绘具有个人的优点和缺陷的人……如果说我们先前觉察到了那种最普遍、最高贵的精神追求，那么我们现在就会看到那种最特殊、最自然、最粗犷的东西呈现在我们眼前"。③

　　暮年歌德将丑定义为"最特殊、最自然、最粗犷的东西"，他的丑的概念已接近浪漫派作家弗里德里希·施莱格尔（Friedrich Schlegel，1772—1829）在《希腊诗研究》（1795）中提出的"丑的理论"：丑是引人注目的（frappant）、令人震惊的（schokant）、有趣的（interessant）。他的丑的概念同样也接近于后来的现实主义关于丑是真实的见证的概念，现实主义大师巴尔扎克主张文学应真实地反映风俗，应"开列恶癖与德行的清单，搜集激情的主要事实"，④因为被某种炽烈的情欲所控制的丑恶人物形象能给人留下强烈的印象。晚年歌德充分认识到了丑的积极作用，他以丑来衬托美，形成美丑对照，从而使美更加光彩夺目。在《浮士德》第二部第三

---

① Goethe-HA, Bd. 11, S. 62.
② Goethe-HA, Bd. 12, S. 638.
③ Ebd. , S. 182 – 183.
④ 冯至主编：《中国大百科全书·外国文学》第一卷，第95页。

幕即《海伦·古典—浪漫的梦幻剧》（1827）中，他成功地运用了高贵与
粗野相结合的新原则，让恶魔靡非斯托化身为丑老太婆福尔库斯来到古典
美女海伦身边，以这个雌雄同体的丑类来烘托海伦高贵的古典美，从而使
美更加鲜艳夺目、更加令人惊羡。

　　中年歌德将美与丑截然分开，晚年歌德则认为美与丑是相互联系、相
互依存、相互转化的。他反对化美为丑："将女神化作巫婆，使处女变成
妓女，这绝非艺术。"① 他主张化丑为美："有人说：艺术家，去研究自然
吧！但是化粗俗为高贵、化畸形为美却并非易事。"② 化丑为美有两种艺术
处理方法：一是以丑来衬托美，形成美丑共存的奇异群体形象；二是对现
实丑进行典型化："只有当艺术家致力于创造性格（Charakter）时，他也
可以尝试把这些发展不足或者发展过头的人物纳入美的、有意蕴的艺术的
范畴。"③ 典型化即通过独特而丰满的人物个性，通过个别反映一般，概括
出社会生活的某些本质方面，从而塑造出典型形象的方法。④ 歌德没有使
用"典型化"（typisieren）一词，但他在《评狄德罗的〈画论〉》一文中
明确提出了典型化的艺术处理方法："艺术家的天才和艺术家的才华恰恰
表现在他懂得直观和把握，懂得概括（verallgemenern）、象征和个性化
（charakterisieren）。"⑤ 歌德在他的杰作《浮士德》（1808/1832）中，正是
通过"囊括一切的手法"，⑥ 即"杂取种种人，合成一个"⑦ 的方法，成功
地塑造了靡非斯托这个丑恶的、丰满而鲜活的典型形象，正如杨武能教授
所言：靡非斯托这个"常常想作恶，结果却行了善"的"否定的精灵"形
象乃是对《圣经》中的撒旦、歌德的友人伯里施、默尔克、赫尔德以及歌
德本人的叛逆、嘲讽和怀疑一切的性格进行综合而成。⑧

　　歌德对丑的积极性的认识和化丑为美的艺术处理方法对 19 世纪的西
方丑学产生了启发性的影响。德国美学家罗森克兰兹（K. Rosenkranz,
1805—1879）在他的《丑的美学》（1853）一书的开篇便道出了"丑的美

---

① Goethe-HA, Bd. 12, S. 492.

② Ebd., S. 496.

③ 歌德：《论文学艺术》，范大灿等译，第 120 页。

④ 冯契主编：《哲学大辞典》上卷，第 769 页。

⑤ Johann Wolfgang von Goethe, *Werke*. Wiesbaden: Emil Vollmer Verlag, 1965, Bd. 7, S. 707.

⑥ Ebd. S. 699.

⑦ 鲁迅：《且介亭杂文末编》，人民文学出版社 1973 年版，第 47 页。

⑧ 杨武能：《走近歌德》，河北教育出版社 1999 年版，第 285 - 295 页。

学"（Ästhetik des Häßlichen）诞生的哲学依据和艺术基础：黑格尔的辩证法"首先有勇气把丑作为美学的反观念，作为美学的一个不可缺少的因素来认识……否定的美……还集中在，在莎士比亚和歌德那里，在拜伦和卡洛特·霍夫曼那里有些形象的解释。"① 而德国哲学家哈特曼（Eduard Hartmann，1842—1906）在他的《美学》（1886）一书中所揭示的"美中之丑"则明显带有黑格尔的辩证法和歌德的"特征"说的色彩："丑只有在它是美的凝结的工具的时候，在审美上才有存在的理由……美愈是足以显出特征，在审美上不可缺少的形式丑也就愈大。"② 确言之，哈特曼是将丑视作低级美向高级美过渡的因素。波德莱尔在《1846 年的沙龙》（1846）一书中提到了歌德的笔下的维特，他在《论典型和模特儿》一章中引用了斯丹达尔的文字"维特的冲动或忧郁与众不同"，这是一种"发自性情的典型的美"；③ 在《论泰奥菲尔·戈蒂耶》（1859）等文章中，他要求现代艺术家化丑为美，即从现实的丑恶中发掘出惊人的特殊美："动人的忧郁"、"高贵的绝望"④ 和浪荡子式的愠怒的反抗。

第二节　艺术与诗

这叫作感性的魅力，任何艺术都不能缺少这种魅力。在类似眼前的题材中，它更可以充分地发挥。相反，在表现进入理性范畴的高深的题材时，还要相应地发挥感性的魅力，不让它干枯、冷却，就困难了……我的《伊菲格涅亚》和《托尔夸托·塔索》取得了成功，因为当时我还年轻，能够以自己的感性渗透理性的题材，并赋予它生气。⑤

本节题记引自 1829 年 2 月 4 日歌德与艾克曼的谈话，歌德以荷兰画家奥斯塔德（A. v. Ostade，1610—1685）的画作和自己的剧作为例，说明艺

---

① 蒋孔阳、朱立元主编：《西方美学通史》第五卷，上海文艺出版社 1999 年版，第 22—23 页。
② 鲍桑葵：《美学史》，张今译，广西师范大学出版社 2009 年版，第 374 页。
③ 波德莱尔：《1846 年的沙龙》，郭宏安译，广西师范大学出版社 2002 年版，第 227—228 页。
④ 同上书，第 182 页。
⑤ 艾克曼：《歌德谈话录》，杨武能译，第 205 页。

术首先应具有感性的魅力，在表现高深的思想时，应以感性渗透理性，应以具体生动的感性形象来表达艺术家对世界的理性认识，从而将感性美与精神美融为一体。在 1827 年 4 月 18 日与艾克曼的谈话中，歌德说艺术美是"创造性的精神的表现"。① 在 1829 年 4 月 10 日与艾克曼的谈话中，歌德以法国画家克劳德·洛兰（Claude Lorrain，1600—1682）为例，说明真正有艺术才华的人天生就具有"形式感"，② 他能凭借其心灵赋予现实素材以完整统一的形式。作为一位有丰富的实践经验的文学家和艺术家，歌德精确地概括了艺术的本质：艺术是一种审美创造活动，是艺术家以其心智为现实素材赋予形式的造形活动，是对对象进行"感性的处理"和"精神的处理"③ 的、立象以尽意的形象思维活动。

　　歌德是古典自主美学的创建者之一，他为现代艺术概念的形成作出了自己的贡献。但他是一位从事文艺实践的文学家，他认为理论难以把握活的、不断变化的自然，因此他不愿意像鲍姆嘉通和茹尔策等哲学家那样建立一个美艺术的体系。在狂飙突进时代，歌德就明确反对瑞士哲学家茹尔策按照哲学原则对艺术进行分类，反对演绎推理的分类法。他在书评《茹尔策的美艺术》（1772）中讥讽茹尔策依据哲学原则的分类法："绘画与舞蹈艺术，雄辩与建筑艺术，诗艺与雕塑——全都用哲学的魔幻灯光从一个洞眼中映射到白壁上。"④ 歌德认为自然具有创造和破坏的两面性，自然首先表现为一种狂暴的破坏力，表现为一种"吞噬一切的力量"，⑤ 因此他反对未成定论的"模仿自然"的原则和茹尔策所主张的"美化事物"⑥ 的原则，他指出"艺术恰恰是自然的对立面（Widerspiel）；艺术起源于个体抵抗整体自然的破坏力以保全自我的努力"。⑦ 换言之，艺术乃是发愤解忧的心灵安慰，是"用心灵欢乐去替代身体欢乐"，它表现为"德行、慈善和体贴"。⑧ 青年歌德的"心灵安慰"学说乃是中年和老年歌德艺术作为

---

　　① Johann Peter Echermann, *Gespräche mit Goethe*. Berlin & Weimar：Aufbau-Verlag, 1982, S. 531.

　　② Ebd. , S. 311.

　　③ 歌德：《论文学艺术》，范大灿等译，第 53 页。

　　④ 杨武能、刘硕良主编：《歌德文集》第 12 卷，第 4 页。

　　⑤ Goethe-HA, Bd. 12, S. 18.

　　⑥ 杨武能、刘硕良主编：《歌德文集》第 12 卷，第 4 页。

　　⑦ Goethe-HA, Bd. 12, S. 18.

　　⑧ Goethe-HA. Ebd. S. 18.

"第二自然"学说的先声。

　　歌德用一种发展的眼光来看待艺术，他在《论德国的建筑艺术》（1772）一文中指出："在艺术是美的之前，它早已是造形的，那时它就是真实而伟大的艺术，甚至常常比美艺术本身还要真实和伟大。"① 他从人类学的角度猜测原始人就有一种"造形的天性，一旦其生存得到保障，这种天性就会活跃起来。一旦他无忧无虑，无所畏惧，这个安宁的半神就会进行活动，就会四处搜集材料，并把他的精神灌注其中。"② 由此可见，歌德所说的"造形的天性"类似于斯宾塞和席勒关于艺术起源的游戏说。"造形"（bilden）一词的意思是"赋予形式"（formen），即艺术家以其心灵（歌德依据夏夫兹博里将心灵称作"内在的形式"）③ 赋予质料以外在的形式（"线条"、"形状"、"颜色"）。④ 茹尔策在他的《美艺术的起源、真实本性和最佳应用》（1772）一书中所说的"造形"指的是真实地"模仿"可见的物体，而歌德所使用的"造形"一词除了"赋予形式"的意义之外，还含有"创造"（即精神灌注）的意义。歌德在这篇文章中还将表现与形式勾连在一起，他认为斯特拉斯堡大教堂的"比例之美"表现了"强健、粗犷的德意志灵魂"。⑤ 青年歌德认为由感觉能力所承载的表现力既不是纯粹的主观激情，也不是无形式的"放浪"（Ungebundenheit），而是由内而外的形式感，当代德国学者米歇尔·弗朗茨称之为"已成为形式的主观性。"⑥

　　1786 年 9 月至 1788 年 5 月歌德旅居意大利，他接触到了古希腊和古罗马的艺术品，他以古希腊艺术为楷模，对狂飙突进时期的艺术观进行了修正，从注重主观转向追求客观和真实。1787 年 9 月 6 日，他在致家人的信中写道："古代艺术家和荷马一样非常了解自然……只可惜一流艺术品的数量太少……这些高级艺术品是由人按照真实与自然的法则创造出来的，它们同时又是最高级的自然作品。一切任意和幻想都破灭了，存在的只有必然，只有上帝。"⑦ 歌德从意大利返回魏玛后，发表了论文《对自然

---

① Goethe-HA, Bd. 12, S. 13.
② Ebd., S. 13.
③ Ebd., S. 22.
④ Ebd., S. 13.
⑤ Ebd., S. 14.
⑥ GHb, Bd. 4, S. 634.
⑦ Goethe-HA, Bd. 11, S. 395.

的简单模仿、虚拟和风格》（1789）。他在文中区分了三种艺术创作方式：对自然的简单模仿指的是客观地、忠实地模仿自然，这种依样画葫芦的方式是艺术创作的最低等级；虚拟指的是脱离自然凭主观臆想来进行艺术创作，它表现了艺术家个人的主观精神，是艺术创作的较高等级；风格（指"纯正风格"）是在前二者的基础上融客观和主观、现象和本质、特殊和一般为一体，"它认识了许许多多的形态，它懂得把各种不同的具有典型意义的形式并列并加以模仿"，因此它是"艺术可能达到的最高水准"。[①] 由于风格这种最高级的艺术融感性形象与理性冲动于一体，它能给予人们"一种高尚的享受"，[②] 因此它具有审美价值，在此艺术概念变成了价值概念，而审美价值是魏玛古典文学的一个重要因素。

　　歌德在《〈希腊神殿前厅〉发刊词》中指出："一部艺术史只能建立在最高和最准确的艺术概念之上。"[③] 因此他对艺术原理进行了详尽的探讨。他在这篇文章中表达了他的古典自主美学的基本观点。他从艺术和自然科学之间的区别来论证艺术的独立自主。首先他确定了一条古典现实主义的原则：艺术家应该研究自然、应该掌握自然科学（例如解剖学、颜色学、光学和矿物学）的一般知识，应该模仿自然并创造出毕肖自然的艺术作品。但艺术毕竟不同于自然科学，艺术有一种"褊狭的、特殊的需求"。[④] 艺术追求的是美，是"一个美的、不可分割的整体"；[⑤] 自然科学追求的是真，是自然现象中"最普遍的自然规律"。[⑥] 在意识到自然与艺术的差异的前提下，歌德建立了他的有机论美学。有机论（Organizismus）美学最早可追溯到古希腊的柏拉图及其弟子亚里士多德。柏拉图在《斐德若篇》中指出："每篇文章的结构都应该像一个有机体，有它特有的身体，有躯干和四肢，也不能缺头少尾，每个部分都要与整体相适合。"[⑦] 亚里士多德则在其《诗学》中将悲剧和史诗比喻成自然界中的有机体："和悲剧诗人一样，史诗诗人也应编制戏剧化的情节，即着意于一个完整划一、有起始、中段和结尾的行动。这样，它就能像一个完整的动物个体一样，给

---

① 歌德：《论文学艺术》，范大灿等译，第7页。

② 同上书，第10页。

③ 同上书，第57页。

④ 同上书，第50页。

⑤ 同上书，第30页。

⑥ Goethe-HA, Bd. 12, S. 45

⑦ 《柏拉图全集》第二卷，王晓朝译，人民出版社2003年版，第183页。

人一种应该由它引发的快感。"① 歌德的独到之处在于他指出了作为有机整体的艺术作品与自然产品之间的区别：大自然生成的是物质的有机体，艺术家创造的则是"精神的有机体"。在《评狄德罗〈画论〉》（1799）一文中，歌德作了更加详尽的区分："大自然组织的是一个活的、无关紧要的有机体，艺术家组织的是一个死的、但有意蕴的有机体，大自然组织真实的有机体，艺术家组织虚假的有机体。观赏大自然的作品时，人们必须投入意义、情感、思想、效果及对心灵的影响，而在艺术作品中人们想要并且必然会找到这一切。"②

在《〈希腊神殿前厅〉发刊词》一文中，歌德首次使用了"艺术真实"这个术语，他写道："真正的、创立法则的艺术家追求的是艺术真实（Kunstwahrheit），而听从盲目冲动、无法则的艺术家追求的是自然真实。"③ 关于艺术真实与自然真实之间的区别，歌德在对话体的文章《论艺术作品的真实性和或然性》（1798）中作了详细的说明。歌德所说的"自然真实"指的是对自然的简单模仿所达到的外在真实，指的是艺术作品与"自然产物和谐一致"，④ 指的是逼真到以假乱真，从而使人产生"错觉"，认为自己"看到的不是模仿而是事情本身"。⑤ 歌德不赞成这种依样画葫芦的自然真实，他认为简单模仿自然的艺术家缺乏艺术修养，他们没有认识到"一部完美的艺术作品是人的精神（Geist）的作品"，⑥ 自然对艺术家而言只是质料，艺术家必须对质料进行加工，赋予它以外在的形式和"内在的形式"（心智）。歌德在写这篇对话之前观看了萨列里（Antonio Salieri，1750—1825）创作的歌剧《帕尔米拉》，他将带有人工色彩的歌剧称作"最高级的艺术"。⑦ 他以歌剧为范例来说明"艺术真实"。他认为"艺术真实"就是艺术作品的"内在真实"，⑧ 就是"它自

---

① 亚里士多德：《诗学》，陈中梅译，商务印书馆1996年版，第163页。
② Johann Wolfgang von Goethe, *Werke*. Wiesbaden：Emil Vollmer Verlag, 1965, Bd. 7. S. 683.
③ Goethe-HA, Bd. 12, S. 49.
④ 歌德：《论文学艺术》，范大灿等译，第40页。
⑤ 同上书，第37页。
⑥ 同上书，第43页。
⑦ Goethe-HA, Bd. 12, S. 590.
⑧ Ebd. , S. 70.

身的和谐一致", ① 这种"内在真实源于一部艺术作品本身的逻辑性"。②
歌德在此建立了一种关于艺术真实的融贯说（Kohärenztheorie）：艺术真
实是艺术作品内部的一致，它表现为部分与部分之间的内在联系以及部
分与整体之间的有机联系，从而形成一个"一切都和谐一致"的完美整
体，而这个整体"必然贯穿一种和谐地产生和形成的精神"。歌德从融贯
说出发推导出了艺术的独立自主："如果一部歌剧很优秀，那么它自然就
构成了一个自为的小世界（eine kleine Welt für sich），在这个小世界里一
切都按照某些规律进行，人们必须按照它自身的规律来判断它，必须按
照它自身的特点去感觉它。"③

　　歌德反对哲学家所采用的演绎的、体系化的分类法，他从经验出发，
采用了莱辛以媒介为标准的艺术分类法。莱辛在《拉奥孔》第十六章中严
格区分了诗与画：从媒介来看，画以颜色和线条为媒介，颜色和线条是在
空间中并列的，因此画是空间艺术；诗以语言为媒介，语言是在时间的发
展中先后承续的，因此诗是时间艺术。歌德在《〈希腊神殿前厅〉发刊
词》中同样强调了由媒介决定的各门艺术的自身规律："雕塑家的思维和
感受肯定不同于画家。"④ 与此同时他还采用比较的方法来探讨各门艺术之
间的相似性。在同一篇文章中他写道："所有的造型艺术都竭力要成为绘
画，所有的文学都竭力要成为戏剧"，⑤ 因为"绘画通过姿势和颜色能将摹
本描绘得非常真实……而戏剧则描述完全是眼前发生的事情"。⑥ 为了能够
有距离地、清醒地认识自己所从事的文学创作，他找到了一个比较的基
点——造型艺术（绘画、雕塑和建筑艺术）。歌德的艺术概念主要是通过
文学与造型艺术之间的比较而形成的，同时他还把其他的艺术门类（例如
歌剧、表演艺术和手工艺）也纳入比较的范围。在对各门艺术及其种类进
行比较时，他非常重视艺术创作所使用的材料（即媒介）。他在《造型艺
术的材料》（1788）一文中写道："艺术家可以成为他所使用的材料的主
人，但是他无法改变材料的特性。他只能够在某种意义上和某种条件下创

---

① Goethe-HA, Bd. 12, S. 569.
② Goethe-HA, Bd. 12, S. 70.
③ Ebd.
④ Ebd., S. 49.
⑤ 歌德：《论文学艺术》，范大灿等译，第 55 页。
⑥ Johann Wolfgang von Goethe, *Briefe*. Hamburg: Christian Wegner Verlag, 1968, Bd. 2, S. 319.

造符合他的意图的作品。只有将其创造力和想象力和他所使用的材料紧密联系在一起的艺术家才是最优秀的艺术家。"① 歌德认为艺术是一种创造性的想象，即使用媒介来进行虚构和想象，它是一种技巧性很强的媒介活动。

歌德在《〈希腊神殿前厅〉发刊词》中指出所有艺术都必须具有形式和谐的感性美："谁要是不能向感官把话说清楚，谁也就不会向人的心把话说准确。"② 他认为艺术美是感性美和精神美的统一，艺术形象是感性形式与理性内容的结合，他在短文《艺术与手艺》（1797）中写道："只有将纯粹感性和理智结合起来，才能创造出真正的艺术作品。"③ 他认为媒介决定了艺术家的思维方式：画家用颜色、线条等感性材料来进行形象思维，因此绘画等造型艺术更具有感性的魅力；诗人（指文学家）用"精神性的语言"④ 来思维，因此诗更具有精神性，它能够更好地展现"人的内心隐秘"。⑤

在《说不尽的莎士比亚》（1826）一文中，歌德以作用方式之间的差异来确定诗与画之间的界限。他认为画（造型艺术的代表）对接受者的视觉施加影响，注重感性的描绘和形象的直观性；诗（即文学）则对读者的心灵施加影响，它注重用精神性的语言唤起读者的想象力，而想象力所编织的文学形象既具有外在的感性，又具有内在的精神性。他写道："眼睛也许可以称作最清晰的感官，通过眼睛最轻松的传达才有可能成功。但是内在的感官比眼睛更清晰，通过语言可以把一切事物最完美、最快地传达给它。"⑥ 文中的"内在感官"一词源于夏夫兹博里，它指的是内在之眼，即具有直觉能力的"心灵"。歌德在《论造型艺术的题材》（1797）一文中再次强调了造型艺术应追求感性的描绘，诗则应该激发读者的想象力："我们对造型艺术所提的要求是清晰、清楚和明确的描绘……那些凭其感性存在而自主的题材就是最有利的题材……现在有人把诗错误地运用到造型艺术上。造型艺术家应该创作，但不应该诗化，即不应该像诗人那样在

---

① Goethe-WA, Abt. I, Bd. 47, S. 64f.
② 歌德：《论文学艺术》，范大灿等译，第53页。
③ Johann Wolfgang von Goethe, *Werke*. Wiesbaden: Emil Vollmer Verlag, 1965, Bd. 7, S. 641.
④ Goethe-HA, Bd. 12, S. 288.
⑤ Ebd. , S. 289.
⑥ Ebd. , S. 288.

进行感性描写的同时还致力于激发接受者的想象力。"① 在草稿《论富塞利的画作》 （1797） 中，他批评瑞士裔英国画家富塞利（Heinrich Füßli，1741—1825）超越了画家的本分，闯入诗的领域，将画与诗混杂在一起，其具体做法是以感性描绘为工具来唤起观众的想象力。关于这位诗人画家，歌德写道："他所选择的题材都很离奇，要么是悲剧性的，要么是幽默的，前者对想象力和情感施加影响，后者对想象力和心智施加影响，在这两种情况下他都把感性的描绘当作工具来使用。真正的艺术品不应该对接受者的想象力施加影响；激发想象力乃是诗的职责。在富塞利的作品中，诗与画总是在争斗，致使观众永远也无法安静地欣赏。"②

歌德认为造型艺术应该专注于感性的描绘或塑造，诗应该用精神性的词语激发读者的想象力，但诗也离不开感性的描绘，即诗通过外在的感性形象来表现人的内心世界。他在《格言与反思》中写道："诗人依靠描绘……最高级的诗显现为完全外在的形象……只描写内心世界而不以外在形象来体现它的诗或不让内心来感觉外在形象的诗，这两者皆为下品。"③ 在此歌德不同于莱辛，莱辛反对诗直接描绘人物，他认为诗应该通过描写人物形象所产生的效果来暗示人物的美。尽管诗和造型艺术的职守各异，但是歌德还是看到了这两门艺术的共同点，即它们都能够表现人的思想感情，都能够使题材与思想感情相契合并且"能够将题材转化为象征"。④

耗费了歌德大量时间和心力的自然科学研究对他的艺术概念的形成具有相当重要的意义。自然研究（尤其是他的形态学）为他的文艺学打开了一个本体论的视角。他用形态学的观察方式来考察艺术美，其结论为：美即有意蕴的形式结构，艺术真实即融贯着艺术家的精神的、有着自身规律的整体在结构上的一致。歌德是形态学的创始人，他认为大自然是"能生的自然"，大自然以其自身规律赋予无定形的物质以一定的形态，他在《格言和反思》中写道："不仅自由的物质，还有粗糙和紧密的物质都追求形态。"⑤ 他认为不仅生物具有形态，而且非生物（例如岩石和云）也具

① Johann Wolfgang von Goethe, *Werke*. Wiesbaden：Emil Vollmer Verlag, 1965, Bd. 7, S. 638 - 640.
② Ebd. , S. 636.
③ Goethe-HA, Bd. 12, S. 510 - 511.
④ Johann Wolfgang von Goethe, *Werke*. Wiesbaden：Emil Vollmer Verlag, 1965, Bd. 7, S. 640.
⑤ Goethe-HA, Bd. 12, S. 369.

有形态。他所说的"形态"（Gestalt）指的是生物或自然现象在变化的某一阶段或某一瞬间所具有的相对稳定的外部形状和内部结构。在残稿《补遗》中，他将作为变化学的形态学运用于自然领域乃至文化领域："形态学建立在这个信念之上：所有的存在者都必须显露和显现。从最初的自然要素和化学元素直到人的精神表现，这条原理都在起作用……形态是运动的、变易的和消逝的。形态学是变化学。形变论是破解所有的自然符码的密钥。"① 但歌德对待他的形变论比较谨慎，他既不将形态看成是固定的和停滞的，也不将变化看成是绝对的。他的形态学的基础乃是离心力和向心力之间的紧张关系。他在《问题与回答》（1823）一文中写道："形变的观念是一个令人敬仰的、但同时又极其危险的天赐礼品。它通向无形式，毁灭认知，消解知识。它恰似离心力，必将消失于无穷远，倘若我们不给它添加一个配衡体：我指的是定型力（Spezifikationstrieb）……或曰向心力。"② 正是定型力赋予自然现象和文化现象以相对稳定的形态，歌德在此基础上建立了一种追求形式的清晰与稳定的完形美学（Gestaltästhetik）。1829 年 4 月 10 日，歌德以法国画家克劳德·洛兰的风景画为范例，向艾克曼阐述了他的完形美学：真正有才能的人天生就具有"形式感"（Sinn für die Gestalt），他能凭借其"美丽的心灵"赋予现实素材以"完整统一"的形式。③

古典文学时期和晚年的歌德在其美学论述中将"形态"（Gestalt）与"形式"（Form）视作同义词，他认为自然是"质料的世界"，艺术乃是"精神的世界"，艺术家以其心智对自然素材进行"造形"，④ 造形（Gestaltung）乃是艺术家"最高的和唯一的行为"，而最有效的造形行为就是特殊化，"特殊化能使每个对象获得特殊的意蕴"。⑤ 歌德所说的从特殊事例出发的"特殊化"（Spezifikation）实际上就是马克思主义理论家所说的塑造形式和内容相统一的典型形象的"典型化"方法。

歌德一方面探索各门艺术之间的相似性，另一方面他又肯定了各门艺术由其媒介和符号所决定的差异性，因此在总的倾向上他反对混淆各门艺

---

① Goethe-WA, Abt. I, Bd. 6, S. 446.
② Johann Wolfgang von Goethe, *Werke*. Wiesbaden: Emil Vollmer Verlag, 1965, Bd. 8, S. 808.
③ 艾克曼：《歌德谈话录》，杨武能译，第 233 页。
④ Goethe-WA, Abt. I, Bd. 25.1, S. 272f.
⑤ Johann Wolfgang von Goethe, *Briefe*. Bd. 3. Hamburg: Christian Wegner Verlag, 1965, S. 92.

术之间的界限。他在《〈希腊神殿前厅〉发刊词》中写道："艺术堕落的
最突出的标志就是各种艺术种类的混杂。各门艺术以及它们的各个种类彼
此之间都有相似性，它们有一种倾向，就是相互结合，彼此融合。但是，
正因为如此，真正艺术家的义务、功绩和价值就在于他懂得如何把他所从
事的那门艺术同其他的艺术分离开来，懂得如何使每一门艺术和每一种艺
术种类都能独立自主，并尽可能使它同其他艺术门类和其他艺术种类隔绝
开来。"① 德国浪漫派所主张的融合诗与哲学、融合各种文学类型的"总汇
诗"（Universalpoesie）激起了歌德的强烈不满，1797 年 12 月 23 日他在致
席勒的信中写道："我感到很奇怪，这是怎么回事，我们现代人怎么就喜
欢把这些文学类型混为一谈，我们简直没有能力把它们区分开来。之所以
会这样，似乎仅仅是因为本来应该在纯正的条件下创作艺术品的艺术家，
却屈从于观众和听众力求一切都具有真实感的努力……这种真正幼稚、野
蛮和乏味的倾向如今艺术家应竭尽全力加以抵抗，应该用穿不过的魔圈把
艺术作品分门别类。"②

　　尽管歌德强调各门艺术及其种类的独立，但他是以运动和发展的眼光
来看待各门艺术及其种类之间的界限的，当各门艺术和各种艺术形式已僵
化时，他主张打破界限，通过融合和取长补短来达到自我提升，从而使各
门艺术及其种类获得新生，获得新的界限。在《为〈拉摩的侄儿〉加的注
释》（1805）一文中，他主张融合古典的趣味和野蛮的趣味："哈姆莱特、
李尔王、十字架崇拜和坚贞不渝的王子从何而来？因为我们永远也无法达
到古典艺术的顶点，所以勇敢地保持在野蛮趣味的有利高度就是我们的义
务。"③ 席勒在读完了《浮士德》第二部第三幕的初稿之后，于 1800 年 9
月 13 日写信给歌德，赞扬他将野蛮和高雅相结合的做法："处理过程中出
现的野蛮之处，是通过全诗的精神强加于您的，它不会破坏更高的内涵，
也不会抵消固有的美，而只能以另外的方式来阐述美。"④ 1800 年 9 月 16
日歌德给席勒写了一封回信，感谢他的鼓励，并认为自己所写的《海伦》

---

① 歌德：《论文学艺术》，范大灿等译，第 55 页。
② Johann Wolfgang von Goethe, *Briefe*. Hamburg: Christian Wegner Verlag, 1968. Bd. 2, S. 318 –
319.
③ Goethe-WA, Abt. I, Bd. 45, S. 176.
④ 《歌德席勒文学书简》，张荣昌、张玉书译，第 300 页。

一幕中纯洁和怪诞的融合产生了一种令人愉悦的"奇特的现象"。① 1827
年他单独发表了《海伦》这一幕,把它称作"古典—浪漫的梦幻剧"。②
1831年2月21日他在和艾克曼的谈话中将融合了古典与浪漫的《古典的
瓦普几斯之夜》称作"绝对的共和主义,一切地位平等"。③《浮士德》第
二部最大限度地融合了各种表现手段、各种戏剧文化、各种文学类型乃至
各种艺术门类,形成了一种五光十色的独特风格,使"整部作品永远难以
把握",④ 令人百读不厌。歌德本人的艺术实践使他明白:艺术的分化过程
是永无止境的。因此他用动态的眼光来看待各门艺术及其种类之间的界
限,在变化中来思索美学的不变值。歌德的艺术思想作为"一门活的启发
学"⑤ 为后世美学的现代化树立了一个良好的范例。

作为一位大诗人,歌德对诗的理解十分精到。1827年7月5日,歌德
在和艾克曼谈论《浮士德》第二部《海伦》那一幕时说道:"知性之于法
国人犹如路上的绊脚石;他们想不到幻想自有其规律,这些规律不可能也
不应该受到知性的干预。即使通过幻想产生的事物在知性眼里永远都成问
题,幻想也不必太当回事。这就是诗有别于散文的地方;散文总是由知性
当家,也乐意和应该让知性当家。"⑥ 歌德所理解的诗(Poesie)是散文
(Prosa)的对立面:诗即"虚构",⑦ 是通过诗体语言所表达出来的想象
(Imagination),它服从于想象自身的规律而不受知性的控制;散文则是对
事实的直接陈述,它完全受知性(Verstand,即知解力)的控制,它必须
"言之有物"。⑧ 由此可见,歌德所说的"诗"指的是狭义的"文学"
(Dichtung,即"虚构")。他和黑格尔一样把诗分为三个种类:抒情诗、
史诗和戏剧体诗。而他所说的散文则包括小说、传记、游记、格言、书
信、文艺评论、科学论文、公文、演说、哲学和历史文献等。歌德和黑格
尔把"小说"(Erzählung)这种同属于虚构的文类排除在诗的领域之外,
这反映了歌德时代及其以前的时代对小说的轻视。

① 《歌德席勒文学书简》,张荣昌、张玉书译,第301页。
② Goethe-WA,Abt. I,Bd. 1,S. 213.
③ 艾克曼:《歌德谈话录》,杨武能译,第293页。
④ 同上书,第285页。
⑤ Goethe-HA,Bd. 12,S. 398.
⑥ 艾克曼:《歌德谈话录》,杨武能译,第157页。
⑦ 同上。
⑧ 同上书,第132页。

　　1767 年 5 月 11 日，十七岁的大学生歌德在致妹妹柯内莉亚的信中谈到了"诗"和"天才"。他告诉妹妹他创作了十几首诗歌，但是他没有把这些诗歌拿出来给名作家盖勒特（Christian Fürchtegott Gellert，1715—1769）看，因为他的诗歌不符合盖勒特的诗学。启蒙运动诗人盖勒特认为诗应当宣扬理性法则，应当促进道德进步。歌德则认为决定一个人能否成为诗人的关键在于他是否有天才。歌德在信中写道："如果我有天才，那么人们就应该让我自由地发展；如果我没有天才，我就不能成为诗人；所有的批评对此都无效。"[①] 这种强调天赋轻视规则的文学观使歌德更容易接受赫尔德的天才思想。赫尔德认为天才是一种全面的才能，天才就是创造力，自然天才酷似造物主，个人天才源于民族文化和民族精神，天才作家应该成为民族作家，应该发扬和光大民族传统。赫尔德的天才观对青年歌德产生了决定性影响，歌德在《诗与真》第十卷（1812）中回忆了赫尔德所给予他的教益："赫尔德继承着他的先辈洛斯之后，才气纵横地探讨希伯来诗，他鼓舞我们在阿尔萨斯搜求流传下来的德国民歌，他认为这些诗的形式的最古老的文献，都足以证明诗艺术总是一种世界的和民族的赠品（Welt-und Vökergabe），而不是少数几个有教养的文人雅士的私人遗产。"[②]

　　青年歌德所说的"天才"不仅仅是诗才，还包括造型艺术的才华。在《论德国的建筑艺术》（1772）一文中，他把德国建筑师埃尔温·封·施坦巴赫称作"神一般的天才"，[③] 并将施坦巴赫设计的斯特拉斯堡大教堂视作天才的自我实现。他认为斯坦巴赫的天才就在于他的心灵具有一种天生的整合能力，他能将各种"分散的部分融合成一个活的整体……一个能显出特征的整体"。[④] 青年歌德最崇拜的天才就是拉斐尔和帕拉第奥这两位文艺复兴时期的全才。帕拉第奥（Andrea Palladio，1508—1580）是一位精通建筑学理论的建筑大师，并且熟悉数学、音乐、哲学和文学。他的建筑既注重空间效果，又带有"虚构"[⑤] 的色彩，即具有诗意的成分，从而形成了帕拉第奥新古典主义风格（Palladianismus），其影响直至歌德时代。

① Johann Wolfgang von Goethe, *Briefe*. Bd. 1. Hamburg: Christian Wegner Verlag, 1962, S. 44.
② 歌德：《诗与真》上册，刘思慕译，《歌德文集》（4），第 420 页。
③ Goethe-HA, Bd. 12, S. 13.
④ Ebd., S. 12–13.
⑤ Goethe-HA, Bd. 12, S. 37.

帕拉第奥是一位具有诗才的建筑师，而歌德心目中诗才的最高代表就是莎士比亚和品达。在《纪念莎士比亚命名日》（1771）一文中，他指出莎士比亚的天才就在于他的自然、他的伟大的精神能力和独创性。在《漫游者的暴风雨之歌》（1772）中，他将品达比作最高的主神朱庇特·普路维乌斯，因为从他的激情燃烧的内心中迸发出了一股巨大的创造力："内在的热力，／心灵的热力，／万物的核心。"① 青年歌德树立了一种全面发展的天才的理想，并将作诗视作对其政治抱负尚未实现的一种补偿，1773 年 10 月 18 日他在致诗人格斯滕贝格（Heinrich Wilhelm von Gerstenberg，1737—1823）的信中写道："因为我在世界上还没有发挥重要作用，所以我就把我的美好时光用于记录我的幻想。"②

为了实现他的政治抱负，歌德于 1775 年 11 月前往魏玛公国。但是在魏玛的头十年里，歌德的全面的自我实现的天才观受到了重创。歌德的各项改革措施经常受到保守势力的限制和阻挠，繁杂的政务和官场应酬严重妨碍了他的文学创作。1782 年 11 月 21 日，他在致诗人克内贝尔（Karl Ludwig von Knebel，1744—1834）的信中倾吐了他的内心苦闷："我把我的政治和社会生活完全与我的伦理和文学生活分开了。"③ 歌德在意大利通过考察社会现实、观赏古代艺术和研究自然科学获得了清醒的认识，从而放弃了全面的自我实现的幻想，他在《论形态学·过程·手稿的命运》（1817）一文中总结道：人们应该划清自然、艺术和社会这"三大领域"④的界限。他所说的艺术指的是造型艺术，即"视觉的艺术"，而诗则与造型艺术不同，它是"想象的艺术"，但艺术和诗同属于审美领域，都应该独立于社会实践之外，都应该脱离社会政治的要求。他创作的剧本《塔索》（1790）描写了诗人和社会的冲突，他说该剧的主题就是"才华和生活的失调"。⑤ 关于诗与生活的不同，歌德在《意大利游记》第二卷（1817）中作了言简意赅的说明："想象和现实的关系犹如诗和散文的关系，前者把事物想得高大而峻拔，后者总是把事物在平面上铺展开来。"⑥

---

① 歌德：《迷娘曲——歌德诗选》，杨武能译，第 30 页。

② Johann Wolfgang von Goethe, *Briefe*. Bd. 1. Hamburg：Christian Wegner Verlag, 1962. S. 153.

③ 杨武能、刘硕良主编：《歌德文集》第 13 卷，第 343 页。

④ Goethe-WA, Abt. I, Bd. 6, S. 132.

⑤ Wolfgang Herwig（Hg.），*Goethes Gespräche*. Zürich & Stuttgart：Artemis Verlag, 1965 - 1984, Bd. 1, S. 472. 以下简称 Gespräche。

⑥ 杨武能、刘硕良主编：《歌德文集》第 10 卷，第 284 页。

将这句名言和《塔索》一剧联系在一起，《塔索》的主题思想就变得非常明确：必须划清诗与生活的界限，划清诗人和市民（包括政治家）的界限。诗人是幻想家，他完全生活在主观世界，他要绝对实现自己的主观意志；市民和政治家则冷静地面对社会现实，遵守社会的规矩，顺应社会生活的要求。①

歌德反复强调了富于想象和激情的诗与散文般理智的社会实践之间的对立。1797 年 7 月 29 日，他在致席勒的信中写道："您最近说过，只有诗才能赋予诗以情调，由于这非常正确，因此人们看到，诗人在与世界交往时，尤其是他并不缺少素材时，他丧失的时间多么多啊！我对经验世界的广度感到恐惧。"② 歌德还在语言形式上对诗和散文作了严格的区分。他认为诗采用的是诗体语言，即受格律或韵式束缚的语言（gebundene Rede），诗是一种诗体语言的组合，其基本单位为音步（抑扬格、扬抑格、扬抑抑格等），由音步和停顿所形成的节奏是诗体语言的本质；散文运用的则是不受束缚的语言（ungebundene Rede），即不受格律和韵式束缚的散文体语言。1797 年 11 月 25 日，他在致席勒的信中对诗进行了格律学上的限定："所有的诗作都应该从节奏上加以处理！这是我的信念，而人们可以逐渐采用一种诗意散文，这一点只不过表明人们完全忽视了散文和诗的区别。这并不比有人在他的园林里预订一片干涸湖，而园艺家却用开挖一片沼泽的办法来解决此项任务更好些。这些不伦不类的东西只对爱好者和半瓶醋有用，犹如沼泽对两栖纲有用。"③

在同一封信中，歌德指出诗来源于有缺陷的生活，起源于诗人在生活中所经受的痛苦："诗本来就是建立在描写人的经验上的病理状态的基础上的，可是现在我们优秀的专家以及所谓的诗人当中又有谁承认这一点呢？"④ 这种"痛苦出诗人"的诗发生学与屈原所说的"惜诵以致愍兮，发愤以抒情"⑤ 不谋而合。就在这封信中，歌德明确地以他的病理学诗学反对晚期启蒙主义者加尔韦（Christian Garve，1742—1798）等人的伦理学诗学和理性教条：诗描写的是人的病理状态，而"一个像加尔韦这样也自

---

① 范大灿主编：《德国文学史》第二卷，译林出版社 2006 年版，第 425—426 页。
② 杨武能、刘硕良主编：《歌德文集》第 14 卷，第 223 页。
③ 《歌德席勒文学书简》，张荣昌、张玉书译，第 200 页。
④ 同上书，第 200—201 页。
⑤ 《楚辞·九章·惜诵》，广州出版社 2001 年版，第 130 页。

称思考过一辈子、被认为是一种哲学家的人对这样一条公理会一知半解吗？我多么愿意允许这些理智的庸人在这些所谓不道德的内容面前吓得退缩回去"。①

作为一位有着丰富文学创作经验的诗人，歌德常常对没有文艺创作经验的哲学家所建立的文艺理论体系表示怀疑。谢林在《先验唯心主义体系》（1800）一书中，通过抽象的思辨，推导出了艺术的概念：艺术是客观化的理智直观，因此艺术应该表现绝对（即神或自然），应该将绝对具体化为艺术形象；艺术家在创作之初是有意图有目的的，"活动的自我则必然是有意识地（主观地）开始而在无意识的东西中告终的"。② 席勒在1801年3月27日致歌德的信中批评谢林颠倒了文学创作的过程："在经验里诗人也是只从无意识开始的……无意识和深思熟虑相结合，造成了诗意艺术家。"③ 1801年4月3日，歌德给席勒写了一封回信，在信中他赞成席勒关于无意识在创作过程中起主导作用的见解。他认为天才的创作全都是无意识地发生的，理智思索只起了次要作用。紧接着他指出谢林的理论思辨根本不符合诗艺术的实践："至于现在人们向诗人提出的那些巨大的要求，我也认为，它们不会轻易地创造出一个诗人。诗艺要求在应该从事诗艺的主体里，有某种善意的、钟情于现实的局限性，绝对就隐藏在这种局限性的后面。但来自上面的要求破坏了那种纯朴的创造性状态，为了纯粹的诗，用一种东西取代诗，而这种东西永远也不是诗。"④ 简言之，谢林的"纯粹的诗"（诗就是绝对在一特殊事物中的表现）只是他的哲学观念的图解而已。

歌德不仅对艺术哲学和诗学的理论思辨表示怀疑，而且对现代科学的猖獗表示了忧虑。早在1788年，席勒在他的诗歌《希腊众神》里揭示了现代科学对诗的敌意。1800年11月18日，歌德在致席勒的信中表达了他对科学和哲学对诗的排斥的不满："我不知道可怜的诗最后应逃到什么地方去，诗在此地再次陷入险境，哲学家、自然研究家及其同党要把它逼上狭路。"⑤ 但歌德本人已决定要解决科学和诗的冲突。晚年歌德致力于调和

---

① 《歌德席勒文学书简》，张荣昌、张玉书译，第201页。
② 蒋孔阳、朱立元主编：《西方美学通史》第四卷，第305页。
③ 《歌德席勒文学书简》，张荣昌、张玉书译，第321页。
④ 同上书，第323页。
⑤ Johann Wolfgang von Goethe, *Briefe.* Hamburg：Christian Wegner Verlag, 1968, Bd. 2, S. 409.

科学与诗的对抗，他所写的自然科学论文获得了明显的诗质，同时他又把他的自然科学观和研究成果整合进他的诗作中，他创作的诗歌《植物的形变》（1799）、《动物的形变》（1820）就是科学和诗相结合的代表作。他期待着科学与诗的联姻，并在《论形态学·过程·印刷品的命运》（1817）一文中表达了他对未来的展望："没有人承认，科学和诗是可以协调一致的。大家都忘记了科学是从诗演变而来的这一事实，但是我相信经过时代的骤变之后，这两者会再次友好相待、互利互惠并在较高的层次上再次结合。"①

在歌德时代，自然科学得到了长足的发展，由于自然科学能够指导人们认识自然、利用自然和改造自然，能够由知识形态转化为物质财富，因此有用的科学必然会得到社会的重视，而非功利的诗必然会遭到排斥。与此同时，歌德还注意到早期资本主义的大众文化和通俗文艺对诗的排斥，例如，在 18 世纪末，克拉默（Carl Gottlob Cramer，1758—1817）、施皮斯（Christian Heinrich Spiess，1755—1799）和武尔皮乌斯（Christian August Vulpius，1762—1827）等人所写的娱乐性的通俗小说占领了图书市场，而歌德和席勒的纯文学作品则受到了冷遇。1797 年 8 月 9 日，歌德在致席勒的信中写道："大都市公众的奇怪状况引起了我的注意。他们持续地陶醉于赚钱和吃喝，而我们所说的情调既得不到创造，也得不到传达，所有的文娱活动，包括戏剧，只是应当给大众消闲解闷，广大读者酷爱报刊和长篇小说，因为报刊总是给人以消遣，而长篇小说大多都能消闲解闷。我甚至发觉大众对诗艺产品和具有某种程度诗意的作品感到畏惧，其原因自然在于诗艺术的非消遣性。诗要求并强令读者聚精会神，诗违背人的意愿使人陷入孤独，它像一位忠实的情人一样纠缠不休，令广泛的大众世界（其实就是大世界）颇为不快。"②

作为一位敏感的诗人，歌德除了发觉现代科学和市民社会对诗的排斥之外，他还发现政治也对诗充满了敌意，政治试图控制诗，抹杀诗的独立性，政治化的文学总是以政治事件的巨大影响来排斥纯文学。1813 年 10月，反法同盟取得了莱比锡民族大会战的胜利，德意志各诸侯国的政治热

---

① Goethe-HA, Bd. 13, S. 170.

② Johann Wolfgang von Goethe, *Briefe*. Hamburg: Chritian Wegner Verlag, 1968, Bd. 2, S. 289 – 290.

情空前高涨，充满民族主义和沙文主义色彩的政治诗大行其道。1813 年12 月 23 日，歌德在致诗人克内贝尔的信中写道："目前独立的诗肯定会感到绝望，因为读者只要求素材的效果，这种状态还可能长期持续下去。"①

歌德把诗视作人际交流和自我交流的媒介，它能够促进团体的和谐和使自我达到心理平衡，作为精神交流的诗会完全摆脱了社交聚会所暗藏的功利，诗所提供的心理安慰能够补偿现实生活中的缺憾。1798 年 1 月 12日，歌德在致克内贝尔的信中写道："诗能够为朋友的聚会营造和谐的气氛，最优秀的人相聚在一起时经常出现凝滞的局面，而诗能够激活僵局，这就是诗所发挥的最好作用。"② 中年的歌德由于对政治比较冷淡，因此他充分肯定诗，肯定诗的补偿功能和平衡能力，诗的平衡能力主要在于它通过宣泄不良的情感而减轻我们的心理压力，从而使我们摆脱现实生活中的重负，并以新的活力应付世事人生。1798 年 2 月 28 日，他在致席勒的信中写道："福斯欣赏我的诗歌《赫尔曼与窦绿苔》，但他只把它视作我的自我辩护，这令我感到遗憾，因为我们所拥有的诗的价值就在于它能够赋予我们活力，使我们能够承受各种世事。"③ 在《诗与真》第十三卷（1814）中，歌德再次强调了诗的宣泄作用和解救功能："真正的诗之所以成为真正的诗，是因为它就是尘世的福音，它借其内在的乐观和外在的舒畅，使我们得以摆脱压在我们肩上的尘世重负。正像气球那样，它把背负着重荷的我们提升到高空，任下面人间纷乱的迷宫像鸟瞰图那样在我们的眼前展开。最轻快的作品和最严肃的作品具有相同的目的，即以一种灵巧机智的描写来冲淡我们的快乐、缓解我们的痛苦（Schmerz zu mäßigen）。"④ 歌德将诗理解成人生的解救者，他创作的《西东合集》（1819）充分体现了这种诗学观，杨武能教授一语破的：《西东合集》的主旨就是要摆脱眼前混乱的现实，逃到幻想中的纯净的东方去过健康的生活，从而恢复自己的青春活力。⑤

1815 年 4 月 27 日，歌德在致萨克森矿务局局长特雷布拉（Friedrich von Trebra，1740—1819）的信中重申了诗的安慰作用和救世功能："在这

① GHb, Bd. 4, S. 860.
② Ebd. , S. 861.
③ Johann Wolfgang von Goethe, *Briefe*. Hamburg：Christian Wegner Verlag, 1968, Bd. 2, S. 334.
④ 歌德：《诗与真》下册，刘思慕译，《歌德文集》(5)，第 615 页。
⑤ 杨武能：《走近歌德》，第 185—186 页。

个令人忧虑的时代，我们不得不进行思考，而诗总是具有安慰作用，与其说它能使我们特别地关注时世，倒不如说它能使我们俯瞰时世。"① 歌德在此明确提出了以诗艺术取代宗教的诗艺救世说，这种学说强调的是诗艺术对现实的补救性功能。在这位诗伯油尽灯残之时，他仍未放弃诗艺救世说："诗永远是人类的幸福的避难所"。② 在《古典派和浪漫派在意大利的激烈斗争》（1820）一文中，歌德从另一个角度揭示了诗和宗教的相似性："如果说，人们由于对时代的各种事件看法不一而彼此不和，那么宗教和诗在它们那严肃的、更深层的基础上把整个世界统一起来。"③ 换言之，诗有利于民族团结和民族文化的统一。在这一点上歌德不愧为"魏玛的孔夫子"，④ 孔子说：诗"可以群，可以怨"。⑤

　　歌德始终牢记着诗与其他艺术门类以及诗与散文的界限。诗与艺术（主要指造型艺术）的区别在于：诗人具有爱幻想的天性，诗是想象的艺术；而造型艺术是视觉的艺术。诗与散文的区别在于：诗凭想象力来塑造形象，它采用的是受到格律和韵式束缚的、具有音乐性的诗体语言；散文则受知解力的控制，它采用的是不受格律和韵式束缚的、平淡的散文体语言。他在《〈西东合集〉的注释与论文》（1819）中写道："纯粹地看，诗既不是演说也不是艺术。诗不是演说，因为诗的完美的要素在于节奏、音律、体态和表情；诗也不是艺术，因为诗的一切基于天性，虽然诗人应该对其天性进行整饰，但他不可怀有艺术的忧虑。诗永远是激动的、提高的精神的真实表现，它没有目标和目的。"⑥ 但歌德在创作时偶尔也会跨越散文和诗的界限，而这种跨界行为是从其特殊情况出发的。1827 年 1 月 18日，歌德对艾克曼谈到了他的诗意小说《中篇小说》的构思："如果结束时再让其他人物出场，那么小说结尾就变得平淡无奇了……一个理想的，甚至诗意的结尾却有必要，却很必须；要知道，外乡人满怀激情的一席话已经近乎于一篇诗意散文，我必须将它提高，必须进一步采用抒情诗，是的，甚至过渡到歌唱本身。"⑦

---

① GHb, Bd. 4, S. 861.

② Ebd.

③ 歌德：《论文学艺术》，范大灿等译，上海人民出版社 2005 年版，第 253 页。

④ 杨武能：《歌德与中国》，生活·读书·新知三联书店 1991 年版，第 25 页。

⑤ 《论语通译》，徐志刚译注，人民文学出版社 1997 年版，第 224 页。

⑥ Goethe-FA, Abt. I, Bd. 3.1, S. 204.

⑦ 艾克曼：《歌德谈话录》，杨武能译，第 124 页。

歌德还划清了诗艺术和伦理学、诗艺术和政治的界限,他反对用诗来进行道德说教,反对诗为政治服务。1807 年 9 月 28 日,歌德在致鲁莫尔(Wilhelm von Rumohr)的信中表达了他对充满道德教训的"教育诗"的怀疑:鲁莫尔寄给他的诗歌可归入教育诗这个类型,尽管它们的感受纯洁、思想健康、表达恰当,但是它们缺乏真正的诗质;真正的诗的要素就是"不可遏止的天性、不可克服的敏感和强烈的激情"。① 歌德在他的论文《论教育诗》(1825)中,批评了德国教育家格里彭凯尔(Friedrich Conrad Griepenkerl,1782—1849)的专著《美学教科书》,揭示了"教育诗"(Lehrgedicht)的本质,并坚决地将教育诗驱逐出"真正的诗"(史诗、抒情诗和戏剧体诗)的王国。歌德认为教育诗只具有道德价值,而没有明显的文学价值,它是诗和演说术杂交而成的不伦不类的杂种:"诗只有三个种类:抒情诗、史诗和戏剧体诗;它不允许教育诗的加入……一切诗都应该具有教育性,但必须采取隐微的方式。诗应该提请读者注意那个有教育价值的事件;读者必须自己从其中—如从生活中吸取教训。教育诗或教训诗是并且永远是介于诗和演说术之间的不伦不类的东西;它时而贴近前者,时而贴近后者,因此它也能具有或多或少的诗的价值;但是它和描写的诗以及骂人的诗一样,永远只是一个变种和亚种。"②

歌德批评了政治诗,他反对把诗作为政治斗争或爱国主义宣传的工具,他认为诗的内核是美和普遍的人性,政治则具有狭隘的派性,狭隘的爱国主义也有违于他的世界主义思想。1832 年 3 月上旬,他对艾克曼说道:"我们现代人现在更适合使用拿破仑的名言:政治即命运。可千万别学我们的新锐作家说什么:政治即是文学,或者政治是适合诗人的题材……诗人作为人和公民会爱自己的祖国,但是他发挥自己的诗才、以诗为事业的祖国是善、高尚和美;这个祖国不限于某个特定的省份,某个特定的国度,他无论在哪儿发现了它,就会将它抓住,并且加以塑造。"③

歌德认为散文是用理智的语言表达作者对世界和社会生活的认识,而诗主要涉及的是个人经历和个人生活,他在《向青年作家再进一言》(1833)一文中写道:"诗的意蕴就是自己的生活的意蕴。"④ 他认为散文

---

① GHb, Bd. 4, S. 861.
② Goethe-WA, Abt. I, Bd. 41.2, S. 225.
③ 艾克曼:《歌德谈话录》,杨武能译,第 327 页。
④ 歌德:《论文学艺术》,范大灿等译,第 374 页。

应该具有真实性和合理性，而诗则应该表现诗人的内心世界（思想、情感、心绪和梦幻）及其个性："正如人必须从内心出发生活一样，艺术家必须从内心出发工作，因为艺术家尽管想怎么做就可以怎么做，但展现出来的永远总是他的个性。"[1] 他认为诗人应该以自己的心灵来重塑外在的世界。1774 年 8 月 21 日，他在致雅科比的信中写道："一切写作从始至终都是通过内心世界来再现我周围的世界，内心世界把握、联系、新造、揉捏一切，并用自己的形式和风格重现一切。"[2]

他认为"生动的想象是诗的王国"，[3] 诗人是幻想家，因此诗人可以迷信，可以自由地处置时间，诗允许年代误植。他在《尤斯图斯·默泽尔》（1823）一文中写道："迷信是生活的诗，迷信和诗这两者都是人凭自己的幻想虚构出来的……迷信对于诗人并没有什么损害，因为他可以从他的幻想中多方受益，而他赋予这种幻想的只是一种心灵的有效性（mentale Gültigkeit）。"[4] 在《浮士德》第二部（1832）第二幕中，歌德借人马怪喀戎之口说道："诗人不为时间所囿。"[5] 而这部诗剧的第二幕"古典的瓦普几斯之夜"和第三幕"海伦"的确充满了时空倒错的奇幻色彩。

综上所述，歌德是从诗与散文、诗与造型艺术的比较出发来对诗进行界定的。简言之，诗即虚构，它是幻想的艺术，是通过心灵的想象力和诗体语言所编织的意象世界。

第三节　歌德的伦理学

道德不是人类思维的产物，而是天赋的、与生俱来的美好天性。它或多或少是普通人生来就有的，但是在少数具有卓越才能的人那里得到高度显现……美好的道德价值可以通过经验和智慧进入人们的意识，因为从后果上看，坏的品德是要破坏个人和整体的幸福的，而高尚和端正的品德则能促成和巩固特殊的和普遍的幸福。因此美好的道

---

① 歌德：《论文学艺术》，范大灿等译，第 374 页。
② Johann Wolfgang von Goethe, *Briefe*. Bd. 1. Hamburg：Christian Wegner Verlag, 1962, S. 166.
③ Goethe-HA, Bd. 12, S. 493.
④ 歌德：《论文学艺术》，范大灿等译，第 279—280 页。
⑤ 歌德：《浮士德》，杨武能译，第 349 页。

德能够成为一种学说，作为一种说出来的道理在整个民族中传播开来。①

本节题记引自 1827 年 4 月 1 日歌德和艾克曼关于道德的起源和文学作品中的道德因素的谈话。关于道德的起源，歌德持人性说，他认为人生来就具有同情心和道德感，"道德是人性的主要部分"，② 恶是人性的次要部分，人性是可以随着社会的进步和个人文化修养的提高而日臻完善的。歌德的伦理学是一种幸福论，他认为道德具有明显的功利性，个人道德上的逐步完善既可以增进个人的幸福，又可以促进社会的和谐与幸福。关于文学与道德的关系，他反对利用文学进行道德说教，但他并未否定文学的道德教化作用，他认为作品中的道德倾向应该是一种自然而然的流露，而不应是一种刻意的追求，文学的教化作用是不知不觉地发生的，教化即潜移默化。1827 年 3 月 28 日，他对艾克曼说道："如果题材中本来寓有一种道德作用，它自然会呈现出来，诗人所应考虑的只是对他的题材作有效的艺术处理。诗人如果具有像索福克勒斯那样的崇高的精神境界，不管他怎么做，他都能发挥他的道德作用。"③

歌德终生都对伦理学问题感兴趣，伦理学问题对他具有普遍意义。他认为人类的精神生活与伦理密切相关，他在《动物哲学原理》（1830）一文中写道："在较高的意义上所发生的一切人事，都必须从伦理的角度来思考、来观察、来评判。"④ 他坚信在科学研究领域里也能发现伦理的动机，伦理学甚至有助于破解科学之谜。自然科学与伦理学的联系主要源于歌德的泛神论信仰，他认为整个大自然都呈现出上帝的慈爱。英国作家卡莱尔（Thomas Carlyle，1795—1881）热心于向英国人介绍德国文学，他认为席勒是一位将道德感和美感融合在一起的伟大诗人，1827 年 4 月 15 日，他把他的著作《席勒传》和译作《德国浪漫作品集》寄给了歌德。歌德非常赞赏卡莱尔对席勒的评价和对德意志民族性的认识，他在《德译本〈席勒传〉的前言》（1830）中写道："我们非常欣赏卡莱尔对我们的伦

---

① Johann Peter Eckermann, *Gespräche mit Goethe.* Berlin &Weimar: Aufbau-Verlag, 1982, S. 528.

② Ebd. , S. 529.

③ 艾克曼：《歌德谈话录》，洪天富译，第238页。

④ Goethe-WA, Abt. II , Bd. 7, S. 175.

理——审美追求的单纯关注，对道德和美的追求堪称我们德国人的性格特征之一。"①

歌德不是一位有体系的道德哲学家，他并没有创建自己的伦理学，他的伦理思想主要来自以莱辛和赫尔德为代表的 18 世纪的新人道主义（Neuhumanismus）和马丁·路德开创的新教伦理学。他认为正是道德意识才使人成其为人，道德意识不仅体现在认识、观念和劝勉上，它主要体现在人的行为上，表现在人际交往中和生活实践中；道德意识和道德行为总是与人和人性相关。歌德的伦理观深受 18 世纪的人性论的影响，这种人性论的核心就是道德，例如，莱辛就把宽容、博爱和责任感视作人性的基本价值，把道德行为视作建立人道的社会的基础。歌德认为人具有向善的天性，道德意识的获得不需要强制性的道德立法，个人文化修养和民族文化水平的提高有助于增进道德，因为对于有教养的人而言，外在的道德规范已逐渐内化为不假思索的道德意识，道德行为也就变得自然而然了。1830 年 10 月 20 日，歌德在和艾克曼的谈话中明确指出个人修养的提高自然会促进集体的幸福："我追求的永远只是使自己变得更明智、更优秀，只是提高自己的人格涵养……这当然会在一个大的范围内发生影响和起作用；不过它并非目的，而完全是必然的结果，就像所有自然力的影响都会产生这样的结果。"②

歌德认为一切生活领域皆与伦理有关，因此伦理学具有很大的普遍性。他非常重视伦理问题，重视伦理学与其他领域（例如文学艺术、科学、哲学和宗教）的关系。《格言与反思》最初的编排方案就体现了歌德对伦理的重视。据 1831 年 5 月 15 日艾克曼的记载，歌德原本计划将他的散文体格言划分为三类：艺术、自然、伦理与文学。③ 伦理与文学这一类中关于伦理的格言主要包括歌德本人的处世准则和行为原则。《格言与反思》是歌德的晚年作品，其主体来自《论艺术与古代》杂志（1818—1827）、《威廉·迈斯特的漫游年代》（1829）中的格言集《玛卡利亚笔录选》和《漫游者的思考》以及歌德的遗著（1832—1842）。1840 年艾克曼和里默尔编辑出版了四十卷本的《歌德全集》，其中的第三卷为《散文体

---

① Goethe-WA, Abt. I, Bd. 42.1, S. 196.

② 艾克曼：《歌德谈话录》，杨武能译，第 280 页。

③ 同上书，第 316 页。

格言》，它按照歌德的原计划分为三类：艺术、自然、伦理与文学（魏玛版《歌德作品集》亦采用了这种分类法）。

在《散文体格言》（1840）之前的引言《疑窦》中，歌德指出了错误与正确之间的辩证关系，并且强调了行动（Tat）的重要性："行动到处都能发挥决定性的作用，错误的行动也能产生很好的结果，因为每种行为的效果能延伸至无限。创造当然总是最好的，毁灭也并非不能带来好的结果。"① 紧接着歌德指出屡次的失败和徒劳也有积极的一面，徒劳的痛苦能使我们意识到我们的错误，能使我们找到"适合于我们的"② 道路。这篇引言充分体现了歌德奋发有为的人生观和人生的智慧。伦理与文学这一类中关于处世之道的格言表明，歌德的伦理学首先是一种行为伦理学："行动的人应该重视的是行为端正；至于他的行为能否产生令人满意的效果，对此他不必操心。"③ 歌德的"散文体格言"现在流行的标题是"格言与反思"，首次采用这个标题的是德国语文学家赫克尔（Max Hecker，1870—1948），他依据的是1822年歌德的格言手稿，1907年他根据歌德席勒档案馆里的歌德手稿编辑出版了最权威的《格言与反思》。

总的来看，歌德的伦理学是一种市民阶层的行为伦理学，其核心内容为知足、能干、责任感和知恩图报。这种伦理学要求市民应拥有学识，应节约时间和勤奋工作，要勇敢和谦虚，要能忍耐和能作自我批评，要善于抓住有利时机采取果断的行动，要克制仇恨和嫉妒，对人要充满善意和爱，要首先解决当前的现实问题，要有节制和自知之明。歌德的伦理观具有社会性的定向："你应该留心你自己，应该注意你自己，以便你能觉察到你是如何待人处世的。"④ 他的伦理学的基石是18世纪的新人道主义，他认为尽管人有作恶的可能，但是人心是向善的，人非完人，但可臻完美："我们要坚持向上的努力，要通过明智和正直把那些有可能潜入我们内心的或正在我们心中滋长的虚伪、无礼和缺点尽可能地清除掉。"⑤ 他的伦理学关注的是当下的现实和此岸的现世："什么是你的义务？那就是当务之急……善于行动的人了解自己的能力，他们会适度地、灵巧地运用自

---

① Goethe-HA, Bd. 12, S. 515.
② Ebd., S. 516.
③ Ebd., S. 517.
④ Ebd., S. 413.
⑤ Ebd., S. 417.

己的能力，这种人将在现世成就大业。"① 歌德的断片似的伦理学言论散见于《格言与反思》和他的小说中，这些众多的言论相互补充，逐渐会聚成一种行为伦理学，它诉诸人的理性和道德意识，呼吁人采取道德的行动。一言以蔽之，歌德的伦理学是一种摆脱了彼岸幻想而执著于此岸的伦理理性主义，是市民阶层和新兴资产阶级的伦理学，在勤劳和节俭上与新教伦理学相契合。

歌德的伦理学对后世产生了巨大的影响，20 世纪的思想家和文学家仍然在引用他的道德箴言。霍夫曼斯塔尔（1874—1929）编写的格言集《友人之书》（1921）引用最多的当属歌德，他在这本小书中写道："歌德的散文体格言在今天所散发出的教育力也许能胜过所有德国大学的师资。"② 文坛巨擘托马斯·曼也认为歌德的伦理学合于 20 世纪的时宜，他索性把他的一本散文集命名为《当务之急》（1930）。

歌德的自主美学并不排斥艺术题材本身所固有的道德感，他甚至在他的诗歌《席勒的〈钟之歌〉跋诗》（1806）中提出了"真善美"这一流行语："他的精神继续迈着大步/走进真善美的永恒王国，/他的身后闪着空灵的光，/那是约束我们的普遍人性。"③ 歌德认为艺术应该探索丰富而复杂的普遍人性，而人性的核心就是道德，只要道德的题材具有美感，他就会用艺术手段来表现它。但歌德认为美感是艺术大厦的根基："一旦艺术的美感（Kunstsinn）消失了，艺术作品也就随之毁灭。"④ 由于歌德强调艺术的审美功能和情感宣泄作用，因此他反对刻意利用文学艺术来进行道德教育，作者本人或题材本身若具有道德感，其道德作用也必须是自然而然地发生的。1774 年歌德发表了书信体小说《少年维特的烦恼》，这部小说凭借巨大的艺术感染力和对个性与自尊的弘扬而征服了广大的读者。但是教会的卫道士们也群起而攻之，汉堡牧师葛策（Johann Melchior Goeze, 1717—1786）认为这部作品美化了婚外情和自杀，毁灭了道德，哲学家尼古拉（Nicolai, 1733—1811）则创作了一部皆大欢喜的仿作《少年维特的

① Goethe-HA, Bd. 12, S. 518 – 519.
② Hugo von Hofmannsthal, *Gesammelte Werke*. Bd. 10. Frankfurt a. M.: Fischer Taschenbuch Verlag, 1980, S. 288.
③ Goethe-HA, Bd. 1, S. 257.
④ Goethe-HA, Bd. 12, S. 477.

欢乐》（1775）。歌德把他们称作"低级趣味的道学家"① 和不懂艺术的外行，他在《诗与真》第三部（1814）中写道："对一本书的价值的传统成见，即它必须具有教育目的，也会造成误解。但是真实的描绘却没有这种目的，它既不赞同也不谴责，它只是把思想和行动顺其自然地展开，并以此来启迪和感化读者。"②

第四节　歌德的政治活动和政治思想

的确，我是不能成为法国革命的朋友，因为它的恐怖暴行离我太近，每日每时都激起我的愤怒，反之其良好结果当时还无法看出来……我同样也不是专制统治的朋友。我并且完全相信，发生任何一场大革命责任都不在民众，而在政府。只要政府始终维护正义，始终头脑清醒，能够适时进行改良以满足民众的愿望，不是一直顽抗到非由下边来逼迫你干必须干的事情不可，这样子革命就完全不可能发生。可由于我仇视革命，人们便称我为现存制度之友。然而这是一个含义暧昧的称呼，恕我不能受领。假若现存的一切都好，都合理，都优越，那我绝对没有意见。可是在许多好的方面的同时，还存在许多坏的、不合理与不完善的地方，这样一来，现存制度之友往往差不多就等于坏的和腐朽的制度之友……如果在民众中存在大变革的真正需要，上帝便与之同在，改革便会成功。③

本节题记引自1824年1月4日歌德和艾克曼关于法国大革命和现存社会制度的谈话。这段谈话暴露了歌德最重要的政治思想。作为魏玛公国的枢密顾问、内阁大臣和拥有贵族头衔的知识分子，歌德拥护对国民负责任的、开明的君主制；而作为一位人道主义者，他反对封建君主和贵族残酷地压迫和剥削人民，他要求封建统治者维护正义，合乎时宜地革除现存制度的弊端以满足人民的愿望和防止革命。像法国财政大臣内克（Jacques

---

① 歌德：《诗与真》下册，刘思慕译，《歌德文集》（5），第628页。
② 同上书，第626页。
③ 艾克曼：《歌德谈话录》，杨武能译，第34—35页。

Necker，1732—1804）一样，歌德是君主专制时代的改良主义者，他的社会改良主义源于他的进化论自然观和世界观，他认为社会的发展和自然演化一样都是渐进的，革命的跃进违反自然规律，并且革命的杀戮极不人道，革命严重地破坏了社会秩序，造成了巨大的混乱，而革命的建设性成果在近期却难以表现出来。歌德在法国大革命时期创作的剧本集中体现了他对革命和改良的态度：《大科夫塔》（1792）鞭笞了贵族的腐败，《市民将军》（1793）则讽刺了革命者的自私自利，《激动的人们》（1817）歌颂了调和阶级矛盾的社会改良。

歌德的社会改良主义反映了他在政治上的平庸和短见，他没有认识到阶级矛盾和阶级斗争是阶级社会发展的动力，当阶级矛盾激化到不可调和时，只能采取革命的手段来解决。1830 年，德国的自由主义者和封建诸侯的矛盾已发展到了尖锐化的程度，在这个危急时刻，歌德依然固守他的改良主义。1830 年 2 月 3 日，他对索勒（Frédéric-Jean Soret，1795—1865）说道："真正的自由主义者总是采取各种手段尽可能地达到好的效果，但是他不应该用火与剑来根除不可避免的社会弊端。他应该运用智慧逐步排除社会弊病，而不应该采取暴力措施，因为暴力常常毁坏许多好的事物。在这个不完美的世界里，他一直满足于好的制度，一旦有利的时机和情形来临，他就可以实现更好的制度。"[1] 德国自由主义作家伯尔纳（Ludwig Börne，1786—1837）正是出于对这种不合时宜的改良主义的憎恨，将歌德称作"诸侯的仆人"。[2]

作为一位有政治抱负的思想家，歌德终生都对政治感兴趣，只不过这种兴趣时强时弱。《杜登词典》对"政治"一词作出了权威的定义：政治是"管理国家的艺术"，是政府、议会、党派、组织和个人所进行的旨在实现国家生活的某些目的和旨在调整社会生活的活动。简言之，政治就是处理国家生活中的各种关系的活动，政治家就是国务活动家，从这种意义上来看，诗人歌德无疑也是一位政治家。歌德的政治思想是和他的政治活动紧密联系在一起的。早在狂飙突进时期（1767—1785），歌德就表现出对社会矛盾的关注，此时的歌德将作诗视作对他的政治抱负尚未实现的一

① Johann Peter Eckermann, *Gespräche mit Goethe.* Berlin & Weimar：Aufbau-Verlag, 1982, S. 615 – 616.

② Ludwig Börne, *Börnes Werke in zwei Bänden.* Bd. 2. Berlin：Aufbau-Verlag, 1976, S. 65.

种补偿。1775 年 11 月，为了实现济世安民的政治理想，歌德应邀来到魏玛公国，被任命为枢密顾问和财政大臣，为了富民强国，他采取了一系列改革措施。改革受挫后，他淡出了政界，但依然关注时事。1832 年 3 月上旬，他与艾克曼最后的谈话的主题是政治和文学。1832 年 3 月 17 日，他在致普鲁士政治家、语言学家威廉·冯·洪堡（Wilhelm von Humboldt，1767—1835）的最后一封信中表达了他对法国七月革命后世界政局的担忧，他说他不想将《浮士德》第二部委诸乱世。在 1824 年 2 月 25 日与艾克曼的谈话中，他说他的一生经历了许多政治风暴（七年战争、美国独立战争、法国大革命和拿破仑帝国的兴亡），这使他获益匪浅。他对他的某些文学作品的政治化倾向深感后悔，他坦言：在文学上探讨法国大革命的原因和结果，"徒然浪费了他的诗才"。[1] 他与他那个时代的许多大政治家和属于执政者阶层的高级将领都有私人交往，例如奥地利首相梅特涅、普鲁士财政大臣施泰因男爵、普鲁士首相哈登贝格侯爵、沙皇亚历山大一世、拿破仑、普鲁士陆军元帅莫伦多夫（1724—1816）和普鲁士统帅布吕歇尔（1742—1819）。要研究歌德的生平、创作和文艺美学，也必须考虑政治因素。

　　早在少年时代，歌德就对政治感兴趣。1756 年 8 月，普鲁士国王腓特烈二世发动了针对奥地利的七年战争，歌德的家庭发生了分裂，他的外祖父和姨妈们支持奥地利，他和他的父亲则倾向普鲁士。1764 年 4 月 3 日，奥地利的约瑟夫二世（Joseph Ⅱ，1741—1790）加冕为罗马王，歌德在法兰克福观看了这场"兼有政治和宗教的意味的庆典"。[2] 1772 年 5 月至 9 月，法学博士歌德在位于韦茨拉尔的帝国最高法院实习，他因此熟悉了神圣罗马帝国的政治和法律制度。

　　1774 年 12 月，他在法兰克福结识了萨克森—魏玛—艾森纳赫公国的储君卡尔·奥古斯特（Karl August，1757—1828），这次相识给他的人生带来了重大转折。由于德国历史学家奥斯纳布吕克城邦地方长官默泽尔（Justus Möser，1720—1794）为他树立了知识分子从政的榜样，再加上卡尔·奥古斯特公爵有改革的意愿，1775 年 10 月歌德接受了公爵的邀请前往魏玛。1776 年 6 月 11 日，歌德被公爵任命为外交参赞，从此歌德正式

---

① Goethe-WA, Abt. Ⅱ, Bd. 11, S. 61.
② 歌德：《诗与真》上册，刘思慕译，《歌德文集》（4），第 197 页。

介入魏玛公国的国务。歌德对改革的前景充满了希望，1776 年 2 月 14 日他在致约翰娜·法尔默（1774—1821）的信中写道："尽管只有几年，但总比呆在家里无所作为来得好，我在家只能怀着极大的兴趣而无所事事。可是在这里，我的眼前有几个公国。现在我正在熟悉这个国家，它已经给了我很多乐趣。"① 此时的歌德充满了自信，1777 年 10 月 8 日，他在日记中写道："治国安邦！"②

自歌德担任外交参赞以来，他定期参加魏玛公国枢密院的会议，与公爵及其顾问一起共同决定公国在税收、支出和外交等领域的大政方针。1778 年 5 月，为了巩固诸侯联盟（Fürstenbund），他陪同卡尔·奥古斯特公爵前往柏林和波茨坦，在普鲁士的所见所闻使他对绝对的专制主义国家充满了厌恶。他看到了不受限制的君主专制政体的弊端：君主和贵族的奢侈生活完全建立在对人民的残酷剥削的基础上。1778 年 5 月 17 日，他在致施泰因夫人的信中写道："国王之城的豪华、生活秩序和富裕状况，若是没有成千上万的人准备着为它牺牲，那么一切都会化为乌有。"③

歌德将政治家理解为国家公仆（Staatsdiener），将政治理解成为国家和国民服务的管理工作，而不是像凡尔赛宫那样炫耀权力和特权。歌德认为政治家的任务就是改善民生和促进国家兴旺，因此他致力于解决魏玛公国在农业、手工业、商业和采矿业等领域的实际问题。出于为国民谋福利的政治理念，他反对腓特烈大帝和卡尔·奥古斯特公爵的军国主义政策，反对德意志诸侯国争霸和英法等国的强权政治。1779 年 1 月他接任国防大臣的职务，其目的在于限制公爵穷兵黩武和消减军费。

由于穷奢极欲的贵族阶层的反对，歌德发展国计民生的改革计划受挫，于是他逃离鄙陋的魏玛公国，于 1786 年 9 月私自前往意大利。1788 年 6 月返回魏玛后，他辞去了所有职务，只担任剧院总监和伊尔梅瑙采矿委员会主管，将自己的主要精力用于科学和文化事业。早在 1782 年 6 月 4 日，歌德就在致施泰因夫人的信中表达了他对政治斗争的厌恶："要是我能摆脱政治上的斗争，在你的身边，我最亲爱的，把我的智慧转向我生来就适合做的科学和艺术事业，这有多好啊！"④ 1789 年 7 月法国爆发了大

---

① 杨武能、刘硕良主编：《歌德文集》第 13 卷，第 103 页。
② GHb, Bd. 4, S. 866.
③ 杨武能、刘硕良主编：《歌德文集》第 13 卷，第 162 页。
④ 同上书，第 322 页。

革命，歌德本来就反对跃进式的暴力革命，法国革命政权内部的权力斗争以及法国和其他大国之间的争霸又进一步加深了他对革命的怀疑。1793 年初，法国的内部斗争和对外战争已趋于白热化，此时歌德创作了政治史诗《列那狐》，他用狡诈的狐狸来影射自私伪善、肆无忌惮的现代政客，其矛头直指由平民而爬上高位的吉伦特派革命家布里索（Brissot，1754—1793）等人。在这个革命和战争的乱世，歌德要高举"科学和艺术的圣火"，① 把魏玛建设成一座文化名城。1797 年 12 月，歌德担任魏玛图书馆总监，他开始接管魏玛公国的科学和艺术机构，1815 年 12 月 12 日，他终于被任命为主管科学和艺术的国务大臣。1806 年 10 月，拿破仑的军队攻占了魏玛，正是由于歌德及其科学和艺术之友为魏玛所奠定的文化声誉使卡尔·奥古斯特的公国免遭亡国的厄运。

　　歌德的政治思想的主体乃是政治伦理学。他在《诗与真》的续写提纲中写道："主要发现：万事万物最终都可归结为伦理。"② 这句格言是他的政治活动指南。他的政治伦理学建立在人道主义和民本思想的基础上。和我国的儒家一样，歌德认为民惟邦本，本固邦宁。1824 年 1 月 4 日，歌德对艾克曼道出了他的政治自白："民众是可以统治的，但却不可以压迫；下层民众的革命起义乃是大人先生们多行不义的结果。"③ 他要求统治者勤政爱民，适时进行改革，以稳固国家的根本。作为统治阶层的一员，歌德始终怀有对劳苦大众的爱。1777 年 12 月 4 日，他在致施泰因夫人的信中写道："我对被称为下等阶级，但在上帝面前无疑却是最高尚的阶级的人再次怀有深切的爱。这里毕竟汇集了一切道德：节制、知足、正直、老实，对过得去的一点财富感到的喜悦，善良和容忍。"④ 1782 年 4 月 17 日，他在致克内贝尔的信中表达了他对贫苦农民的同情，并将农民的贫困归因为贵族的残酷剥削和压榨。

　　为了缓和阶级矛盾，他要求统治者放弃奢侈享受和等级特权，为平民百姓谋福利。他在《格言与反思》中写道："统治和享受互相背离。享受意味着让自己和他人沉浸在快乐之中；统治则意味着在最严格的意义上为

① Peter Boerner, *Goethe*. Reinbek：Rowohlt Taschenbuchverlag, 1964, S. 88.
② Ebd. , S. 57.
③ 艾克曼：《歌德谈话录》，杨武能译，第 34 页。
④ 格尔茨：《歌德传》，伊德等译，商务印书馆 1997 年版，第 79 页。

自己和他人做善事。"① 舍弃（Entsagung）是歌德的生活准则，它在政治上要求执政者抵制权力带来的各种诱惑，舍弃各种特权，放弃以权谋私，为公共福利服务。1780 年 3 月 15 日，他在日记中写道："只有完全克己奉公的人，才能够，也应该进行统治。"② 他认为政治家不应该凭借权力损人利己，而应该为国民的福利和国家的兴旺效力，通过为国家服务的善举（Wohltat）赢得当世和后世的承认，从而青史留名。1783 年 9 月 3 日，时值卡尔·奥古斯特公爵二十六岁诞辰，歌德写了《伊尔梅瑙》一诗献给公爵，歌颂这位勤政爱民的明君，而明君的优良品质就是义务、自制和放弃："哦，公侯，但愿你的国家/能成为当代的榜样！/你早已了解你的阶层的义务/并逐渐限制灵魂的放荡。/为自己和一己之志而活的冷酷者/可以满足自己的某些欲求；/而正确领导他人的君主/必须放弃许多享受。"③

　　比公爵年长八岁的歌德在魏玛的政治舞台上扮演的是君主的教师和谏官角色，他希望将公爵教育成一位对国民负责任的君主，希望他从责任感出发来治理国家，而不是倚仗权势来统治人民。在《伊尔梅瑙》一诗中，他提醒公爵不要忘记劳苦大众，要做个有益于"默默地勤奋工作的人民"④的明君，为国家带来秩序、繁荣和幸福。在政体问题上，歌德是一位温和的保皇派，他主张实行开明的、负责任的君主专制。他在《格言与反思》中写道："专制主义（Despotismus）可以促进每个人的独裁，它从上至下地要求个人担当责任，从而产生最高度的行动。"⑤ 他认为专制君主能像家长一样保护子民的财产和人身安全："我们只认可对我们有用的人。我们认可公侯，因为他所签署的契约使我们的财产得到了保障。我们期望他能给我们以保护，使我们免遭内乱和外患的侵害。"⑥ 但歌德似乎忘记了也有不负责任的家长和残害百姓的独夫民贼，他认识不到专制君主代表的是他的家族和贵族阶层的利益，他固执己见，将专制君主视作贵族和平民之间的调停人和平衡者。他在《格言与反思》中写道："一旦取消了君主专制，贵族政治和民主政治之间的直接冲突便告开始。"⑦ 他将德治和法治视作君

① Goethe-HA, Bd. 12, S. 378.
② GHb, Bd. 4, S. 867.
③ Goethe-HA, Bd. 1, S. 112.
④ Ebd.
⑤ Goethe-HA, Bd. 12, S. 378 - 379.
⑥ Ebd., S. 378.
⑦ Ebd., S. 380.

主治国的两件法宝，1828 年 10 月 23 日，他对艾克曼说道："爱是会产生爱的。谁要是获得人民的爱，他就容易进行统治了。"① 他认为所有的法律都试图接近"道德的世界秩序"，"法律和习俗是两种温和的强力"。② 他以卡尔·奥古斯特大公爵为例，说明英明的君主必须兼具三种治国才能：知人善任，爱国爱民，兼听明辨。③

　　青年歌德认为知识分子不应该过沉思的生活，而应该过"有为的生活"（tätiges Leben），要将思想和行动、精神和权力结合起来，要通过参政来发挥社会影响。他在《诗与真》第三部第十五卷中写道："我倒是特别推许默泽尔那样的作家，指出这种作家的才能是源于有为的生活，而又复归于这种生活，直接产生出有益的效果。"④ 老年歌德依然坚持知识分子参政，歌德去世之后出版的《浮士德》第二部（1832）在某种程度上堪称他的政治遗嘱：浮士德个人的权力追求和为人民谋福利的无私行为交叉在一起。在悲剧的最后一幕中，歌德还探讨了政治领域的暴力问题。他以菲利门和巴乌希斯这对老夫妇的惨死为例，说明暴力只能产生毁灭性的结果，即使是为了达到造福人类的目的，也不可以采用暴力的手段。歌德反对革命和战争之类的暴力，他写道："每次革命都超越了自然状态，革命纯属无法无天、厚颜无耻（贝格哈德会、再洗礼派和无套裤汉）。"⑤ 他反对拿破仑用战争的手段来实现欧洲统一和欧洲和平，因为战争只能造成以暴易暴的恶性循环并给世界带来无休无止的痛苦，他在剧本《埃庇米尼得斯的觉醒》（1814）的序诗中写道："欲求无法促成和平，/有大欲者要制服众生；/胜利者教导他人斗争，/他使敌人行动谨慎。/武力和诡计不断增长，/巨兽横行，比勇斗狠；/每天忍受无数阵痛/和世界末日般的惶恐。"⑥

　　歌德曾对他在法国大革命时期创作了具有政治倾向的剧本表示后悔，因为对政治事件进行文学上的处理浪费了他的诗才。他认为文学不应该受政治辖制，因为文学有其自身规律：文学是技巧性很强的、用语言表达作

① 艾克曼：《歌德谈话录》，洪天富译，第 365 页。
② Goethe-HA, Bd. 12, S. 379.
③ 艾克曼：《歌德谈话录》，洪天富译，第 365 页。
④ 歌德：《诗与真》下册，刘思慕译，《歌德文集》（5），第 689 页。
⑤ Goethe-HA, Bd. 12, S. 380.
⑥ Johann Wolfgang von Goethe, *Werke*. Hg. v. Paul Stapf. Stuttgart: Emil Vollmer Verlag, 1965, Bd. 2, S. 857.

者思想情感的"精神性的"艺术，它是一种创造性的"虚构"（Erfind-
ung），它借助词语唤起读者的想象；政治性的"论战倾向"（polemische
Richtung）会破坏诗人"心智的自由创造"，搅乱诗人"敏感柔弱的天
性"。① 歌德时代的新锐作家路德维希·伯尔纳从资产阶级自由派的政治利
益出发主张文学的政治化，他认为文学家应该成为"历史的推动者"，② 应
该把自由和民主的思想灌输进德国人民的头脑之中；他过分强调文艺的社
会功能，将政治上的进步或反动当作评价文艺作品的唯一标准，把文学当
作政治斗争和社会批判的工具，他把政治上守旧的歌德贬为"押韵的奴
才"。③ 1831 年 5 月 2 日在和艾克曼的谈话中，歌德认为伯尔纳是一个依
傍政治力量的文人，他靠政治影响而出名，在他身上党派仇恨取代了文学
才能；与他相反，贝朗瑞则是一个"自足自立的人才，因此他从来不为哪
一个政党服务"。④

在 1832 年 3 月上旬和艾克曼的谈话中，歌德再次反对文学的政治化，
因为政治"题材缺少诗意，诗人想搞政治就必须参加一个党派，如此一来
就必然失去作为诗人的自我"，⑤ 党派偏见和盲目仇恨就会损毁诗人的自由
精神，限制诗人开阔的精神视野，使诗人失去"不受约束的通观全局的能
力"。⑥ 他认为搞政治不是诗人的本职工作，诗人的祖国是"善、高尚和
美"，过多的政治活动会毁掉诗人的诗才，诗人的本职工作在于"开启民
众的心智，净化他们的审美趣味，使他们的思想情操变得高尚起来"。⑦

第五节　歌德的自主美学

　　我很清楚，我尽管一生辛劳，我的所作所为在某些人眼里却一钱
　　不值，原因就在于我不屑于与党派之争搅和在一起。为了得到这些人

① Johann Peter Eckermann, *Gespräche mit Goethe*. Berlin & Weimar： Aufbau-Verlag, 1982,
S. 383.
② Ludwig Börne, *Börnes Werke in zwei Bänden*. Bd. 2. Berlin： Aufbau-Verlag, 1976, Bd. 1,
S. 138.
③ Ebd., S. 65.
④ 艾克曼：《歌德谈话录》，杨武能译，第 314 页。
⑤ 同上书，第 327 页。
⑥ Johann Peter Eckermann, *Gespräche mit Goethe*. Berlin & Weimar, 1982, S. 439.
⑦ 艾克曼：《歌德谈话录》，杨武能译，第 328 页。

的认可，我必须变成雅各宾俱乐部的会员，宣传流血和杀戮……请你注意，政治家乌兰德将吞噬掉诗人乌兰德。当上议会议员，每天都生活在争吵和激动中，绝不适合诗人敏感的天性。他的歌声将会消失，这相当可惜啊。①

本节题记引自 1832 年 3 月上旬歌德和艾克曼关于政治与文学的谈话。歌德在临终前仍然坚持艺术自主，反对文学艺术的政治化。他认为政治和艺术是两个不同的领域：政治活动就是狭隘的党派斗争和无情的权力斗争，它具有很强的功利性，即获取权力以统治和管理国家，因此政治家必须具有宣传鼓动力、行动力和战斗力；而艺术则是非功利的严肃的审美游戏，艺术家具有敏感的心灵和丰富的想象力，艺术家凭借伴随着情感活动的创造性的想象力营造出一个艺术美的王国，艺术美是一种有意蕴的形式，即感性的形式美和理性的内容美的有机统一，是美的现实和美的假象的有机统一，正是艺术的这种自身规律性奠定了艺术的独立自主。

歌德非体系化的纯艺术观使他成为德国古典自主美学（Autonomieäs-thetik）的创立者之一。他对 18 世纪末 19 世纪初德国文学场中的他律原则采取了"义愤、反抗、轻蔑"②的态度，建立了自主的、创造性的天才美学，提出了把艺术美当作唯一的神来敬奉的艺术宗教，他要求艺术家摆脱政治、经济、宗教和虚伪道德的约束，创造出形式美和内容美相统一的艺术美。在与他律的祖父辈、父辈和同辈作家的斗争中，他创立了文学场的自主法则，"即在创作者—预言家之间的自由竞争"，③ 这一法则的首创使他成为福楼拜和波德莱尔等人的先驱。他提出的艺术自主原则和先锋派艺术家之间自由竞争的法则为日后德国高度自主的文学场的形成做出了不可磨灭的贡献。④

艺术自主（Autonomie der Kunst）指文学艺术（包括艺术创造力和艺术产品）的自身规律性、非派生性和无外在目的性（Zweckfreiheit，即非

---

① 艾克曼：《歌德谈话录》，杨武能译，第 328 页。
② 布迪厄：《艺术的法则》，刘晖译，中央编译出版社 2001 年版，第 75 页。
③ 同上书，第 78 页。
④ 1840 年前后，德国颁布了著作权法和版权法，随之涌现出一批以写作为职业的自由作家，德国相对自主的文学场初具雏形；直到 19 世纪末，为艺术而艺术的格奥尔格派才真正建立了高度自主的德国文学场。

功利性）。艺术自主这一概念乃从法学和道德哲学领域移植而来。"自主"
（Autonomie，亦译"自律"）一词源于古希腊语 autonomía（自我立法）。
希罗多德（约前484—约前425）在《历史》一书中提出的"自主"指的
是一个城邦在内政和外交上的政治"自由"。修昔底德（约前460—约前
400）运用"自主"一词来表示一个城邦的"有条件的自治"的政治和法
律地位。① 康德将人视作理性的存在者，他认为人是自主的，因为人能够
运用理性来自我立法，"自主"概念由此获得了哲学（尤其是道德哲学）
上的广泛含义。康德在哲学上将自主定义为理性的自我立法，他在《道德
形而上学的奠基》（1785）一书中运用"自律"一词来表示实践理性的自
决和意志的自律，并将意志自律视作"道德的最高原则"。②

　　在《判断力批判》（1790）一书中，康德将"自律"一词运用于美学
领域，他将审美自律定义为反思判断力的自我立法，即审美主体的自主：
审美判断的普遍有效性是"基于对（在被给予的表象上的）愉快情感作出
判断的主体的一种自律，亦即基于他自己的鉴赏"。③ 换言之，审美判断是
无利害、无概念的，它不涉及对象的有用性和完满性，它没有客观目的；
但审美时，客体的纯形式适合了主体的心意机能，适合了想象力和知性的
自由游戏，它在主观上又是合目的的。德国小说家莫里茨（1757—1793）
在《论对美的创造性模仿》（1788）一书中提出美即"内在的完美"，④ 并
将非功利的美与有用的事物区别开来。席勒继承和发展了康德美学，他在
《论美书简》（Kallias oder über die Schönheit，1793）中将艺术规定为"感
性事物的自律"，⑤ 将美定义为"现象中的自由，现象中的自律"。⑥ 但康
德的艺术自主观是不彻底的，他在纯粹美之外还提出了依存美，席勒的美
学观则是前后不一致的，因为青年席勒将戏剧视作道德教育的学校，莫里
茨则缺乏文学场内和场外的影响力，而歌德终生都坚持艺术自主，他凭借

---

① Klaus Weimar (Hg.), *Reallexikon der deutschen Literaturwissenschaft*. Bd. 1. Berlin: De Gruyter, 1997, S. 173.

② 《康德著作全集》第四卷，李秋零译，中国人民大学出版社 2005 年版，第 449 页。

③ 《康德著作全集》第五卷，李秋零译，中国人民大学出版社 2007 年版，第 292 页。

④ Ansgar Nünning (Hg.), *Metzler Lexikon Literatur-und Kulturtheorie*. Stuttgart: Verlag J. B. Metzler, 2001, S. 34.

⑤ 席勒：《秀美与尊严——席勒艺术和美学文集》，张玉能译，文化艺术出版社 1996 年版，第 52 页。

⑥ 同上书，第 45 页。

丰厚的文化资本、经济资本和社会资本，利用自已在场内和场外的名望，确立了纯粹艺术的合法性，为纯文学创作和艺术品收藏投入了大量的金钱，他不计利害，不谋私利，在不自主的德国文学场中单枪匹马地反抗政治、经济、宗教和道德对文学的辖制，努力使文艺从功利的世界返归审美的王国，他在艺术生产场中发起的培养纯粹艺术的第一次"符号革命"，①为19世纪末格奥尔格派的二次革命树立了榜样，格奥尔格派继承了歌德和波德莱尔等人的遗产，最终以集体行动在德国建立了高度自主的文学场。

一　青年歌德的艺术自主观

富裕的市民之子歌德于1765年踏入文坛，当时统治德国文学场的是早期启蒙运动文学家戈特舍德（1700—1766）、博德默（1698—1783）、布赖丁格（1701—1783）和盖勒特（1715—1769）。德国早期启蒙运动文学效法17世纪的法国古典主义戏剧和英国的弥尔顿，强调文艺的任务是对人进行理性和道德教育。锐气十足的歌德对祖父辈作家们的说教文学极其厌恶。在《诗与真》第七卷中，他讽刺戈特舍德的诗学"非常有用"，批评布赖丁格的诗学"空洞"并且"使人反感"，博德默"在理论和实践上都不成熟"，这些祖父辈作家的共同错误是模仿自然，师法外国，只突出"道义上的目的和好处"，缺乏"国民性的内容"和"创造性"。②歌德还揭露了德国道德文化的柱石盖勒特的伪善，将盖勒特的道德说教称作"使人神经麻木的矫揉造作"，并说盖勒特这个"自私自利、任人唯亲"的伪君子要把年轻人"都培养成傻瓜"。③祖父辈作家中唯一受到歌德推崇的是具有独立意识的市民诗人金特（1695—1723），他赞扬金特具有艺术创造力，能把平庸的现实生活提升为精美的诗。

新锐作家歌德将早期启蒙运动文学贬为过时的文学，将其奠基者戈特舍德称作"有声望的老祖先"。他所欣赏的对象是父辈作家中的佼佼者：莱辛（1729—1781）、克洛卜施托克（1724—1803）和维兰德（1733—1813）。这三个处于上升时期的名作家决定了当时的文学生活，并以其文

---

① 张意：《文化与符号权力》，中国社会科学出版社2005年版，第32页。
② 杨武能、刘硕良主编：《歌德文集》第9卷，第238—241页。
③ 同上书，第271页。

化资本在当时的文学场中形成了三人鼎立的局面。歌德喜欢克洛卜施托克的长诗《救世主》，认为诗中的"感情表达得很自然，而且完善高贵，十分虔诚，语言是那么宜人"。① 歌德狂热地崇拜小说《阿伽通的故事》的作者维兰德，1770 年 2 月 20 日，他在致赖希的信中写道："除了厄泽尔和莎士比亚，维兰德是唯一得到我的认可的真正的导师，其他的人只是指出了我所犯的错误，而这三位导师则告诉我如何能做得更好。"② 而歌德在莱比锡时期创作的戏剧《情人的脾气》和《同罪者》则受到了莱辛的现实主义戏剧理论和创作的影响，对此他供认不讳："莱辛在《明娜》的最初两幕中，树立了一个难以学到手的榜样。"③

歌德步入文坛时，德国文学场的力量对比已开始发生变化。好斗的莱辛发表了《文学书简》（1759），猛烈攻击当时的文学教皇戈特舍德，反对戈特舍德僵化的古典主义诗学，认为德国戏剧应该学习莎士比亚，而不应该生搬硬套法国的高乃依和拉辛。他指出戈特舍德的最大错误就是把德国戏剧法国化，而不管法国化的戏剧是否适合德国人的思想方法。通过对戈特舍德的总攻，莱辛终于在 18 世纪 60 年代夺取了德国文学场的统治权。新进作家歌德发现莱辛已占据了文学场的霸权地位，1769 年 2 月 14 日，他在致画家厄泽尔（Friedrich Oeser, 1717—1799）的信中将莱辛称作令人敬畏的"征服者"。歌德对文学新权威莱辛怀有矛盾的心理：一方面他承认莱辛在戏剧创作和文学批评上的成就，另一方面又和莱辛保持了很大的距离。这种距离感来自代际差异和代际冲突，歌德在《诗与真》中谈到父辈作家莱辛时最常用的人称代词是"我们"，他写道："必须是年轻人，才能想象莱辛的《拉奥孔》给我们什么样的影响。"④ "我们"指的是比莱辛等父辈作家年轻的歌德的同辈人。

文学场是一个竞技场，布尔迪厄（Pierre Bourdieu, 1930—2002）把文学场的代际斗争称作"老化逻辑"：⑤ 先锋派作家为了在文学场中占据有利位置和夺取文学的定义权，必然会对地位稳固的经典作家发起挑战。文学新教皇莱辛对亚里士多德的诗学进行了革新，提出了一套现实主义戏剧理

---

① 杨武能、刘硕良主编：《歌德文集》第 9 卷，第 73 页。
② 同上。
③ 同上书，第 321 页。
④ 同上书，第 291 页。
⑤ 张意：《文化与符号权力》，第 287 页。

论。他认为戏剧要真实，剧情要合乎逻辑，要塑造特定环境里的特定性格；怜悯与恐惧是悲剧引起的一种状况的两个方面，对悲剧人物遭遇的怜悯应用于自身则产生恐惧之情，对心灵的净化所引起的趋善避恶的效果，不是出于被动的害怕，而是出于主动的认识，这种净化是真正的道德上的提高。文学新权威莱辛所制定的启蒙主义的新的金科玉律必然会引起新锐作家歌德的反感。1772 年 7 月中旬，歌德在致赫尔德的信中写道："《爱米丽娅·迦洛蒂》也只是思维的结果，其中根本没有偶然或情绪的成分。我想说的是，我们完全可以运用我们的理智来发现其每场和每句话的前因后果。"①

歌德反对莱辛的理智布局和精巧构思，反对文学的道德化，转而强调情绪、情感和自然。强调情感、推崇自然、崇尚天才、主张个性解放是当时的先锋派——狂飙突进运动（1767—1785）作家的共同特征，而狂飙突进运动是以赫尔德和歌德为代表的新锐作家对以莱辛和维兰德为首的启蒙主义经典作家的反叛。造反的先锋派的精神领袖就是比歌德年长五岁的赫尔德（1744—1803）。赫尔德继承了卢梭和狄德罗等人的感觉论（Sensualismus），他坚决反对冰冷的理智和枯燥的学识，推重感觉和情感。他认为文学就是用感性形象来体现人感觉到的东西；文学作品的成功与否不在于它是否遵守了有关规则，而在于艺术家的个人才能是否发挥了出来；语言天才乃是一个民族的文学天才，是具有丰富想象力的创造者。赫尔德以感觉论的天才美学为大旗，召集了一批先锋派作家：歌德、克林格尔、莱泽维茨、伦茨和列奥波德·瓦格纳等。这批年轻气盛的同辈人团结在一起，力图通过文学行动颠覆启蒙运动在文学场中的霸权，其斗争矛头直指老派作家莱辛和维兰德。

维兰德在法国人的影响下建立了他的古典主义美学和戏剧学。他认为作家应该严格遵守文学创作的规则，要听命于"美的法则"。② 先锋派作家歌德在《纪念莎士比亚命名日》（1771）一文中点了古典主义戏剧家维兰德的大名，他指出法国古典主义的三一律和维兰德的规则像"监牢一般可怕"，③ 因为这些固定规则严重束缚了天才自由的想象力和自发的情感。他

---

① Goethe-WA, Abt. IV, Bd. 2, S. 19.

② Christoph Martin Wieland, *Wielands Gesammelte Schriften*. Abt. I, Bd. 9. Berlin：Weidmann, 1909, S. 404.

③ 歌德：《论文学艺术》，范大灿等译，第 2 页。

从感觉论出发，创作了论战性的闹剧《神祇、英雄和维兰德》（1774），
对维兰德的古典主义小歌剧《阿尔采斯特》（1773）进行了猛烈攻击。他
认为老派剧作家维兰德只有理智，而"无所感觉"；[1]维兰德只是一个掌握
了人工技巧的才子，而绝非莎士比亚式的具有内在创造力的自然天才。造
反者歌德借古人欧里庇得斯之口对维兰德说道："你们乐此不疲地操纵和
修饰一部剧作，把它配置得很美观，这确实是一种才华，但它只是一种微
不足道的才艺。"[2]狂放不羁的歌德以自发的真挚情感来反对父辈作家维兰
德僵死的戏剧规则和陈腐的道德标准："你们大肆吹嘘你们的技艺，你们
坚称戏剧创作只是一种技能，即按照道德标准和戏剧传统，按照东拼西凑
的规则来对自然和真实进行组合与整饬。"[3]在这部闹剧中，异端分子歌德
借复兴古希腊戏剧之名，行革新之实，其目的是要颠覆启蒙主义正统作家
维兰德和莱辛在文学场中的统治并取而代之，从而建立狂飙突进派的文学
新制度。

　　狂飙突进时代的歌德在哈曼（1730—1788）和赫尔德等人的影响下建
立了二元对立的天才美学，他以原创性的天才反对才艺，以自然反对习
俗，以美反对真，以自然的、自发的情感反对严守规则的、传统的品味。
这种天才美学的内核就是激情燃烧的自我，即自己的内在情感和自由的想
象力。正统作家莱辛的《汉堡剧评》（1767—1769）依据的是亚里士多德
的《诗学》，异端分子歌德则完全仰赖自己的情感和创造性的想象力，他
在演讲《纪念莎士比亚命名日》中高呼："这个我，对于我来说是一切啊！
因为我是通过自我才认识一切的。每一个感觉到自我的人都会这样喊着，
并且迈着大步走在人生旅途上。"[4]这种具有极端的自我意识的新人就是自
主的创造者。

　　歌德在他的文章《纪念莎士比亚命名日》、《论德国的建筑艺术》
（1772）、组诗《伟大的颂歌》（1772—1777）和闹剧《神祇、英雄和维兰
德》中采用了受到哈曼启发的先知般隐晦的言说方式。韦伯的宗教社会学
对祭司（Priester）和先知（Prophet）作了区隔：祭司依靠制度和传统来树

---

① Johann Wolfgang von Goethe: *Sämtliche Werke*, Münchener Ausgabe, Bd. 1. 1. München: Hanser Verlag, 1998, S. 688. 以下简称"Goethe-MA"（《歌德全集》慕尼黑版）。

② Goethe-MA, Bd. 1. 1, S. 688.

③ Ebd.

④ 歌德：《论文学艺术》，范大灿等译，第1页。

立自己的威信，他们墨守成规，极力捍卫占统治地位的正统宗教；先知则对正统的权威发难，他们依靠自己的创新能力来树立自己的威信。布尔迪厄采纳了韦伯的这对概念，并用它们来揭示文学场的结构特征：正统与异端的对立以及异端对正统的颠覆。正统指的是地位稳固的经典作家所维护的占统治地位的美学教条，异端指的是处于边缘地位和上升时期的先锋作家以其创新所引发的文学革命。1774 年前后，以歌德和赫尔德为首的狂飙突进作家力图通过天才美学来凸显他们与父辈作家的差异，通过异端的创新来推翻正统的启蒙主义作家的诗学规则和道德规范，通过积累他们特有的符号资本来确立其文学的合法性并夺取文学场的统治权。先锋派作家歌德为了抢夺文学场中的支配性权位，采取了区隔和故意树敌的策略，即特别强调他的以自我为核心的天才美学与启蒙主义的理性原则的差异，并对最有名望的父辈作家进行挑衅和攻击。歌德的好友克内贝尔于 1774 年 12 月 23 日对歌德作出了如下评价："这家伙很好斗，他具有运动员的竞技精神。"①

歌德在文学场的代际冲突中所表现出来的对父辈作家的反叛带有俄狄浦斯情结的意味。1773 年 6 月，歌德发表剧本《葛兹》，维兰德读过之后写了一篇书评，他批评这个叙事化的剧本违背了古典主义戏剧规则。1774 年 5 月 6 日，歌德对约翰娜·法尔默说道："我不想说我本人有理，而维兰德无理。因为年龄和时机的不同造成了观察方式和感觉方式的不同……维兰德这样评判我的剧作自有他的道理；但是他的评判现在还让我生气……我父亲正是以这种口吻对我说话的；我和我父亲在政治事务上的争吵与我和维兰德在文学创作上的争执属于同一种冲突。使我恼火的正是这种父亲的口吻！"②

新锐作家歌德在文学场中的边缘位置决定了他必然会对占据主导地位的父辈作家采取敌对的态度。狂放不羁的歌德本来就对克洛卜施托克循规蹈矩的生活方式颇有距离感，而依附丹麦宫廷的克氏主张诗应为宗教服务，这种艺术他律观更引起了歌德的不满。1776 年歌德与他崇拜的偶像克洛卜施托克决裂，决裂的导火索乃是 1776 年 5 月 8 日克洛卜施托克写给歌德的一封信。克氏在信中奉劝歌德不要再引诱魏玛公爵纵酒狂欢，因为这

---

① Gespräche, Bd. 1, S. 127.

② Ebd., S. 91.

种放荡不羁的生活方式会导致公爵不理政事并且会破坏公爵的婚姻，从而促使魏玛宫廷取消其艺术赞助制度。年轻气盛的歌德拒绝了昔日偶像的劝告，他以倨傲的态度给克氏写了一封回信："您认为我有多余的时间来给所有这些狂妄的信件写回信，来回答所有这些无理要求吗？"① 歌德与克氏之间的斗争既是文学场中的代际冲突，也是独立的诗人与宫廷诗人之间的冲突。

在文章《论德国的建筑艺术》（1772）和《第三次朝拜埃尔温之墓》（1776）中，文学"先知"歌德采用了世俗化的宗教词汇和宗教仪式来神化自主的、创造性的艺术家。他以宗教崇拜似的语言对天才艺术家埃尔温·封·施坦巴赫进行祝圣，其自在自为的艺术实践完全脱离了以戈特舍德和莱辛为代表的功利主义美学标准。歌德盛赞施坦巴赫自主的、创造性的建筑艺术："这种显出特征的艺术是唯一真正的艺术。它出于内在的、统一的、自己的、独立的感觉为自己而工作，它不关心，也不知道所有的异物，不管它诞生于粗粝的野蛮还是有文化的敏感，它都是完整的和有活力的。"② 他认为"神圣的埃尔温"拥有"赋予万物以生命的爱"和"创造性的伟大思想"，③ 这位神一般的天才所创造的艺术品是独立的、无外在目的的："艺术家的创造力就是对比例、尺寸和恰当（das Gehörige）的强烈感受力，只有通过创造力才能成就一部独立的作品，正如生物是通过其个体的发芽力而成形的一样。"④ 歌德通过有意识地运用世俗化的宗教语言和大胆改造宗教的表现手段，亵渎和排斥了宗教，他对文本进行了审美配置，确立了文学语言的自主和审美幻象的独立，克服了克洛卜施托克式的文学宗教化。

在《神祇、英雄和维兰德》一剧中，歌德认为文学"祭司"维兰德代表基督教的伦理学，他在他的小歌剧中宣扬基督教的"否定性的理想"，⑤ 他使文学场的特殊产品受到宗教观念的辖制。基督教卫道士维兰德宣称："我们的宗教禁止我们承认和崇拜基督教以外的任何一种真实、伟大、善

① Goethe-WA, Abt. Ⅳ, Bd. 3, S. 91.
② Goethe-HA, Bd. 12, S. 13.
③ Ebd., S. 28.
④ Goethe-HA, Bd. 12, S. 30.
⑤ Goethe-MA, Bd. 1.1, S. 692.

良和美。"① 持艺术他律观的维兰德信奉基督教的上帝，歌德则信奉异端的上帝，他借剧中人物赫拉克勒斯之口说道："我的上帝从未在你的梦中出现。"② 文学"先知"歌德的上帝乃是独立自主的艺术："伟大的艺术家的作品是独立的……是与它的规定性永远共存的。"③ 1774 年前后的歌德信奉的是"艺术宗教"（Kunstreligion）。歌德的"艺术宗教"概念指的是艺术是宗教的等价物，艺术能够取代宗教并发挥宗教的传统功能；艺术家是艺术宗教的祭司，他应该只信仰自主的纯艺术，应该把艺术美和艺术理想当作唯一的神来敬奉。歌德的这一概念的实质就是要使艺术脱离宗教并篡夺宗教的文化领导权。古典文学时期的歌德在《文学上的无短裤主义》（1795）一文中重申了他的"艺术宗教"思想，他说道：德国的纯文学家们"在自己的生涯中多么认真，他们以宗教般的虔诚（mit welcher Religion）遵循一种开明的信念"，并通过不断修改自己的作品"发展出有关审美趣味（Geschmack）的一整套学说"。④

几千年来，欧洲人一直将艺术创作看成是对自然和艺术典范的合乎规则的模仿。狂飙突进运动的精神领袖赫尔德在《批评之林》（1769）一书中虽然反对机械地模仿经典作家，但是他试图以"赶超式的模仿"（nacheifernde Nachahmung）来拯救传统的模仿原则："我认为模仿就是模仿他人的题材和作品；而师法则意味着借用他人的方式方法来处理相同的或相似的题材。"⑤ 青年歌德则以极端主观的、独立自主的艺术家形象与之抗衡，他既反对艺术家模仿外在的自然，也反对模仿经典作家，他主张艺术家应该效法具有内在创造力的大自然："我们不相信天才是在模仿自然，我们认为天才是在像自然一样进行自我创造……我们仇恨一切模仿。"⑥

歌德的天才美学注重艺术创造力的释放、情感的激越和想象力的自由翱翔。这种天才美学所结出的最丰硕的成果就是划时代的书信体小说《少年维特的烦恼》（1774）。这部小说以充满激情的语言表达了青年一代的自我意识，其非道德性引起了启蒙运动作家和宗教人士的强烈不满。而同一

① Goethe-MA, Bd. 1. 1, S. 683.

② Ebd., S. 691.

③ Goethe-HA, Bd. 12, S. 574.

④ Ebd., S. 242 – 243.

⑤ Johann Gottfried Herder: *Sämtliche Werke*, Bd. 3. Berlin: Weidmann Verlag, 1878, S. 83.

⑥ Goethe-MA, Bd. 1. 2, S. 364.

时期创作的颂歌《普罗米修斯》（1774）则堪称人的自主和艺术家自主之宣言。

完成于1774年秋的颂歌《普罗米修斯》具有明显的异端思想，出于对宗教迫害的恐惧，歌德未敢将它发表。德国信仰哲学家、正统小说家雅科比（1743—1819）读过此诗并将它收入其著作《论斯宾诺莎的学说》（1785），这首诗于是在德国知识界广泛流传，从而引发了一场关于斯宾诺莎主义的大辩论。诗作者从斯宾诺莎的泛神论出发，否定了传统的宗教信仰和超验的上帝，确立了有创造力的人的自主和艺术家的自主。诗中自发地进行创造的自主艺术家普罗米修斯是具有创造力的新人类的代表，新人类在社会、政治和艺术等领域追求全面的自主，他们推翻传统的权威，摆脱诗学规则、文学样板、等级制度和宗教教条，将依赖自己的创造力的天才树立为新的权威以颠覆旧权威。

在诗的开端，自主的新人类的代表普罗米修斯要求至高神宙斯退回到"天空"中，消失在"云雾"① 里。诗中的宙斯代表超验的上帝，云天则象征基督教的虚无的彼岸——超验的上帝之居所。"我的大地"、"我的茅屋"则是实在的此岸，它是成熟的新人类的居所，此岸因其具体可感性而具有真实的价值。紧接着歌德抨击了基督教否定人生的悲观主义：永福在彼岸，此岸只是充满罪恶的苦海。他嘲笑早期的基督徒（Anachoreten）"仇视人生，逃进荒漠"，而自主的新人类则肯定自在的现世人生，肯定生活的整体（Lebenstotalität）：受苦、享乐、追求和舍弃。

在诗的第三节，诗人通过确定神的他律彰显了人的自主。诗人指出：神的观念只是"儿童、乞丐和满怀希望的傻瓜"的幻想而已。这节诗充分表明了青年歌德的无神论宗教观：上帝是人的幻想的产物，它源于远古人类对威力无比的大自然的崇拜与献祭，它是人对自然力的人格化和人的本质的最完美的投影而已。基督教的自足自主的上帝在此变成了完全依赖于人的他律存在。由于神性被归结为人性从而导致上帝之死，因此人必须，也能够依靠自己，独立完成生活中的各种事业。

普罗米修斯把超验的上帝称作"上边的酣眠者"，即无用的、虚妄的存在。他勇敢地篡夺了基督教上帝的权能，把上帝的各种特性（怜悯、拯

---

① 歌德：《迷娘曲——歌德诗选》，杨武能译，第35页。本书中关于颂歌《普罗米修斯》的引文均见该书第35—37页。

救和创造）攫为己有，于是神的超验性（Transzendenz）消失了，取而代之的是可感觉的内在性（Immanenz）。普罗米修斯造反的实质就是以人本主义颠覆神本主义。基督教认为全能的上帝按照自己的形象创造了人并授予人管理万物的权力。但至高无上的神对艰难困苦的普罗米修斯无所助益，他完全靠自己的力量自助和自救，"自己完成了这一切"。从这种自我意识出发，他开始了自我授权，最终塑造了像他一样"去受苦，去哭泣，去享受，去欢乐"的自主的人类。自主的普罗米修斯本身具有受苦和求助的经验，因此他拥有一颗"神圣而火热的心"，能对"受压迫者垂怜"，能"减轻负重者的苦难"，而像他一样的新人类也懂得自助和互助。普罗米修斯的创世之举不仅是一种自主的艺术创造，而且是一种充满社会性的人道精神的创造：新人类不敬神而敬人，他们能够通过自助和互助来把握人生和塑造人生。

颂歌《普罗米修斯》首先是一篇艺术自主的宣言。青年歌德接受了夏夫兹博里"真正的诗人事实上是一位第二造物主，一位天帝之下的普罗米修斯"[①]的观念，他在《纪念莎士比亚命名日》一文中将普罗米修斯视作自主的天才之原型："他与普罗米修斯比赛，一点一点地学着他去塑造人类……然后他用自己的精神气息使所有的人物成为活人。"[②] 颂歌中的普罗米修斯通过否定超验的上帝来奠定自己的完全自主，他不依靠神力，而是依靠自己的"火热的心"按照自己的模样来造人。"心"指的是"精神气息"，也就是"精神能力"（Geisteskräfte）——情感、想象力和知性。心是内在的形式，即赋予形式的形式，是创造力的本源。歌德始终坚信艺术家自主的精神能力，始终坚持艺术品是艺术家的精神对生活素材灌注生气的结果，他在《评狄德罗的〈画论〉》（1799）一文中写道："必须唤起艺术家最高的精神能力以及最娴熟的技巧……精神的最大作用就在于创造精神。"[③] 作为文学家，歌德尤其注重创造性的想象力，他在演说词《纪念莎士比亚命名日》中写道："我觉得地点的统一犹如监牢一般可怕，情节和时间的统一是我们的想象力难以忍受的枷锁。"[④] 直到晚年歌德依然崇拜创造性的天才，他在《说不尽的莎士比亚》一文中赞叹莎翁的想象力："莎

① 朱光潜：《西方美学史》上卷，第216页。
② 歌德：《论文学艺术》，范大灿等译，第4—5页。
③ 同上书，第126—127页。
④ 同上书，第2页。

士比亚完全是对着我们的内在感官在说话，通过内在感官想象力所编织的图像世界立即有了生命。"① 歌德以其自主的、创造性的天才美学打破了雄霸两千年的亚里士多德诗学（艺术是对自然的模仿，是对材料的人工制作）的统治，颠覆了中世纪的神本主义美学（上帝是最高的美，是自然美和艺术美的最后根源），开启了德国文学史上的"天才时代"。

在新兴的狂飙突进运动内部同样存在着激烈竞争。才气横溢的歌德在美学上的创新凸显了他与较年长的"先知"赫尔德的差异，他在文学上的成就迅速压倒了赫尔德从而成为歌德派（伦茨、瓦格纳和克林格尔等人）的领袖。在歌德与他的追随者之间也存在着激烈的斗争，蜚声文坛的伦茨（Reinhold Lenz，1751—1792）试图超过歌德因而受到歌德的无情打压，导致两人于1776年彻底决裂。从文化社会学的角度来看，先锋派的"先知"歌德所采取的异端反叛和相互竞争的文学策略促成了"持久革命"② 的制度化，从而使不断的文学革命成为文学生产场的合法的转变模式。

歌德所推行的培养纯粹艺术的"符号革命"的内驱力在于他特有的习性。布尔迪厄认为"习性"（Habitus）是被实践形构的性情系统，同时又是生成性的建构中的结构；习性不仅体现了社会和教育过程对个人的形塑，同时它也是人的行为的发生机制。③ 歌德出身于富裕市民家庭，少年时所接受的家庭教师教育使他摆脱了学校教育中的宗教神学和经院哲学的狭隘视野，青年时所接受的大学教育使他获得了广博的知识和博士头衔，雄厚的经济资本、文化资本和社会资本给他带来了经济上的独立和性情上的自信，因此他总是采取无所顾忌的冒险行动在文学场中占据革新者的位置，敢于向祖父辈、父辈和同辈中的权威挑战，敢于反对宗教、政治、经济和道德对文学的约束，在战斗中捍卫文学的自保和艺术的自主。

二 古典文学的泰斗再次捍卫艺术自主

青年歌德的矛头主要针对的是道德化和宗教化的文学。古典文学时期（1794—1805）的歌德面对世界形势和文学场局势的变化，把斗争的锋芒指向了文学的政治化、通俗化和商业化。

---

① 歌德：《论文学艺术》，范大灿等译，第218页。
② 布迪厄：《艺术的法则》，刘晖译，第286页。
③ 张意：《文化与符号权力》，第61—62页。

1788 年歌德从意大利旅行归来之后，他的自我认识发生了变化，他认为政治场中的国务活动家角色和文学场中的反叛性天才角色已不再适合于他，因此他将主要精力转向文化场，力图在文化场中占据一个显要位置并把魏玛建设成一座文化名城。18 世纪 90 年代，由于法国大革命的影响和资本主义文学市场的形成，政治化的文学（以福尔斯特、贝尔曼、克洛卜施托克和克林格尔为代表）和迎合大众口味的适销对路的通俗文学（例如伊夫兰德和科策布的煽情剧和武尔皮乌斯等人的骑士、强盗与鬼怪小说）风行一时，歌德的纯文学作品受到了冷遇。1790 年 2 月 28 日，歌德在致戏剧导演赖夏特（Johann Friedrich Reichard，1752—1814）的信中表达了他对毫无审美趣味的文学受众的极度不满："我们的受众对艺术没有清楚的概念……一般而言，德国人都非常正直和诚实，但他们根本不懂艺术，对独创、虚构、特征、统一和艺术品的制作毫无概念。一言以蔽之，他们没有审美判断力。这一点是不言而喻的。他们中的粗人受到了新奇和夸张的愚弄，而略有文化的人则受到了品行正派的糊弄。"①

18 世纪末 19 世纪初，随着资本主义商品生产的诞生和发展，德国出现了繁荣的图书市场和文学市场，于是爆发了一场"读者革命"：文学作品的读者由原先的文艺爱好者、学者和行家拓展到无艺术鉴赏力的大众读者（Massenpublikum）。在《文学上的无短裤主义》一文中，歌德批评广大读者毫无审美判断力，没有质量标准，而大多数德国作家则受到文学市场的诱惑，误入商业成功的歧途："德国的作家……一再被大批毫无审美趣味的读者引入歧途，这些读者在吸收好的东西之后，又以同样的兴致吞食坏的东西。"② 歌德本人则以信仰艺术美的"艺术宗教"来反对文艺的市场化。在 1790 年 2 月 28 日致赖夏特的信中，歌德以伊夫兰德等人的煽情剧和武尔皮乌斯等人的骑士、强盗和鬼怪小说为例，谴责通俗作家以赚钱为目的，通过降低艺术水准、迎合大众读者的庸俗趣味来获取商业成功："骑士，强盗，行善者，知恩图报者，正直诚实的第三等级，卑鄙的贵族，等等，等等。一种保持得很好的平庸（Mittelmäßigkeit），向下走几步就变成庸俗，向上走几步就变成荒唐，这就是十年以来我们的戏剧和长

---

① Johann Wolfgang von Goethe：*Briefe*，Hamburger Ausgabe，Bd. 2. Hamburg：Christian Wegner Verlag，S. 120.

② 歌德：《论文学艺术》，范大灿等译，第 13 页。

篇小说的成分与特征。"①

歌德既蔑视市场化的通俗文学，也对当时的严肃文学不满。在严肃文学的作家中存在着两种不良倾向：一种是小说家海因泽（Wilhelm Heinse，1746—1803）混乱的思维方式和粗糙的感性，即对自然的简单模仿；另一种是剧作家席勒的伦理观和戏剧艺术之间的二律背反，这一点被歌德称作艺术家个人的"主观作风"（Manier）。而歌德所追求的是融合了客观和主观的、明晰而纯净的古典文学风格。在《幸运的事件》（1817）一文中，歌德回顾了18世纪末德国文学场的形势，并批评海因泽不遵守文学的内在规律，混淆了文学与造型艺术之间的界线，同时批评青年席勒的戏剧《强盗》受到了道德的他律："我从意大利旅行归来之后，发现一些过去的和新近的文学作品已获得了很高的声誉和广泛的影响，但我非常厌恶这些文学作品，其中我只举出海因泽的《阿丁哲罗》和席勒的《强盗》。我憎恶海因泽，因为他利用造型艺术来改善和粉饰他的感性和混乱的思维方式；席勒则是一位有力而不成熟的才子，他把伦理和戏剧艺术的二律背反化作一条迷人的大河倾斜在祖国头上，而伦理与艺术的矛盾正是我要竭力消除的。"②

1790年前后，歌德已是欧洲知名作家和德国文学权威，但他在德国文学场中的处境十分尴尬，因为他受到两方面的挤压：一方面是充满强烈个人主义和享乐主义色彩的海因泽的艳情小说《阿丁哲罗或幸福岛》（1787），这部香艳的艺术家小说以感官刺激迎合了广大读者的口味；另一方面是具有革命性的表现手段和天才思想的席勒的戏剧《强盗》（1781），这部叙事化的戏剧以其道德教诲和圣徒与魔鬼的对立而备受大众欢迎。与它们相比，歌德高水准的剧作《伊菲格涅亚在陶里斯》（1787）只是在有文化的小众范围内流传。在这种严峻的形势下，歌德坚决贯彻文学场的"斗争逻辑"（agonale Logik，亦译"竞争逻辑"），③ 他在美学上贬低海因泽和席勒的成名作，说他们的作品"具有天才的价值和杂乱的形式"，而他本人则"力图保持并传达最纯粹的观照"（die reinsten Anschauungen）。④在人际交往上，他拒绝文学新"先知"席勒的交友企图，冷淡鼓吹民族性

---

① Johann Wolfgang von Goethe: *Briefe*, Hamburger Ausgabe, Bd. 2. S. 120
② Goethe-MA, Bd. 12, S. 86.
③ 布迪厄：《艺术的法则》，刘晖译，第267页。
④ Goethe-MA, Bd. 12, S. 87.

和大众性的赫尔德，并与赫尔德的门徒、成功的大众诗人毕尔格（1747—1794）断交。此时的歌德已不愿再扮演文学"先知"的角色，他对青年席勒的天才美学毫无兴趣，为了摆脱狂飙突进运动的天才美学和找到符合他的场内名望的、新的美学方案，他开始深入研究欧洲宫廷文化传统和扎根于其中的古典主义文艺观，在美学上皈依温克尔曼提出的以"高贵的单纯和静穆的伟大"① 为特征的艺术理想，同时推重魏玛时期的维兰德所坚持的审美的"欧洲的贵族理想"。② 这两人的艺术理想与歌德的自主美学有很强的亲和性，因为温克尔曼的远离政治现实的静穆美和维兰德的审美的人本身就包含了艺术自主的萌芽。

布尔迪厄在《艺术的法则》（1992）一书中揭示了对艺术的纯粹的爱和纯粹的爱情之间的同源性：对艺术的纯粹的爱是一种出于激情的、非功利的爱。早在两百年前，歌德就意识到了对艺术的爱和爱情之间的对应性。《意大利游记》第一卷（1816）详细记录了歌德的经历和思想：1787年1月13日，歌德在罗马朱斯蒂尼昂尼宫欣赏密涅瓦（Minerva）青铜雕像时，他把这件艺术品比作"美人"，他对它作了非功利的纯粹审美观照，而参观过朱斯蒂尼昂尼宫的一位女基督徒则对雕像采取了功利性的态度，她"只知道祈祷和爱"，③ 换言之，她把雕像当作了宗教崇拜和仁爱的化身。身处罗马的歌德"对一件美妙作品的纯粹欣赏"④ 就是布尔迪厄所说的"纯粹的目光"，纯粹目光是对纯形式的审美观照，它所获得的是自由的纯粹美，它具有非功利的功利，即使艺术获得独立于政治、经济、道德和宗教的自主权，并使自己与"大众审美观"区隔开来。⑤

18 世纪末的德国文学场已形成了两极对立：歌德和维兰德位于有限生产的次场，他们以雄厚的经济资本和文化资本摆脱了大众读者的需求，创造了高雅文学；伊夫兰德、科策布、武尔皮乌斯和海因泽等人位于大生产的次场，他们竭力满足大众读者的感官和道德需求，大批量地生产低俗文学作品。由于歌德坚持"最纯粹的观照"，并以他的场内和场外名望不断

---

① 温克尔曼：《希腊人的艺术》，邵大箴译，广西师范大学出版社 2001 年版，第 17 页。

② Heinz Otto Burger, *Europäisches Adelsideal und deutsche Klassik*. In：Heinz Otto Burger（Hg.），*Dasein heißt eine Rolle spielen：Studien zur deutschen Literaturgeschichte*. München：Hanser Verlag, 1963, S. 211 – 232.

③ 杨武能、刘硕良主编：《歌德文集》第 11 卷，第 144 页。

④ Goethe-HA, Bd. 11, S. 159.

⑤ 张意：《文化与符号权力》，刘晖译，第 159 页。

贬低和打压迎合大众口味的通俗文学，率先在文学场建立了背离商业逻辑的"输者为赢"①的逻辑，使场外的等级化原则臣服于场内的等级化原则，从而为日后德国高度自主的文学场的形成奠定了基础。

在长篇小说《威廉·迈斯特的学习年代》（1796）第八部第七章中，歌德提出了古典的艺术自主得以成立的三个前提：艺术家不谋私利，接受者的非功利态度和艺术品内在的完美。小说中的人物侯爵认为，艺术家要成为大师，首先必须摆脱经济利益的诱惑，不应该以媚俗的作品去追求商业成功："他不愿把投合时尚的作品换成金钱和赞扬，而是要选择那条或多或少通向一种殉道者苦难生活的正确的路。"② 阿贝认为创造者和接受者之间的关系是互动的，接受者应该不断提高自己的审美判断力，应该对艺术品采取非功利的审美态度，而不应该停留在感官享受的低水准上："人们以为凭借感官便可享受艺术作品……人们评论艺术作品就像品评饮食一样。他们不理解，为了获得真正的艺术享受，必须具有一种特殊的文化。"③ 阿贝主张艺术家应该追求和谐的形式感，艺术品应具有内在的完美，创作和欣赏艺术品时应摆脱道德等外在因素的考虑："观赏一座美丽的雕像、一幅杰出的绘画时只为这艺术品所吸引……称道一座建筑物只因它和谐和恒久"，而低品位的艺术家和受众"首先想到的是他们那些可怜的需要，他们在演歌剧时也保持着自己的良知和道德"。④ 这三个前提的核心就是创造者和接受者的非功利的审美态度，即布尔迪厄所说的"纯粹的目光"，这种目光以纯艺术与道德诉求、宗教约束、政治目的和经济利益的决裂为代价，以艺术美从"真善美"三位一体中独立出来为标志。

1798 年 10 月，歌德和画家迈尔共同创办了艺术杂志《希腊神殿前厅》（1798—1800），在杂志上宣扬肃穆恬静、清晰明朗、优雅庄重、和谐完善的"古典文学"观念，并针对艺术的政治化和商业化再次竖起了艺术自主的大旗。在《论艺术作品的真实性和或然性》（1798）一文中，歌德从艺术品的内在真实出发确立了古典的艺术自主原则，并明确提出一件艺术品

① 布迪厄：《艺术的法则》，刘晖译，第 28 页。
② 歌德：《维廉·麦斯特的学习时代》，冯至、姚可昆译，人民文学出版社 1988 年版，第 543 页。
③ 同上书，第 544 页。
④ 同上书，第 544—545 页。

就是一个有自身规律的"自为的小世界"（eine kleine Welt für sich）① 的观点。歌德贬斥了功利性的艺术及其消费者，褒扬了以审美假象为特征的自主的艺术和具有纯粹目光的真正的艺术爱好者："一件完美的艺术品是人的精神的作品……这种精神找到了优异之物，即按其本性而言的内在的完美（das in sich Vollendete）。普通的爱好者对这些都毫无概念，他们对待一件艺术品就像对待在市场上遇见的一件物品；而真正的爱好者不仅看到了被模仿的东西的真实性，而且看到了被选择的题材的优点、组织的巧妙和小小的艺术世界的超尘拔俗。"②

地位稳固的文学权威歌德通过他的理论文章和文学创作，成功地捍卫了艺术自主的原则，得到了艺术生产场的同行们（画家迈尔、蒂施拜恩、小说家莫里茨和作家克内贝尔等人）的承认，甚至被作曲家韦伯（1786—1826）称作令人敬畏的"半神"。③ 1788 年前后，席勒通过研究古希腊文艺和康德哲学，完成了他的美学观的转变，即从道德教育转向审美教育，美学上的接近使席勒和歌德于 1794 年 7 月建立了长达十年的文学联盟。从此这两位文学权威在文学场的自主一极开始了影响深远的二人执政，共同缔造了辉煌的"德国古典文学"。

"德国古典文学"因其诞生地又名"魏玛古典文学"。德国古典文学的目标是：它应继承古希腊罗马文艺的伟大传统，应具有高雅性和经典性，应做到严谨、规则、客观和平衡，应创造性地学习古人；应当提高受众的审美品位，通过审美教育把他们培养成完整的人；应坚持艺术自主的基本原则，不受任何纯文学以外的事物（尤其是政治）的干扰，不应带有任何功利的色彩。④ 席勒在《审美教育书简》（1795）中提出的游戏冲动的自由自在性是艺术自主的人类学保证。⑤ 席勒认为艺术是审美的游戏，是同时摆脱了来自感性的物质强制和理性的道德强制的人的自由活动，这种自由活动的结果就是审美假象（ästhetischer Schein），审美假象是人的精神能力（感性、知性和想象力）的创造物，它是独立于实际存在的、自足自主

---

① Goethe-HA, Bd. 12, S. 70.
② Ebd., S. 72.
③ 莱纳特：《韦伯》，贺骥译，人民音乐出版社 2004 年版，第 62 页。
④ 范大灿主编：《德国文学史》第二卷，第 364 页。
⑤ 余虹：《艺术自主与美学眼界》，载《新疆大学学报》（社会科学版）2001 年第 1 期，第101 页。

的活的形象："只有当假象是正直的（它公开放弃对实在的一切要求），并且只有当它是自主的（它不需要实在的任何帮助），假象才是审美的。"① 席勒还要求接受者对审美假象作"无利害关系的自由评价"。② 歌德读完《审美教育书简》的手稿之后完全肯定了席勒的自主美学。1794 年 10 月 26 日，他在致席勒的信中写道："这些信件也给予我愉快和舒服……因为我发现长期以来我认为正确的事物，已经以一种如此关联和高尚的方式得到了阐述。"③

1794 年 8 月 30 日，歌德在致席勒的信中附上了他撰写的一篇短文《美是有自由的完美，这个观念在多大程度上能应用到有机体上》。歌德在文中以动物的自然美来类比艺术美，并将艺术美规定为"有自由的完美"（Vollkommenheit mit Freiheit）。④ 歌德认为艺术是艺术家运用自己的精神能力"创造性格"的、有节制的"自由"活动，⑤ 这种活动的成果就是艺术美，而艺术美的两大特征乃是"完美"和"自由"。"完美"指的是艺术品是一个丰富多彩的、和谐的有机整体，其中的各个部分形成了一种合适的"比例"，达到了一种互不妨碍的"完美的平衡"，⑥ 即多样性的统一或形式美。"自由"指的是艺术是一种超越功利目的和实际需求的创造性活动。歌德以一匹自由驰骋的马来比喻创造美的艺术家："如果除了满足需要以外它还有充裕的力量和能力去做随意的、在一定程度上是无目的的行动（zwecklose Handlungen），那么它也会从外表上给我们以美的印象。"⑦ 歌德所说的"无目的的行动"近似于康德提出的"无目的的合目的性"或"形式的主观合目的性"。⑧ 歌德认为审美活动是非功利的，它不是为了满足实际生活的"必要的有限的需要"，即它完全脱离了外在的客观目的；而在审美时，客体的纯形式适合了审美主体的心意机能，适合了想象力和知性的自由游戏，因此审美活动在主观上又是合目的的。审美活动是一种"无目的的行动"实际上指的就是艺术的自主，即艺术创作和艺术欣赏均

---

① 席勒：《审美教育书简》，冯至、范大灿译，北京大学出版社 1985 年版，第 140 页。
② 同上书，第 146 页。
③ 杨武能、刘硕良主编：《歌德文集》第 14 卷，第 152 页。
④ 《歌德席勒文学书简》，张荣昌、张玉书译，第 11 页。
⑤ 同上书，第 13 页。
⑥ 同上书，第 12 页。
⑦ 同上书，第 11 页。
⑧ 《康德著作全集》第五卷，李秋零主编，第 236 页。

摆脱了道德、宗教、政治和经济上的外在目的，而以艺术美为自身的目的。

歌德旅居意大利期间花了大量精力来研究大自然，自然研究为他的美学打开了一个本体论的视角。他用形态学（Morphologie）的观察方式来研究艺术和艺术美，从而创建了注重形式的明晰和稳定的"形态美学"（Gestaltästhetik，即形式美学）。1788 年 4 月 11 日，他在罗马观赏古代立像的复制品时就注意到了形式美："形式最终包括一切：肢体的目的性，比例，性格和美。"① 在《论拉奥孔》（1798）一文中他明确提出了形式美的法则是寓变化于整齐："对象以及表现对象的方式得服从于感性的艺术规律，就是说必须服从有序、明了、对称、对照等艺术规律……既有对称性又有多样性，既有静又有动，既有截然的对立又有逐步的过渡。"② 作为古希腊文艺和意大利文艺复兴的传人，歌德尤其推崇形式的明晰、稳定和平衡，他盛赞善于平衡的拉斐尔："没有一个近代艺术家像他思考得那么纯粹与完美，表达得那么清晰明白。"③ 1786 年 9 月 19 日，他在观赏意大利文艺复兴后期的建筑师帕拉第奥（1508—1580）的作品时，将形式美确定为形式上的结构和谐："它们要用自己真正的宏大的气势和外观一饱人们的眼福，用匀称协调的比例，不仅以抽象的图案，而且以立体透视的效果来满足人们的精神。"④

在《论艺术作品的真实性和或然性》（1798）一文中，他以具有审美假象的歌剧为例，说明艺术真实（das Kunstwahre）就是有自身规律的整体在结构上的一致："它有一种内在真实性，这种真实性来自一部艺术作品的前后一致（Konsequenz）……假使一部歌剧优秀的话，它当然就是一个自为的小世界，在这个小世界里，一切都按照某些规律进行，人们必须按照它自身的规律来判断它。"⑤ 歌德认为有自身规律的形式美是非功利的纯粹美，正是它奠定了艺术的独立地位，他对唯美的画家鲁本斯（1577—1640）激赏不已："鲁本斯的创作体现了艺术的独立（Selbständigkeit der Kunst）——对象对艺术而言是无所谓的，艺术是纯粹的和绝对的，对象只

---

① 杨武能、刘硕良主编：《歌德文集》第 11 卷，第 501 页。
② 歌德：《论文学艺术》，范大灿等译，第 28—29 页。
③ 同上书，第 244 页。
④ 杨武能、刘硕良主编：《歌德文集》第 11 卷，第 43 页。
⑤ Goethe-HA，Bd. 12，S. 70.

是纯粹美的载体而已——这种纯艺术就是至高无上的艺术。"①

在《〈希腊神殿前厅〉发刊词》（1798）和《收藏家及其亲友》（1799）等文章中，歌德对艺术美只是形式美的观点进行了修正。在《德国艺术概貌》（1800）一文中，他批评了自然主义艺术家褊狭的特殊需要，即要求艺术具有政治的和伦理的功利性："在柏林似乎盛行具有现实性和功利性要求的自然主义，散文化的时代精神风靡一时。历史取代了诗，肖像压倒了特征和理想，寓意驱除了象征，前景赶走了风景，爱国主义排斥了普遍的人性。"② 在艺术的政治化和道德化的威胁下，歌德以"纯粹的观照"（die reine Ansicht）③ 反对功利性的低级艺术，提倡"最高的目标是美"④ 的高雅艺术。他认为艺术品是一个精神性的有机整体，艺术美是感性的形式美和理性的内容美的统一，艺术家要创造美就必须对对象进行精神的、感性的和机械的处理："精神的处理就是要挖掘出对象的内在联系，发现从属的母题……我们所说的感性处理，就是通过它，作品对感官变得明白易晓，亲切可爱，而且具有一种温情的魅力，让人非看它不可。最后，机械处理就是通过身体上的某个器官对某些特定的材料进行加工，从而使作品成为现实的存在。"⑤ 精神的处理的结果是理性的内容美，即意蕴（das Bedeutende），意蕴是显出特征的东西，也就是在特殊中显出的一般（即本质）；感性的处理的结果就是形式美，即"外观"，歌德说道："美来自外观，它就是外观，它不能成为艺术的最高目标……特征化是美的基础……古人的一切美的东西都仅仅是特征化的东西，只有从这个特点才能产生美。"⑥

在《收藏家及其亲友》一文中，歌德将显出特征的内容美比作活人的骨，将作为外观的形式美比作活人的肉，而艺术美就是内容美和形式美相统一的"有机整体"。⑦ 关于这一点，歌德在他的文章《斐洛斯特拉图斯的画论》（1818）中说得更加明确："古人的最高原则是意蕴，而成功的

---

① Goethe-HA, Bd. 12, S. 632.
② Ebd., S. 582.
③ Ebd., S. 581.
④ 歌德：《论文学艺术》，范大灿等译，第84页。
⑤ 同上书，第53页。
⑥ 同上书，第82页。
⑦ 同上。

艺术处理的最高成就就是美。"① 笔者认为歌德所说的理性的内容美或"精神美"（geistige Schönheit）实际上指的是脱离了现实政治的人道主义理想——全面发展的完整的人性，正如他本人所言："每一种艺术都要求完整的人，艺术所能达到的最高程度就是完整的人性（die ganze Menschheit）。"② 这种超政治超民族的"完整的人性"或他在《德国艺术概貌》中所说的"普遍的人性"同样是艺术自主的保证。

1790 年前后，歌德完成了诗人角色的转变：从狂飙突进运动的德国市民阶级作家转变为古典文学的世界主义作家。他放弃了狂飙突进运动关注社会现实同时又推重情感和想象力的天才美学，转向远离社会政治的、追求主客观相统一的、以培养"纯粹的人"为目标的古典自主美学。歌德和席勒的古典文学构想采取了复兴古希腊罗马文艺的策略，其目的是借复古之名行革新之实，以避免他们的作品的老化和保持他们在文学场中的持久影响和权威地位。一切对优秀传统的复兴都是继往开来的伟大创新，因为复兴者是站在坚实的基础上进行创新，正如歌德在评论文艺复兴建筑师帕拉第奥时所言："他天生就具有对伟大和美观的直觉。他先是通过极其勤奋地学习古人来培养自己，然后再通过自己的创新来恢复古代的风格。"③ 以歌德和席勒为核心的古典文学作家处于文学场的自主一极，他们的高雅文学作品失去了商业利益，却赢得了巨大的象征利益：德国古典文学被誉为德国文学史上的最高成就，而歌德本人则被称作文坛上的"奥林匹斯神"。④

古典文学时期的歌德在文学场中占据的位置属于"得到认可的先锋派"⑤（即地位稳固的先锋派），从这种矛盾的位置出发，他进行了双重区隔：一方面疏离颇有"祭司"派头的狂飙突进运动作家（倡导民族性、大众性和政治性的赫尔德和毕尔格），另一方面打压作出"先知"姿态的新先锋派（宗教化的耶拿浪漫派、极端的克莱斯特和激情似火的荷尔德林）。他从艺术自主的基本原则出发，与他律的文学作了"双重决裂"：⑥ 与商业

---

① Johann Wolfgang von Goethe, *Werke*. Wiesbaden: Emil Vollmer Verlag, 1965, Bd. 7, S. 989.

② 歌德：《论文学艺术》，范大灿等译，第58—59页。

③ Goethe-HA, Bd. 11, S. 71–72.

④ Kurt Böttcher u. Hans Jürgen Geerdts（Hg.），*Kurze Geschichte der deutschen Literatur*. Berlin: Verlag Volk und Wissen, 1983, S. 295.

⑤ 布迪厄：《艺术的法则》，刘晖译，第266页。

⑥ 同上书，第93页。

化的通俗文学决裂，与政治化、道德化和宗教化的文学决裂。在 1829 年 2
月 13 日与艾克曼的谈话中，歌德暗示了成为艺术自主的立法者的前提：
足够的金钱、冒险精神和对政治伦理与商业利益的漠不关心。① 歌德以其
宏富的经济资本和文化资本，逐渐成为"职业的创造者"，并"在高层次
的标准和成就上"实现了"贵族的自由和价值"；② 在当时不自主的德国
文学场中，歌德严守政治和道德中立，率先建立了艺术自主的法则，并通
过异端反叛和同行间相互竞争的策略促成了"持久革命"的制度化，为
19 世纪下半叶福楼拜和波德莱尔等人建立高度自主的法国文学场树立了榜
样；③ 他在与祖父辈、父辈和同辈的他律文学作家的斗争中坚决捍卫艺术
自主，为日后德国高度自主的文学场的最终形成作出了巨大贡献，被格奥
尔格派的文学史家贡多尔夫誉为"现代世界的最伟大的不朽典范"。④

---

① 艾克曼：《歌德谈话录》，杨武能译，第 209 页。
② 布迪厄：《艺术的法则》，刘晖译，第 108 页。
③ 关于福楼拜和波德莱尔等人对歌德的接受，详见 Norbert Christian Wolf, *Ästhetische Objek-*
tivität. Goethes und Flauberts Konzept des Stils, in: *Poetica. Zeitschrift für Sprach-und Literaturwissenschaft*,
Nr. 1, 2002, S. 125 - 169 和 Albert Fuchs, Goethe und der französische *Geist*, Stuttgart: Verlag
J. B. Metzler, 1964。
④ Friedrich Gundolf, *Goethe*. Berlin: Verlag Georg Bondi, 1922, Einleitung S. 2.

第 三 章

艺术创造力

第一节　艺术家与诗人

真正有才能的人，要对形体、比例和颜色有天生的敏感，稍经指点立刻便正确地掌握这一切。特别是形体感要强，要具有通过光线处理把对象变得具体可视的欲望。①

本节题记引自 1829 年 4 月 10 日歌德和艾克曼关于造型艺术家的真正才能的谈话。歌德认为克劳德·洛兰和菲利普·哈克尔特（Philipp Hackert，1737—1807）都是卓越的造型艺术家，他们天生就具有直观能力（形体感）和造型能力（即塑造可视的平面或立体形象的才能）。歌德认为他自己是一个失败的画家，因为他不具有造型艺术家的天赋："我到了四十岁才在旅行意大利期间变得聪明起来，对自己有了足够的认识，知道自己不是搞造型艺术的材料，过去的努力方向错了。我画画时缺少塑造形体的足够欲望。"② 正如歌德的"艺术"概念主要指的是造型艺术，他的"艺术家"（Künstler）概念首先指的是造型艺术家，即具有直观能力和造型能力的创造者。

歌德的艺术家概念在大多数情况下指的是造型艺术家，这一点与当时的德语词典关于艺术家的定义相吻合。日耳曼学学者阿德龙（Johann Christoph Adelung，1732—1806）在他编纂的《高地德语方言语法批评词

---

① 艾克曼：《歌德谈话录》，杨武能译，第 236 页。
② 同上。

典》（1807）中对"艺术家"作了如下定义："狭义的艺术家概念指的是从事美艺术的人，例如画家、建筑师和舞蹈家等等。而对诗人和演说家而言，这个概念是不常用的。"① 语言学家卡姆佩（Joachim Heinrich Campe，1746—1818）在他编纂的《德语词典》（1808）中也作出了相同的定义："艺术家指的是画家、素描家、雕塑家、雕刻家和雕像家，总的来说指的是造型艺术家、建筑师和音乐家，有时也指诗人。"②

中年和晚年的歌德则扩大了"艺术家"这个概念的外延，他把文学家也纳入到艺术家的范畴之内。1788 年 3 月 17 日，旅居意大利的诗人歌德在致卡尔·奥古斯特公爵的信中写道："我可以断言：在一年半的孤独中我重新找到了自我；但这个自我是什么？——是艺术家！"③ 这里的"艺术家"指的是创造性的幻想家，即融合了客观和主观的审美假象的创造者。歌德在意大利文艺复兴建筑师帕拉第奥身上发现了自己的自我，他认为帕拉第奥具有诗人般的创造性的想象力，他能够将自然真实改造成艺术真实："他的天赋中确实含有某种神性，他完全拥有伟大诗人的力量，能从真实和谎言中创造出第三者，这种借来的存在令我们着迷。"④ 晚年歌德依然运用这种广义的艺术家概念。1827 年 4 月 18 日，他在和艾克曼的谈话中将艺术家定义为在自然真实的基础上进行自由创造的幻想家："在细节方面，艺术家当然必须忠实而虔诚地模仿自然……但是在艺术创作的更高境界，也即在一幅画真正能成为画的境界，艺术家便有了发挥的自由；在这里他甚至可以进入幻想（Fiktionen）的王国，就跟鲁本斯在这幅风景画上用了双重光源一样。"⑤

歌德的文章《论德国的建筑艺术》的副标题是"献给埃尔温·封·施坦巴赫的亡灵。"他认为德国建筑师施坦巴赫所设计哥特式风格的斯特拉斯堡大教堂是一件"优秀的作品"，施坦巴赫具有"造型能力"（bildende Kraft）。⑥"造型"一词在此文中有两方面的含义，一是指塑造可视的平面或立体形象，二是指"创造"。⑦ 哥特式建筑艺术和古希腊艺术一样

---

① GHb, Bd. 4, S. 630.

② Ebd.

③ Johann Wolfgang von Goethe, *Briefe*. Bd. 2. Hamburg: Christian Wegner Verlag, 1968.

④ Goethe-HA, Bd. 11, S. 53.

⑤ 艾克曼：《歌德谈话录》，杨武能译，第 147 页。

⑥ Goethe-HA, Bd. 12, S. 564.

⑦ Ebd., S. 12.

是一种"原始语言"（Ursprache），① 而施坦巴赫则是一位独创性的造型天才，他突破了罗马式建筑的传统，从内在的"感觉"（Empfindung）出发创造了一个"显示特征的整体"。② 歌德认为造型艺术家施坦巴赫是一位普罗米修斯式的独创性天才："对于天才而言，法则比范例更有害。在他之前可能已有人建造了个别部分。但他是第一位整合者，从他的灵魂中产生了各个部分，这些部分连生在一起，成为一个永恒的整体。"③ 换言之，他的创造力来自他的心灵。心灵是"内在的形式"，④ 即赋予形式的形式。歌德在《艺术家的晚歌》（1775）中描述了一位画家的热望，这位画家渴望自己拥有"内在的创造力"（innere Schöpfungskraft）："愿内在的创造力啊，/在我的心中鸣响，/愿从我的指间涌出/丰满实在的形象！"⑤《艺术家的晨歌》（1776）描绘了一位画家的创作过程，即他的内在的创造力是如何生产艺术作品的。诗中的画家充满创作激情，激情激发了他的创造性的想象力，想象力编织成了三幅生动的图画。

通过对古希腊罗马和文艺复兴时期艺术的研究以及对自己的艺术实践的反思，歌德加深了对艺术规律的认识。他在《艺术与手艺》（1797）一文中写道：所有的艺术都是"融合纯粹感性和知性"的"形象"思维。⑥但各门艺术各自有其自身的特殊规律，造型艺术要求艺术家用一定的物质材料塑造直观的视觉形象，文学则要求文学家运用精神性的语言唤起读者的想象力，由想象力来编织文学形象，换言之，文学形象不具有造型艺术的直观性。歌德在《论造型艺术的题材》一文中写道："我们对造型艺术所提的要求是清晰、清楚和确定的描绘……现在有人把诗错误地运用到造型艺术上。造型艺术家应该创作。但是不应该诗化，即不应该像诗人那样在进行感性描写的同时还致力于激发接受者的想象力。海因里希·富塞利的大多数作品都犯了这种错误。"⑦

歌德反对纯主观臆造的艺术，他要求艺术品在细节上必然符合自然真实。他在《意大利游记》第三卷（1829）中写道："古代艺术家像荷马一

---

① Goethe-HA, Bd. 12, S. 563.

② Ebd., S. 13.

③ Ebd., S. 9.

④ Ebd., S. 22.

⑤ 歌德：《迷娘曲——歌德诗选》，杨武能译，第 50 页。

⑥ Johann Wolfgang von Goethe, *Werke*. Wiesbaden: Emil Vollmer Verlag, 1965, Bd. 7, S. 641.

⑦ Ebd., S. 638 – 641.

样对自然有同样多的了解……这些高级艺术品同时又是根据真实的自然规律由人制作出来的最高级的自然产品。一切任意的虚构之物倒塌了。存在于此的是必然性，是上帝。"① 歌德既反对主观作风，也反对单纯地模仿自然，他要求艺术家将客观和主观结合起来生成一种"显出特征的"艺术"风格"。"显出特征"指的是从客观现实出发，通过特殊的感性形象来显示一般："风格就是以最深刻的认识、以事物的本质为基础，而我们可以通过可见的、具体的形象来认识这种本质。"②

1786 年 11 月 3 日，歌德在罗马结识瑞士古典主义画家迈尔，从此迈尔成为歌德在造型艺术和艺术史方面的顾问。1792 年歌德聘请迈尔担任魏玛绘画学校的校长。1798 年 10 月，歌德和迈尔共同创办艺术杂志《希腊神殿前厅》（1798—1800），在杂志上宣传他们的古典主义艺术观并对德国的造型艺术家进行艺术教育。歌德的古典主义艺术观建立在他对有机自然和"能生的自然"（即创造性的自然）的认识之上，他的艺术观是一种有机论美学。他在《〈希腊神殿前厅〉发刊词》中写道：真正的艺术家应该"创造出可以与自然相匹敌的精神性的有机产品，并且赋予他的艺术作品这样一种意蕴，这样一种形式，使他的作品看起来既是自然的同时又是超自然的。"③

歌德一方面要求艺术家观察自然，研究自然，在细节上忠实于自然，另一方面他还要求艺术家应该在学院或大师那里接受艺术教育，向前辈大师学习纯正的形式感和娴熟的人工技巧。在《评狄德罗的〈画论〉》一文中，他反问主张单纯模仿自然的狄德罗："世上有哪个天才能够一蹴而就，能够先是直观自然，不用师法传统就认定比例，找出纯正的形式，选择真正的风格，为自己创造一个囊括一切的手法？"④ 关于艺术与自然的关系，歌德认为艺术既是自然的奴隶，又是自然的主人，他要求艺术家在细节方面忠实自然，但不可单纯地追求自然真实，艺术家必须用自己的心智对自然素材进行选择、加工和提炼，并赋予素材以深刻的意蕴和完美的形式，从而达到艺术真实："艺术并不追求与大自然较量广度和深度，它将自己局限于自然现象的表面……它把这些表面现象的最高因素记录下来，因为

① Goethe-HA, Bd. 11, S. 395.
② 歌德：《论文学艺术》，范大灿等译，第 8 页。
③ 同上书，第 50 页。
④ 同上书，第 127 页。

它承认其中有必然规律，承认其中有符合目的的完美比例，以及登峰造极的美，高贵的意义，澎湃的激情……这样，艺术家怀着对创造了他自己的大自然的感激之情，奉还给大自然一个第二自然，但这是一个有感情，有思想，由人创造的自然。"① 在这种古典主义的艺术理想的指导下，从1799 年至 1805 年，歌德和迈尔举办了一系列绘画有奖竞赛，其目的在于培养优秀的造型艺术家。

在《温克尔曼》（1805）一文中，歌德赞扬了温克尔曼的古典天性和古希腊雕塑家菲狄亚斯（Phidias，约前 485—前 432）所创造的古典美。他重申了他的古典主义艺术信念，并将艺术视作人的最高的自我提升的手段，将艺术家视作最高的精神产品的创造者。他认为艺术品是人的产品中的最高产品，它能把感性的人提升为完整的人、美好的人和理想的人："把自己置于自然的顶峰，通过这种方法，人重新把自己视为一个完整的、必须再次创造出一座顶峰的自然。他通过以下途径使自己上升到这一步：他用所有的完善和美德充实自己，他呼唤选择、秩序、和谐和意蕴并最终起来生产那同他其余的活动和产品相比占据着一席璀璨之地的艺术品……由于它是所有力量的精神产物，所以它容纳了一切值得尊敬和爱的美好事物，它赋予人的形象以灵魂，从而使人提升自己，替他完成他那生命与行动之圆。"② 在《新德意志的宗教—爱国主义艺术》（1817）一文中，歌德坚决反对时下流行的狂热的爱国主义和虔诚的宗教艺术，他要求德国艺术家认真研究古希腊艺术，并将古典主义（Klassizismus）视作当代艺术的正道。为了抵制倾向性的艺术，歌德提倡古为今用，他褒扬 18 世纪末 19 世纪初以大卫（1748—1825）、孟斯（1728—1779）、蒂施拜恩（1751—1829）和迈尔为代表的古典主义艺术，这些艺术家以古希腊艺术为楷模，追求艺术上的节制与和谐，其形式明晰、严谨而对称，格调高雅。

歌德所说的"艺术家"主要指的是造型艺术家。他认为他本人只是一个艺术爱好者和业余画家，他永远也成不了造型艺术大师，因为他缺乏直观能力和造型能力；但他是一位文学大师，因为他有天生的诗才，即语言表现力。出于这种自我认识，他放弃了造型艺术的实践。1788 年 2 月 22 日，他在罗马写道："每天我越来越清楚地认识到，我本来天生是从事诗

---

① 歌德：《论文学艺术》，范大灿等译，第 116 页。
② 同上书，第 386 页。

艺术的，我充其量还可以工作十年，在这十年中我将展露诗才，继续创作一些好作品，因为不需要大量的研究，青春之火就能使我创作出一些成功之作。较长时间地旅居罗马能使我从中获益，我决定放弃搞造型艺术。"①

作为一位业余画家和懂艺术的鉴赏家，歌德意识到只有大师才能从事严格意义上的艺术，只有天才艺术家才能创造出融形式美和内容美为一体的杰作。他在《论颜色学·教育学部分》（1810）的结语中写道："如果我们观察较高意义上的艺术，那么我们就会希望只由大师来搞艺术，而学生必须受到严格的考查，爱好者则可以通过接近和敬仰艺术而备感幸福。因为艺术品出自天才，艺术家应该从他自己的心性深处获取意蕴和形式，应该控制素材，并把外来影响只用于自己的教育。"② 歌德认为只有大师才能出精品，只有大师才能促进艺术，他在《格言与反思》中写道："艺术是一项严肃的事业，当它同高尚神圣的对象打交道时，它就是一项最严肃的事业，而艺术家则凌驾于艺术和题材之上：艺术家高于艺术，因为他利用艺术来实现他的目的，艺术家高于题材，因为他按照自己的方式来处理题材。"③ 这段话中所说的艺术创作的"目的"就是要对自然素材灌注精神的生气，以表达艺术家的世界观和人生观，以表现普遍的人性；而对题材的"处理"主要指的是"感性的处理"（其结果为感性的形式美）和"精神的处理"（其结果为理性的内容美）。

晚年歌德心目中的艺术家包括了文学家，他将语言艺术家视作造型艺术家的兄弟。他在《艺术家之歌》（创作于1816年）中写道："挖掘主题，立意布局，/诗人往往靠自己；/……众多的人物，他们之间的关系，/一切都需要顽强的创造，/你要努力把它们融为一体！/……正如散文的才干赋予演说家，/韵文的才干独独为诗人所占据，——/活脱脱的生机勃发的玫瑰/开放在画家的画板上，总是那么艳丽；/让它站在那里闪烁着/不可比拟的美的奇迹，/……不管你们使用的是什么工具，你们应该结成兄弟。"④ 此时的歌德已形成了一个完善的艺术家概念，他将艺术家视作美的创造者、质料的赋形者和组织作品的主体（werkfügendes Subjekt）。

---

① Goethe-HA, Bd. 11, S. 518 - 519.
② Goethe-WA, Abt. Ⅱ, Bd. 1, S. 373.
③ Goethe-HA, Bd. 12, S. 492.
④ 歌德：《维廉·麦斯特的漫游时代》，关惠文译，人民文学出版社1988年版，第255—257页。

　　歌德尤其注重艺术家的精神的整合力，他认为艺术品是艺术家心智的果实，是在艺术家的心灵中有机的生长的结果。在 1827 年 4 月 18 日与艾克曼的谈话中，歌德以画家鲁本斯和剧作家莎士比亚为例，说明艺术创造力只能来自艺术家的心智，来自艺术家精神的组织能力："艺术家通过完整的东西向世界讲话；可这完整的东西在自然界找不到，它只是艺术家自身精神的产物，或者，你要是愿意，也可称其为由神一气呵成的丰硕成果。"① 晚年歌德认为外部世界是混乱的、无定形的，艺术家的任务就在于凭借其内在的心智对外部世界进行提纯、整合和定形，将它组织成一个虚幻的有机整体："人们说：'艺术家，你应研究自然！'但是变平庸为高贵、变无形式为美，这一点并非易事。"②

　　作为一代诗圣，歌德对诗人有深刻的自我认识。歌德心目中的"诗人"（Dichter）是用精神性的诗体语言激发读者的想象力以生成形象的语言艺术家。诗人凭语言来想象，他沉醉于主观的幻想王国；而散文家（Prosaist，指历史学家、哲学家、演说家和政论文作家等）则必须具有理性、严格的逻辑性和现实感，"写散文必须言之有物"，③ 必须言之成理。1827 年 1 月 29 日，歌德和艾克曼进行了一场关于诗和散文的对话。艾克曼认为塞尔维亚诗歌《牢狱的钥匙》写得很美，但结尾却让他感觉戛然而止、意犹未尽，歌德回应道："这正是它的成功之处，这样一来就在读者心里留下了一根刺，激发了读者的想象力，让他自己去完成后边可能出现的所有结果。"④

　　青年歌德主张一种以天才为内核的诗学。1767 年 5 月 11 日，他在致妹妹柯内莉亚的信中说他反对启蒙运动作家盖勒特的文学观，即反对他的严守规则的、激发受众的同情心的道德化文学。盖勒特在《关于诗和道德的讲义》（1770）中主张诗人应遵守诗学规则和对读者进行理性的道德教育，歌德反对这些外在规范，而将诗人的素质归结为天才的自我，他在致柯内莉亚的信中写道："如果我有天才，那么人们就应该让我自由地发展；如果我没有天才，我就不能成为诗人。"⑤ 1770 年 9 月，歌德在斯特拉斯

①　艾克曼：《歌德谈话录》，杨武能译，第 147 页。
②　Goethe-HA, Bd. 12, S. 490.
③　艾克曼：《歌德谈话录》，杨武能译，第 132 页。
④　同上。
⑤　Goethe-WA, Abt. IV, Bd. 1, S. 89.

堡结识赫尔德，赫尔德向他介绍了哈曼的思想，哈曼认为天才是全面的才能，天才证明了神与人的一致，即天才诗人是神的代言人，是神一般的原创者。赫尔德在他的诗歌《创造》（1769）中将创造力和天才勾连在一起，并在《论语言的起源》（1772）等文章中将诗人的创造力确定为伴随着情感活动的丰富的想象力。哈曼和赫尔德的天才观获得了青年歌德的共鸣并加深了他对天才的理解。

青年歌德宣称内在的天才乃是创作的标准，他以天才美学来反对规则诗学。在《论德国的建筑艺术》一文中，他认为"神一般的天才"施坦巴赫是从"内在的、统一的、自己的、独立的感觉"①出发来进行创造。在《纪念莎士比亚命名日》一文中，他将莎士比亚视作普罗米修斯式的原创天才，而他本人创作的戏剧《铁手骑士葛兹·封·贝利欣根》（1773）就是一出彻底打破了"三一律"的莎士比亚化的戏剧。歌德认为伟大的天才就是第二个造物主，他依据天赋的"内在感官"（即心灵）进行创造："内在的形式有别于外在的形式，正如内在的感官（der innere Sinn）有别于外在的感官，内在的形式只能被感觉，而不能用手来把握。我们的头脑必须领悟另一个人的头脑所理解的东西；我们的心灵必须感觉另一个人的心中所充满的情感……情感就是和谐，反之亦然。"②歌德在《歌德的文件夹》（1776）一文中不仅要求诗人从内在感觉出发进行创作，而且要求诗人具有移情能力。《漫游者的暴风雨之歌》（1772）一诗歌颂了天才诗人品达，因为他具有"内在的热力，心灵的热力"。③颂歌《普罗米修斯》（1774）中的抒情主人公充满了天才意识，他按照自己的形象创造出了和他一样具有创造性的新人类。

早在狂飙突进时期，歌德就意识到在天才诗人主观的创造力和普通劳动者客观的社会实践之间存在着巨大的差异。《漫游者的暴风雨之歌》（1772）反映了这一差异：天才诗人沉醉于内心生活，农夫则注重实际和实用。《冬游哈尔茨山》（创作于1777年）一诗对歌德初到魏玛的生活经历进行了反思，描述了天才诗人和庸俗市民的尖锐对立：诗人是自由翱翔的"雄鹰"，富人和政治家则是沉溺于物质世界的"麻雀"。④在魏玛的最

---

① Goethe-HA, Bd. 12, S. 13.
② Ebd., S. 22 – 24.
③ 歌德：《迷娘曲——歌德诗选》，杨武能译，第30页。
④ 同上书，第42—43页。

初十年，歌德过着一种矛盾的双重生活，他在内心深处倾向于过诗人的精神生活，因为烦杂而现实的政治生活妨碍了他的精神创造。1782 年 11 月21 日，他在致作家克内贝尔的信中写道："我把我的政治和社会生活与我的伦理和文学生活分开（外表上可以理解），这样我身心感觉最好……我在父亲家里没敢把鬼神的出现与法律的实践结合在一起，同样，我如今也让这枢密顾问和我另一个自己分开，而没让枢密顾问很好地坚持下去。"①

歌德旅居意大利时对自然、文学艺术和社会政治这三大领域进行了客观的审视，他在《论形态学·过程·手稿的命运》（1817）一文中写道：文学艺术是非功利的审美的游戏，有其明确的自身规律；社会生活则是严肃的功利活动，但它的规律是模糊不清的，甚至混乱的，"它既是必然的，又是偶然的，既是有企图的，又是盲目的，这就是我所理解的人类社会"。② 歌德在剧本《塔索》（1790）中塑造了一位飘荡在梦幻王国中的天才诗人的典型形象，诗人塔索完全生活在主观的想象世界中，他靠幻想写出了无与伦比的作品，但幻想却使他脱离社会现实，使他无视社会的规矩，最终导致他陷入孤独和濒临疯狂。《塔索》一剧的主题就是天才诗人的主观幻想与社会生活的现实性原则之间的对立，用歌德自己的话来说就是"天才与生活的失衡"。③

歌德在创作《塔索》时已明确意识到纯主观的天才诗人在现实生活中的无能，因此他要求诗人放弃一些自己的主观要求以适应客观现实。歌德所作的以探索自然规律为目的的自然研究促进了他的诗人观念的客观化。他在《对自然的简单模仿、虚拟和风格》一文中写道：纯客观地模仿自然的艺术家（包括诗人）和从主观自我出发进行臆造的艺术家都是不可取的；他要求艺术家按照对自然现象的本质的认识来塑造艺术形象，形成客观和主观相统一的、显出特征的艺术风格，而这种显出特征的艺术风格就是"艺术可能达到的最高水准"。④ 1787 年爆发的法国大革命波及德国，导致了德国文学的政治化。歌德在《希腊神殿前厅》杂志（1798—1800）上发表了数篇文章，坚决捍卫古典的艺术自主原则，反对非美学的势力（尤其是政治）控制文学艺术，他坚称艺术是"一个自为的小世界"，它

---

① 杨武能、刘硕良主编：《歌德文集》第 13 卷，第 343 页。
② Johann Wolfgang von Goethe, *Werke*. Wiesbaden：Emil Vollmer Verlag, 1965, Bd. 8, S. 732.
③ Goethe-FA, Abt. II, Bd. 3, S. 469.
④ 歌德：《论文学艺术》，范大灿译，第 7 页。

有其"自身的规律"。①

　　歌德在旅居意大利时所形成的古典文学观只是以古希腊罗马文艺为典范，这种文学观存在着单一化的缺陷。席勒去世后，歌德就开始着手解决这个问题。1807 年和 1808 年创作的十七首《十四行诗》继承了意大利文艺复兴的传统，歌德以严谨的彼特拉克体表现了爱情的精神化。在《西东合集》（1819）中的《诗歌与雕塑》一诗中，歌德要求诗人采取开放的态度，把目光从古希腊转向东方，转向全世界，通过吸纳多元文化来塑造文学形象。五彩缤纷的《西东合集》既采纳了古希腊罗马和基督教文化的要素，也吸收了东方文化（尤其是波斯文化）的精华。在《〈西东合集〉的注释与论文》中，歌德对诗人和先知以及专制君主的特性作了如下描述：先知通过讲述清楚的故事来灌输教义，专制君主通过独裁统治来强行贯彻自己的意志，无党派性的诗人则用灵动的语言来表达对众生的爱惜和宽容。在《试论气候学》（1825）一文中，歌德要求诗人师法创造性的自然：大自然凭借其内在的"规律和规则"赋予"无定形的事物以活的形态"，从而为诗人作出了"最佳示范"；② 诗人应向自然学习，应具有清醒的造形意识，应凭其"心智"赋予混乱的社会历史以完形。与大自然的"极性"（引力与斥力的相互作用）原则相对应，歌德要求诗人采用相互映衬的手法，使古典与野蛮、纯洁与怪诞、美与丑、崇高与卑下、严肃与幽默、教诲与讽刺形成鲜明的对比。

　　晚年歌德对"诗人"作了如下定义：诗人是用形象化的语言凭想象力塑造形象的语言艺术家。他在《格言与反思》中写道："诗指向自然的秘密并试图通过形象来解密；哲学指向理性的秘密并力图通过语言来解密……形象化的想象是诗的王国；解释性假说是哲学的王国。语言和形象相互关联，这两者总是相互寻求，这种关联性在转喻和比喻上得到了足够的体现。"③ 老年歌德认为卓越的诗人（例如拜伦）都是魔性人物，他们都具有非理性的、旺盛的生命冲动，这种内在的生命冲动可以在瞬间外化为诗。1831 年 3 月 8 日，歌德对艾克曼说道："文学里肯定存在一些魔性，

---

　　① Goethe-HA, Bd. 12, S. 70.

　　② Johann Wolfgang von Goethe, *Werke*. Wiesbaden: Emil Vollmer Verlag, 1965, Bd. 8, S. 1171 – 1172.

　　③ Goethe-HA, Bd. 12, S. 493.

尤其是在所有的理智跟理性都不大管用的无意识的诗中。"①

　　作为一位具有广阔视野和高度精神能力的诗人，歌德并不期待大众读者的理解和接受，他总是勇敢面对庸众对他的误解，只准备在少数文化精英中寻求知音。1828 年 10 月 11 日，歌德对艾克曼坦言："我的作品不可能普及；谁要想使它们普及，致力于它们的普及，谁就犯了一个错误。它们不是为大众创作的，而只是为少数有着类似的愿望和追求，朝着类似的方向前进的人们创作的。"② 诗圣歌德完成了博大精深的《浮士德》第二部之后就把它锁在抽屉里，留待未来的读者来理解和接受。

第二节　创造力与独创性

　　非凡事物的出现得靠神赐的灵感，而这种灵感总是与青春期和创造力连在一起……富有创造力不意味着都得做诗写剧本，还有一种产生业绩的创造力……天才并非别的什么，而仅仅是一种创造力；这种创造力的业绩能大大方方地展示在上帝和自然面前，并因此而产生影响，传诸久远……一位天才既可以是自然科学界的奥肯和洪堡，也可以是军事和政治领域的腓特烈大王、彼得大帝和拿破仑；还可以像贝朗瑞那样是一个诗人；所有人全一个样，问题只在他们的思想、发现、业绩要具有生命力，能长时间地存活下去。③

　　本节题记引自 1828 年 3 月 11 日歌德和艾克曼关于天才和创造力的谈话。歌德将创造力和天才等同起来，他认为创造力在文艺创作、科学研究和社会实践中至关重要，它是事业成败的决定性因素。歌德认为创造力（Produktivität）就是创造新概念、新知识、新思想、新形象和新业绩的精神能力，而艺术创造力指的是文学家和艺术家的感受力、直觉能力、想象力、概括力和艺术表现力，其中他尤其推重灵感和想象力。1829 年 12 月 20 日，歌德向艾克曼指出了文学家和艺术家获得成功的三个条件：想象

---

①　艾克曼：《歌德谈话录》，杨武能译，第 300 页。
②　同上书，第 194 页。
③　同上书，第 175—176 页。

力、学习和天赋（例如极度敏感）。①

　　青年歌德将自发的创造力视作世界的基本原理。他认为大自然具有自发的创造力，人在艺术和宗教领域也有自发的创造力。② 青年歌德的"创造力"观念带有柏拉图主义和新柏拉图主义的印记。在柏拉图和亚里士多德的文艺思想中，作为"制作"（poiēsis）的艺术生产将自然和人的理性（logos）与悟性紧密勾连在一起。③ 在普罗提诺的哲学中，至高无上的"太一"的流溢乃是创造力的来源，超然自在的神创造自我（太一流溢出宇宙理性和宇宙灵魂）并创造时间（宇宙灵魂流溢出个别灵魂和物质世界），而所有的造物都分有了神的创造力。歌德所推崇的泛神论者斯宾诺莎则将普罗提诺和经院哲学的神创论改造成自因论，他认为唯一的实体（神或自然）的产生必定是自因，自然是能生的自然与派生的自然的统一：自然因其自因而产生运动，自然的运动表现为现象世界即派生的自然；自然本身的两种属性就具有创造力，广延派生出运动和静止，思维派生出理智，从能动状态来看自然就是"能生的自然"（natura naturans）。④

　　歌德认为创造性乃是人的天性。他在草稿《论业余爱好》（1799）中写道："人若不从事创造性的活动，就无法体验和享受一切。创造性是人的天性中最内在的特性。我们可以毫不夸张地说，创造性就是人的天性本身。人具有无法克制的创造欲。模仿欲与创造性的天才毫无关系。"⑤ 歌德认为人是自然之子，是自然创造的顶峰，而自然的创造力在人的心中已变成了创造性的精神，这种创造性的精神能够再次创造出另一座更高的顶峰——完美的艺术品，并随之创造出完善的、理想的人，即把感性的自然人提升为感性和理性相统一的审美的人。他在《温克尔曼》（1805）一文中明确把艺术创作作为人的自我提升的最佳手段：精神性的艺术品"赋予人的形象以灵魂，从而使人提升自己，替他完成他那生命与行动之圆，并且为集过去和未来于一体的现在而将他神化。"⑥

　　在社会生活中，人的天性表现为行动。在艺术领域中，人的天性则表

---

　　① 艾克曼：《歌德谈话录》，杨武能译，第246页。
　　② Goethe-WA, Abt. I, Bd. 27, S. 218.
　　③ 陈中梅：《柏拉图诗学和艺术思想研究》，商务印书馆1999年版，第209—216页。
　　④ 全增嘏主编：《西方哲学史》上册，上海人民出版社1983年版，第533—538页。
　　⑤ Goethe-WA, Abt. I, Bd. 47, S. 323.
　　⑥ 歌德：《论文学艺术》，范大灿等译，第386页。

现为精神的创造力。1817 年 1 月 3 日歌德在致帕芙洛弗娜公爵夫人（Herzogin Maria Pawlowna，1786—1859）的信中指出人有四种精神能力：感性、知性、理性和想象力。① 想象力是创造力的有机组成部分。想象力不仅能够再现现存的记忆表象（即回忆和联想能力），而且能够将各种记忆表象重新加以组合创造出超现实的新形象，从而为艺术受众提供新的体验可能性。但错误的创作原则（例如"模仿自然"）和缺乏民族性的内容会阻碍创造性的想象力的发挥，从而使有创造欲的艺术家陷入"绝望的境地"。② 在《诗与真》第七卷中歌德盛赞诗人金特（Johann Christian Günther，1695—1723）具有创造性的想象力："他是一个地地道道的才子，天生就具有感性、想象力、记忆力、理解力和再现力……凡是在人生中——也就是在平凡的现实人生中——用诗来创造第二个人生的所有才能，他都具备了。"③ 简言之，金特凭创造性的想象力化平凡的现实为美妙的诗。

歌德批评了业余艺术家无创造性：狂妄的业余艺术家经常把被动的感觉能力误认为创造力，"犹如有人想用花的气味来创造出鲜花来一样"。④ 歌德并不希望每个人都成为创造性的艺术家。1827 年 10 月 4 日，他在致策尔特的信中写道："一个创作者足以满足几百万个观看者和欣赏者的需求。"⑤ 他认为艺术家的创造力完全是下意识的，是人的意识无法掌控的："没有人能够控制本真的创造力，对它大家只能放任自流。"⑥ 他奉劝新进艺术家不要过早地接触天才的作品，以避免对宗师巨匠的模仿："对于初露头角的才子而言，阅读莎士比亚的作品是危险的；他们被迫去模仿莎士比亚，与此同时他们却误以为自己在创造。"⑦

歌德注重培养艺术家的独创性。《威廉·迈斯特的漫游年代》（1829）里有一个教育省，教师们不允许学生们去模仿前人的作品，而是简略地传授给他们一些神话、传说和传奇，让他们对这些神话传说进行独创性的改造，以此来培养他们的创造才能。歌德认为过分认真的学究气会戕害艺术

① Goethe-WA, Abt. IV, Bd. 27, S. 308.
② Goethe-HA, Bd. 9, S, 263 – 264.
③ Ebd. , S. 264.
④ Goethe-WA, Abt. I, Bd. 47, S. 319.
⑤ Goethe-WA, Abt. IV, Bd. 43, S. 127.
⑥ Goehte-HA, Bd. 12, S. 472.
⑦ Ebd. , S. 500.

家的创造力，他反对艺术家埋头于故纸堆之中，他说道："不完备的知识具有创造性，我对古希腊文献进行了不充分的研究，然后创作了《伊菲格涅亚在陶里斯》。假如我的研究非常详尽，那么我反而写不出这部剧本。"①他从自身经验出发断言做学问和艺术创造是两码事。他认为艺术家为了保持自己的独创性，必须对天才的杰作采取"创造性的态度"，②即批判地继承前人的遗产。歌德在《岁月札记》（1830）中将他对哈菲兹的接受称作"独特的分享"（eigene Teilnahme），③他正是通过"独特的分享"（即扬弃）创作了传世之作《西东合集》。

　　在1828年3月11日与艾克曼的谈话中，歌德指出青年时代是艺术创造力活跃的时期，因为青年人生命力旺盛，精神爽朗。而老年人由于丧失了"神圣的爽朗精神"，④也就丧失了创造力。但少数杰出的老者具有强烈的"隐德来希"（Entelechie，即个性），他们的身体中洋溢着旺盛的生命冲动，全身充满着"魔性"，因此他们的精神就会占优势，就会进入富有创造力的"第二青春期"。⑤在同一天的谈话中，歌德将创造力等同于天才，他对创造力进行了详尽的探讨，将创造力的本质规定为"内在的生命"和"持久的影响力"。⑥他的创造力概念突出的是质量上的优异，而不是数量上的庞大。当代德国哲学家皮希特（Georg Picht，1913—1982）在《艺术与神话》（1986）一书中指出：歌德、康德和谢林强调精神的创造力，而这个概念在20世纪却令人遗憾地变成了机械复制，沦为数量范畴。

　　独创性（Originalität）是艺术创造力的体现，它指的是建立在独立的思想和创造性的闪念等新思维基础之上的特性。中年和晚年歌德用传承性和客观性对早年极端主观的"独创性天才"（Originalgenie）观念进行了修正，形成了成熟的独创性概念，这个成熟的概念在《歌德谈话录》中得到了最清晰的表达。1824年5月2日，歌德和艾克曼谈到了科学、艺术和政治领域的伟大成就，他说道："要想作出划时代的贡献，众所周知需要两

① Gespräche, Bd. 2, S. 677.
② Goethe-HA, Bd. 10, S. 514.
③ Ebd., S. 514.
④ 艾克曼：《歌德谈话录》，洪天富译，第322页。
⑤ 同上书，第326页。
⑥ Johann Peter Eckermann, *Gespräche mit Goethe*. Berlin & Weimar: Aufbau-Verlag, 1982, S. 580–581.

个条件：一是自身头脑杰出，二是继承伟大遗产。拿破仑继承了法国革命……我则继承了牛顿学说的错误。现代人尽管对我对颜色学的贡献懵然无知，后世却必将承认：我的这个遗产继承得不错。"① 歌德认为真正的独创性是艺术家凭自己的创作个性在继承伟大传统的基础上的创新，是对传统的超越，是继承与创新之间的统一，而不是彻底摆脱了传统的天马行空式的主观臆造。对伟大传统的继承主要有两种方式，一种是像拿破仑那样的推陈出新，另一种是像歌德那样的批判性地继承。歌德所说的在继承的基础上创新的"独创性"观念类似于刘勰所说的"通变"："参伍因革，通变之数也……凭情以会通，负气以适变……望今制奇，参古定法。"② "通变"的结果必然是青出于蓝而胜于蓝。

1767 年前后，以赫尔德和歌德为首的狂飙突进运动提出了内涵为原初性、独立性和创新性的"独创性"概念，他们以极端主观的"独创性天才"观念来反对一切美学标准和一切社会束缚，用强烈的情感和自由的想象力来突破法国古典主义三一律和德国启蒙运动诗学规则的束缚，从而创造出有自身特色的新作。对于青年歌德而言，"独创性"就是仰赖个人的情感和想象力并张扬个性和主观性的天才的创造力，这个"独创性天才"完全从主观自我出发进行创造，他既不模仿自然，也不模仿别的作家，他依据的是自己的"内在的创造力"，③ 即伴随着情感活动的创造性的想象力。1772 年 9 月 29 日，歌德在他和梅尔克合写的关于普尔曼（Johann Georg Purmann，1733—1813）的著作的书评中写道："我们坚信天才从不模仿自然，而是像自然一样进行自我创造。"④ 这种出自主观自我的"独创性"对青年歌德而言乃是一种解放性的创作方式，创作主体的炽烈燃烧的"内在的热力"⑤ 能从形式和内容上突破一切规则、标准和样板的束缚，创作出具有强烈自我意识的革命性作品。

但狂飙突进时期的歌德已意识到了这种纯主观的"独创性"所隐含的危险：片面的独创性崇拜会导致过分的标新立异而不见容于社会。在 1774 年创作的叙事诗《永世流浪的犹太人》中，歌德讽刺了将独创性当作自身

---

① 艾克曼：《歌德谈话录》，杨武能译，第 55 页。
② 《文心雕龙全译》，龙必锟译注，贵州人民出版社 1992 年版，第 365—367 页。
③ 歌德：《迷娘曲——歌德诗选》，杨武能译，第 50 页。
④ Goethe-MA，Bd. 12，S. 364.
⑤ 歌德：《迷娘曲——歌德诗选》，杨武能译，第 36 页。

目的怪异的犹太人阿赫斯维，并将他称作故意与众不同的分离主义者："够了，他很独特，/独创性使他/与其他的傻瓜齐驱并驾。/……最伟大的人仍然是人之子，/最优秀的智者也与他人无异，/但是请注意，那些怪人总是颠倒常理：/他们不愿意像其他的凡人一样/用脚走路，他们行走用的是头。"①

18 世纪 90 年代，德国资本主义的文学市场已经形成，迎合大众读者口味的通俗文学风靡一时：施皮斯和武尔皮乌斯等人的骑士、强盗和鬼怪小说以题材新颖取胜，福尔斯特（1754—1794）等人的政治化的文学作品以反映政治大事而引人关注，科策布（1761—1819）等人的煽情剧则靠廉价的道德感哗众取宠。歌德对当时的文学现状极为不满，1790 年 2 月 28 日，他在致赖夏特的信中批评通俗作家和大众读者没有审美趣味，将新奇和煽情当作独创性。为了追求艺术的"明晰和纯净"，② 他把目光转向古代，潜心研究古希腊罗马和文艺复兴时期的文艺，主张创造性地学习古人，并与席勒一道开创了成就辉煌的德国古典文学。

古典文学时期的歌德将"独创性"置于客观与主观、继承与创新、采纳刀锋与自出机杼、本质与现象的张力场之中，他认为创造性的天才如果能将主观和客观统一起来形成一种显出特征的风格，那么他就能获得纯正的独创性，与此同时这种显出特征的风格又使他获得了与其他天才在品质上的相似性。他在《评狄德罗的〈画论〉》一文中写道："人们把一种纯正的方法的结果称为风格，反之则称为主观作风。风格把个人提升到群体所能达到的最高点，因此一切伟大的艺术家都以其杰作而相互接近。于是，拉斐尔创作最成功时的着色风格和提香相似。"③ 歌德所说的"纯正的方法"指的是从现实中的特殊事例出发、通过特殊来显示一般（本质），即典型化的方法。由于天才艺术家所采用的方法相似，因此其结果亦相似，即他们都获得了最高的艺术成就——融客观和主观为一体的艺术真实。

独创性还意味着将艺术家的创作个性纳入到民族史和艺术史的传统之中。歌德在《评狄德罗的〈画论〉》中写道：通过向大师学习，"一种传

---

① Goethe-WA, Abt. I, Bd. 38, S. 56 – 58.

② Goethe-MA, Bd. 12, S. 86.

③ 歌德：《论文学艺术》，范大灿等译，第 144 页。

统的、自己反复斟酌过的方法将减轻工作负担，如果在应用这种方法时艺术家的个性再参与进来，那么，他将因为其个性，因为最正确地使用其最高的感官力量、精神力量而不断上升到普遍的高度"。① 晚年的歌德已创作出了具有永恒价值的作品，被誉为"诗坛君王"，但此时的他更加强调对前辈的继承和向同辈作家与人民群众学习，并明确反对源于纯主观自我的独创性。1832 年 2 月 17 日，他对艾克曼说道："我们全都是集体性人物……我们全都需要吸取和学习，既向先辈们学习，也向同辈们学习。即使最伟大的天才，如果完全凭借自己的内心，也不会有大的出息。可是许多很优秀的人偏偏不明白这点，老梦想着独创，结果便在黑暗中摸索了半辈子。"② 晚年歌德认为艺术家的独创性必须与传统相协调，必须体现出与传统的典范之作的亲和性，他在《威廉·迈斯特的漫游年代》（1827）一书中写道："如果他不愿意向先辈和同时代中造诣较高的艺术家们学习他所欠缺的东西，以成为真正的艺术家，那么他就会因错误地理解保持独创性而落在自己的后面：因为不单单是我们天生就有的，而且还有我们能够后来获得的，它们都与我们息息相通。"③

歌德认为独创性的核心就在于对文化遗产采取一种建设性的态度，即从遗产中挖掘出最大限度的新意，并以独特的表达方式把它表达出来，也就是想前人之所未想，见前人之所未见，言前人之所未言。他在《格言与反思》（1840）中写道："一切真实的发现（Aperçu）都是研究的结果并能产生后果。发现是一个创造性地上升的大链条的中间环节……一切睿智的思想都已被前人思维过，而我们必须对它进行再次的思维。"④ 他要求作家创造性地对待文学遗产，对亘古不变的题材和母题采取新的处理方法和新的表达方式："近代最富有独创性的作家之所以有独创性，并不是因为他们创造了什么新东西，而仅仅是因为他们能把同类的事情说得仿佛它们先前从来没被人说过似的。"⑤ 1830 年 1 月 27 日，歌德在和艾克曼的谈话中指出：为了取得重大的发现，自然科学家也必须像艺术家一样具有想象力；对艺术家而言，他的独创性表现在他能用创造性的想象力拓展已知的

① 歌德：《论文学艺术》，范大灿等译，第 143 页。
② 艾克曼：《歌德谈话录》，杨武能译，第 323 页。
③ 杨武能、刘硕良主编：《歌德文集》第 6 卷，第 285 页。
④ Goethe-HA, Bd. 12, S. 414–415.
⑤ 杨武能、刘硕良主编：《歌德文集》第 6 卷，第 488 页。

领域，同时又不脱离感性的、可理解的世界。①

　　歌德反对纯主观的独创性，反对脱离现实的主观臆造。他在《格言与反思》中写道："无独创性的作品，引不起人们的重视；而独创性的作品总是带有个人本身的缺陷。所谓源于自我的创造（Aus-sich-Schöpfen）通常只能产生虚假的独创者和虚拟者……虚拟的作品具有一种错误的精神性，一种主观化的精神性。"② 歌德将这种虚假的独创性不仅归因于个人的主观主义，而且归因于"驯顺而羸弱"的时代。1824 年 1 月 2 日，歌德和艾克曼谈到了作家与时代的关系，他说道："莎士比亚的伟大在许多方面都要归功于他那伟大、雄劲的时代……然后经过了窝窝囊囊的两百年，生活本身已变得何等地驯服和羸弱啊！什么地方还能遇见一个纯真的独创性诗人！什么地方还有谁能保持真实、尽显本色！这反过来又影响诗人，他感到外界的一切对他不再有吸引力，于是只好返回来求诸内心。"③ 歌德认为是软弱的时代迫使德国浪漫派返归自己的内心世界，并将他们称作离开了现实大地的幻觉主义者："他们被称为幻觉主义者，因为在他们的作品中不乏梦幻式的扭曲和杂乱；他们还被称为朦胧主义者，因为他们为了给他们的海市蜃楼营造一种合适的基础就不能不制造云雾。"④

第三节　想象力

　　老追求技巧的细枝末节，永远是一个无创造性的时代的标志；同样，一个人如果有这种德行，那也表明他没有创造力。妨碍一个人的还有其他弱点。例如普拉滕伯爵，他具备成为一位优秀诗人的几乎所有素质：他富有想象力、虚构能力、精神能力和创造力，也受过完美的技巧训练，还有爱好学习和作风严肃更是少有他人可比；然而，不幸的是论战的倾向却妨碍了他。⑤

本节题记引自 1831 年 2 月 11 日歌德和艾克曼关于艺术创造力和政治

---

① 艾克曼：《歌德谈话录》，洪天富译，第 458 页。
② Goethe-HA，Bd. 12，S. 480.
③ 艾克曼：《歌德谈话录》，杨武能译，第 31—32 页。
④ 歌德：《论文学艺术》，范大灿等译，第 103 页。
⑤ 艾克曼：《歌德谈话录》，杨武能译，第 284 页。

论战的谈话。歌德认为艺术创造力包括感受力（敏感）、直觉能力（直观、预感和灵感）、想象力、概括力（发现本质和规律）和艺术表现力（技巧）。他认为政治性论战会"破坏我们心智的自由创造，诗人敏感柔弱的天性更会被它搅乱和毁掉"。① 诗人"心智的自由创造"主要仰赖想象力，想象力是把自然真实提升为艺术真实的最重要的手段，歌德在《柏拉图作为基督教启示的同路人》（1826）一文中对此作出了详尽的解释："在我自己的生活中经常听到一个驾车夫斥责古老的宝石雕刻，说那上面的马不戴挽具主人就让它拉东西。当然车夫是有道理的，因为他觉得这是完全不自然的。但是艺术家也有道理，因为他不能让一根倒霉的线破坏他那匹马的躯体的形式美（schöne Form）。每一种艺术都需要这样的虚构，这样的象形化。"② 德文中的"虚构"（Fiktion）源于拉丁文"fiction"（意思是"想象"），"想象"（Einbildung）就是形象思维。③ 想象力即形象思维能力，它指的是在头脑中再现过去的知觉形象，或在知觉材料的基础上经过新的组合创造出新形象的能力，换言之，想象力包括再现性想象力（回忆和联想）和创造性想象力。

歌德认为想象力是人类的一种"精神能力"，它是一种从感觉经验出发，将经验化为内心的表象并对表象进行生动描绘的能力。古典现实主义者歌德坚持文艺必须从现实生活出发，他认为如果想象力脱离了经验，那么它就会创造出晦涩的玄想、疯狂的妄想或骗人的幻觉，据此他对丢勒（1417—1528）作了全面的评价："一种最真挚的现实主义直观和一种对一切现状的可爱的人性同情促进了阿尔布莱希特·丢勒的发展；但是一种阴郁的、无形式无根基的幻想却损害了他。"④ 歌德坚信：如果想象力以经验为依据并恰当地运用理智，那么它就会为文艺创作、科学研究和现实生活带来丰硕的成果。由于想象力具有两面性，因此歌德主张用经验和理智来约束过于自由的想象力："写一部剧作需要天才。开始时是知性，中间是理性、最后是感觉占支配地位，而这一切都应该由生动清晰的想象力和谐地加以显现。"⑤

---

① 艾克曼：《歌德谈话录》，杨武能译，第284页。
② 歌德：《论文学艺术》，范大灿等译，第19—20页。
③ 朱光潜：《西方美学史》下卷，第678页。
④ Goethe-HA, Bd. 12, S. 485.
⑤ Ebd. , S. 495.

歌德的"想象力"概念受到了美学之父鲍姆嘉通（1714—1762）的启发，但又有别于他。在《关于诗的哲学默想录》（1735）和《形而上学》（1779）等著作中，鲍姆嘉通依据当时的能力心理学将"想象力"（facultas imaginandi）定义为纯再现性的能力。再现性的想象力（即回忆和联想）塑造过去的感觉形象，并以弱化的形式来重温这些形象。他将想象力与诗才区别开来。"诗才"（Dichtungsvermögen）即重组能力，它将想象的各部分重组为一个新的整体。如果这个新的整体没有矛盾，那么它就是真正的诗，如果这个新的整体的内部充满了矛盾，那么它就是荒唐的幻想，即脱离经验的空想（vana phantasmata）。与鲍姆嘉通不同，歌德的"想象力"概念则包含了创造性的诗才，换言之，"想象力"是再现性和创造性的综合。因为想象力经常在创新和空想之间摇摆，所以他对想象力持怀疑的态度，他在《格言与反思》中写道："想象力只能通过艺术，尤其是通过诗来加以调节。没有什么比毫无审美趣味的想象力更可怕的了。"①"毫无审美趣味的想象力"指的是荒唐透顶的空想和精神错乱的狂想，它毫无美感可言，因此歌德主张用理智和经验对过于自由的想象力进行约束，以使想象力为他的创作意图（表现美和普遍的人性）服务。

在《诗与真》第十卷中，歌德指出他天生就具有想象和对想象性表象（即意象）进行描绘的能力："我从我父亲那里继承了一种喜欢教训人的辩才；我母亲则遗传给我诗才，我具有把想象力所创造、所把握的一切淋漓尽致地描绘出来的天赋。我能对已知的童话进行翻新，能编造和讲述新的童话，甚至能随讲随编。"②狂飙突进时代的歌德反对法国古典主义的三一律，推重自由的想象力，他在《纪念莎士比亚命名日》一文中写道："我觉得地点的统一犹如监牢一般可怕，情节和时间的统一是我们的想象力难以忍受的枷锁，我跳向自由的空间，这时我才感到我有手和脚。"③但青年歌德已意识到了狂放不羁的想象力的弊端。他在《诗与真》第九卷中写道："我也试图锻炼自己抵抗想象力的诱惑。"④

中年歌德开始用客观的经验来平衡过于主观的想象力，他认为自由

① Goethe-HA, Bd. 12, S. 506.
② Goethe-HA, Bd. 10, S. 447.
③ 歌德：《论文学艺术》，范大灿等译，第 2 页。
④ Goethe-HA, Bd. 9, S. 375.

的想象力若不受经验和理智的制约,就会变成荒谬的玄想或毫无根据的猜想,变成科学研究和文艺创作的敌人。他在《实验作为客体和主体的中介》(1793 年完稿)一文中写道:"从经验过渡到判断、从认识过渡到应用时我们都必须小心,此时我们犹如身处山隘,所有内心的敌人都准备伏击我们:想象力、焦躁、轻率。"① 古典文学时期的歌德追求感情与理智、想象和现实的平衡,他将不受约束的、怪诞的想象力贬为原始思维的回潮,他在《日志与年记》中写道:"潜伏的想象力是我们最大的敌人,从天性上看它有一种不可遏止的趋向荒诞的癖好,这种荒诞癖甚至在文化人的心中作祟,它反对所有的文化,它置身于最文明的世界并使喜欢丑脸的原始人的祖传的野蛮得以重现。"② 1824 年 11 月 8 日,他在和首相缪勒的谈话中揭示了虚妄的想象力的劣根性:"有一种最恶劣的顽固,它就是幻想的顽固,确言之,即想象力的顽固。"③ 对待想象力的正确做法是:"不是排除,而是调节想象力……控制感性,培养知性并确保理性的统治。"④

在歌德的长篇小说《少年维特的烦恼》、《亲和力》和《威廉·迈斯特》中,想象力是推动情节发展和决定人物命运的重要因素之一。维特是一位想象力很丰富的青年,他把想象力称作"神赐的礼物",⑤ 想象力加深他对绿蒂的爱情并唤起了他对生活的热情;而想象力又使他沉醉于自己的白日梦并与现实生活相抵触,最终导致他在爱情和职业上的不幸。在《亲和力》中,爱德华和夏绿蒂的过于活跃的想象力挣脱了现实、理智和义务的束缚,两人都在幻想中把自己怀抱里的对象当成新欢,在现实的婚床上出现了幻想的通奸,而毫无节制的幻想和激情最终铸成了爱德华和奥蒂莉的悲剧结局。歌德在《威廉·迈斯特的学习年代》和《威廉·迈斯特的漫游时代》中多次谈到了想象力,歌德认为必须用现实经验和理智对自由的想象力进行限制,不受限制的想象力最终沦为空洞的玄想并必将被现实击得粉碎:"无约束的活动,不管属于什么性质,最后必将一败涂地。"⑥ 从

---

① Goethe-WA, Abt. Ⅱ, Bd. 11, S. 28.
② Goethe-HA, Bd. 10, S. 490.
③ Kanzler von Müller, *Unterhaltungen mit Goethe*. Weimar: Piper Verlag, 1956, S. 26.
④ Goethe-HA, Bd. 10, S. 990.
⑤ 歌德:《少年维特的烦恼》,杨武能译,第 110 页。
⑥ 歌德:《维廉·麦斯特的漫游时代》,关惠文译,第 286 页。

总体上看，这两部小说讲述的就是威廉对其想象力进行约束的故事：威廉通过逐步拓展经验领域（从戏剧界进入实干家的塔社、成为移民联盟的组织者并最终成为造福人类的外科医生）而舍弃了艺术家的想象力，在社会中找到了合适的位置，成为对社会有用的人。

总的来看，歌德对想象力的评价是积极的。他认为文艺创作和科学研究都需要运用想象力，尤其是创造性的想象力。创造性的想象力是将各种表象、意象加以组合和改造，创作出超越现实的新形象的能力，它是艺术真实的建构性要素。在《说不尽的莎士比亚》一文中，歌德指出了造型艺术与文学的区别：造型艺术用一定的物质材料塑造可视的直观形象，文学则用"精神性的词语"引发读者的想象力，由想象力展现一个生动的"意象世界"。①

艺术家的想象力是对不在场的事物的生动再现和改造，在这一点上它和神话相似，歌德在《格言和反思》中写道："不在场的事物通过流传影响我们。普通的流传可称作历史；较高的流传是神话，它和想象力近似。"② 但歌德认为想象力高于神话思维，因为艺术想象力所塑造的形象是清晰的、确定的，而神话借助非理性的幻想所塑造的人格化的自然力形象则是变幻不定的，他在《纪念霍华德》（1822）一诗中写道："崇高威严的神伽摩卢帕/……喜欢变换形象，/……艺术家自己的创造力活跃而大胆，/它将不确定的偶然塑造为确定的必然。"③ 歌德认为艺术想象力是再现和创新的综合，艺术家采用的是一种诗性的（即虚构的）想象方式，这种诗性的想象方式近似于他在《斐洛斯特拉图斯的画论》一文中所阐明的象征概念："象征不是事物本身，但又是事物本身；象征是在精神之镜中凝聚的形象，但它和那个事物又是一致的。"④ 换言之，想象力所塑造的艺术形象既类似于原初的知觉形象，又高于它。

在歌德的文艺理论中，想象力对建构文学话语和艺术话语的特性起着至关重要的作用。自旅居意大利以来，歌德愈益重视想象力在文艺创作和艺术品评价方面的地位。在《意大利游记》第二卷（1817）中，歌德充分肯定了想象力在艺术创作中的作用：它能够提升想象的对象，"从而赋

① Goethe-HA, Bd. 12, S. 288.
② Ebd. , S. 392.
③ Goethe-HA, Bd. 1, S. 350.
④ Goethe-WA, Abt. I, Bd. 49.1, S. 142.

予形象以更多的特征、庄重和尊严"。① 在意大利的墨西拿，歌德思考了直观的自然物和想象力所塑造的艺术形象之间的关系。在比较墨西拿海峡上的锡拉岩礁和卡律布狄斯旋涡与莫姆佩（1564—1635）的风景画和克里普（1748—1825）的素描时，歌德说道："想象和现实的关系犹如诗和散文的关系，诗把对象想象得高大而峻拔，而散文总是在平面上铺展。"② 换言之，散文只是对直观的对象进行平铺直叙，而诗性的想象力则可以生成高于现实的奇伟或奇丽的新形象。

在《收藏家及其亲友》（1799）一文中，歌德嘲笑了毫无节制的"想象主义者"，将他们贬为业余艺术家，"因为他们是那样喜欢追求假象，那样喜欢给想象力表演点什么，以致他们根本不管这种假象是否适合于观赏"。③ 尽管如此，歌德还是肯定了诗性的虚构，他将成功的想象力（即受到理智和经验约束的想象力）称作"创造新世界的能力"，它是"对付令人讨厌的散文"的有力手段，是"最高艺术的基础和可能"。④ 歌德还把受到理智和感觉经验调节的想象力当作评价各种文艺作品的一个标准，1824 年 12 月 15 日，他在致奥古斯特·威廉·施莱格尔的信中写道："我对印度的雕塑艺术没有好感，因为它分散和搞乱了想象力，而没有集中和调节想象力；但我肯定是印度文学最真诚和最忠实的崇拜者，印度文学通过内在感官和外在感官的所有阶段，以最令人赞赏的方式把我们带出了精神的最混乱的领域。"⑤

歌德一再强调，文学必须有具体生动的内容，必须有"明确的题材"，⑥ 文学家对题材的诗意描绘"应激发读者的想象力，使读者精神集中"。⑦ 在《对叙事谣曲的思考和解释》（1821）一文中，他将叙事谣曲视作文学的原始类型，这个原始类型融抒情、叙事和戏剧元素为一体。他写道：叙事谣曲就是诗艺术的"原始卵，这个卵可以孵化出来，化作最美妙的现象，乘着金色的翅膀飞向天空"。⑧ 一言以蔽之，简洁而机智的文学语

① Goethe-HA, Bd. 11, S. 313.
② Ebd., S. 314.
③ 歌德：《论文学艺术》，范大灿等译，第 103 页。
④ 同上书，第 104 页。
⑤ Goethe-WA, Abt. IV, Bd. 39, S. 43 – 44.
⑥ Goethe-HA, Bd. 1, S. 400.
⑦ Ebd.
⑧ Ebd.

言既是想象力的载体，又是激发读者的想象力的引信。

歌德坚持艺术美是内容美和形式美的统一，他认为纯粹的、空洞的形式游戏不能激发读者的想象力，而只能使人精神涣散。他赞赏但丁对对象的具体生动的描绘："他运用他那想象力的眼睛就能把各种事物看得那样清晰，从而能勾画出它们的鲜明的轮廓，因此即使是最深奥和最奇异的东西我们看到也仿佛是按照自然描绘出来似的。"① 由于诗的节奏是动人的，诗的格律"听起来像钟声一样悦耳但并无实际意义"，因此他建议德国人将叙事性的史诗《尼伯龙根之歌》译成散文，以便"直接有力地向清醒的听众以及他们的想象力诉说，从而使内容以其全部力量出现在心灵面前"。② 在《仰望神恩之国》（1830）一文中，歌德将德国新教神学家克鲁马赫（1796—1868）宣讲教义的演讲称作"使人麻醉的布道词"，其空洞的形式和单调的节奏令人昏昏欲睡："他的演讲充满了转喻和比喻，分散了听众的想象力并把它引向四面八方"，他的单调的哼唱使普通劳动者"酣然入睡，从而忘掉了身体的劳累和精神的烦恼"。③

在自然科学研究中，歌德首先关注的是想象力在认识过程中的作用。他认为想象力在认识过程中能起一种辅助作用，它能够形象地阐明人的认识，并且能够通过猜想拓展人的认识。1830 年 1 月 27 日，他对艾克曼说道："一位真正伟大的博物学家不可能没有想象力这种高超的资禀。我指的不是模糊不清的、脱离客观存在的那种想象力，而是不离开地球的现实土壤、根据现实的和已知的事物的尺度、迈向预感到和猜想到的事物的那种想象力。"④ 不仅如此，综合性的想象力还能够平衡分析性的片面的理智，它能够调和感性认识和理性认识，使认知者获得更完整的认识。他在《植物生理学的准备工作》（1796 年完稿）一文中写道："直观者若采取创造性的态度，认知就会自我提升，就会不知不觉地要求直观并过渡到直观，尽管认知者无视想象而双手合十为自己祈福，他也必须立即求助于创造性的想象力。"⑤

为了克服毫无节制的想象力的荒诞性和发挥想象力在文学艺术、自然

---

① 歌德：《论文学艺术》，范大灿等译，第 347 页。
② 同上书，第 364 页。
③ Goethe-HA, Bd. 12, S. 357.
④ 艾克曼：《歌德谈话录》，洪天富译，第 458 页。
⑤ Goethe-WA, Abt. Ⅱ, Bd. 6, S. 302.

科学研究、哲学思辨和生活实践中的积极的创新作用，歌德认为必须用经验和理智来约束自由的想象力，必须使想象力与感性、知性、理性协调统一，让它们共同合作来创造新形象、新概念、新知识、新思维和新业绩。1817 年 1 月 3 日，他在致公爵夫人帕芙洛弗娜的信中写道："康德列举了三种主要的人类认识能力：感性、知性和理性。但他忘记了想象力，这是一个无法补救的缺憾。想象力是我们的精神的第四种主要能力，它以记忆的形式补充感性，它以经验的形式把我们对世界的直观展现给知性，它为理性观念塑造或找到形象，它激活整个人类的心灵，人类若无想象力就会变得无聊而无能。"① 他要求创造者运用受到经验和理智规约的想象力："如果想象力能这样为它的三个姊妹效劳，那么它就会被这三个可爱的亲人领进真实和现实的王国。感性赋予它以限定的、确定的形象，知性调节它的创造力，而理性则为它提供一种完全的可靠性，以免它玩弄梦一般的幻象，并将它建立在观念的基础上。"② 歌德所说的感性（Sinnlichkeit）指的是客观的感觉经验，知性（Verstand）指的是组织能力，理性（Vernunft）指的是概括能力，观念（Idee）指的是对现实事物的本质的理性认识。歌德在这封信中将想象力规定为融客观和主观、感性和理性为一体的综合性的创新能力。

第四节　才华与天才

雨果确实是个才子……他富有客观精神，在我看来，他的重要性完全不亚于拉马丁和德拉维尼等先生。我对他的观察要是不错，那就算是看清楚了他和一些与其类似的青年才子源自何处。他们都承袭了夏多布里昂，承袭了这位无疑极其重要的修辞学与诗艺术的才子。若你想认识维克多·雨果的诗风，那你只需读读他写拿破仑的《两座岛屿》就行了……他描绘的意象很精彩吧？他处理起题材来是不是十分自由？……法国诗人们富有学识。德国的傻瓜们却想法相反，认为努力获取知识就会失去他们的才华，殊不知任何才子都得从知识中吸取

---

① Goethe-WA, Abt. IV, Bd. 27, S. 308.
② Ebd. , S. 309.

营养，只有这样他们的能力才可得到施展。①

本节题记引自1827年1月4日歌德和艾克曼关于雨果及其文学才华的谈话。歌德认为才华（Talent）就是从事文艺创作或其他精神活动的能力，其中既包括先天的才能，也包括后天的学识和艺术传承（Filiation）。歌德在这段谈话中详述了雨果的文学才华：从现实出发的客观精神，继承前辈大师的优点，努力获取知识，熟练运用各种修辞格的语言表现力，凭现实经验和想象塑造意象的能力。在这段谈话中歌德还强调有才华的文学家必须具有"自由精神"，以摆脱政治上的党派偏见和产生"真正的文学兴趣"。②

青年歌德崇尚天才，他将天才定义为"最高的精神天资"，③ 把天才视作能与造物主的创世相提并论的、充满激情和丰富想象的主观的创造力。与天才这种最高的创造力相比，才华则略逊一筹，它指的是文学家和艺术家的天赋、能力和熟巧。金特是青年歌德所欣赏的唯一的祖父辈作家，他在《诗与真》第二部第七卷中分析了金特的诗才："金特显然是一位才子，天生就具有感性、想象力和记忆力，并且有理解能力和再现能力，他是一位多产的诗人，有和谐的节奏感，充满才智，非常风趣，知识渊博……我们赞赏他的轻松自如，他能用感情来提升即兴诗中的所有情境，能用合适的思想、意象、历史故事和美妙传说对情境加以修饰。"④ 但由于他"缺乏个性"，他只能被称作"才子"，而不是莎士比亚式的具有强烈自我意识的、堪与造物主比肩的伟大"天才"。

在魏玛的最初十年（1775—1786）里，由于歌德的工作重心转向实际工作和自然科学研究（植物学、矿物学、地质学和解剖学），他开始逐渐脱离崇尚天才的狂飙突进运动，并且对主观的天才概念表示怀疑。1781年6月21日，他在致画家米勒（1749—1825）的信中批评了他的画作的主观随意性和模糊性，并对他提出了中肯的建议："努力做到那种明晰和谨慎……完全转向拉斐尔、古希腊罗马画家和大自然。"⑤ 在《诗与真》第

---

① 艾克曼：《歌德谈话录》，杨武能译，第114—115页。
② 同上。
③ Goethe-HA, Bd. 10, S. 161.
④ Goethe-HA, Bd. 9, S. 264–265.
⑤ 杨武能、刘硕良主编：《歌德文集》第13卷，第266—267页。

四卷（1833）中，歌德对仅凭主观意志行事而不受限制的天才进行了批判："富有朝气的、通常具有天赋的年轻人迷失在不受限制的自由之中；理智的老年人也许没有才华和才智，他们怀着幸灾乐祸的心情在观众面前大肆嘲笑年轻人的种种失败。"① 由于时人把"天才"理解为纯主观的恣意妄为和不守法则的"胡作非为"，因此歌德主张将"天才"一词"从德语中彻底清除掉"。② 歌德在此反对的是对"天才"一词"在语言和行动上的滥用"，他认为天才都有个人的局限性，都受到时代和社会的限制，有节制的、守规则的天才才是真正的天才："一个人就在宣称自己是自由的瞬间便感到自己是受条件限制的。若他敢于宣称自己是受条件限制的，则便感到自己是自由的。"③

为了避免对"天才"概念的曲解，中年歌德偏向于使用"才华"一词，因为运用这个词更有利于艺术家天赋的提高和能力的完善。例如在1789年3月20日和卡罗琳娜·赫尔德的谈话中，歌德指出《塔索》一剧的本意就是"才华与生活的失衡"。④ 歌德不再贬低才华，不再将才华视作天才的对立面，他认为卓越的才华就是天才的具体体现。1780年7月24日，他在致瑞士神学家拉瓦特尔（1741—1801）的信中写道："在维兰德的《奥伯龙》这事情上你用了'才华'这个词，仿佛它就是'天才'的对立面，这里不全是，可至少有一些是从属关系。但我们必须想到，真正的才华就是天才的表现。"⑤ 在1828年3月11日与艾克曼的谈话中，歌德将天才定义为"最高级的创造力"，⑥ 即能创造出完美的作品并产生持久影响的创造力，而这种最高级的创造力具体表现为"伟大的才华"（das große Talent），⑦ 例如"高度的虚构、艺术技巧和审美趣味"。⑧ 而天才和才华既表现在文学艺术领域，也表现在科学研究、政治和军事等领域。在

① Goethe-HA，Bd. 10，S. 161.

② Ebd.

③ 杨武能、刘硕良主编：《歌德文集》第12卷，第418页。

④ Woldemar Freiherr von Biedermann（Hg.），*Goethes Gespräche*. Leipzig：Biedermann Verlag，1896，Bd. 8，S. 250.

⑤ 杨武能、刘硕良主编：《歌德文集》第13卷，第229页。

⑥ 艾克曼：《歌德谈话录》，杨武能译，第177页。

⑦ Johann Peter Eckermann，*Gespräche mit Goethe*. Berlin & Weimar：Aufbau-Verlag，1982，S. 429.

⑧ Ebd.

同一天的谈话中，歌德盛赞拿破仑是一位惺惺惜惺惺的明君，他知人善任，大才大用，小才小用，专才专用。

歌德认为才华是与生俱来的天赋（Angeborenes），在所有社会等级中都能出现才子，某些贫寒子弟同样多才多艺。在《诗与真》第三部第十一卷中，他肯定了出身于清贫的牧师之家的狂飙突进运动作家伦茨（1751—1792）的鬼才，将他称作"才华横溢的怪人"。① 才华虽然是天生的，但绝对不可放任自流，而应该向大师学习艺术规则和艺术技巧，只有通过向大师学习，才能正确地发挥自己的才华从而成为职业艺术家而不是半吊子。1826 年 12 月 13 日，歌德对一位仅凭天赋进行创作的青年画家做出了如下评价："这小伙子是有才华；不过呢，他完全自学不该受称赞，而该挨责骂。才子不能自生自长，自我隔离，而应该拜在大师门下学艺，在大师调教下真正有所出息。"②

歌德认为时势造英才，天生的才华能否得到充分的发挥，这在很大程度上取决于外部条件：时代、传统、社会等级、文化环境、教育、民族与国家等等。在《古代与现代》（1818）一文中，歌德提出了内因和外因相结合的培养奇才的方案："人们要求才子创作。才子则需要一种合乎其天性和艺术规则的发展；才子不能放弃他的长处，但如果没有时代的外部襄助，他就不能充分发挥他的长处。"③ 歌德以拉斐尔和卡拉齐画派为例说明奇才的出现既需要天赋，也仰赖于伟大的时代："我们应该看看卡拉齐画派。他们有才华，严肃，勤奋且持之以恒，这里还有一种让奇才顺乎天性与艺术规则发展的环境。"④

18 世纪末 19 世纪初，随着资本主义商品生产的诞生和发展以及艺术教育的普及，德国出现了繁荣的文学艺术市场，文艺作品大批量的生产几乎抹平了创造性和模仿行为之间的界限。在《论对美的创造性模仿》（1789）一文中，歌德接受了莫里茨（1757—1793）的思想，他将模仿宗师巨匠的业余艺术家称作像猴子一样模仿苏格拉底的"傻瓜"，他认为业余艺术家只具有"对美的感受力"而毫无"创造力"；⑤ 而"天生的艺术

---

① Goethe-HA，Bd. 9，S. 493。
② 艾克曼：《歌德谈话录》，杨武能译，第 108 页。
③ 歌德：《论文学艺术》，范大灿等译，第 244 页。
④ 同上。
⑤ Johann Wolfgang von Goethe, *Werke*. Bd. 7. Wiesbaden：Emil Vollmer Verlag，1965，S. 616.

家"则具有提升自然的创造力:"由个性决定的创造力选择一个对象,并把反映在自然中的最高的美的反光投射到对象上",而最高的美就是"整个自然的关联"。① 他在和席勒合写的《论业余艺术活动》(1799)一文中,将手法拙劣的业余艺术家视作技巧精湛的艺术大师的对立面,他批评业余艺术家没有掌握最严格的艺术规则,只会粗制滥造:"业余艺术家(Dilettant)对待艺术就像半吊子对待手艺一样草率。"② 在《格言与反思》中,歌德进一步指出了才子和业余艺术家之间的区别:"即使是中流的才子也会把精神灌注进自然之中;因此细致的精神性的画作总给人以愉悦。而半吊子作风的原因在于:逃避虚拟,对手法一无所知,傻干,总想去干最高的艺术所要求的,然而一旦尝试便知道自己干不了的事。"③ 换言之,业余艺术家没有组织能力和概括能力,不知道对题材要进行感性的处理和精神的处理,因此他们的作品毫无"意蕴"可言。

18 世纪末,由于对法国大革命的现实不满,在德国兴起了极端主观的浪漫派运动。德国浪漫派凭非理性的直觉和深沉的情感来体验世界,他们"抛弃理性思维的过程和法则",沉醉于"幻想的纷乱之美和人的天性的原始混沌"。④ 歌德认为德国浪漫派的才子们和狂飙突进运动的天才类似,他们从主观自我出发来进行创作,而一旦他们耗尽了内心世界的资源,就会变成毫无新意的矫饰主义者。1826 年 1 月 29 日,歌德在和艾克曼谈论客观的诗人和主观的诗人时说道:"一旦他学会了把握世界,表现世界,他就是个诗人了。从此他永远不枯竭,常写常新。反之,一个主观的才子很快就会表述完自己内心的一点点东西,最后以落入俗套而告终。"⑤ 歌德认为德国浪漫派的本质就是"颠倒的精神性和主观化的精神性,"⑥ 因为他们颠倒了思维与存在的关系。在《格言与反思》中,歌德将浪漫派文学称作"主观的或所谓感伤的诗",其特点在于"描绘内心生活的心性(das Gemütliche)而不是伟大的世界生活的普遍性"。⑦

① Johann Wolfgang von Goethe, *Werke*. Bd. 7. Wiesbaden: Emil Vollmer Verlag, 1965, S. 615.

② Goethe-WA, Abt. I, Bd. 47, S. 322.

③ Goethe-HA, Bd. 12, S. 481.

④ Karl Propst, *Geschichte der deuschen Literatur*. Wien: Österreidischer Bundesverlag, 1972, Bd. 1, S. 147.

⑤ 艾克曼:《歌德谈话录》,杨武能译,第 99 页。

⑥ Goethe-HA, Bd. 12, S. 480.

⑦ Ebd., S. 507.

歌德对德国浪漫派采取的是既理解又否定的态度。在 1812 年撰写的《人为才子的时代》一文中，歌德将浪漫派领袖施莱格尔兄弟称作"人为才子"（forcierte Talente），因为他们弱化了形象思维，强行进入哲学思辨的领域："人为才子的时代来源于哲学时代。更高的理论见解变得很清晰，更具有普遍的效力……智性参与了想象，而当它巧妙地阐述对象时，它就以为是在搞真正的文学创作。"[①] 1823 年 10 月 25 日，歌德在和艾克曼的谈话中对"人为才子"作出了明确的定义："他们硬要追求那些超出了自己能力的东西。"[②] 歌德反对哲学化的诗和政治化的诗，他要求文学家守本分，要按照自己的天赋和文学规律来发展自己的才华，千万不能越界。

古典文学时期的歌德重视文艺的客观性，因此当时紧贴现实的自然诗人（Naturdichter）引起了他的高度关注。歌德所说的自然诗人也叫做"自然才子"（Naturtalent），它指的是出身于社会下层、靠自学成才、贴近大自然、贴近人民生活的质朴的才子。歌德将自然才子划分为自然诗人和自然散文家两大类，自然诗人（Naturpoet）有白铁匠格吕贝尔（1736—1809）、砖瓦匠希勒（1778—1826）、文书巴布斯特（1741—1800）、农夫黑贝尔（1760—1826）和残疾人菲尔恩施坦（1783—1841），自然散文家（Naturprosaist）则有图书馆勤杂工萨克瑟（1762—1822）、鞋匠施托伊贝（1747—1795）和水手内特尔贝克（1738—1824）等。由此可见，歌德所说的自然才子实际上都是出身于平民的平民文学或民间文学创作者。

歌德认为自然才子对大自然和现实生活有直接的感受力，他们更贴近生活的自然状态，能用平易质朴的语言来表达纯真的情感和直率的思想，他们的作品在内容上浅显易懂，在形式上生动活泼，但他们的技巧不够精湛，思想流于肤浅。歌德在《德国的自然诗人》（1823）等文章中称赞了自然才子们素朴的才华："一般说来，我们的自然诗人天生就有韵律方面的才能……他们具有忠实地把握他们最接近的各种环境的能力，他们懂得如何轻松而又准确地描绘广为流行的各种性格、习惯、习俗；他们的作品，像所有原始诗作一样，具有反对教诲、反对说教、反对劝善的倾向。"[③] 他认为自然才子们创作的"朴素文学"（naive Poesie）是矫揉造作

---

① 歌德：《论文学艺术》，范大灿等译，第 182 页。
② 艾克曼：《歌德谈话录》，杨武能译，第 15 页。
③ 歌德：《论文学艺术》，范大灿等译，第 282 页。

的现代世界里的一朵奇葩，其作品"清晰，乐观，纯净，犹如一杯清水"。① 由于朴素文学具有贴近现实世界的客观性，因此它是对主观的浪漫派的挑衅和有效的纠正，它代表了文学发展的新方向，歌德写道："所谓的自然诗人就是那些生气勃勃的、具有新的挑衅性的才子，他们与这个过于有文化的、停滞不前的、矫揉造作的艺术时代相对峙。他们免不了肤浅，因此我们把他们称作退步者；但他们具有再生性，能促成新的进步。"②

歌德认为当时的文学家和艺术家要发展他们的才华，就必须独立于软弱主观的时代。他将浪漫派作家布伦塔诺（1778—1842）等人称作"中等才华"的诗人，他们受制于主观的时代精神，又不向前辈大师学习，而仅凭自己的中庸之才闭门造车，结果沦为半吊子。1808 年 10 月 30 日，歌德在致作曲家策尔特的信中对布伦塔诺等人作出了如下评价："维尔纳、厄伦施莱格尔、阿尔尼姆和布伦塔诺等人不断地工作，不停地搞文学；但是他们的所有作品既无形式，亦无特征。他们不理解自然和艺术的最高的和唯一的活动就是塑造形象并使形象特殊化，以便每部作品都成为具有特殊意蕴的作品。由于贪图个人的安逸而对自己的才华放任自流，这并不是艺术；才华必须得到提升。"③

歌德主张文学家独立地发展自己的才华，反对才子倚仗党派扬名。1831 年 5 月 2 日，他在和艾克曼的谈话中批评才子伯尔纳（1786—1837）与政治结盟："伯尔纳是个才子，党派仇恨成了他利用的同盟力量；不依靠这个力量，他就不可能产生影响。"④ 与政治化的作家伯尔纳相反，自足自立的贝朗瑞和梅里美"是大才子，有着自身的基础，可以摆脱时代的思想方法而自我保全"。⑤

歌德在强调文学家应顺应自己的天性来发展自己的才华的同时，还建议文学家最好要学一门造型艺术或手工艺，以培养自己的规则意识和拓展自己的能力。1832 年 3 月 17 日，他在致威廉·封·洪堡的信中写道："一门手工艺或一门艺术有助于有规则地提升一个人的天赋，他越早意识到这

---

① Goethe-WA，Abt. I，Bd. 40，S. 308f.
② Goethe-HA，Bd. 12，S. 499.
③ Goethe-WA，Abt. IV，Bd. 20，S. 192.
④ 艾克曼：《歌德谈话录》，杨武能译，第 314 页。
⑤ 同上书，第 128 页。

一点，就越成功；他从外界所接受的东西无损于他天生的个性。最明智的天才善于接受和吸收一切，这无损于他的本性和性格，相反还会极大地提高他的天资并使他获得新的可能性。"① 而歌德本人也得益于造型艺术（尤其是绘画），因为造型艺术训练了他的眼睛，提高了他的观察力和文学创作的形象性与客观性。

　　歌德认为最伟大的文学家和艺术家都出自中产阶级，因为中产阶级的艺术家懂得节制，知道用规则来约束自己的主观意志，而大贵族出身的文学家和艺术家往往由于为所欲为和狂放不羁而毁了自己的才华。在 1825 年 2 月 24 日与艾克曼的谈话中，歌德指出贵族出身的大才子拜伦由于恣意妄为而陷入无数的纠葛之中，从而阻碍了他的才华的充分发挥："身居英国上议院议员的高位，对拜伦十分不利，因为任何才子都要受外界的影响，更何况出身又如此高贵、家资又如此豪富的才子。中等的家庭环境，对于一位才子要有利得多；所以我们也发现，伟大的艺术家和诗人全都出自中层阶级。拜伦那样地不知节制，要是出身低一点，家产少一点，也就远远不会那么危险。"② 长篇小说《威廉·迈斯特的学习年代》（1796）和《威廉·迈斯特的漫游年代》（1829）这两部有内在关联但创作于不同时期的小说体现了歌德的人才观的合乎时宜的转变：从古典文学时期追求个人的自我实现的全才发展为适应工业化社会的专才。

　　德语"天才"（Genie）一词指的是卓越的创造才能，即超凡的、创造性的智力。天才观在歌德的美学思想中占有相当重要的地位。青年歌德持有一种极端的天才观，他片面推崇主体的扩张、内心的激情和自由的想象力、内在法则、自然和独创以及艺术的自主和自我立法，这种偏激的天才观在他于狂飙突进时期撰写的文章《纪念莎士比亚命名日》（1771）、《论德国的建筑艺术》（1772）和组诗《伟大的颂歌》（1772—1777）中得到了集中的表述。晚年歌德则趋于保守和中庸，他用客观性、理性、集体性、历史性和后天性来平衡早年的主观性、非理性、个人性、独创性和先天性，从而构建了一种折中主义的天才观，这种折中的天才观主要见于艾克曼辑录的《歌德谈话录》。

　　歌德晚年的天才观受到了柏拉图、艾迪生、扬格、赫尔德和康德等人

---

① Goethe-WA, Abt. IV, Bd. 49, S. 281.
② 艾克曼：《歌德谈话录》，杨武能译，第 75 页。

的影响。早在 1769 年，歌德就阅读了克勒翻译的柏拉图对话《斐多篇》。1800 年前后，他研读了《申辩篇》、《会饮篇》、《斐德若篇》、《书简》、《蒂迈欧篇》和《伊安篇》。在短文《柏拉图作为基督教启示的同路人》（1826）和残稿《柏拉图在自然研究和医学领域的学说》（1828）中，歌德评价了时人对柏拉图的接受。尽管柏拉图的理念论与歌德的现象直观迥然有别，但是歌德终生都把柏拉图视作古希腊文化的权威，他尤其赞赏柏拉图的综合能力和丰富的思想。柏拉图的"神赋灵感"说和他所转述的苏格拉底的"精灵"说对歌德的天才论产生了深远的影响。柏拉图在《伊安篇》等著作中指出：诗歌创作靠的不是专业技艺知识，而是靠灵感，文艺创作的才能来自神赋灵感，即诗神凭附到诗人或艺术家身上，使他处于迷狂状态，把灵感输送给他，暗中操纵着他去创作文艺作品。简言之，文艺创作全靠神力，诗人只是诗神的传声筒而已。

歌德在莱比锡大学学习期间读过英国文艺批评家艾迪生（1672—1719）主编的《旁观者》日刊。1765 年 12 月 7 日，歌德在致妹妹柯内莉亚的信中写道：他对英国文化的了解得归功于艾迪生的这本刊物。艾迪生明确提出天才是自然赐给诗人的天赋，是诗人与生俱来的作诗能力，是创造最伟大的诗作的必要条件和充分条件。在《旁观者》日刊（1711—1712）中，他把天才区分为自然天才（即生就的天才）和人为天才（即造就的天才）。他说：自然天才是"人中奇才，只凭自然才华，不需求助于任何技艺和学识，就创造出荣耀当时、流芳后世的作品"，[1] 人为天才则"按照规则行事，他们的自然天赋的伟大臣服于人工的修正和控制"。[2] 他认为自然天才和人为天才的区别就好比自然生长的植物和人工修饰的花园植物之间的区别。

歌德在狂飙突进时期就读过英国诗人扬格（1683—1765）的作品。扬格采纳了哲学家夏夫兹博里真正的"诗人其实是第二个造物主"的思想，并将它发展成独具特色的有机论美学。扬格在构思他的天才观时彻底放弃了启蒙主义的教育工具论，他认为天才就是天生的心灵能力，是固有的知识，并且以植物来比喻天才。他从有机论（organicism）的角度，用植物的自然生长过程来说明天才的独创性。他彻底改写了亚里士多德的模仿说：

① 艾布拉姆斯：《镜与灯》，郦稚牛等译，北京大学出版社 2004 年版，第 228—229 页。
② 同上书，第 229 页。

艺术不应该具体地模仿现实的或可能的自然，而应该模仿自然的自我创造过程。在《试论独创性作品》（1759）一文中，他将天才的心灵比喻成一块肥沃的土地，这块土地能够自然地生长出有独创性的作品。他写道："一部创新之作可以说具有植物的性质；它是从那孕育生命的天才的根系上自然长出的；它是长成的，而不是制成的。模仿之作则往往是一种人工产品，它们是由那些机械大师，以其手艺和劳作，用原本不属于它们的那些事先存在的素材造成的。"① 青年和晚年歌德均以自然生长的有机体来比喻艺术作品，他认为真正的艺术作品是精神的创造物，是在天才的心灵中自然长成的有机整体。晚年歌德尤其反对艺术家模仿"低级的、现实的自然"，他要求艺术家模仿"能生的自然"，要以具有内在创造力的大自然为楷模，以精神能力将各种成分融合成一个虚幻的有机整体。

德国思想家赫尔德是歌德最重要的精神导师，他对歌德在思想和艺术上的成长与发展发挥了持久的、启发性的影响。1770 年 10 月，歌德在斯特拉斯堡与赫尔德相识。在《诗与真》第二部（1812）第十卷中，歌德将他与赫尔德的结识和交往称作给他"带来极重大的结果的、最有意义的事件"。在扬格的启发下，赫尔德在《莎士比亚》（1773）等文中阐发了自己的天才观。他重申了扬格的自我创造的独创性天才观念，并且把扬格式的莎士比亚崇拜引入德国。赫尔德以植物为原型来说明一种艺术形式是在其自身的时间地点的土壤中产生的，例如莎士比亚的戏剧就是从其特定的时代环境和民族文化环境中生长出来的，这种生长的产品是一个有生命的整体。赫尔德的独到之处在于他剔除了传统的灵感型天才理论中的宗教因素，转而对灵感进行了心理学的分析。在《论人类心灵的认识和感觉》（1764）一文中，他明确指出艺术家的个人才能和无意识（das Unbewußte）是天才的构成因素。在《论语言的起源》（1772）等论文中，赫尔德的天才观突破了个人的界限：诗人运用的自然材料是母语，而在母语中所体现的民族特性和民族精神（Volksgeist）就是天才，在此独创性天才变成了民族作家。

康德对晚年歌德的影响也是不容忽视的。在 1827 年 4 月 11 日的谈话中，歌德对艾克曼说道："如果你将来想读一点康德的著作，我介绍你读《判断力批判》，在这部著作里，康德对雄辩术的论述非常精彩，对诗歌的

---

① 艾布拉姆斯：《镜与灯》，郦稚牛等译，第 242 页。

论述还可以……我也研究过康德，而且获益匪浅。"① 在《判断力批判》第 46 节"美的艺术是天才的艺术"中，康德从词源学的角度出发，对"天才"进行了双重的定义："天才就是天生的心灵禀赋（ingenium），自然通过它为艺术提供法则……因此天才这个词也有可能派生于护身精灵（genius）一词，护身精灵即特有的、与生俱来的保护和引导一个人的那种精灵，那些独创性的观念就来源于它的灵感。"② 康德认为天才是一种天赋（ingenium），即艺术家天生的心灵禀赋（Gemütsanlage），也就是以一定的比例结合起来的想象力和知性。他说自然通过天才为艺术立法，他所说的"自然"指的并不是作为物质世界的大自然（朱光潜先生将自然理解为自然界的规律③显然有误），而是天才的自然禀赋（Naturgabe，即天赋），即天才天生就能协调自由的想象力和知性，能把两者以一种幸运的比例结合起来，创造出非认识性的审美意象。"自然"一词指的是天赋，康德在第 47 节里说得非常明确："自然禀赋必须为艺术（作为美的艺术）提供规则。"④ 除先天性之外，康德认为天才还具有神秘性，即天才的灵感来自他的护身精灵（genius）或守护神，拉丁文 genius 一词指的是一个人、一个地方或一个社会的护身精灵或守护神，例如在《申辩篇》中苏格拉底说他有护身精灵，古罗马人则将战神玛尔斯视作罗马的守护神。康德认为天才在诞生时就有一个护身精灵或守护神，天才的灵感即来自这一精灵或神。康德的天赋论和精灵说（源于苏格拉底和柏拉图）对晚年歌德的影响相当深巨。

在《判断力批判》第 65 节"作为自然目的之物就是有机物"中，康德谈到了自然与艺术的类似。他发现动植物的生长有其内在的"自然目的"（Naturzweck）。自然目的就是一物的自我相关，例如一个植物的各部分构造与其生命活动之间的关系、各个部分之间的关系、部分和整体之间的关系等等，都显示出一种有机联系，都互相依存，互为因果，都互为目的和手段。总之有机体是朝着其本身固有的目的而生长的，自然产品是有组织和自组织的存在者，它自身就具有一种形成力。接着康德指出了自然

---

① 艾克曼：《歌德谈话录》，洪天富译，第 253—254 页。
② Immanuel Kant, *Kants Werke Bd. V Kritik der praktischen Vernunft Kritik der Urteilskraft.* Berlin：Walter de Gruyter& Co. , 1968，S. 307 – 308.
③ 朱光潜：《西方美学史》下卷，第 386 页。
④ 康德：《判断力批判》，邓晓芒译，第 153 页。

和艺术的类似："一个有机物不只是机器：因为机器只有运动力；而有机物则在自身中具有形成力，而且这样一种力把它传给不具有它的那些质料（把它们组织起来）……自然的美由于它只有在与关于对象之外部直观的反思的关系中、因而只是因为表面的形式（Form）才被赋予了对象，它就可以正当地被称之为艺术的一个类似物。"① 康德的这部杰作发表之后，受到了歌德的好评，他非常赞同康德将自然与艺术进行类比，他在《出征法国记》（1822）一书中写道："康德想要表明的是：应该把艺术作品看成自然产品，并把自然产品当做艺术作品。"② 康德关于"自然目的"和有机化的"形成力"的论述启发和促成了歌德的有机论美学的形成。但是康德的"自然目的"概念只是对有机体的自身运动发展的一种主观猜测（他自己也承认这个概念并不是知性的基本概念），并且他也没有明确指出天才的艺术作品是在天才的心灵中有机生长的结果。歌德则完全肯定了内在的自然目的就是有机体的属性，并且把天才的艺术作品视作类似于自然产品的、有机的精神产品，从而建构了他的"有机的生长"的思想。

德国学者约亨·施密特（Jochen Schmidt，1938— ）认为晚年歌德提倡传统、技艺和集体意识，彻底放弃了他早年所主张的独创性、天赋和个性："老年歌德坚决反对天才崇拜和独创性崇拜。《威廉·迈斯特的漫游年代》就是最重要的佐证……在《漫游年代》中起作用的不是伟大的个人，而是集体，不是自主地、无目的地进行创造的天才艺术家，而是造福于社会的手艺人。受到推崇的不是独创性，而是对各种现有力量的组织。"③ 笔者以为集体主义的确是这部小说的主题之一，但老年歌德并没有否定个性、个人的才能和独创性，他认为个人离不开集体，集体也离不开个人，他要在集体性与个性、传统与创新之间寻求平衡。施密特的观点有些偏颇，歌德在《漫游年代》（1829）中并未反对天才的独创性，他写道："天才是本人天赋的真实与伟大在不受拘束的痛苦磨练中的发展，拜伦阁下就是这样的天才。"④ 在《格言与反思》（1829）中，歌德更加明确地褒扬独创性的天才："具有伟大思想的天才力图走在时代的前面；顽固的才

---

① 康德：《判断力批判》，邓晓芒译，第 226—227 页。

② Goethe-HA, Bd. 10, S. 287.

③ Jochen Schmidt, *Die Geschichte des Genie-Gedankens*. Heidelberg：Universitätsverlag Winter, 2004，Bd. 2, S344f.

④ 《歌德文集》（3），关惠文译，人民文学出版社 1999 年版，第 295 页。

子则常想拖住时代的后腿。"① 老年歌德是一位折中主义者，他要用传统、技艺和规则来制约自由的想象力和任意的纯主观的独创性。在《漫游年代》中，他借奥多亚德之口说道："正是严格的艺术（指手艺——引者注）应该成为自由的艺术的榜样，甚至应该力图使自由的艺术相形见绌……虽然每门艺术都有自己的内在规律，但不遵守这些规律也不会给人类带来什么损失；而严格的艺术决不允许违背自己的规律……自由的艺术必须提防学究气和墨守成规，严格的艺术必须提防思想贫乏和马虎从事。"② 在1824 年 5 月 2 日和艾克曼的谈话中，歌德倡导一种青出于蓝式的独创性，即在继承伟大遗产的基础上进行创新，类似于刘勰所说的"通变"。

老年歌德在《歌德谈话录》中表达的天才思想既有对前人的继承和发挥，又有自己的创见。他的天才观的内容非常宏富，融先天的创造天赋和后天的努力、神赐灵感和技艺学识、身体和精神、理性和非理性等对立的因素为一体。

首先歌德认为天才是一种卓越的创造天赋（Naturell），天才诗人对人的内心世界和人物性格的认识是天生的，无须有很多经验和由大量经验得来的认识就可以对人的内心世界进行描绘。在 1824 年 2 月 26 日的谈话中他指出：天才是一种天生的心灵素质，对于诗人而言内心世界是固有的。歌德说道："爱与憎，希望与绝望，不管你把这些内心的情况和激情叫做什么，这整个领域是诗人生来就有的，他可以成功地把它描绘出来。"③ 这种天生的心灵素质用现代医学和文艺学术语来表达，其实就是敏感（Sensibilität）。

歌德认为预感（Antizipation）也是天生的，天才作家无须经验，只需通过预感就能认识世界，但是作家所描绘的对象和作家的个性与才能有某些类似，预感才可以起作用。他说道："我写《葛兹·封·伯利欣根》时才是个二十二岁的青年，十年之后，我对我描绘的真实还感到惊讶。众所周知，我并没有见过或经历过这样的情况，所以我想必是通过一种预感才认识到各种各样的人物情境的。"④ 这种预感其实就是柏格森所说的非理性的直觉。但歌德并没有否认对现实世界的理性认识和掌握渊博的知识。在

---

① Goethe-HA, Bd. 12, S. 472.

② 《歌德文集》(3)，关惠文译，第 413—414 页。

③ 艾克曼：《歌德谈话录》，洪天富译，第 65 页。

④ 同上书，第 64 页。

1828 年 10 月 3 日的谈话中，歌德说道："瓦尔特·司各特通过毕生的研究和观察，以及对日常生活里最重要的社会情况的详细讨论，获得了有关现实世界的广博的知识。所以他笔下的人物和事件不仅可信，而且栩栩如生。这应该归功于他的伟大的才能和渊博的知识！"①

歌德认为天才是天生的心灵素质，但天才要以强健的体魄为基础。在 1831 年 2 月 14 日的谈话中他说道："才能当然不是遗传的，不过要有一种非常好的身体基础，一个人是头胎生的还是晚胎生的，是父母身强力壮时生的还是父母年老体弱时生的，并不一样。"② 在 1827 年 10 月 7 日的谈话中歌德盛赞诗人福斯："他的一切都是健康而结实的，所以他与古希腊人的关系不是矫揉造作的，而是非常自然的，对我们这些人产生了顶好的结果。"③ 歌德褒扬身心健康的天才，但他似乎忘记了还有另一种类型的天才——德国浪漫派式的病态的乃至疯狂的天才。在 1828 年 3 月 11 日的谈话中，歌德强调了健康的身体能支持天才持续的创造力，并且认为发挥天才要有令人神清气爽的环境气氛（例如水和清新空气），甚至酒精也能刺激人的创造力。

歌德认为天才是一种创造力和持久的影响力（fortwirkende Kraft），这是他在天才问题上的真知灼见。在 1828 年 3 月 11 日的谈话中，他对艾克曼说道："天才和创造力很接近。因为天才不过是那种能够将自己创造的业绩在上帝和大自然面前显示的创造力，因此天才这种创造力是产生结果的，长久起作用的。莫扎特的全部音乐作品就属于这一类；他的作品里蕴藏着一种生育力，一代接一代地继续起作用，取之不尽，用之不竭……缺乏启发性的持久影响的人，就称不上是天才。"④ 歌德非常重视影响，德国诗人戈特利布·希勒（1778—1826）在歌德时代红极一时，但是他对其他作家缺乏影响，因此歌德否认他有天才，而称他为"训练有素、可惜缺乏个性的诗人"。关于衡量创造力的标准，歌德不太注重多产，他看重的是质量和启发性的持久影响。

创造力指的是创造新知识、新概念、新思想、新形象、新方法和新业绩的能力。歌德把创造力分为两种：艺术家的创造力和实干家的创造力。

① 艾克曼：《歌德谈话录》，洪天富译，第 345 页。
② 同上书，第 529 页。
③ 同上书，第 303 页。
④ 同上书，第 322—323 页。

他说道:"写诗和戏剧只是一种显示创造力的形式。此外还有一种做出业绩的创造力……天才与所操的哪一行哪一业无关,各行各业的天才都是一样的。不管是像奥肯和洪堡那样显示天才于科学,像腓特列大王、彼得大帝和拿破仑那样显示天才于军事和国家行政管理,还是像贝朗瑞那样写诗歌,实质都是一样的,关键在于是否有一种思想,是否有一种通览事物的能力,以及所成就的事业是否具有持久的生命力。"① 据此歌德把天才分为艺术天才和科学天才以及社会实践天才,这些天才的新思想、新发现和新业绩都具有持久的影响。歌德的天才观不同于康德。康德只承认艺术天才,他认为艺术不同于科学,也不同于手工艺,艺术不能按某些既定的规则如法炮制,也不能由逻辑推理而产生,单纯的"学而知之"的才能无法创造美的艺术作品,艺术的动因乃是受之于天的神秘的天才。

歌德的天才论还采用了亚里士多德的概念"隐德来希"(Entelechie)。亚里士多德用该词指事物自身的目的,在质料中变为现实的形式,或有机体内的、推动该有机体发育和完善的动力。莱布尼茨认为隐德来希就是"单子",就是灵魂。歌德继承和发展了这两位哲人的思想,他用"隐德来希"一词来指人的独特的性灵,先天的个性,顽强的本性,而本性就是推动自我发展和促使自我完善的内在动力。1830 年 3 月 3 日,他在和艾克曼的谈话中说道:"个体的倔强和人总是摆脱那些与自己不相适应的东西,这种现象证明了隐德来希的存在。"② 他认为普通人的隐德来希较弱,而天才的隐德来希(即个性)较强。在 1828 年 3 月 11 日的谈话中,他对艾克曼说道:"任何隐德来希都是一种持久的存在……如果隐德来希较弱,那么它就会丧失对身体的控制力,换言之,身体就会居于支配地位,而隐德来希则无法阻止身体变衰老。但是如果隐德来希较强,就像所有的天才人物的情况那样,那么它就会使人体充满活力,它不仅能改善人体的组织,增进人体的健康,而且能使人的精神占优势,从而使人永葆青春。"③

歌德认为隐德来希就是"性灵"(个性),他按照强弱的程度来划分隐德来希的等级,把强烈的隐德来希称作"魔性"(das Dämonische)。"性灵"人皆有之,而"魔性"则主要体现在少数天才人物(尤其是优秀的艺

---

① 艾克曼:《歌德谈话录》,洪天富译,第 322—323 页。

② Johann Peter Eckermann, *Gespräche mit Goethe*. Berlin und Weimar: Aufbau-Verlag, 1982, S. 345.

③ Ebd., S. 583.

术家和政治领袖）身上。歌德所说的"魔性"指的是存在于人身上或大自然中的一种不受阻碍的能量，这种能量可以激励人的心灵和精神，从而激发人的创造力。通俗地讲，"魔性"就是强烈的个性，就是过度的激情，就是旺盛的生命力、极端的自我扩张欲、过度的生命冲动和行动欲以及艺术上的创造欲。在1831年3月2日的谈话中，歌德指出"魔性人物"都是精力充沛的天才。在《托尔夸托·塔索》一剧中，歌德借塔索之口，说明"魔性"能够激动人的心灵，引发人的创造力。①

　　柏拉图在《申辩篇》中指出：诗人写诗靠的不是智慧，而是靠灵感。在《伊安篇》中他具体说明了灵感乃是神赋灵感，它来自诗神。歌德秉承了柏拉图的"神赋灵感"说，他也认为最高级的创造力是神赐的。在1828年3月11日的谈话中，他说道："任何最高级的创造力，任何重大的发现、发明，任何能结出果实和产生影响的思想，都不在任何人的掌握之中，而是超乎于所有尘世力量之上。凡此种种，人只能看作是不期而遇的上天赐予，看作是纯粹的上帝的孩子，只能怀着感恩的喜悦去迎接它们，敬奉它们。这类似于精灵的情况，它无比强大，想把人怎么样就怎么样，人无意识地（bewußtlos）受其摆布，却以为在自主行事……例如莎士比亚写《哈姆莱特》的最初灵感，就纯粹是上天的赐予。"② 歌德的这种有神论是苏格拉底的精灵附体和柏拉图的神赋灵感说的老调重弹，但他所提到的无意识似乎能给现代人以启发。在1801年4月3日致席勒的信中，歌德说得更加明确："我相信，天才作为天才所做的一切，都是无意识的结果。天才人物经过深思熟虑，抑或出于信仰，也能凭理智行动，但是，凡此种种，都只能是第二位的。"③ 精神分析学派和原型批评认为，创造性的灵感来自个人无意识和集体无意识，人的心理经验长期沉淀在无意识深处，一旦受到形象的激发，就会从无意识中涌现出创造性的灵感。笔者认为，除了无意识之外，灵感主要来自现实生活和创作实践，它是艺术家的生活经验、创作经验、知识和思想长期积累的结果，它或是在外物的刺激下出现，或是在注意力转移致使紧张思考的大脑得以放松的瞬间突然出现，成为一种看起来像神秘的顿悟的、创造性的突发奇想。

---

① 《歌德文集》（7），钱春绮等译，人民文学出版社1999年版，第530页。
② 艾克曼：《歌德谈话录》，杨武能译，第177—178页。
③ Schiller und Goethe, *Briefwechsel zwischen Schiller und Goethe.* Jena: Eugen Diederichs, 1910, Bd. 2, S. 403.

歌德在强调天赋、神赐灵感和无意识的同时，他并没有否定后天的努力和学习、习得的规则和技巧以及理性的布局。在 1826 年 12 月 13 日的谈话中，歌德认为艺术家不能仅凭天赋随意创作，而必须向名师学习。在 1832 年 2 月 17 日的谈话中，歌德以米拉波和自己为例，说明天才应向前辈、同辈和人民群众学习，尤其要善于吸取群众的智慧。他说："我们全都是集体性人物，您愿意也罢，不愿意也罢。要知道，我们真正能称作我们自己固有的东西，财产也好，品格也好，是何其少啊！我们全都需要吸取和学习，既要向先辈们学习，也要向同辈们学习。即使是最伟大的天才吧，如果完全凭借自己的天赋，也不会有大的出息……我的作品决不能仅仅归功于我个人的聪明才智，而是要归功于千千万万我以外的其他人，是他们给我提供了写作的素材。"① 在 1825 年 4 月 20 日的谈话中，歌德批评了青年艺术家的浮躁之风，主张年轻人应向大师学习，提高自己的创作技巧。在 1828 年 3 月 11 日的谈话中，他指出除了神赐灵感之外，还有一种人工创造力，即理智的布局能力。他说："这种创造力已经容易受尘世的影响，也已经更多地为人所掌握，尽管在此他仍发现有理由对某些神的影响表示敬畏。完成某个计划所必需的所有手段，一个终点已然明朗的思想链条的所有中间环节，一件艺术杰作的可见形态的所有组成部分——它们我统统归之于创造力的这一范畴之内。"②

艾迪生、扬格和赫尔德等人均以植物来比喻天才。赫尔德在《论人类心灵的认识和感觉》一文中写道："我之所以有现在，乃生长而成。我像一棵树一样生长：树芽是原本存在的。"③ 在赫尔德等人的影响下，歌德建立了他自己的有机论（Organizismus）美学。早在 1772 年，歌德就将艺术作品比喻成自然的有机体，他在《论德国的建筑艺术》一文中写道：哥特式建筑是在天才的心灵中长成的有机产物，天才是这样一种人物，"从他的灵魂中产生了各个部分，这些部分连生在一起，成为一个永恒的整体。"④ 在《论艺术作品的真实性和或然性》（1797）一文中，歌德将艺术创造视作心灵中的一种自然生长过程，他写道："一部完美的艺术作品是精神的作品，在这个意

---

① 艾克曼：《歌德谈话录》，杨武能译，第 323—324 页。
② 同上书，第 178 页。
③ 艾布拉姆斯：《镜与灯》，郦稚牛等译，第 224 页。
④ Goethe-HA, Bd. 12, S. 9.

义上，它也是自然的一个作品。"① 在书评《动物学哲学原理》（1830/1832）中，歌德明确提出了生物学上的有机论，并将艺术品比作自然界的有机体："和在自然研究中一样，在艺术领域使用'构成'一词也是贬损性的。生物的各种器官并不是作为事先的成品而组装在一起的，它们相互关联，相互依赖，共同生长成一个必然的、有机的整体性存在。"②

在 1831 年 6 月 20 日与艾克曼的谈话中，歌德认为天才的作品是有机的生长（das organische Wachstum）的结果，它是自然地长成的，而不是机械地构成（Komposition，即组装）的，天才的作品是有生命的，它是从根基上自然地生长的，是在天才的心灵中长成的有机整体。在同一天的谈话中，歌德反对自然科学研究中的分析法和机械论，赞成综合法和有机论，并用有机论来说明天才的作品。他说道："法国人用 Komposition 这个词来表达自然界的产品，也不恰当。我用一些零件来构成一部机器，对这样一种活动及其结果，我当然可以用 Komposition 这个词。但是如果我想到的是一个活的东西，这个有机的整体的各个部分都贯穿着一种共同的灵魂，那么就不能用 Komposition 这个词了……怎么能说莫扎特构成他的乐曲《唐璜》呢？构成——仿佛这部乐曲像一块糕点或饼干，用鸡蛋、面粉和白糖掺合起来一搅就成了！它是一种精神的创造物，其中部分和整体都是从同一个精神熔炉中熔铸出来的，而且部分和整体都充满了生命的气息。"③

在 1827 年 5 月 3 日的谈话中，歌德提到了赫尔德及其后继者收集民歌，其宗旨是以自然素朴的大众口语为文学语言注入活力，并以民歌来弘扬民族特性和民族精神。在赫尔德的"民族作家"观念的影响下，歌德将天才与民族、民族精神和民族文化紧密勾连在一起。他认为经典作家和经典作品所表现出来的优异特性，不是专属于某些个别人物的，而是属于整个民族和整个时代的，伟大的文学家和艺术家是民众和民族文化共同培育出来的，因此文学家和艺术家应该和整个民族同呼吸、共患难，应该成为民族的代言人，他们的作品应该努力表现民族性格和民族精神。在 1827 年 4 月 1 日的谈话中，歌德以高乃依为例，来说明一个伟大的作家应该成为民族作家，他的使命就是表现民族精神和塑造民族英雄。

---

① 歌德：《论文学艺术》，范大灿等译，第 43 页。
② Goethe-HA, Bd. 13, S. 246.
③ 艾克曼：《歌德谈话录》，洪天富译，第 582 页。

从以上的论述中我们可以看出，歌德晚年的天才论是一种杂糅的折中主义，其中最主要的成分是神力、自然和人为。他将神赐灵感和人工技巧、与生俱来的天赋和后天的学习与训练、有机的生长和工匠般的精湛技艺、无意识的涌现和理性的布局以及对规则的有意识把握、直觉式的预感和渊博的知识以及对现实世界的理性认识、精神的创造力和健康的身体以及令人心旷神怡的环境、个性和民族精神、个人的才能和集体的智慧等糅合在一起，汇集成一个博大精深的思想宝库。歌德的言论有很强的互文性，他的天才论承袭了柏拉图、艾迪生、扬格、赫尔德和康德等人的思想，其中不乏陈词滥调（神赐灵感之类）和矛盾之处（例如生而知之的预感和后天习得的知识相冲突），但也有不少原创性思想，例如他认为天才应具有持久的影响力，天才都是些集体性人物，魔性能激发人的创造力，还有他对无意识的强调。在 1824 年 2 月 29 日的谈话中，歌德明确指出他的创作灵感来自无意识："我出于一种无意识的冲动努力进行创作，但是我感到我的道路是正确的，我有一根寻矿杖，它会向我指出金子在什么地方。"[①] 由此可见歌德思想的超前性。由于歌德思想的博大和超前，尼采在《人性，太人性了》一书中将歌德称作"伟人"，恩格斯则在《诗歌和散文中的德国社会主义》一文中称歌德为"天才诗人"。

第五节　魔性

　　魔性是理智和理性无法解释的现象……拿破仑绝对是个魔性人物，他具有最高度的魔性，以致几乎再没有谁能与他相比。还有已故的大公爵也是个魔性人物，他精力极其充沛，永不安分，因此对他来说自己的公国是太小了，即使把最大的邦国给他，他仍然会觉得小。这类魔性人物，古希腊人把他们视为半神……魔性以千差万别的方式显现在整个大自然，显现在可见的自然和不可见的自然之中。有些造物完全是魔性的，有些则部分受到魔性影响……在艺术家中间就不乏魔性人物，音乐家中多一些，画家中少一些。帕格尼尼具有高度的魔

---

① 艾克曼：《歌德谈话录》，洪天富译，第 67—68 页。

性，所以演奏起来才出神入化。①

本节题记引自 1831 年 3 月 2 日歌德和艾克曼关于魔性的谈话。歌德所说的"魔性"（Dämonisches）或"灵魔"（Dämon）指的是存在于人身上或大自然中的一种不受阻碍的巨大能量（Energie），这种能量可以激励人的精神，从而激发人的创造力或积极的行动力。从心理学的角度来看，魔性就是由过度的生命冲动所形成的强烈的个性，这种过度的生命冲动既可以表现为积极的创造欲和行动欲，也可以表现为可怕的破坏欲。晚年歌德对这种火山喷发式的无意识的魔性既表示理解，又心怀畏惧，他要求伟人应用理智来控制非理性的魔性，以免像拿破仑那样在莫斯科遭到惨败或像克莱斯特那样自我毁灭。1829 年 3 月 24 日，他对艾克曼说出了下述慧语："人越是卓越，越容易受灵魔的影响，因此他必须时刻留神，别让自己起主导作用的意志误入歧途才是。"② 歌德的天性是调和的，他善于用市民的中庸和清醒的理智来控制他心中的魔性，正如茨威格所言："我把恪守本人规范的歌德看做是那些被过度兴奋所毁的无规范作家的真正对立面，歌德是用天赋予他的凡人意志去遏制天赋予他的魔性力量的，并且使这魔性力量符合自己的目的。"③

一 古希腊的精灵论

作为欧洲的一代诗宗，歌德的思想和创作从古希腊文化中吸取了丰富的养料，他的"魔性"说即来源于古希腊的精灵论（Dämonologie）。古希腊语"精灵"（daimôn）一词的字面意思是"命运的分配者"，它有"神"、"神力"和"命运"④ 等诸多含义。daimôn 一词最早出现在荷马史诗里，它和 theos 一词一样均指"神"，但 daimôn 一词不像 theos 那样正式，其使用频率也低于 theos。赫西俄德在长诗《工作与时日》中使用了 dai-mones 一词，用以指称天神和凡人之间的中介者。他在叙述人类时代神话

---

① 艾克曼：《歌德谈话录》，杨武能译，第 298—299 页。

② 同上书，第 218 页。杨武能教授和李永平研究员将 Dämon 译成"灵魔"，这种译法贴切地揭示了 Dämon 的两面性。

③ 茨威格：《六大师》，黄明嘉译，漓江出版社 1998 年版，第 159 页。

④ Horn，Christoph &Christof Rapp（Hg.），*Wörterbuch der antiken Philosophie*. München：Verlag C. H. Beck，2002. S. 95.

时说道：黄金时代的人类种族死后，宙斯使他们变成大地上善良的"守护神"，让他们来守护必死的凡人。

在凡人的"守护神"这一观念的基础上，赫拉克利特从心理学和伦理学的角度对 daimôn 一词进行了新的阐释，他把"性格"（êthos）视作每个人的守护神。他在残篇《论自然》中写道："人的性格就是他的守护神。"① 德谟克里特则用"灵魂"（psychê）来取代"性格"，他认为有节制、有修养的灵魂能给人带来"幸福"（eudaimonia，此词的字面意思是"好的守护神"）。与赫西俄德等人的"守护神"观念相反，埃斯库罗斯在《波斯人》一剧中将 daimôn 称作给波斯人带来毁灭的"降祸之神。"② 在悲剧的第一场中，波斯信使认为是"报仇神"或天上的恶神唆使波斯国王塞克赛斯发动了萨拉米海战，波斯太后阿托萨也将波斯大军的覆灭归咎于可恨的"厄运"。

公元前 6 世纪盛行于希腊和南意大利的俄耳甫斯教（Orphik）开创了一个不同于荷马和赫西俄德神谱的神谱叙事系统。俄耳甫斯教的创世神话大致如下：原始的宇宙蛋孵出最初的神法那斯（Phanes），宙斯因吞下法那斯而获得了宇宙原理，从而掌握了宇宙的统治权。宙斯和他的女儿佩尔塞福涅交合生下了狄奥尼索斯——扎格琉斯，提坦族撕碎并吞食了狄奥尼索斯。愤怒的宙斯用雷电之火烧毁了提坦族，从他们的灰烬中诞生出了人类。因提坦族吞食了狄奥尼索斯，故人类兼有提坦的邪恶本性和狄奥尼索斯的美好神性。换言之，人类的肉体来自提坦族，灵魂则来自神，神也被称作"精灵"（daimôn），《俄耳甫斯教祷歌》即称狄奥尼索斯为"善心的神"、"永生的精灵"。③ 人的神性灵魂囚禁于坟墓般的肉体之中，人死后灵魂将前往冥府，然后转生到凡人或禽兽身体里。只有奉行苦行、素食和秘仪并保持对灵魂的神性来源的记忆，凡人才能摆脱灵魂的轮回并升入永生的彼岸。俄耳甫斯教对毕达哥拉斯学派、恩培多克勒和柏拉图产生了直接的影响。毕达哥拉斯的门徒们相信在他们的身边有许多"精灵"（daimones），他们甚至能看见这些"精灵"，他们将毕达哥拉斯奉为介于神和人之间的"精灵"，并主张通过戒律、体育、音乐和科学研究来净化灵魂。

① 北京大学哲学系编译：《古希腊罗马哲学》，生活·读书·新知三联书店 1957 年版，第 29 页。
② 埃斯库罗斯等：《古希腊悲剧经典》上册，罗念生译，作家出版社 1998 年版，第 106 页。
③ 吴雅凌编译：《俄耳甫斯教祷歌》，华夏出版社 2006 年版，第 63 页。

恩培多克勒的"精灵"（daimones）一词既指神性的四元素火、气、土、水，也指人的灵魂，灵魂在肉体死亡时就会踏上痛苦的轮回之路，而纯洁的灵魂会再次成为神。

公元前 399 年，雅典法庭判决苏格拉底有罪，罪名之一就是他不信城邦传统的诸神，而信奉他自己捏造的新神——精灵。苏格拉底的"精灵"（daimonion）一词的字面意思是"小神"，苏格拉底用它来指半神或护身精灵。苏格拉底在《申辩篇》中说他之所以不从政，是因为他听到了"一个神性的精灵的声音"①的警告；从小时候开始，他就能听到他的护身精灵的声音，它总是阻止他去做那些有害于他自己的事情，却从不鼓励他去做什么。为了反驳莫勒图斯指控他不信神，他说精灵就是神或神的孩子，相信精灵就是相信神。

柏拉图的"精灵"概念与俄耳甫斯教的灵魂和灵魂转世说紧密相联。柏拉图在《斐多篇》中指出：每个人活着的时候，都有一个支配自己的"精灵"（《斐多篇》107d）。在《蒂迈欧篇》中，他把灵魂最崇高的部分——理性（logistikon）解释为神赋予我们的"神性"（daimôn），神性（即理性）寓于我们的头部，它控制着激情和欲望，如果我们正确地维护理性，那么我们就会在理性趋向神（homoiôsis theô）的巅峰时刻获得至高无上的幸福（《蒂迈欧篇》90a–d）。在《国家篇》第四卷中，柏拉图规定了城邦崇拜对象的等级："诸神（theoi）、精灵（daimones）和英雄（hêroes）"，换言之，精灵就是那些地位低于古希腊众神的小神。在《会饮篇》中，他进一步阐明了精灵的本质：精灵是神与人之间的中介者，他们能够确保神与人之间的交往和沟通；精灵既能裨益人，也能损害人。他写道：埃罗斯（erôs，爱）"是一个非常强大的精灵。凡是精灵都介于神与人之间……他们来往于天地之间，传递和解释消息，把我们的崇拜和祈祷送上天，把天上的应答和诫命传下地。由于介于两者之间，因此他们沟通天地，把整个乾坤联成一体。他们成了预言、祭仪、入会、咒语、占卜、算命的媒介，因为神祇不会直接与凡人相混杂，只有通过精灵的传递，凡人才能与诸神沟通……由于爱是贫乏神与资源神的儿子，所以他命中注定要一直贫困……但另一方面，爱也分有他父亲的禀赋，追求美和善……他

---

① 柏拉图：《苏格拉底的申辩》，吴飞译，华夏出版社 2007 年版，第 113 页。

生来就充满欲望，也非常聪明，终生追求智慧，是玩弄巫术骗人的能手"。①

柏拉图在《会饮篇》中将"精灵"定义为人与神之间的中介者，他拥有巨大的神力，既能助人，亦能害人。柏拉图关于"精灵"的经典论述对老柏拉图学园派、中期柏拉图学园派、新柏拉图主义以及18世纪的德国思想家哈曼、施莱尔马赫和歌德等人产生了深远的影响。犹太教和基督教在与古希腊罗马宗教的斗争中，将异教的众神贬为"魔鬼"。《旧约圣经》的七十子希腊文译本公然宣称："外邦的神都是魔鬼（daimonia），唯独耶和华创造诸天。"②

二 歌德的魔性说

歌德在青年时代就对"魔性"有所觉察，在构思剧本《埃格蒙特》时他已能用形象来表达它。到了晚年，他对"魔性"进行了理论上的探讨，其最深刻、最详尽的阐述见于《诗与真》第二十卷第二章"论魔性"（该章写于1813年4月）。自1813年以来，"性灵"、"魔性"和"精灵"这三个词经常出现在歌德的著述中。这三个词既互相区别，又互相联系。组诗《俄耳甫斯教的古语》中的"性灵"（Dämon）一词指的是隐德来希，即人的天生的个性；《诗与真》第二十卷中的"魔性"（Dämonisches）则指的是旺盛的生命冲动（Lebensdrang）和生命冲动造成的强烈的个性，这种过于旺盛的生命冲动能激发人的创造力或导致自我毁灭；而歌德在致策尔特等人的书信中所提到的"精灵"（Dämonen）则指的是古希腊罗马神话或民间传说中超自然的、神通广大的灵体。

"性灵"、"魔性"和"精灵"这三个词均指的是理性和理智所无法解释的、只可意会不可言传的现象。尽管如此，歌德本人和后世的学者还是对这些神秘现象作了解释。赫尔曼·施密茨对"魔性"概念和"性灵"概念进行了严格的区分，他认为这两个概念毫无关联，"魔性"的特质是偶然和模糊，而"性灵"则指的是人的"必然的个性"，"精灵"指的是

---

① 《柏拉图全集》第二卷，王晓朝译，人民出版社2003年版，第244—245页。
② 楚克尔：《魔性：从埃斯库罗斯到蒂里希》，杨宏琴译，载史忠义主编《国际人类学研究》，百花文艺出版社2006年版，第70页。

"低等的神灵和幽灵"。① 笔者不同意施密茨的观点，歌德的"性灵"当然指的是人的天生的、必然的个性，个性人皆有之，而"魔性"则是强烈的个性，它为人杰所独有，它来自亲代基因的遗传和变异，它也是天生的、必然的，只是看似偶然和怪异而已。卡尔·奥托·孔拉迪认为"性灵"是人与生俱来的、内在的、必然的个性，是"天生的强制，是只能这样的必然性"，而"魔性"则是"那种不明确的、逼迫人的、外在的强力"。② 孔拉迪对"性灵"的理解是正确的，但笔者不同意他对"魔性"的看法，"魔性"是杰出人物内在的、原始的生命力，当这种内在的生命力施加于他人和他物时才表现为外在的强力。

歌德的"性灵"概念主要来自俄耳甫斯教、赫拉克利特、苏格拉底和柏拉图。早在 1770 年，在赫尔德的推荐下，歌德翻阅了哈姆贝格编选的《俄耳甫斯教文献》（1764）。1817 年，他潜心钻研丹麦学者索伊加的神话史著作《论文集》（1817）和德国古典语文学家赫尔曼（Gottfried Hermann，1772—1848）的博士论文《古希腊神话》（1817）。他从自己的生活经验和基本信念出发来解释俄耳甫斯教的思想，创作了组诗《俄耳甫斯教的古语》（1820），以诗与思的语言描述了决定人生的五种基本力量：性灵、偶然、爱情、强制和希望。

在《性灵》一诗中，歌德把"性灵"称作制约人的成长的"法则"和"生生不息发展着的造形"。③ 在短文《关于几首诗的解释》（1820）中，歌德对苏格拉底和柏拉图神秘的精灵说进行了合理的心理学改造，他在解释《性灵》一诗时说道："性灵（Dämon）指的是必然的、与生俱来的、特别的、被限定的人的个性（Individualität），指的是个体区别于他人的性格……我们甚至会承认，天生的因素和特性比所有其他的因素更能决定人的命运……这种固定的、顽强的、自发地发展的本性当然会进入某些关系之中，从而使它的最初的本真性格在影响和兴趣方面受到阻碍，我们的哲学把这种阻碍性的因素称作偶然。"④ 歌德关于"性灵"的这段论述明显受到了赫拉克利特的启发，但他对赫拉克利特所说的"性格"进行了

① Hermann Schmitz, *Goethes Altersdenken im problemgeschichtlichen Zusammenhang*. Bonn：Bouvier Verlag，1959，S. 217.
② Karl Otto Conrady, *Goethe Leben und Werk*. München：Artemis &Winkler Verlag，1994，S. 914.
③ Goethe-HA, Bd. 1，S. 359.
④ Ebd. , S. 403 – 404

细化，他将"性灵"限定为人的先天的个性（即本性），而后天的、环境的影响（即偶然）能对本性进行某种程度的改造。歌德的"性灵"说还采用了亚里士多德的概念"隐德来希"（Entelechie）。亚里士多德用该词指事物自身的目的，在质料中变为现实的形式，或有机体内的、推动该有机体发育和完善的动力。莱布尼茨认为隐德来希就是"单子"，就是灵魂。歌德继承和发展了这两位哲人的思想，他用"隐德来希"一词指人的先天的个性、独特的性灵、顽强的"本性"（die eigentliche Natur），而本性就是推动自我发展和促使自我完善的内在动力。1830年3月3日，他在和艾克曼的谈话中说道："个体的倔强和人总是摆脱那些与自己不相适应的东西，这种现象证明了隐德来希的存在。"[1] 但歌德的"性灵"说还带有占星术色彩，他认为星神和星象决定人的性格和命运。

"性灵"人皆有之，而"魔性"则主要体现在少数杰出人物（尤其是优秀的艺术家和领袖人物）身上。歌德所说的"魔性"指的是存在于人身上或大自然中的一种不受阻碍的能量，这种能量可以激励人的心灵和精神，从而激发人的创造力。通俗地讲，"魔性"就是强烈的个性，就是"强烈的隐德来希"（Entelechie mächtiger Art），[2] 就是旺盛的原始生命力、极端的自我扩张欲、过度的生命冲动和行动欲以及艺术上的创造欲。因其过度而难以控制，"魔性"所引发的创造力有时会突变为可怕的破坏力，从而导致自我毁灭。茨威格将魔性称作"内心的骚动"、烈焰般的激情、"创造之母"和毁灭性的暴力。歌德本人在《诗与真》第二十卷中对"魔性"作出了详尽的解说："他相信在有生命的和无生命的、有灵魂的和无灵魂的自然里发现了某种东西，这种东西只在矛盾中显现出来，因此它不能被容纳在一个概念里，更不能用一个词来表达。它不是神圣的，因为它看上去是非理性的；它也不是人性的，因为它没有理智；它也不是恶魔的，因为它是善意的；它也不是天使的，因为它经常幸灾乐祸。它酷似偶然，因为它表现为无序；它近似于天意，因为它暗含着关联。它似乎可以突破限制我们的一切束缚，它似乎可以随意支配我们生活中的必然因素，它凝聚时间，扩展空间。它像是只喜欢不可能，而蔑视并抛弃可能……我

---

① Eckermann, Johann Peter, *Gespräche mit Goethe in den letzten Jahren seines Lebens*. Berlin & Weimar: Aufbau-Verlag, 1982, S. 345.

② Ebd. , S. 583.

效法古人和那些有着类似感觉的人，把这种东西称作魔性。"① 由此可见，魔性就是过度的生命冲动和积极的行动欲，就是突破一切限制的闯劲，就是知其不可为而为之的进取精神和冒险精神。歌德进一步解释道：魔性是一种不同于道德力量的、非理性的原始生命力，是一种巨大的作用力和吸引人、迷惑人的魅力，它作为纬线（Einschlag）与作为经线的道德力量相交叉，共同编织了人生之布和世界之布。

我们从歌德的著述中能发现魔性的构成成分："自私和妒忌"，② "精力极其充沛和永不安分"（voll unbegrenzter Tatkraft und Unruhe），③ "无限的乐生之心、无限的自信、吸引一切人的魅力"和"个人的勇敢"，④ "只喜欢不可能"，"不同凡响和过度的激情"，⑤ "恼怒和疑心病"。⑥ 茨威格在《同灵魔的搏斗》一书中还加上了一条："疯狂"。⑦ 由此观之，歌德所说的"魔性"既包含积极因素，又包含消极因素，其核心是非理性和无意识，其基本特征是过度和极端。歌德认为能导致创造和毁灭的"魔性"与原始的自然力紧密相联。在 1821 年 4 月 13 日致黑格尔的信中，歌德明确指出魔性类似原始现象："您对我的原始现象学说表明了友好的态度，而我认为原始现象与魔性事物非常相似，您也承认了这种相似性。"⑧ 原始现象（Urphänomen）是歌德的自然观和世界观中的一个基本概念，它指的是可以直观到的、各种类似现象的本质，包括大自然和人的创造力、爱、原始植物、原始动物、形变、磁性、极性与升华等。在此歌德暗示了魔性与创造力的关联。

歌德的魔性说是他的天才论中的一个重要组成部分。他认为天才是一种创造力和持久的影响力。在 1828 年 3 月 11 日与艾克曼的谈话中，他说道："天才和创造力很接近。因为天才不过是那种能够将自己创造的业绩

---

① Goethe-HA，Bd. 10，S. 175 – 176.
② 艾克曼：《歌德谈话录》，杨武能译，第 41 页。
③ Eckermann, Johann Peter, *Gespräche mit Goethe in den letzten Jahren seines Lebens*. Berlin & Weimar：Aufbau-Verlag，1982，S. 405.
④ 歌德：《诗与真》下册，刘思慕译，载《歌德文集》（5），第 836—837 页。
⑤ Goethe-HA，Bd. 12，S. 303.
⑥ Goethe-HA，Bd. 9，S. 87.
⑦ 茨威格：《六大师》，黄明嘉译，第 158 页。
⑧ Hoffmeister, Johannes（Hg.），*Briefe von und an Hegel*. Hamburg：Felix Meiner Verlag，1953，S. 257.

在上帝和大自然面前显示的创造力。"① 歌德把天才划分为艺术天才和科学天才以及社会实践天才，他所推崇的天才人物（莫扎特、拜伦、帕格尼尼、莎士比亚、洪堡、腓特烈大帝、卡尔·奥古斯特大公爵和拿破仑等人）都是典型的"魔性人物"（dämonische Natur）。1831 年 3 月 2 日，艾克曼说拿破仑是一个具有魔性的人物，歌德答道："他绝对是，而且极其严重，以致几乎再没有谁能与他相比。还有已故的大公爵也是个具有魔性的人物，他干劲无穷，永不安分……在艺术家中间就不乏魔性人物，音乐家中更多，画家少一些。帕格尼尼具有高度的魔性，所以演奏起来才出神入化。"② 由此可见，歌德的"魔性"说的核心就是生命冲动（"干劲无穷，永不安分"），就是作为精神性本原的生命意志，是一种带有强烈的行动意志色彩的精神力量，是一种激情喷涌的、不可抑制的创造欲。换言之，"魔性"就是弗洛伊德所说的"本能"（生的本能和死亡本能）或尼采所推崇的"酒神精神"，就是过于丰盈的内在原始生命力，魔性人物由于受旺盛的内驱力逼迫，不得不释放能量，将内在的能量外化为艺术品或政治业绩，齐美尔称之为"主体的客体化"（Objektivierung des Subjekts）。

作为一位对"魔性"有着深刻领悟的伟大作家，歌德塑造了一系列充满魔性的文学形象：浮士德、塔索、埃格蒙特、维特、迷娘、葛兹·封·贝利欣根、俄瑞斯特斯、俄狄浦斯、马卡利亚和奥狄莉。瑞士学者瓦尔特·穆施格将《亲和力》称作"魔性小说"，笔者则效法前贤将歌德的剧本《托尔夸托·塔索》（1790）称作"魔性诗剧"。歌德在诗剧《浮士德》中明确指出浮士德是一位"贪图不可能的人"，③ 而他笔下的塔索也是一位要"完成不可能的事情"④ 的魔性人物。与理智务实的国务大臣安托尼俄相反，塔索是一位易动感情的诗人，他精力充沛，情欲旺盛，不知足，不安分，毫无节制，神经过敏，易怒，疑心重，爱走极端，忧郁直至濒临疯狂。这种火暴的性格就是典型的"魔性"，塔索亦自称为"着魔者"。塔索的"魔性"在剧中主要表现为强烈的创作欲，他说道："我无法抑制这种冲动，它不分昼夜，在我胸中川流不息。如果不让我思想，不让我创

---

① 艾克曼：《歌德谈话录》，洪天富译，第 322 页。
② 艾克曼：《歌德谈话录》，杨武能译，第 299 页。
③ 歌德：《浮士德》，董问樵译，浙江文艺出版社 1992 年版，第 395 页。
④ 歌德：《托尔夸托·塔索》，钱春绮译，载《歌德文集》（7），第 425 页。

作，人生也就不成其为人生。"① 在该剧的结尾，歌德借塔索之口，说明
"魔性"能够激动人的心灵，引发人的创造力。塔索对安托尼俄说道："你
显得坚定而沉着，我却只像那被暴风推动的波浪……强力的大自然，奠定
像你这样的一座岩石，它也给波浪赋予活动的能力。它派遣出暴风，波浪
就奔逃、摇荡、高涨、掀起浪花翻腾。就在这片波浪上，曾经映照过美丽
的太阳，星辰也曾靠在它那优柔起伏的胸膛上休憩。"② 在这段精炼而形象
的自我表白中，自然力"暴风"象征着"魔性"，它能够"推动"（bewe-
gen，此词有"激发"的含义）"波浪"（Welle，暗喻心灵、心潮），而波
浪映照过的太阳和星辰则指的是"心智的果实"——艺术作品。

在 1828 年 3 月 11 日与艾克曼的谈话中，歌德将"魔性"与酒、水和
清新空气并称为"促进创造的力量"。③ 在 1831 年 3 月 8 日的谈话中，歌
德指出了"魔性"在文艺中的主要活动领域："文学里肯定存在着一些魔
性，魔性主要存在于所有的理智和理性都不管用的无意识的（unbewußt）
文学里，所以无意识文学的影响也就超出了理解的范围。类似的情形在音
乐中达到了极致，因为音乐更加高深莫测，完全不容理智靠近它。"④ 由此
可见，歌德是精神分析学派的先驱者之一。但歌德和弗洛伊德的表述有所
不同：歌德认为非理性的魔性能够直接"激发"人的创造力，弗洛伊德则
认为无意识的本能由于受阻而转移其目标、"升华"为艺术创造或文化
活动。

歌德在大体上是一个唯物主义者，但他并未抛弃有神论，他认为人的
命运是由神和"神所派遣的精灵"（gottgesendete Dämonen）决定的。他在
诗剧《浮士德》中就塑造了许多强大的精灵：地灵、爱尔芬和众母等。在
1830 年 11 月 6 日致策尔特的信中，歌德写道："这件事和其他的事都可归
因于到处插手的精灵们的影响。"⑤ 在 1828 年 3 月 11 日与艾克曼的谈话
中，他把拿破仑和拜伦等人的成功和失败归结为"天意"，并认为人是较
高的世界主宰（神和精灵）的工具。在 1831 年 2 月 18 日的谈话中，他认
为"魔性"来自精灵的"较高的影响"，恰似苏格拉底所说的精灵附体。

① 歌德：《托尔夸托·塔索》，钱春绮译，载《歌德文集》（7），第 514 页。
② 同上书，第 530 页。
③ 艾克曼：《歌德谈话录》，杨武能译，第 179 页。
④ 同上书，第 300 页。
⑤ Goethe-HA，Bd. 10，S. 633.

他用神话的口吻说道:"一个人的心情烦闷和心情开朗就形成了他的命运!我们似乎每天都需要精灵用一根襻带牵着走,他怎样说,我们就怎样做,完全听从他的驱使。"① 他把拿破仑和拜伦等魔性人物视作威力无比的"半神"(Halbgötter),并把"除了神自己以外,谁也不能抗神"② 这句箴言用在他们身上。他的神赐天才论有时达到了无以复加的程度,他认为天才的最高级的创造力只能来自神和精灵:"任何最高级的创造力,任何重大的发现、发明,任何能结出果实和产生影响的思想,都不在任何人的掌握之中,而是超乎于所有尘世力量之上。凡此种种,人只能看作是不期而遇的上天赐予,看作是纯粹的上帝的孩子……这近似于精灵的情况,它无比强大,想把人怎么样就怎么样,人无意识地受其摆布。"③ 这种天才神授的观点乃是苏格拉底的精灵附体和柏拉图的神赋灵感说的老调重弹。

综上所述,歌德的魔性说源于古希腊的精灵论,其中既有迷信的糟粕,又有科学(尤其是心理学和遗传学)的因素和创新之处。他认为魔性乃是强烈的生命冲动和行动欲,这种思想对后世的非理性主义产生了深远的影响。尼采在《善恶之彼岸》一书中将浮士德和拿破仑相提并论,他认为浮士德精神就是酒神精神和权力意志,他写道:"歌德既不赞赏'解放战争',也不景仰法国大革命,——促使他重新思考他的浮士德和'人'的全部问题的事件就是拿破仑的出现。"④ 歌德认为"魔性"能激发人的创造力,"魔性人物"乃是潜在的天才,他从心理学和神话的角度对"魔性"进行了解释,这两种异质的视角造成了他的思想的混乱和模糊。与歌德的"魔性"说相比,鲁迅的"摩罗诗力"说则非常清晰,它指的是撒旦式的反抗精神。

---

① 艾克曼:《歌德谈话录》,洪天富译,第321页。笔者依据德文版将洪译的"魔鬼"改译为"精灵"。
② 歌德:《诗与真》下卷,刘思慕译,《歌德文集》(5),第838页。
③ 艾克曼:《歌德谈话录》,杨武能译,第177页。
④ Nietzsche, Friedrich, *Sämtliche Werke*. Bd. 5. München und Berlin: Deutscher Taschenbuch Verlag, de Gruyter, KSA, 1980, S. 185.

第 四 章

艺术的来源——自然

第一节　自然与艺术的关系

在细节方面，艺术家当然必须忠实而虔诚地模仿自然，不得对一头动物的骨骼结构和经络、肌腱位置，做任何随意的改动，损害该动物固有的特性；因为这意味着消灭自然。但是在艺术创作的更高境界，也即在一幅画真正能成为画的境界，艺术家便有了发挥的自由；在这里他甚至可以进入想象的王国……艺术家与自然有着双重关系：他既是自然的主人，又是自然的奴隶。他是自然的奴隶，因为要让别人理解他的作品，他必须以人世间的材料进行创作；但他又是自然的主宰，因为他让人世间的材料屈服于他更高的意图，服务于他的这些意图。艺术家通过完整的东西向世界讲话；可这完整的东西在自然界找不到，它是艺术家自身精神的产物。①

本节题记引自 1827 年 4 月 18 日歌德和艾克曼关于自然与艺术的关系以及自然规律和艺术规律的谈话。"自然"（Natur）一词在歌德的著述中主要有四种含义：它在歌德的文艺美学中指的是"现实"（Realität），即实际存在的、可感知的现象世界，包括大自然和现实生活，有时仅指大自然；它在歌德的自然科学文献中指的是无限的物质世界，即"宇宙"（Weltgebäude），包括地球上的有机界和无机界；它在歌德的文学作品中有时指下层人民"质朴的性情"（natürliches Wesen）和自然素朴的生活方

---

① 艾克曼：《歌德谈话录》，杨武能译，第 147 页。

式；它在特定的语境中指艺术家的"天赋"（Naturanlagen）或人和动物的"天性"。歌德是一位古典现实主义者，他认为艺术来源于自然（即现实），因为作为艺术创作动机的审美情感来自现实生活，艺术家的痛苦和欢乐都是现实生活所引发的，艺术创作的题材亦来自现实生活。1823 年 9 月 18 日，他对艾克曼说道："所有的诗都必须是即兴诗，也就是说，必须由现实为写诗提供诱因和题材。个别特殊的事件，正是通过了诗人的处理，才会获得普遍性和诗意。我自己所有的诗都是即兴诗，都是由现实所引发，在现实中获得坚实的基础。对那种凭空捏造的诗我嗤之以鼻。"① 艺术创作的动因和艺术处理的素材皆来自自然，在细节上艺术家必须忠实于自然和自然规律，这种客观的依赖性使艺术成为自然的奴隶；但自然素材"都是粗糙的质料"，艺术家必须对对象进行选择，即选择那些能表现事物本质的、"有典型意义的"对象，必须对题材进行"感性的处理"和"精神的处理"，必须以自己的精神能力（感性、知性、想象力和理性）来提升低级的、现实的自然，必须赋予质料以一种有意蕴的形式，"把无形式的东西变成活生生的形象"，从而创造出高于自然的、作为审美假象的"艺术真实"，② 由于艺术家能以其心智将自然素材加工成精神性的有机整体，使自然素材为他的"更高的意图"服务，所以艺术又是自然的主人。"更高的意图"（höhere Intentionen）指的是艺术家的"理想，即他要从特殊中显出的一般、世界观和人生观"。③

狂飙突进时期歌德的天才美学由于推崇自我、激情和想象力而带有强烈的主观色彩。魏玛最初十年的实际工作、自然科学研究和旅居意大利时对古希腊罗马艺术的研究使他逐渐走向客观。歌德在意大利旅行的收获之一就是懂得了舍弃（Resignation）。一个人，一个艺术家，在任何情况下都离不开现实，既然生活在现实中就会受到现实的种种制约，因此艺术家必须放弃一些自己的主观要求以适应客观现实。④ 意大利之旅最重大的意义就是它使歌德转向了古希腊，使他确立了以客观、明晰、平衡的古希腊艺术为楷模并创造性地学习古人的古典文学理念。

1787 年 1 月 28 日，歌德在罗马观察古希腊艺术品时认识到了伟大的

① 艾克曼：《歌德谈话录》，杨武能译，第 9 页。
② 歌德：《论文学艺术》，范大灿等译，第 49—55 页。
③ 艾克曼：《歌德谈话录》，朱光潜译，第 278 页。
④ 范大灿主编：《德国文学史》第二卷，第 430 页。

古代艺术家对客观自然规律的尊重："第二种观察只研究希腊人的艺术，它试图研究那些无与伦比的艺术家怎样处理才能从人的形态中发展出神的形象之圆，他们已完美地完成了神像之圆，其中既不缺少主要性格，也不缺少过渡和中介。我推测，他们正是按照我正在摸索的自然规律行事的。"① 这种对古希腊艺术的客观性的认识在歌德第二次逗留罗马时达到了极致，1787 年 7 月 6 日，他在罗马写道："古代艺术家像荷马一样，他们对自然都有深刻的认识，对可以介绍什么和必须怎样介绍，也有确切的了解。只可惜一流艺术品的数量太少。当我们看见这些一流艺术品时，我们就会渴望正确认识它们，然后安静地离去。这些高级艺术品同时又是由人按照真实的自然规律创造出来的最高级的自然产品。一切任意的虚幻之物皆破灭了，存在的只是必然性，只是上帝。"② 古典文学时期的歌德把客观性（惟肖自然）当作艺术的基本原则，他在《〈希腊神殿前厅〉发刊词》（1798）中写道："对艺术家提出的最高要求就是：他应遵循自然、研究自然、模仿自然，并创造出近似自然现象的作品来。"③

古典文学时期的歌德要求艺术家尊重自然规律，模仿自然的细节，要求艺术酷似自然。但他在不断修炼的过程中体会到艺术与自然是不同的，在某种程度上甚至是对立的，艺术与自然各有自己的特性和自身规律，他写道："有一条巨大的鸿沟把自然同艺术分开来，就是天才如无外来帮助也无法跨过这条鸿沟。"④ "鸿沟"指的是自然与艺术的不同乃至对立。在文艺美学领域，歌德的自然观属于彻底的唯物主义，他认为大自然是"没有知觉"的、⑤ 独立于人的意识的客观存在，大自然以其实在的形成力组织实在的有机体；而艺术则含有人为的成分，艺术是艺术家精神性的创造活动，"一部完美的艺术作品是人的精神的作品"，⑥ 艺术家以其内在的精神能力（Geisteskräfte）组织虚幻的有机体。他批评狄德罗"混淆自然和艺术，把自然和艺术彻底融为一体"。⑦ 他指出狄德罗所主张的自然主义是无创造性的复制自然："如果艺术家想拿自己的作品与大自然的产品相提并

---

① 杨武能、刘硕良主编：《歌德文集》第 11 卷，赵乾龙译，第 153 页。
② 同上书，第 362 页。
③ Goethe-HA，Bd. 12，S. 42.
④ 歌德：《论文学艺术》，范大灿等译，第 49 页。
⑤ 歌德：《迷娘曲——歌德诗选》，杨武能译，第 119 页。
⑥ 歌德：《论文学艺术》，范大灿等译，第 43 页。
⑦ 同上书，第 113 页。

论或是取而代之，那么他就活该受辱，他最完美的艺术品，他以精神、勤奋、辛劳换来的果实就应该被人贬得一无是处，应该落到自然产品的地步。"① 他要求艺术家克服简单地模仿自然的自然主义，在贴近自然的基础上以自己的感性、想象力、知性和理性创造出作为审美假象的艺术真实："混淆自然与艺术正是我们时代所遭受的主要病症。艺术家必须知道其力量范围，他必须在自然的范围内建立自己的王国。但是，如果他想融于自然，把自己消解为自然的话，他就不再是艺术家了。"②

歌德认为狄德罗所主张的"按照造物的原样"③ 模仿自然的结果是"自然真实"（Naturwahrheit），即对自然的简单模仿而达到的外部真实，这种简单的模仿者被他贬为"复制者"和傻瓜："傻瓜像猴子一样模仿苏格拉底。"④ 他所推崇的是对自然的"创造性的模仿"。⑤ 创造性的模仿是艺术家在观察自然的基础上以其内在的心智对自然素材进行选择、加工、提炼、改造和概括，从而创造出既实在又虚幻的艺术形象。这种创造性的模仿的结果就是"艺术真实"，即内在真实："内在真实来自一部艺术作品的前后一致。"换言之，艺术必须贴近现实，但不应该，也不可能原样照搬现实，它是艺术家凭其心智对粗糙现实的精神性的提升和凭其想象力对现实的改造，其成果就是现实和幻想相结合的艺术真实。歌德所说的艺术真实包含两个不可或缺的要点——实在性和虚拟性，用他自己的话来说就是"作为美的现实的艺术真实"（Kunstwahrheit als schöne Wrrklichkeit）和"作为美的假象的艺术真实"（Kunstwahrheit als schöner Schein）。⑥

古典文学时期的歌德认为艺术与自然既有相同之处，又有不同之处。他认为自然产品是大自然按照真实的自然规律创造出来的，艺术作品则是艺术家在尊重自然规律的基础上按照艺术规律创造出来的。自然是无感觉的低级的现实，艺术是精神化的高级的现实："大自然所组织的是一个活生生的、无足轻重的机体，艺术家组织的是一个死的，但有重要意义的机体，大自然组织实在的机体，艺术家组织虚幻的机体。观赏大自然的作品

① 歌德：《论文学艺术》，范大灿等译，第 118 页。
② 同上。
③ 同上书，第 113 页。
④ Johann Wolfgang von Goethe, *Werke*. Bd. 7. Wiesbaden: Emil Vollmer Verlag, 1965, S. 614.
⑤ Ebd. , S. 614.
⑥ 歌德：《论文学艺术》，范大灿等译，第 103 页。

时，人们必须投入意义、情感、思想、效果以及对心灵的影响。而在艺术作品中人们想要并且必然会找到这一切"，艺术家"应当哺育、造就并升华精神，这样，艺术家怀着对创造了他自己的大自然的感激之情，奉还给大自然一个第二自然，但这是一个有感情、有思想、由人创造的自然"。①狂飙突进时代的青年歌德在赫尔德等人的影响下早已奠定了"第二自然"艺术观的雏形。在《论德国的建筑艺术》一文中，他将斯特拉斯堡大教堂比作有机的自然产品，它是建筑师施坦巴赫创造性的心灵的产物："从他的心灵中产生了各个部分，这些部分连生在一起，成为一个永恒的整体……我观察它的巨大的、和谐的主体，就像永恒的大自然的产品一样，其无数的细小部分直至最细微的纤维全都生机勃勃，一切皆具形态，一切皆紧密地融为一个整体；这个坚实的巨大建筑物轻盈地高耸入云，它的一切多么通透但又永恒！"② 青年歌德已预感到了伟大的艺术品符合自然的必然规律，他借施坦巴赫之口说出了造型的秘密："所有的主要部分都是必然的。难道你没有见过我们城市所有的更古老的教堂的主体吗？但是我把它们的任意的大小提升为相称的比例。"③

在《茹尔策的〈美艺术〉》（1772）一文中，他认为自然既创造又毁灭，自然万物处于永恒的变化之中，自然物的形态转瞬即逝："我们在自然身上看见的是力量，吞噬性的力量；无物永存，万物都是过眼烟云，千万个萌芽被踏碎，每一瞬间又产生千万个新的萌芽。"④ 与短暂的自然形态相比，人工的物化的艺术形象则是永恒的："艺术恰恰是自然的对立面（Widerspiel）；艺术起源于个人的自保本能，个人借此竭力抵抗自然的破坏力……人通过各种状态强化自己以抵抗自然，回避自然的千万重灾祸，只享受适度的美好。"⑤ 笔者认为歌德所说的源于个人的自保本能的艺术包含有尼采的"日神艺术"的萌芽，尼采认为日神是自我肯定的梦幻之神："日神本身理应被看作个体化原理（principium individuationis）的壮丽的神圣形象，他的表情和目光向我们表明了'外观'的全部喜悦、智慧及其

---

① 歌德：《论文学艺术》，范大灿等译，第113—116页。
② Goethe-HA, Bd. 12, S. 9 – 12.
③ Ebd. , S. 11.
④ Ebd. , S. 18.
⑤ Ebd.

美丽。"①

　　古典现实主义者歌德要求艺术"既是自然的同时又是超自然的",② 即艺术的来源和再现对象是自然,艺术必须贴近自然,艺术形象必须近似自然物的客观形态和生活形象,但艺术品是由人创造出来的"精神性的有机体",③ 是艺术家以"最高的精神能力和最娴熟的技巧"④ 创造出来的"第二自然",因此艺术又超越了自然。艺术和自然的相同之处在于它们的创造性和规律性,自然以其"形成力"(Bildungstrieb)按照自然规律创造自然物的形态,艺术则以由艺术家个性决定的"创造力"(bildende Kraft)⑤ 在尊重自然规律的基础上按照艺术规律创造艺术形象。但自然物的形态是不稳定的和短暂易逝的,艺术形象则是固定的、永恒的。

　　歌德是生物"形态学"的创始人,形态学是研究生物体的外部形状、内部构造及其变化的科学。歌德的形态学实质上是"形变学",他认为自然始终处于生生不息的变化过程之中,不断地形成和变形是自然的特性,他在《论形态学·阐明意图》(1817)一文中写道:"德国人用形态(Gestalt)一词来表示一个现实生物之存在的整体。他使用这个术语时抛弃了运动性,他认为一个息息相关的整体是固定的、完成的,其特性是确定的。但是如果我们仔细观察所有的形态,尤其是有机物的形态,那么我们就会发现:万物皆无持存,都不静止,都没有完成,确言之,万物皆处于持续的运动变化之中,因而都不稳定。因此我们语言习惯中的形态一词既是对已形成也是对形成过程的滥用。如果我们要创立形态学,那么我们就不可以谈论形态;而当我们万不得已使用形态一词时,我们想到的只是理念、概念或某种在经验中瞬间把握的存在(für den Augenblick Festgehaltenes)。"⑥ 艺术形象则不同,它是艺术家"形象化的想象"(即形象思维)⑦ 的最终固定产物,是"一个永恒的、具有内在生命的、已完成的产品"。⑧ 歌德认为艺术形象是艺术家对"永恒变化的"自然现象和杂乱的

① 尼采:《悲剧的诞生》,周国平译,生活·读书·新知三联书店 1986 年版,第 5 页。
② 歌德:《论文学艺术》,范大灿等译,第 50 页。
③ 同上。
④ 同上书,第 126 页。
⑤ Johann Wolfgang von Goethe, *Werke*. Bd. 7. Wiesbaden: Emil Vollmer Verlag, 1965, S. 615.
⑥ Goethe-WA, Abt. Ⅱ, Bd. 6, S. 9 – 10.
⑦ Goethe-HA, Bd. 12, S. 493.
⑧ Ebd. , S. 493.

生活形象进行选择、加工、虚构和概括，借助"特定的材料"（即媒介）创造出来的"活的形象"，艺术家通过精神的处理、感性的处理和机械的处理把粗糙的、短暂的自然对象转化为永恒的"现实的存在"，① 从而使形神兼备、虚实结合的艺术形象（例如古希腊艺术中的尼俄柏这个"处女般的母亲形象"）保有"诸神的永恒青春"。② 艺术形象因固定在死的材料中（例如尼俄柏的形象雕刻在无生命的大理石上）而获得了永恒性。

在《〈希腊神殿前厅〉发刊词》等文章中，歌德指出艺术家主要是通过形式化（借助恰当的"表现手段"）和典型化手法（"概括、象征、个性化"）创造出作为"既是感性的又是精神的完美整体"的艺术形象的："艺术家一旦把握住自然界的一个对象，这个对象就已经不再属于自然，甚至可以说，艺术家在把握对象的那一刻就创造出了那个对象，因为他从对象中提取出了有意蕴的、有典型特征的、引人入胜的东西，或者甚至给它注入了更高的价值。这样就仿佛把更精妙的比例、更和谐的形式加到人的形体上去，画出了一个规则的、完美的、有意义的、圆满的圆。"③

在《评狄德罗的〈画论〉》等文章中，歌德特别强调了艺术与自然的不同。他指出自然是不依赖于人的意识的客观存在，艺术虽然以自然为再现的对象，但它是人的一种精神性的创造活动，它依赖于创造者和欣赏者的审美意识："大自然似乎是为其自身的目的运转，艺术家是作为人，并为了人而创造。"④ 大自然是没有审美感觉的，只有人才有审美意识，只有人才能创造并欣赏虚实相生的艺术美："大自然致力于创造生命与存在，致力于保存和繁衍其造物，它从不理会其样子是美还是丑……艺术家的目标是要创造物体的外表和那诉诸我们所有的感性与精神力量的整体。"⑤ 他指出艺术品是艺术家凭其天赋的精神能力创造出来的精神性产品，其目的是满足人的审美享受："一部完美的艺术作品是人的精神的作品……它必然贯穿一种和谐地产生和形成的精神，这种精神找到了优异之物，找到了有其特性的内在的完美。"⑥ 紧接着他批评了无教养的艺术爱好者功利性的

① 歌德：《论文学艺术》，范大灿等译，第53—54页。
② 同上书，第120页。
③ 同上书，第52页。
④ 同上书，第116页。
⑤ 同上书，第112—113页。
⑥ 同上书，第43页。

态度，褒扬了内行的艺术爱好者非功利的审美态度："普通的爱好者对这些都毫无概念，他们对待一部艺术作品就如同对待在市场上看到的东西一样。但是真正的爱好者……看到了小小艺术世界的超凡脱俗之处。他感到他要享受作品，就得使自己提高到艺术家的水平。"①

艺术的精神性除了指思想性（有个性的"意蕴"）之外，它还意味着艺术的人工性，艺术家"利用自然的财富和他的心灵的财富"，② 在他心中生成了审美意象（观念性的形象），③ 他必须用物质载体（即媒介）对审美意象进行物化，并在物化的过程中对媒介进行加工，最后使审美意象转化为实在的艺术品："机械处理就是通过身体上的某个器官对某些特定的材料进行加工，从而使他的劳动成为现实的存在。"④ 为了表现精神性的意蕴，艺术家还必须采用恰当的"艺术手段"、"完美的创作方法"和"最娴熟的技巧"，⑤ 这就是艺术的技艺性。艺术的精神性还包含虚构性，即艺术家从客观现实出发，凭其创造性的想象力虚构出比自然现象和生活形象更完美的艺术形象："艺术最大的一个好处就在于他能够诗意地创造出大自然不可能真正塑造的东西。就像可以创造半人半马族一样，艺术也可以虚构出处女般的母亲形象，这甚至是它的义务。在艺术中，尼俄柏这个已有多个成年子女的尊贵老妇人生着处女般魅力四射的乳房。"⑥ 古典现实主义者歌德以其高度的艺术修养概括了艺术的特性：精神性、非功利性、人工性、技艺性、客观性和虚构性。

古典文学时期和老年的歌德是一位讲究平衡的折中主义者："折中主义者是一种吸纳者，他从围绕他的事物中、从发生在他周围的事物中吸取适合他的天性的元素。"⑦ 关于艺术的本体（本质），他就是以折中主义的态度融合了欧洲美学史上的模仿说和表现说，他要求艺术家从现实生活出发，通过再现自然（即现实）和提升自然来表现来自现实生活的思想情感："现实生活应该有再现的权利。诗人由日常现实生活触动起来的思想感情都要求表现，而且也应该得到表现……不要说现实生活没有诗意。诗

---

① 艾克曼：《歌德谈话录》，洪天富译，第43页
② 同上。
③ Goethe-HA, Bd. 12, S. 470.
④ 歌德：《论文学艺术》，范大灿等译，第53页。
⑤ 同上书，第125—126页。
⑥ 同上书，第120页。
⑦ Goethe-HA, Bd. 12, S. 451.

人的本领，正在于他有足够的智慧，能从惯见的平凡事物中见出引人入胜的一个侧面。必须由现实生活提供做诗的动机，这就是要表现的要点，也就是诗的真正核心。"① 在 1828 年 10 月 20 日与艾克曼的谈话中，歌德再次将"惟肖自然"与表现艺术家"人格的伟大"同时并举，他要求艺术家提高自身素养，以伟大的人格将"低级的现实的自然"提升为精神性的第二自然。②

作为第二自然的艺术品是高明的艺术家在不违背自然规律的基础上按照艺术规律（以想象为核心的形象思维、形式美和典型化等等）创造出来的精神产品，而不是"幻觉主义者"（Phantamisten）随心所欲主观臆造的"海市蜃楼"，③ 也不是"手工艺人"（Kleinkünstler）按照约定俗成的惯例（Konvention）制作出来的实用的手工艺品。歌德认为自然规律源于大自然本身固有的有机的形成力，艺术规律则源于天才的"天性"，即艺术家天赋的"精神能力"（Geisteskräfte），源于天才的天性的艺术规律像源于自然本身的自然规律一样真实而永恒。他在《评狄德罗的〈画论〉》一文中写道：天才艺术家"以自己的学说和范例创立艺术规则，从他们的头脑和手中产生出了比例、形式和形象，而创造性的大自然则向他们提供了素材。他们并不约定这样或那样一些模棱两可的规则，并不相约把不合适的东西宣布为正确的东西，他们从自身出发，按照艺术规律创立规则，而这些艺术规律同样真实地植根于创造性的天才的天性（Natur）之中，就像那些有机规律在广袤的大自然中永恒运转一样"。④

歌德认为艺术规律与自然规律并不互相矛盾，艺术规律把客观的自然规律纳入自身之中并超越自然规律，从而创造出一个更高的第二自然。1827 年 4 月 18 日在和艾克曼的谈话中，歌德指出鲁本斯正是凭借创造性的想象力妙造了一个高于自然的第二自然："正是在双重光源这一点上，鲁本斯证明了自己的伟大，显示出他凭借自由的精神凌驾于自然之上，能够为实现更高的目的驾驭自然。"⑤ 古典现实主义者歌德心目中的艺术既具有自然的客观性，又具有精神的创造性，而德国学者霍斯特·欧佩尔和君

---

① 艾克曼：《歌德谈话录》，朱光潜译，第 4—6 页。
② 艾克曼：《歌德谈话录》，杨武能译，第 196—197 页。
③ 歌德：《论文学艺术》，范大灿等译，第 103 页。
④ 同上书，第 114 页。
⑤ 艾克曼：《歌德谈话录》，杨武能译，第 147 页。

特·米勒完全忽视了艺术的精神性，他们片面地以歌德的自然科学文献为依据试图建立"形态学的文艺学"（Morphologische Literaturwissenschaft），这种企图最终归于失败，其原因就在于他们混淆了艺术与自然，没有意识到艺术规律与生物的形态学规律并不完全一致。

在《对自然的简单模仿、虚拟和风格》和《收藏家及其亲友》等文章中，歌德确立了艺术的三个等级。"对自然的简单模仿"只是忠实地模仿外在的自然现象，它把握住了个别，但未作艺术概括，未掌握自然现象和生活现象的本质，因此简单模仿自然的艺术品只是肤浅的自然的复制品或"自然史著作"中的插图。① 简单模仿自然的艺术品（例如荷依塞姆和罗伊施的静物画）只有在无意间把握和表现了事物的本质时，它才具有艺术价值。

17 世纪意大利巴洛克古典主义美学家贝洛里（Bellori，1615—1696）曾批评矫饰派画家"凭虚拟来绘画"（Dipingere di maniera），② 歌德就是在"虚拟"（Erfinden，虚构）这层意义上使用"虚拟"（Manier）一词的，他指出：虚拟者厌恶"依样画葫芦的方式，于是他们就为自己臆造了一种方式，为自己创造了一种语言，用以把自己用灵魂捕捉到的东西再按照他们自己的方法表达出来"。③ 换言之，虚拟者从主观的抽象能力或幻想出发把握住了一般（普遍性），但牺牲了特殊和个别。由此观之，"虚拟"其实就是黑格尔所说的艺术家个人的"主观的作风"。④ 由于虚拟把握住了一般并具有创造性，因此歌德对它"怀着高尚和崇敬的感情"。⑤ 歌德认为"虚拟者"（Manieristen）是梦幻者类型和哲学家类型，他们是艺术上的想象主义者（Imaginanten）和特征主义者（Charakteristiker）。想象主义者（指幻觉主义者）创造的是梦幻般的"假自然"，他们的错误的"一般"来自随心所欲的想象；特征主义者创造的是概念化的抽象自然，是缺乏感性美的"逻辑的存在"，他们的错误的"一般"源于纯粹的抽象思维，这两种虚拟者都抛弃了客观自然，都缺乏"作为美的现实的艺术真实"。

"风格"（即纯正风格）则是"对自然的简单模仿"和"虚拟"的合

① 歌德：《论文学艺术》，范大灿等译，第 41 页。
② Goethe-HA，Bd. 12，S. 576–577.
③ 歌德：《论文学艺术》，范大灿等译，第 7 页。
④ 黑格尔：《美学》第 1 卷，朱光潜译，商务印书馆 2010 年版，第 370 页。
⑤ 歌德：《论文学艺术》，范大灿等译，第 10 页。

题，它是对自然的创造性模仿，它融特殊和一般、客观和主观、美的现实和美的假象、现象和本质为一体，它是形象地"显出特征的艺术"，是"艺术已经和可能达到的最高水准"。① 在《评狄德罗的〈画论〉》一文中，歌德把"一种纯正的方法的结果称为风格"，这种纯正的方法就是从现实中的特殊事例出发，通过特殊来显示一般，也就是典型化的手法。歌德写道：伟大的艺术家"懂得直观、把握，懂得概括、象征和个性化……他借助这种方法才得以把握住变动不居的对象，限定对象并赋予它人工存在的统一性和真实性。"② 早在狂飙突进时期，青年歌德就预感到了伟大艺术家的杰作在本质上是相同的，他在《依据法尔康涅和论法尔康涅》（1776）一文中写道："我觉得伦勃朗、拉斐尔和鲁本斯在他们的宗教故事中就像真正的圣徒，在小房间里和在原野上，他们到处都能感觉到上帝的存在……在本质上他们都是相同的。"③ 古典文学时期的歌德则明确指出伟大艺术家的杰作之所以相同，是因为他们都运用"纯正的方法"达到了艺术的最高水准——风格："风格使个人升华到群体所能达到的最高点，因此，一切伟大的艺术家都因为他们的杰作而彼此接近。于是，拉斐尔创作最成功时的着色风格和提香相同。"④

第二节　歌德的自然观

如果有人问我，崇拜太阳符不符合我的天性，我会同样回答：绝对符合！因为太阳是最高存在的启示，也就是我们尘世中人能感知到的最强有力的启示。我崇拜它，因为它体现了上帝之光和上帝的生育力（die zeugende Kraft Gottes）；全靠着这些，我们人类还有和我们在一起的动物植物，才得以生存、活动和存在……在那尽人皆知的、幻想的六天创造之后，上帝根本没有去休息，而是继续在努力工作，像第一天一样。用简单的元素拼凑出这个粗笨的世界，使它年复一年地在阳光中转动，肯定已让他感不到有多少乐趣，因此他又计划在这个物质的基础上建个苗圃，好培育出一批人类精英。就这样，他继续在

---

① 歌德：《论文学艺术》，范大灿等译，第10页。
② 同上书，第138页。
③ Goethe-HA, Bd. 12, S. 25.
④ 歌德：《论文学艺术》，范大灿等译，第144页。

比较杰出的人物身上下功夫，以其作为平庸之辈的表率。①

　　本节题记引自 1832 年 3 月 11 日歌德和艾克曼关于神性在世界中的表现的谈话。通过自然科学研究和在斯宾诺莎、莱布尼茨等人的影响下，歌德建立了自己的具有自然主义和力本论色彩的泛神论自然观。这种自然观的核心就是肯定自然具有物质和精神双重属性的泛神论。歌德在《格言与反思》中写道："在自然研究领域我们是泛神论者，在文学创作领域我们是多神论者，在道德领域我们是一神论者。"② 歌德认为自然（宇宙）即神，自然既是物质的，又是精神的，自然万物皆有神性，自然是一个有神性的、不断升华的有机整体。从现象世界来看，自然是物质性的"派生的自然"，物质性体现在"元素"和由元素构成的物质的"极性"上；从能动状态来看，自然又是精神性的"能生的自然"，内在于自然的"上帝"或精神性的"升华"原则使物质世界不断地提升，使自然从无机界发展到有机界，再从有机界发展到人，并把比较杰出的人提升为"天才"。

　　斯宾诺莎认为自然具有广延和思维两重属性，歌德则吸收了莱布尼茨的单子论，提出了自己的属性说。他在《对格言式的文章〈自然〉的阐释》（1828）一文中写道："极性与升华的概念"是"自然的两大驱动轮"。③"极性"是一种力本论（Dynamismus）概念，它指的是物理学上的引力和斥力、向心力和离心力之间的相互作用，正是极性推动物质世界不断地发生形态变化；"升华"则是精神（单子、灵魂）的整饬和提升作用，精神赋予混沌的物质以可感知的结构和可凭理性认识的秩序，并促使物质处于"永远进取的上升"④ 过程之中。极性与升华的共同作用包含了唯物主义的物质自组织原则和唯心主义的隐德来希原则。在《植物的形变》（1799）和《动物的形变》（1820）等自然诗中，歌德谈到了形变的法则和升华的法则，他把自然称作"女神"，是"神之手"⑤ 使生物获得

---

① 艾克曼：《歌德谈话录》，杨武能译，第 325—327 页。

② Goethe-HA, Bd. 12, S. 372.

③ Johann Wolfgang von Goethe, *Werke*. Bd. 8. Wiesbaden: Emil Vollmer Verlag, 1965, S. 1279.

④ Ebd., S. 1279.

⑤ Goethe-HA, Bd. 1, S. 200.

质的提升，他自己也承认他的自然观具有"一种泛神论的倾向"。①

　　歌德的自然观是一种带有强烈的自然主义色彩的泛神论，其实质是一种不彻底的唯物主义。自然主义（Naturalismus）是一种主张从自然本身来解释自然和一切自然现象的世界观，由于自然主义肯定自然是离开人的思维而独立存在的客观实在并且否认自然听命于超自然的上帝的意志，因此它是一种唯物主义的世界观。在《茹尔策的美艺术》（1772）一文中，青年歌德认为一切自然现象的发生均源于自然本身对立的"力量"的相互作用（力本论）；中年和老年歌德则从物质的"极性"和"永恒的铁的伟大的自然规律"②来解释自然。在《神性》（1783）一诗中，自然主义者歌德否认自然具有精神性，他认为"大自然没有知觉"，③大自然是不依赖于人的意识的物质性的客观存在。

　　作为自然科学家，歌德称自己为"经验主义者和实在主义者（Realist）"。④实在主义是西方的一种哲学思潮，它认为世界是不依赖于人的意识而存在的客观实在，而人可以通过感觉和思维来认识这个客观实在。歌德所说的"实在主义"指的是自然科学研究中的自发唯物主义。他在《格言与反思》中写道："人真正地置身于一个真实的世界之中，人天生就具有感觉和思维器官，他能够认识现实的和可能的事物并且能够创造它们。"⑤他在1798年1月6日致席勒的信中指出：他坚信自然的客观实在性，人们是按照自己的精神能力和"特定的思维方式"来理解自然的，自然是永远真实的、永远正确的，错误的认识是由错误的思维方式造成的，先验唯心主义者由于从主观认识形式出发因而无法正确认识"自在的事物"。⑥从1780年前后开始的自然研究使歌德形成了自发唯物主义世界观，使他逐渐抛弃狂飙突进时代注重主观自我的天才美学，转而注重艺术的客观性。自然研究为中年和老年歌德的文艺美学奠定了客观的基础，他从自然主义和实在主义的自然观出发，并以和谐、平衡、节制、明晰、严谨，具有普遍性和理想性的古希腊罗马艺术为楷模，创建了他的"古典现实主

---

① Johann Wolfgang von Goethe, *Werke*. Bd. 8. Wiesbaden：Emil Vollmer Verlag, 1965, S. 1278.

② Goethe-HA, Bd. 1, S. 148.

③ 歌德：《迷娘曲——歌德诗选》，杨武能译，第119页。

④ Johann Wolfgang von Goethe, *Briefe*. Bd. 2. Hamburg：Christian Wegner Verlag, 1968, S. 238.

⑤ Goethe-HA, Bd. 12, S. 373.

⑥ Johann Wolfgang von Goethe, *Briefe*. Bd. 2. Hamburg：Christian Wegner Verlag, 1968, S. 324.

义"（Der klassischer Realismus）① 美学和以心物交融的艺术形象为本体的艺术本体论。

歌德的古典现实主义美学要求艺术家从客观现实生活出发，以现实生活为基础并将现实生活理想化，从而塑造出理想的、全面发展的"完整的人"。这种美学有两个不可分割的要素：现实性和理想性。它要求艺术家把理想现实化，把现实理性化，将高尚的人道主义理想灌注到艺术形象之中，从而使艺术高于现实。② 在《〈希腊神殿前厅〉发刊词》等文章中，歌德强调现实性是艺术的基础，他要求艺术家"遵循自然，研究自然"，模仿自然，并创造出惟肖自然的、作为"美的现实"和"美的假象"之统一体的艺术真实。在《温克尔曼》（1815）等文章中，歌德要求艺术品应具有"理想的现实性"，③ 他要求艺术家以人道主义精神对生活形象进行概括和提升，"将其内心世界彻底提升到完整性和确定性的高度"，④ 使现实中分裂的人成为理想的"完整的人"，即达到了感情与理智、游戏与严肃、人与自然、主观与客观、灵与肉、个人与集体、自由与必然的和谐统一的具有"最高的美"的人："每一种艺术都要求完整的人，艺术所能达到的最高程度就是完整的人性。"⑤

在《格言与反思》中，歌德指出艺术的本体就是客观物象和主观情志相交融的、由现象显示本质的、活的艺术"形象"（Gestalt）。⑥ 歌德认为客观的诗人是从现实生活中的特殊事例出发，捕捉住具体生动的生活现象，在个性化的基础上对生活现象进行概括，从中提炼出能反映现实生活本质的思想，并把思想转化为气韵生动的艺术形象，他把这种"在特殊中显出一般"的方法称作"象征"："象征把现象转化为一个观念，把观念转化为一个形象（Bild），结果是这样：观念在形象里总是永无止境地发挥作用而又不可捉摸，纵然用一切语言来表现它，它仍然是不可表现的。"⑦

用象征手法（Symbolik）塑造的艺术形象包含三层含义：其一，艺术形象是形神兼备的，是立象以表意，是客观的现实生活形象与艺术家主观

① Girnus, S. 53.
② 冯至主编：《中国大百科全书·外国文学》第一卷，第224页。
③ 歌德：《论文学艺术》，范大灿等译，第386页。
④ 同上书，第381页。
⑤ 同上书，第59页。
⑥ 同上书，第54页。
⑦ 朱光潜：《西方美学史》下卷，第416—417页。

的思想情感的融合；其二，艺术形象是通过"在特殊中显出一般"而获得的，它不是概念化、抽象化的类型，而是既具有个性又具有普遍性的、能反映生活本质的典型形象，因此"在特殊中显出一般"才真正适合于"诗的本质"（Natur der Poesie），① 换言之，这种活的艺术形象就是艺术的本体；其三，艺术形象是"形象化的想象"（bildliche Vorstellung，即"形象思维"）② 的结果，是艺术家对自然现象和生活现象进行艺术概括和"虚构"（Fiktion）③ 的产物，是虚实相生、若有若无、具有多样统一的感性形式的"生机勃勃的整体"，④ 其中所包含的意蕴具有多义性和无穷的丰富性，这种丰富的意蕴"总是永无止境地发挥作用"，使仁者见仁、智者见智，令接受者品味不尽。这条关于"象征"的格言中的"观念"（Idee）一词源于古希腊语 idéa（意思是"形象"或"形式"），歌德用它来指艺术形象或艺术作品所承载的思想内容或"意蕴"（das Bedeutende）。关于"观念"一词的含义，歌德在《格言与反思》中写道："只是在最高层次和最普遍层次，观念和现象才相会合。"⑤ "观念"显然指的是"思想"，即对现象的本质的认识。歌德关于活的艺术形象所显现的观念是不可捉摸的"象征"说与南宋严羽的"兴趣"说有着异曲同工之妙。严羽认为盛唐诗人的诗歌语言精炼，含义丰富而令人回味不尽，他们通过别材、别趣创造了镜花水月般空灵的艺术形象和虚实相生的清远意境，达到了意在言外、境出象外的审美效果："诗者，吟咏情性也。盛唐诸人惟在兴趣，羚羊挂角，无迹可求。故其妙处透彻玲珑，不可凑泊，如空中之音、相中之色、水中之月、镜中之象，言有尽而意无穷。"⑥

1776 年 11 月，歌德被魏玛公爵卡尔·奥古斯特（1757—1828）任命为重新开发伊尔梅瑙矿山的负责人，1779 年 1 月他被任命为水利、林业和道路建设委员会的负责人，实际工作使他的兴趣转向了矿物学、地质学和植物学。歌德之所以研究大自然，一方面是由于实际工作的需要，另一方面是因为他对以基督教和古代语言为核心的传统教育感到不满，他希望借

① 朱光潜：《西方美学史》下卷，第 416 页。
② Goethe-HA，Bd. 12，S. 493.
③ Ebd.，S. 37.
④ 歌德：《论文学艺术》，范大灿等译，第 113 页。
⑤ 杨武能、刘硕良主编：《歌德文集》第 12 卷，第 302 页。
⑥ 蒋凡、郁源主编：《中国古代文论教程》，中华书局 2005 年版，第 179 页。

自然科学研究拓宽自己的知识面，追求个人的全面发展，实现他的人道主义理想。在对自然进行感性直观和理性思维的基础上，自然研究家歌德建立了整体论意义上的融贯说（Kohärenztheorie），他认为自然是一个和谐的、相互关联的、自身融贯的有机整体，大宇宙是一个有机的生命体。他在《出征法国记》（1792）一书中写道："我所信仰的物活论使我无法接受和无法忍受机械的思维方式，这种思维方式提出了一种对死的、运动的、活动的物质的信仰。我从康德的自然学说中发现了一种思想：吸引力和排斥力是物质的本质，两者在物质的概念中是密不可分的；由此我推导出了万物的原始极性（Urpolarität）原理，原始极性充满并激活了无限多样的自然现象。"① 歌德在此将宇宙生命的源泉归结为物质所固有的"极性"。

歌德还从泛神论的角度来说明他的物活论，他在《问题与回答》（1823）一文中写道："自然有生命，它就是生命，它是一个陌生的中心（Zentrum）所产生的结果，其边界是无法辨认的。因此对自然的观察是无限的，我们可以从局部来研究自然的细节，或者在大体上去探索自然的宽度和高度。"② 歌德将自然（即神）看作一个无意识、无目的的精神实体，自然既不任意胡为，也不依照知性和理性行事，而是按照它本身固有的客观规律运转。歌德在《诗与真》第四部（1833）中写道："自然循着永恒的必然规律而运行，而起作用，这些规律是如此神圣，以致连神也不能改变它们。关于这一点，所有人都无意识地一致承认。如果有人认为自然现象暗示了潜藏在其中的知性、理性或任意性，那么这种观点肯定会使我们感到惊诧和恐惧。"③

在 1808 年 5 月 17 日的日记中，歌德将"世界灵魂"视作宇宙生命的源泉，他将泛心论（Panpsychismus）和物活论结合在一起，把宇宙生生不息的生命力的来源归结为"世界灵魂"的极性，即世界灵魂不仅具有形成力（即创造力），而且具有改造力，它促使自然万物不断地形成和变形，不断地定型和更新，通过"死与变"而不断地向上发展。他写道：永恒的宇宙生命力来自"世界精神的收缩和舒张，收缩使万物定型，舒张则造成无穷的发展变化"。④ 在《形成力》（1820）一文中，他用莱布尼茨的单子

① Goethe-HA, Bd. 10, S. 314.
② Goethe-WA, Abt. II, Bd. 7, S. 75.
③ Goethe-HA, Bd. 10, S. 79.
④ Goethe-WA, Abt. III, Bd. 3, S. 336–337.

论对德国生理学家沃尔夫（Caspar Friedrich Wolff）提出的有机物质所固有的"本质力"（vim essentialem，即"营养力"）和德国动物学家布鲁门巴赫（Johann Friedrich Blumenbach，1752—1840）提出的有机体内在的"形成力"（Bildungstrieb）进行了修正，将有机自然内在的"形成力"规定为灵魂（具有同化作用的植物灵魂和有感觉的动物灵魂）对物质质料的"定型力"（Spezifikationstrieb）和改造力，是灵魂使生物得以"形成和变形"（Bildung und Umbildung）。① 他认为沃尔夫在鸡的胚胎中发现的无定型的"有机物质"只是一种"质料"（Stoffartiges），这种有机物质所具有的"本质力"只表现出"物质性，甚至机械性";② 他赞扬布鲁门巴赫将这种机械的"本质力"（即"营养力"）改造为能动的、自组织的形成力："布鲁门巴赫人化了谜一般的'本质力'一词，并把它称作一种形成力（nisus formativus），一种冲动，一种强烈的活动，正是这种冲动导致了个体的形成。"③

　　"形成力"是布鲁门巴赫于1780年提出的关于生物自组织的设想。1781年他在《论形成力和生殖活动》一书中对"形成力"作出了解释，他猜测到生物的胚胎本身具有一种内驱力（即生命力），这种内驱力决定了生物的生成、营养和繁衍。生物胚胎中的"形成力"和歌德所说的灵魂的"定型力"都是一种假说，现代生物学则真正破解了生命之谜，它发现生物个体的发育是由核酸决定的，脱氧核糖核酸储藏、复制和传递遗传信息，决定生物的生长、发育和死亡，核糖核酸则主导蛋白质的合成（具有同化作用）。康德采纳了布鲁门巴赫的"形成力"概念，他将形成力视作生物体内有机化的"自己繁衍的形成力量"。④ 歌德也采用了这一概念，但他认为布鲁门巴赫没有解决形成力的机制，他用灵魂的"定型力"和改造力（Umgestaltung）来修正布氏的形成力。歌德认为形成力的本质就是"不通过自身努力去加以掌握便什么也不吸纳的隐德来希"。⑤ 隐德来希就是"单子"，就是"灵魂"，正是灵魂赋予质料以有机的形式，使生物个体得以形成并发生形变："古希腊人将隐德来希称作一种总是在发挥作用

① Goethe-WA, Abt. Ⅱ, Bd. 6, S. 293.

② Johann Wolfgang von Goethe, *Werke*. Bd. 8. Wiesbaden: Emil Vollmer Verlag, 1965, S. 806.

③ Ebd., S. 806.

④ 李秋零主编:《康德著作全集》第五卷，第389页。

⑤ Goethe-HA, Bd. 12, S. 403.

的实体。作用就是生存，就是有为（Tätigkeit）。关于动物的本能的问题只能通过单子和隐德来希概念来加以解决。每一个单子都是隐德来希，它在一定的条件下出现。对有机体透彻的研究可以使我们发现自然的秘密。"①在《形成力》一文中，歌德指出生命就是灵魂与物质的结合，是灵魂赋予质料以"形式"并使生物体发生"形变"。②

早在狂飙突进时代，青年歌德就意识到了艺术家的创造力和有机自然的形成力的类似，在《第三次朝拜埃尔温之墓》（1776）一文中，他以艺术家内在的形式感和造形意志对应于植物种子的发芽力："艺术家的创造力就是对比例、尺寸和恰当的强烈的感受力，只有通过创造力才能成就一部独立的作品，正如生物是通过其个体的发芽力而成形的一样。"③ 在《自我描述》（1797）一文中，歌德直接运用"形成力"一词来指称诗人的创造力："永远活跃、向内和向外持续发挥作用的诗意的形成力（poetischer Bildungstrieb）乃是诗人生命的核心和基础……因为这种形成力永无休止，所以它必须转向外部世界，以免无质料地自我消耗。"④ 在《评狄德罗的〈画论〉》一文中，歌德指出了大自然的形成力和艺术家的创造力的各自结果在本质上是不同的："大自然所组织的是一个活生生的、无足轻重的机体，而艺术家组织的是一个死的，但有重要意义的机体，大自然组织实在的机体，艺术家组织虚幻的机体"，艺术家通过对自然材料投入"意义、情感、思想、效果以及对心灵的影响……奉还给大自然一个第二自然，但这是一个有感情、有思想、由人创造的自然"。⑤ 艺术之所以高于自然，是因为人具有精神性的灵魂，有伴随着情感活动的想象力、知性的组织能力和理性的概括能力。

在1831年6月20日与艾克曼的谈话中，歌德再次将自然产品和天才的艺术品进行类比，阐述了他的有机论美学：伟大的艺术品是在天才的心灵中有机生长的结果，但"它是一种精神的创造物（geistige Schöpfung），其中部分和整体都是从同一个精神熔炉中熔铸出来的，而且部分和整体都

---

① Goethe-HA, Bd. 12, S. 371.

② Johann Wolfgang von Goethe, *Werke*. Bd. 8. Wiesbaden: Emil Vollmer Verlag, 1965, S. 807.

③ Goethe-HA, Bd. 12, S. 30.

④ Goethe-HA, Bd. 10, S. 529.

⑤ 歌德：《论文学艺术》，范大灿等译，第113—116页。

充满了生命的气息"。① 歌德还以生物形态学为基础来构建他的形式美学，他要求艺术家"把握大自然现象中最有价值的点，从中学到比例美"，② 并从自己内在的形式感出发，"把更精美的比例、更和谐的形式（die edleren Formen）、更高的特性"加到自然对象上，"画出一个规则、完全、有意义的、圆满的圆"。③

　　1780 年之前，诗人歌德沉醉于自然魔法并在文学作品中歌颂自然。1780 年之后的五十年，自然研究家歌德系统地研究自然，在坚持文学创作的同时，他花了大量的精力来研究客观的自然科学及其应用：观叶植物和显花植物的形态学、哺乳动物解剖学、光学和颜色学、气候学和云学、地质学和矿物学以及物理和化学的技术应用。在自然研究领域歌德是一位经验主义者，他认为认识来源于感觉经验，来源于对自然的直接观察和实验，由于他重视感觉经验，因此他主要用感性直观（sinnliche Anschauung）的方法来认识自然，通过对个别经验事实的研究逐步揭示自然的真相，出于对感觉经验的信赖他反对形而上学和神学的思辨。1779 年 10 月 28 日，他在致瑞士神学家拉瓦特尔（1741—1801）的信中写道："我是一个笃信尘世的人……我的思想具有真实性，但这是五官的真实性。"④ 1827 年 2 月 1 日，歌德回顾了他的自然科学研究，他对艾克曼说道："对自然科学我做过相当广泛的尝试，只不过研究的方向始终仅限于我周围的尘世事物，并且是能够用感官直接感知的那类事物。"⑤

　　但歌德并未停留在感性认识阶段，他要求研究者将感性直观和理论思维（theoretisches Denken）结合起来，运用理性对经验事实进行高度的抽象和概括，从而透过现象把握本质，从特殊中认识到一般。他在《从骨学出发的比较解剖学普通引论初稿》（1795）一文中明确提出了将感性直观和理论思维结合起来的经验理性主义思维方式："经验必须首先向我们说明所有动物共同拥有的部分以及这些共同部分的差异性。理念必须支配整体并以发生学的方式从中抽取具有普遍性的形态。"⑥ 歌德的自然观及其方

① 艾克曼：《歌德谈话录》，洪天富译，第 582 页。
② 歌德：《论文学艺术》，范大灿等译，第 115 页。
③ 同上书，第 52 页。
④ Goethe-WA，Abt. IV，Bd. 4，S. 112.
⑤ 艾克曼：《歌德谈话录》，杨武能译，第 138—139 页。
⑥ Goethe-HA，Bd. 13，S. 172.

法论是他的文艺观和文艺创作方法的基础，他在《格言与反思》中写道：
"大自然开始向谁披露自己的公开的秘密，谁就会感受到对自然的最高贵
的阐释者即对艺术的无法抗拒的渴望。"① 这句格言中所说的大自然的"公
开的秘密"指的是"原始现象"，即可以直观到的各种类似现象的本质。
正是从经验理性主义的思维方式出发，歌德建立了典型化的文艺创作方
法，他要求艺术家"直观"特殊的生活现象，并进行"概括、象征和个性
化"，② 从而反映出社会生活的某些本质，做到"在特殊中表现一般"（ein
Allgemeines darstellen）。③

歌德的自然观在大体上属于自发唯物主义，1785 年他在魏玛曾向菲尔
斯滕贝格男爵（Freiherr von Fürstenberg, 1729—1810）和荷兰哲学家赫姆
斯特惠斯（Franz Hemsterhuis, 1721—1790）表达过他的唯物主义的"物
活论"思想：正是物质的"原始极性"（引力和斥力）赋予宇宙以生命。
这两位唯心主义者当场批评了歌德的"亵渎上帝的言论"。④ 但歌德并不是
一位彻底的唯物主义者，他的自然主义的泛神论仍带有唯心主义的色彩，
他在《最庄严的尸骨存放所》（1826）一诗中明确将宇宙称作"神性自
然"（Gott-Natur），⑤ 而将人的精神称作"神的思维的痕迹"。⑥ 在《世界
灵魂》（1803）和《旁白》（1820）等诗中，他将宇宙的诞生和向上发展
归结为"世界灵魂"（即"上帝"）⑦ 持续不断的创造力和改造力："永恒
的太一即造化，／它有多样的显示；／……远与近，近与远，／不断创造，
不断改造。"⑧

在《格言与反思》中，他既将"观念"（Idee，又译"理念"）解释
为自然现象的本质，又将它解释为绝对、太一、实体和神："真实的自然
近似于神：它不直接向我们显示，我们必须从它的各种现象中去猜测它。
观念是永恒的和唯一的；我们也使用这个词的复数，但这种做法是不对

---

① Goethe-HA, Bd. 12, S. 467.
② 歌德：《论文学艺术》，范大灿等译，第 138 页。
③ 艾克曼：《歌德谈话录》，杨武能译，第 92 页。
④ Goethe-HA, Bd. 10, S. 314.
⑤ Goethe-HA, Bd. 1, S. 367.
⑥ Ebd., S. 366.
⑦ Ebd., S. 248.
⑧ Ebd., S. 358.

的。我们所观察到的和我们所谈论的一切都只是观念的体现而已。"① 正是由于歌德的自然观中存在着唯心主义的残余，因此汉堡版《歌德文集》的注释者有理由认为歌德的"象征"概念指的是不可捉摸的"神性"，② 而不是艺术形象所包含的意蕴的丰富性。泛神论者歌德认为自然具有物质和精神的双重属性，极性属于物质的范畴，升华属于精神的范畴，但是物质也能够升华，精神也具有自我化和非我化的极性，"因为物质离开精神就无法存在和起作用，精神离开物质亦无法存在和起作用"。③ 在此歌德偏离了物质是不依赖于意识而独立存在的唯物主义原则。

在《诗与真》第三部（1814）中，歌德谈到世界中存在着"神秘的无法索解之物"（Unerforschliches）。他所说的"无法索解之物"有两种含义：一种是指人尚未认识其本质的陌生事物，另一种是指即使是凭借理性也无法认识的上帝、天意和命运。歌德认为宇宙是无限的，而人的认识能力是有局限性的，因此世界中始终存在着无法索解之物，但人们可以逐渐加深对陌生事物的认识，他在《格言与反思》中写道："我们在经验领域的进步越大，我们就越熟悉无法索解之物……人必须坚信，不可理解之物最终是可以理解的，否则他就不会去研究了。"④ 另一方面，歌德又保持了对神秘的上帝的信仰，他写道："有思维能力的人的最大幸福就在于已经研究了可探明之物并平心静气地尊敬无法索解之物。"⑤ 他认为在终极的意义上，人无法通过普通的知性、理性或宗教的途径来直接认识上帝、天意和命运，他在《诗与真》第三部中写道："所谓信仰就是对于现在和未来的一种高度的安全感，而这种安全感则源于对某一个巨大的、有绝对优势的、无法索解的实体的信赖。"⑥ 在《威廉·迈斯特的学习年代》（1796）第一集第十七章中，命定论者威廉和理性主义者"陌生人"进行了一场谁也无法说服谁的谈话，威廉说他"相信命运"，⑦ 他认为命运就是由神力施加到人身上的、决定人的人生而人对之无可奈何的某种必然性。在《〈西

① Goethe-HA, Bd. 12, S. 366.
② Ebd. , S. 720.
③ Johann Wolfgang von Goethe, *Werke*. Bd. 8. Wiesbaden：Emil Vollmer Verlag, 1965, S. 1279.
④ Goethe-HA, Bd. 12, S. 406.
⑤ Ebd. , S. 467.
⑥ Goethe-HA, Bd. 10, S. 23.
⑦ 歌德：《威廉·迈斯特的学习时代》，杨武能译，广西师范大学出版社 2003 年版，第49页。

东合集〉的注释与论文》（1819）中，歌德则明确指出"一些奇妙的引导和安排……均出自无法索解的、玄奥的神意（Rathschlüsse Gottes）"。①正是出于对精神上无比优越的"上帝"的敬畏，歌德将艺术家"最高级的创造力"②归诸神赐灵感。在《格言与反思》中，他再次指出了灵感的神秘性："真正的创造力是无人能够掌控的，人们对它只能听之任之。"③

第三节　文学中的自然

常常天亮前就醒了，我便躺在床上，面对打开着的窗户，观赏三大行星会聚在一起时的壮丽景象，随着朝霞越来越辉煌，我也越来越精神抖擞。随后便整天徜徉在野外，和葡萄的藤蔓做精神对话，它们告诉了我不少好想法，我也可以向你们透露一些奇妙的事情。我又开始写诗了，而且写得不坏。④

本节题记引自1828年6月15日歌德和艾克曼关于自然风光对诗人的影响的谈话。首先歌德认为大自然的风景能激发诗人的情绪，从而引发诗人的创作灵感，他将生生不息的大自然视作促进创造的力量："促进创造的力量还存在于水中，尤其是存在于大气里边。空气清新的旷野更是我们的天国，那儿仿佛有上帝的气息直接吹拂人类。"⑤歌德的自然触发灵感说类似于钟嵘的物感说："气之动物，物之感人，故摇荡性情，形诸舞咏。"⑥其次歌德认为风景是心绪之镜，自然风景能映现诗人的心绪和心绪的变化。1831年12月21日，他明确指出荷兰画家施瓦嫩费尔德（Hermaun von Schwanefeld，约1600—1656）的风景画就是他的心灵之镜："他衷心热爱大自然，观赏他的画作，我们就能感受到他内心的神圣宁静。"⑦换言之，杰出的风景画家并非单纯地模仿纯客观的外在自然，风景画的美感来

---

① Goethe-FA, Abt. I, Bd. 3. 1, S. 227.
② 艾克曼：《歌德谈话录》，杨武能译，第177页。
③ Goethe-HA, Bd. 12, S. 472.
④ 艾克曼：《歌德谈话录》，杨武能译，第183页。
⑤ 同上书，第179页。
⑥ 钟嵘著，徐达译注：《诗品全译》，贵州人民出版社1992年版，第1页。
⑦ 艾克曼：《歌德谈话录》，杨武能译，第320页。

自画家的人格、创造性的精神和移情作用。

在《评狄德罗的〈画论〉》一文中，歌德明确指出了欣赏自然美时的移情作用："观赏大自然的作品时，人们必须投入意义、情感、思想、效果以及对心灵的影响，而在艺术作品中人们想要并且必然会找到这一切。"① 歌德认为自然美和艺术美的产生都需要审美主体"投入"（hinbringen）情感，投入情感就是费肖尔在《视觉的形式感》（1873）一书中所分析的"移情作用"（Einfühlung）：主体在欣赏外界对象时，将情感移入对象之中，使对象仿佛也有感觉、情感和思想，移入情感时主体的人格与对象完全融合。1824 年 2 月 22 日，歌德特别强调了风景画家的人格（即具有感觉、情感、思维、意志等机能的主体）的重要性，他认为普桑（Nicolass Poussin，1594—1665）的风景画之所以气势雄伟，是因为他具有"伟大的人格"。② 歌德认为自然美的产生源于审美主体精神性的人格，源于主体在想象中和客体所作的"精神对话"（geistige Zwiespräche），即由物及我和由我及物的移情作用；自然美是情景相生的审美意象（即心象），艺术家再运用艺术技巧和物质手段将审美意象固定下来，物化为艺术形象。

综观歌德的著述，大自然在他的文学作品中主要有以下作用：激发诗人的情绪和灵感；作为人物的心灵之镜以反映人物的心绪和心绪变化；作为人的心灵的庇护所；作为他的自然思想（具有自然主义色彩的泛神论、形变说、极性与升华等）的体现；作为现代文明的对立面以表达对文明的批判。在 1828 年 3 月 12 日与艾克曼的谈话中，歌德以"纯真自然"（人的趋乐避苦的感性天性和赤子之心）和自然状态（野蛮人自由平等的原始状态和农民淳朴健康的本然状态）来反对虚伪狡诈、矫揉造作、腐败堕落的现代文明，来反对病态的、罪恶的城市文明："我们老一辈欧洲人的心地多少都有些恶劣，我们的境况过分矫揉造作和复杂，我们的食物和生活方式失去了纯真自然，我们的社会交往没有真正的爱和善意。每个人举止都彬彬有礼，却没谁有勇气表现出率直与真诚，这样一来，一个以自然秉性和思想为人处事的老实人处境就很艰难。人们常常宁愿生而为南太平洋某一座岛屿上的所谓野蛮人，只要哪怕仅仅能享受一次完全纯真的、没附加任何异味的人的生活就好……我们的农村居民自然还一直保持着健康和

---

① 歌德：《论文学艺术》，范大灿等译，第 113 页。
② 艾克曼：《歌德谈话录》，杨武能译，第 38 页。

力量，但愿他们不只能给我们提供剽悍的骑兵，还能防止我们的彻底堕落和腐败。农村可以视为一座宝库，从中沉沦的人类正不断地吸取和更新自己的力量。——反过来，你要去咱们的大城市看看，那你的心情就完全不同啦。"①

歌德认为文学艺术是对自然的创造性模仿："先是听人们谈论自然和对自然的模仿，之后才会有美的自然。需要进行选择。"② 他在他的浩繁的文学作品中描绘了大自然并表达了他的自然观。在家庭和社会环境的影响下，少年歌德形成了一种虔敬主义（Pietismus）的自然观：他把大自然看作上帝的作品，对大自然充满了敬畏之情。他在《诗与真》第一部中回忆了他对神创的自然的崇拜："我产生了一种思想，要直接去接近伟大的自然之神，天地的创造者和保持者……与自然直接联系着的上帝——他承认自然为自己的作品而爱之——在我看来也就是与人类及其他万物同样发生一定关系的真正的上帝……我在他的作品中寻求他并愿意像旧约所启示的那样为他立一个祭坛。"③ 这种对神性大自然的敬畏之情几乎贯穿了歌德一生的创作。

在莱比锡求学时期（1765—1769），热爱大自然的歌德通过阅读苏格兰诗人麦克菲森（1736—1796）的史诗《莪相作品集》（1765），开始摆脱纤巧矫饰的洛可可诗风，逐渐转向自然素朴的风格。他的莱比锡时期的诗歌（《良宵》、《变换》、《致路娜》等）充满了天人交感的自然情感，笼罩着一种朦胧、神秘、忧郁的莪相式的气氛，诗中的自然不是作为阿那克里翁派诗人嬉戏的背景，而是作为一种独立的客观实体和一种有灵性和神性的力量。

在狂飙突进时期，歌德的与自然紧密相联的情感得到了强化。1770 年秋，他在斯特拉斯堡结识赫尔德，赫尔德的自然观给了他决定性的影响。赫尔德反对法国古典主义和德国启蒙运动的理性原则，他认为自然乃是更直接的、更广泛的现实，而理性则是派生的、狭隘的存在；他视大自然为"能生的自然"，视自然过程为不断的创造，并将艺术创造力等同于大自然有机的形成力。在赫尔德的启发下，歌德以自然的情感和自由的想象力抨

① 艾克曼：《歌德谈话录》，杨武能译，第 179 页。
② 杨武能、刘硕良主编：《歌德文集》第 12 卷，第 390 页。
③ 歌德：《诗与真》上卷，刘思慕译，载《歌德文集》（4），第 39 页。

击前辈作家（维兰德和莱辛等人）肤浅的理性和僵化的规则，并将文学创作视作大自然般的自由的创造力的表现，而莎士比亚就是自然创造力的人格化："这些先生中大多数人对他塑造的人物性格也特别反感。而我却要大喊：这是自然！是自然！没有什么比莎士比亚的人物更为自然了。"① 赫尔德还持一种发展的自然观和历史观，他认为应从发生学（Genetik）的角度来理解生与死、感觉与思维，它们之间的对立并非刚性的，而是流变的。赫尔德的发展观对歌德的动态的（dynamisch）自然观的形成起了不可忽视的推动作用。

在狂飙突进时代，青年歌德的泛神论的自然情感取代了虔敬主义的自然观。1770 年初歌德阅读了布鲁诺的著作，1773—1774 年他认真研读斯宾诺莎的《伦理学》和《神学政治论》，赫尔德将泛神论和个人主义结合起来的思维方法亦给他以启发。青年歌德成了一位泛神论者，他不再相信神超越于宇宙，转而认为神内在于宇宙，神就是宇宙生命本身，世界灵魂贯穿整个宇宙，自然万物皆充满神性。这一时期的抒情诗中的自然成了人的心灵的庇护所，抒情主人公在自然（即神）的怀抱中修身养性、净化心灵和寻求安慰。在《漫游者的暴风雨之歌》（1772）中，歌德将大自然称作"吞吐风雨雷电的神"，② 在《鹰与鸽》（1774）一诗中歌颂大自然有"医治万物的"能力，③ 在《行家与艺术家》（1776）一诗中称大自然为万物的"本源"，④ 在《艺术家的神化》（1789）一诗中则声言"大自然是大师中的大师"，⑤ 所有这些赞词均表明大自然是一种真实的、与人紧密相联但又高于人的存在。脍炙人口的《五月歌》（1771）通篇洋溢着天人合一的幸福感：抒情主人公和他的爱人两情相悦，他们皆与生机勃勃的大自然融为一体，快乐的人儿和明丽的自然永不分离，而爱情也体现为人心中的一种自然力。

书信体小说《少年维特的烦恼》（1774）中的"自然"主要有两种含义。一方面它属于自然哲学范畴，歌德用它来指称作为活的有机整体的宇

① 歌德：《论文学艺术》，范大灿等译，第 4 页。
② 歌德：《迷娘曲——歌德诗选》，杨武能译，第 31 页。
③ 同上书，第 52 页。
④ Goethe-HA, Bd. 1, S. 61.
⑤ Ebd., S. 70.

宙："它像一个巨大的、朦胧的整体，静静地呈现在我们的灵魂面前。"①
而人也是自然整体的一部分，人与自然不是分离的、对立的，而是紧密相
联的，歌德在《诗与真》第三部中说明了这部小说的创作动机："我决心
一方面任凭我的内部自然的特性自由无碍地发挥出来，他方面听任外界的
自然的特质给我以影响……由此便发生与自然界的各个对象的不可思议的
亲密关系和与自然整体的默契和共鸣。"② 这个自然整体就是宇宙生命，它
体现了"全能上帝的存在"，其中弥漫着世界灵魂——"博爱天父的嘘
息"。③

另一方面"自然"属于文明批判范畴，才气横溢的青年歌德认为现代
社会阻碍了个人自由的全面的发展，追逐金钱的市民社会败坏人性，封建
等级制度压制和扼杀人性，狂飙突进时期的歌德则提倡个性解放，他以平
民自然素朴的生活方式和自然真实的情感来批判贵族的矫揉造作、骄奢淫
逸以及市侩的金钱欲和虚伪冷酷。歌德等狂飙突进运动作家对自然的崇尚
被德国学者可尔夫称作"自然的人道主义"，杨武能教授对此做出了具体
的解释："小说《维特》的主人公所向往的，实际上也是能使人的一切自
然本性，包括感情、欲望、才能、智慧等等，都得到充分表现，充分满
足，充分施展。"④

与卢梭等人类似，歌德将情感丰富而真挚的平民生活作为庸俗的市侩
作风和冷酷的封建等级制的对立面，因为市侩的金钱欲和贵族的清规戒律
"统统都会破坏我们对自然的真实感受和真实表现"。⑤ 热爱大自然和自然
素朴的生活方式的纯情少年维特在历史和现实中找到了人的自然状态的明
证：荷马史诗中"古代宗法社会的特殊生活"、⑥ 普通农民简朴而温馨的家
庭生活和天真烂漫的儿童的单纯生活。歌德心目中的自然还是一个美学范
畴，因为内在自然（真实的内心世界）、外在自然和自然素朴的生活方式
能赋予我们以一种审美的眼光："只有自然，才是无穷丰富；只有自然，
才能造就大艺术家。"⑦ "自然"代表着人的审美创造力，维特用它来批判

① 歌德：《少年维特的烦恼》，杨武能译，第 62 页。
② 歌德：《诗与真》下卷，刘思慕译，载《歌德文集》(5)，第 571 页。
③ 歌德：《少年维特的烦恼》，杨武能译，第 44 页。
④ 杨武能：《走近歌德》，第 56—57 页。
⑤ 歌德：《少年维特的烦恼》，杨武能译，第 50 页。
⑥ 同上书，第 62 页。
⑦ 同上书，第 50 页。

功利主义的市民社会："我常常看见人的创造力和洞察力都受到局限；我常常看见人的一切活动，都是为了满足某些需要，而这些需要除去延长我们可怜的生存本身又毫无任何目的。"①

《少年维特的烦恼》中的自然是主人公的心灵之镜，书中的自然风光映现了主人公的心绪、情感和思想。与主人公愉快的心境相对应，小说第一编中出现的是荷马史诗般明朗的自然；与主人公职场和情场受挫后的心灰意冷相呼应，小说第二编中出现的则是莪相民谣般阴郁的自然。在小说的开篇，因女友亡故而痛苦的维特来到乡村瓦尔海姆，他发现"周围的一切都如乐园一般美好"，②于是便沉醉在生机勃勃的大自然之中，美丽的大自然成了他的心灵的庇护所："它的岑寂正好是医治我这颗心的灵丹妙药；还有眼前的大好春光，它的温暖已充满我这颗时常寒栗的心。"③在大自然中，维特感觉到了永恒的宇宙生命的存在："一切都生机盎然，欣欣向荣……它们向我揭示了大自然内在的、炽烈而神圣的生命之谜。这一切的一切，我全包含在自己温暖的心里，感到自己像变成了神似的充实，辽阔无边的世界的种种美姿也活跃在我的心灵中，赋予一切生机。"④正如人的灵魂赋予人的肉体以生命一样，世界灵魂（即上帝）赋予整个世界以生命，在大宇宙和小宇宙（即人）的统一整体中，自然之子维特体验到了天人感应，他感受到了"全能上帝的存在"和"博爱天父的嘘息"，自然整体已成为"我灵魂的镜子，正如我的灵魂是无所不在的上帝的一面镜子一样"。⑤维特对自然整体的热爱明显地表现为一种泛神论式的宗教热情，他感觉到神即宇宙生命本身，神内在于宇宙，世界的诞生是自因（世界灵魂的创造原理），世界万物皆体现了神性："到处都有造物主的精神在空中流动"，谦卑的维特渴望"从那泡沫翻腾的无穷尽的酒杯中，啜饮令人心醉神迷的生之欢愉，竭尽自己的胸中有限的力量，感受一下那位在自己体内和通过自己创造出天地万物的最高存在者的幸福"。⑥

在小说第一编的末尾，由于绿蒂倾向于理智务实的"靠山"阿尔伯

① 歌德：《少年维特的烦恼》，杨武能译，第48页。
② 同上书，第45页。
③ 同上书，第44页。
④ 同上书，第83页。
⑤ 同上书，第45页。
⑥ 同上书，第84页。

特，维特的心情也由"幸福"转变为"痛苦"，自然的面貌也随之发生了骤变，祥和美好的大自然变成了一头凶猛的巨兽，变成了"一个永远不停地在吞噬和反刍的庞然大物"。① 维特发现了大自然的两面性，它既是一个创造者，又是一个不停的破坏者："戕害我心灵的，是大自然内部潜藏着的破坏力，这种力量所造就的一切，无不在损害着与它相邻的事物，无不在损害着自身。想到此，我忧心如焚。"② 由于敏感的维特完全沉醉于自然之美并将自然视作心灵的避难所，因此他无法适应暴虐的自然，更无法适应冷酷的社会。与爱走极端的维特不同，歌德的天性趋向于平衡，他能适应大自然的祥和与狂暴，能从大自然中汲取振奋精神的力量并去履行他的社会义务。在《茹尔策的美艺术》一文中，歌德明确表达了他的斯多葛学派的自然观：人应该顺应自然，以宁静的心态接受自然的祥和与暴虐、创造与毁灭，在肯定生之快乐的同时忍受生命的有限与短暂，坚忍不拔地走自己的路。神学目的论者茹尔策认为"慈爱的自然母亲"能把人的性格塑造得温柔而敏感，歌德反驳道："大自然根本就没这么干，大自然倒是——谢天谢地——在锤炼自己真正的孩子，使之去经受她不断地为他们准备的痛苦与磨难；这样，我们也才能把最为坚强地面对并驱除磨难从而不顾一切地照自己的意志前进的人，称作最幸福的人。"③

在小说的第二编中，维特对自然的迷恋转变成了一种自我毁灭欲。由于维特痴迷于自然美并将宁静和谐的自然视作心灵的避难所，因此他无法面对自然的狂暴和强制性的现代社会对人的自然本性的压制，于是他选择了自杀来表达他对"扼杀人性的封建制度"和"败坏人性的市民社会"④的抗议。在第二编中，冷漠客观的自然图景取代了宁静和谐的田园风光，狂暴的令人恐怖的自然取代了壮丽的自然，自然的破坏力成为社会强制力的一面镜子。面对自然和社会政治经济的暴力，维特感到抑郁："我痛苦之极；我已失去自己生命中惟一的欢乐，惟一神圣的、令我振奋的力量，我用它来创造自己周围的世界的力量，这力量业已消逝！"⑤ 第一编中有灵性的自然在此已变成了"一幅漆画似的"无感觉的自然，它漠视维特的痛

---

① 歌德：《少年维特的烦恼》，杨武能译，第 84 页。
② 同上。
③ 杨武能、刘硕良主编：《歌德文集》第 12 卷，第 5 页。
④ 杨武能：《走近歌德》，第 61 页。
⑤ 歌德：《少年维特的烦恼》，杨武能译，第 116 页。

苦，不再给他提供庇护与心灵安慰。

在《茹尔策的美艺术》一文中，歌德早已表达了他的唯物主义自然观：自然是绝对独立的，它既创造又毁灭，它根本不在乎人的道德评价和美学评价："自然给我们留下的坏印象难道不是和它的最可爱的一面一样同属于自然的计划吗？……我们所看见的自然，是力量，是吞噬性的力量；……美与丑同在，善与恶并存。万物都拥有相同的权利。"① 这种自然是独立自足的自然观，源于公元 3 世纪时俄耳甫斯教的自然思想：自然自行生成，"完满自足"，自然女神是创造和毁灭之母。② 赫尔德等狂飙突进派作家均认为神无处不在，自然万物均受"神性"的支配，自然体现了"神性"。③ 青年歌德在小说的第二编中则强调了自然的客观性和独立性，他把自然理解成一个非道德、非审美、无神学目的的自行变化过程，这种对自然的客观性的强调使他贴近狄德罗等人的唯物主义自然观，从而奠定了他在狂飙突进运动中的特殊地位。

从自然哲学的角度来看，《少年维特的烦恼》一书所表达的自然思想属于从自然本身来解释自然和一切自然现象的自然主义。青年歌德认为一切自然现象的发生均源于彼此对立的自然力量的相互作用（积极的自然力和消极的自然力的对立性是中晚年歌德的极性学说的雏形）；正是自然内部对立力量的相互作用导致了永恒的生成、变化和消亡，因而自然不是显现为一种持久的状态，而是显现为一种"死与变"的、不断的创造和变化过程。歌德认为人是大自然之子，于是他将这种力本论的自然主义运用到人身上，从而形成了一种中性的、非道德的人论。他认为人也是一个力的复合体，人的各种生命活动均起因于各种力量的相互作用。歌德将他的自然本身无善恶可言的非道德的自然观移植到人类行为领域，用自然发生的必然取代了道德的应当。

在道德哲学领域，青年歌德的人论属于以人的自然欲望、自然本性来说明人类行为的伦理自然主义（ethischer Naturalismus），他追问的不是人类行为的善恶，而是行为的动因，并将这些动因归结为自然力。他认为个人的命运是由各种外部和内部力量之间的相互作用决定的，敏感而质朴的

---

① Goethe-HA, Bd. 12, S. 17 – 18.
② 吴雅凌编译：《俄耳甫斯教祷歌》，第 23—24 页。
③ 范大灿主编：《德国文学史》第二卷，第 231 页。

自然之子维特的人生之路就充分说明了这种客观的决定论：维特以爱的激情来反对冰冷的理智，以人的自然本性来反对现代社会的强制，最终被强大的社会力量压倒。歌德从赫尔德的感觉论（"我感觉自己，故我在"）①出发，竭力为人的情感和激情辩护，他认为情感和激情能赋予生活以情趣，能促进人的生活实践和社会实践，并成为艺术创造的原动力。他在《诗与真》第三部中回忆道："因苦恋朋友之妻而造成的耶路撒冷之死，把我从梦中撼醒，使我不仅对他和我过去的遭遇进行思索，还分析眼下刚碰到的这个令我激动不安的类似事件。如此一来，我正在写的作品便包含着火热的情感，以致不能再分辨艺术的虚构与生活的真实。"② 青年歌德认为激情并不是不道德的心理变态，而是人身上的一种类似于自然力的、强烈的情感力量，这种力量在极端情况下也能导致人的自我毁灭："让我们把这种推理用到精神方面，来瞧一瞧人的局限吧。一个人受到各种外界影响，便会产生固定的想法，到最后有增无减的激情夺去了他冷静的思考力，以致毁灭了他。"③ 爱情是歌德的《维特》和卢梭的《新爱洛绮丝》（1761）的共同母题。卢梭是一位灵肉对立的二元论者和道德论者，他认为爱的激情虽然扎根于人的肉体，但是肉体欲望应该服从灵魂的纯洁，因此他笔下的男女主人公圣普乐和朱丽最终都克制了爱的激情；而青年歌德则是一位伦理自然主义者，他把人视作灵肉合一的有机整体，把激情视作中性的、无善恶可言的自然力，因此他笔下的维特将爱的激情贯彻到底，至死不悔。

亲近自然、体验自然、歌颂自然的青年诗人歌德认为仅仅表达对自然的感觉是不够的，他要"提高自己的文化修养"，④ 从感觉自然逐步走向认识自然。从自然哲学的角度来看，创作时间长达六十年的诗剧《浮士德》反映了歌德的自然认识的三个阶段：神秘的自然魔法（Naturmagie）、通过观察和实验认识自然和运用对象性思维研究自然。

巨著《浮士德》宛如地壳的岩层，《浮士德初稿》（1772—1775）就位于歌德的自然认识的最底层，它表达了青年歌德的神秘学思想。神秘学（Hermetik）是关于猜想的、超感觉的、用自然规律无法解释的神秘力量和

---

① 范大灿主编：《德国文学史》第二卷，第 221 页。
② Goethe-HA，Bd. 9，S. 587.
③ 歌德：《少年维特的烦恼》，杨武能译，第 82 页。
④ 艾克曼：《歌德谈话录》，杨武能译，第 206 页。

神秘事物的学说，包括自然魔法、炼金术、占星学和神智学，其鼻祖据传说是著有《绿柱石文卷》的埃及智慧之神赫尔墨斯·特里斯梅吉斯托斯（Hermes Trismegisthos），其最杰出的代表就是预言了人造人荷蒙库鲁斯的瑞士医生、炼金术士帕拉塞尔苏斯（Paracelsus，1493—1541）。1768 年 8 月至 1770 年 3 月，歌德在法兰克福养病时就阅读过文艺复兴时期的帕拉塞尔苏斯、瓦伦廷鲁斯（Valentinus，约 16 世纪）和赫尔蒙特（Helmont，1577—1644）等人的神秘学者作以及德国炼金术士韦林（Welling，1652—1727）的著作《魔法、犹太神秘主义和神智学大全》，文艺复兴时期的"神秘学、神秘主义和犹太神秘主义"① 奠定了《浮士德初稿》的思想基础。《浮士德初稿》带有文艺复兴时代的强烈色彩，浮士德博士将发霉的书斋称作"监牢"，将中世纪的经院哲学称作空洞的"迂论"，他要走向"生机勃勃的自然"，② 凭借神秘的自然魔法看清自然的"所有影响力和种子"，认识"世界最内在的凝聚力"，③ 从而获得比较实用的经验知识。浮士德意识到宇宙生命是无法用概念来把握的，于是他采用了神秘学家的自然魔法（符箓、咒语、祈祷和对天地之中隐形力量的辨认）以求直接掌控大自然。他认为占星学家诺斯特拉达穆斯（Nostradamus，1503—1566）的大宇宙符记揭示了大自然的奥秘："万物交织成一个整体，/一物与他物共生共存。"④ 但他旋即意识到这种宇宙和谐的"奇景"（Schauspiel）只是神秘学家的猜想和预感而已，猜想和预感无法真正把握"无限的自然"。⑤ 于是浮士德用咒语召唤出地灵（Erdgeist）——自然力和生命力的化身，但是代表"生命的洪流、行动的狂风"⑥ 的地灵拒绝了他的亲近。魔法师浮士德倍感失望："在光天化日之下，用秘术/无法揭开大自然的面纱。"⑦ 歌德在此强调自然魔法只是对自然奥秘（例如大宇宙和小宇宙的关联）的预感，它并非建立在精确的观察和实验基础之上的实证科学。

《浮士德，一个片断》中的《森林和岩洞》（1787—1789）一场则位于歌德的自然认识的中层，它反映了歌德自 1780 年以来在魏玛和意大利

① Goethe-HA, Bd. 9, S. 350.
② Goethe-WA, Abt. I, Bd. 39, S. 221.
③ Ebd. , S. 220.
④ Ebd. , S. 222.
⑤ Ebd.
⑥ Ebd. , S. 224.
⑦ Goethe-WA, Abt. I, Bd. 14, S. 39.

所获得的以观察和实验为基础的科学的实证精神。拥有科学精神的歌德意识到了人与自然万物具有本质上的相似性，人与自然物都是由物质元素构成的，人是物质世界进化出的高级生物，是大自然创造出的万物之灵长，正是这种本质上的相似性确保了自然物的可认识性，浮士德愉快地感谢地灵："不只让我冷静而惊讶地模仿，／还准我深入造化幽邃的胸怀，／就像静观一位挚友的心田。／你领芸芸众生从我眼前走过，／你指点我，教我在静静林间、／在空气和流水里把同类发现。"① 正是由于歌德采用了"静观"（即感性直观）和实验的科学方法，他才得以认识无限自然的局部真相："崇高的精灵啊，你……／赐予了我请求得到的一切、／你把壮丽的自然给我做王国，／赐予我力量去享受和感觉。"② 这一阶段的歌德重视的是来自感官知觉和实验的实在的感觉经验。

《浮士德》第一部（1808）和第二部（1832）则位于歌德的自然认识的最上层，它反映了歌德运用"对象性思维"所获得的崭新的自然观。早在 1795 年，歌德在《比较解剖学普通引论初稿》一文中提出了将感性直观与理论思维相结合的可行方法，据此建立了系统的形态学和颜色学，提出了"原型"（Typus）理论。德国医生、人类学家海因罗特（August Heinroth，1773—1843）在他的《人类学教科书》（1822）中将歌德的思维方式誉为"对象性思维"（gegenständliches Denken）。③ 对象性思维就是将世界（包括人自身）作为客观具体的对象进行研究，把主体对客体的感性直观和基于经验事实的理论思维结合起来的思维方式，简言之它就是经验理性主义的思维方式，它既与客体的特性有关，也与主体设置的认识条件（观察角度、概念系统等）有关。歌德在《一句慧语对我的有力支持》（1823）一文中写道："海因罗特博士认为我的工作方法非常独特，他说我的思维是一种对象性的活动；他想表达的是：我的思维不脱离对象，对象的特性和表象均进入思维，均被思维紧密地把握，以至于我的直观本身就是一种思维，我的思维也是一种直观……我总是怀疑'认识你自己'这句格言；它是秘密结盟的祭司们所想出的一条诡计，这些祭司用不可能实现的要求蛊惑人心，他们劝人放弃针对外部世界的行动，引诱人沉迷于错误

---

① 歌德：《浮士德》，杨武能译，第 149 页。
② 同上。
③ Goethe-WA, Abt. II, Bd. 11, S. 60.

的内省。人只有认识了世界才能认识他自己，他只在自我中发现世界并且只在世界中发现自我。"① 歌德奉劝人们放弃内省性的我向思维，采用对象性的、适应客观世界的唯实思维，以实证和理性的科学精神获得对大自然的真理性认识，《浮士德》第一部和第二部就反映了歌德运用"对象性思维"所取得的自然研究成果。

在《浮士德》第一部《天堂里的序幕》中，歌德强调了"对象性思维"的重要性："世间万象缥缥缈缈，动荡游移，／坚持思考，把它们凝定在心里。"② 他借三位大天使之口提出了宇宙的"极性"原理：世界的多样化源于光明与黑暗、上帝和魔鬼、创造与毁灭的两极对立，正是"极性"推动物质世界不断地发生形态变化。天使加百列将光明与黑暗的两极对立视作宇宙和地球运动的内驱力："让光明如同天国的白昼，／把可怖的沉沉暗夜替换；／……日月星辰永远飞速行进，／牵动着大海牵动着高山。"③ 三位大天使赞美"天主"创造的壮丽的宇宙："玄妙崇高的造化之工啊，／不减创世当日的辉煌。"④ 这句赞词说明"天主"是自然神论（Deismus）中的神，他创造了万物之后就退居幕后，让自己的本质体现在世界之中，让世界自行运转，听从他设定的规律的支配，因此这位"天主"实际上是"人格化的自然规律"。⑤ 在《书斋》一场，浮士德认为火、水、风、土"四大元素"⑥是世界的本原，凸显了诗剧作者歌德的唯物主义自然观。浮士德在翻译《约翰福音》第一章第一句时把"Logos"（宇宙原理）译成"为"（die Tat，行动），他欣然写上"太初有为"，⑦ 歌德用"为"来表示宇宙起源的自因和大自然本身的运动发展变化，由此便宣示了一种自然主义的、无神论的宇宙观。⑧

在《浮士德》第二部第二幕《爱琴海的岩湾》一场，歌德借善变的海神普洛透斯和认为水是万物的本原的米利都派哲学家泰勒斯（Thales，约前624—约前547）之口，提出了生命起源于海洋、原始生命经过长期的

① Goethe-WA, Abt. II, Bd. 11, S. 60.
② 歌德：《浮士德》，杨武能译，第15页。
③ 同上书，第12页。
④ 同上。
⑤ 范大灿主编：《德国文学史》第二卷，第538页。
⑥ 歌德：《浮士德》，杨武能译，第55页。
⑦ 同上书，第54页。
⑧ 杨武能：《走近歌德》，第308—309页。

形变逐渐演化为人的生命进化论。普洛透斯和泰勒斯对玻璃瓶中的荷蒙库鲁斯说道："我这就把你驮在背上，/让你与海洋结为眷属。/按照这值得嘉许的心愿，/把生命的历史从头体验。/……经过千千万万次的变形，/到变成人还需相当时间。"① 从这种渐进的进化论出发，歌德赞成德国地质学家维尔纳（Gottlob Werner，1750—1817）提出的关于地壳岩石成因的水成论（Neptunismus），反对暴烈的火成论。1827 年 2 月 1 日，歌德在和艾克曼的谈话中承认他是水成论的信徒："矿物学也一样令我感兴趣……我想在其中寻找到原初世界形成的论据，维尔纳的学说使人产生了这样的希望。"② 维尔纳通过对萨克森和波希米亚的地层的研究，发现那里所有的岩石都是沉积岩，都和水的沉积作用有关。1787 年，他在《各种岩石的简明分类和描述》一书中明确提出了水成论：地壳的全部岩石都是由于原始海洋的沉积作用而形成的，水是地壳形成与变化的唯一动力。歌德在《爱琴海的岩湾》一场中借泰勒斯之口高唱水成论的赞歌："万物都起源于水！/万物都靠水维系！/海洋，请永远统治！"③

---

① 歌德：《浮士德》，杨武能译，第 389 页。
② 艾克曼：《歌德谈话录》，杨武能译，第 138 页。
③ 歌德：《浮士德》，杨武能译，第 393 页。

第 五 章

艺术的内部研究

第一节　形式与素材

　　　　在各种不同的文学形式里，蕴藏着神秘而巨大的效果。比如我的
《罗马哀歌》，如果有人将其改译成拜伦《唐璜》式的音调和诗体，那
么它的内容必定也随着变得十分粗俗。①

　　本节题记引自 1824 年 2 月 25 日歌德和艾克曼关于形式与内容的关系
的谈话。歌德认为作品的内容和形式应构成一个有机的统一体，内容决定
形式，而形式对内容又具有巨大的反作用：当形式适合于内容时，它能够
促进内容的表现；当形式不适合内容时，它会阻碍内容的发展，而形式改
变了，作品内容的性质也会随之改变。歌德以他的组诗《罗马哀歌》
（1795）和拜伦的讽刺史诗《唐璜》（1824）为例，来说明形式应适应内
容。《罗马哀歌》用典雅庄重的对句形式（Distichenform）的哀歌体描绘了
永恒之城罗马和古希腊罗马的神话世界，成功地表现了爱情的实现和诗人
的新生的主题，实现了典雅形式与高贵内容的完美契合。拜伦的长诗《唐
璜》则采用轻佻尖利的意大利八行诗体（Stanze），辛辣地讽刺了欧洲的封
建专制、金钱统治和湖畔派诗人的媚主文学，同样实现了形式与内容的统
一。但有人若用轻佻的八行诗体来改写或翻译歌德的《罗马哀歌》，那么
这部作品的高雅内容就会变得粗鄙不堪。

　　形式（Form）指的是艺术家创造艺术品时所采用的表现形式、组织方

---

① 艾克曼：《歌德谈话录》，杨武能译，第 40 页。

式和结构方式。歌德将形式感视作人的真正的审美能力和艺术家特有的创造力。他将形式与现存的素材以及自发的意蕴区别开来。他把艺术作品分成三个有机的组成部分：素材（Stoff）指的是艺术家从生活中获得的原始材料；意蕴（Gehalt）指的是生活素材中本身所含有的思想感情或艺术家为自然素材赋予的意义；素材和意蕴构成了作品的内容；形式则是内容的存在方式，是内容的组织方式和表现方式，包括体裁、结构、语言、格律和表现手法等要素。歌德重视艺术家的造形能力，他要求艺术家用他的造形意志（Formwille）来控制外部世界提供的素材和从艺术家的内心世界自发产生的思想情感，运用自己的精神能力（感性、知性、想象力和理性）将形式和内容融合为一个生气贯注的有机整体。他在《〈西东合集〉的注释与论文》中写道："诗人的明智本来就与形式有关，世界过于慷慨地把素材提供给他，而从他丰富的内心中自发地涌出意蕴；素材与意蕴无意识地相遇，最后竟无人知晓这丰富的内容究竟会属于何人。而形式首先存在于天才的心中，诗人应认识到和考虑到形式问题，这就要求诗人灵心妙运，使形式、素材和意蕴相互适应，相互结合，相互渗透。"①

形式感对于天才而言既是一种创造力，又是一种自我约束力。歌德在《格言与反思》中写道："每个人的眼前都有素材，而意蕴只有从事创作的人才会发现；对于大多数人而言，形式始终是一个秘密。约翰内斯·赛昆都斯道出了一句妙语：'形式的超凡力量'（vis superba formae）。"② 歌德所说的形式感类似于康德的鉴赏判断（Geschmacksurteil），鉴赏判断是只涉及对象形式而不考虑利害关系的纯粹观照。康德要求艺术家用后天习得的鉴赏力来约束先天的天才（即创造审美意象的天赋），并努力将鉴赏力与天才结合起来，从而使天才的活动更符合于知性："鉴赏与判断力一样，一般而言是天才的纪律（或者管束），它狠狠地剪短天才的翅膀，使天才受到教养或者磨砺；但同时它也给天才一种引导，即它应当扩展到什么上面和扩展到多远，以便保持是合目的的；而由于它把清晰和秩序带进丰富的思想中，它就使得理念成为站得住脚的。"③ 在 1831 年 6 月 6 日与艾克曼的谈话中，歌德要求诗人用"令人愉悦的限制性的形式"（wohltätig

---

① Johann Wolfgang von Goethe, *Werke*. Bd. 1. Wiesbaden: Emil Vollmer Verlag, 1965, S. 1159.
② Goethe-HA, Bd. 12, S. 471.
③ 康德：《批判力批判》，李秋零译，载李秋零主编《康德著作全集》第五卷，第 333 页。

beschränkende Form）来约束过于自由的想象力，以免它沦为荒诞的幻想，并使诗人的构思得以定型。[①] 歌德在此运用了他的辩证思维：主体的审美愉悦恰恰来自对无法则的过度自由的限制，来自作品的形式感和形式与内容的统一。

　　形式能对素材进行加工并使素材中的意蕴具象化。歌德在他的未完成的剧作《潘多拉》（1808）中写道："形式使意蕴升华，／把伟大赋予自己和它。"[②] 但这种自我授权的、对素材进行锤炼的、强制性的形式观亦有其缺陷，因为它忽视了素材和题材本身的重要性。歌德把形式主义艺术家比作专制暴君，他们任意处理题材，这样便造成了"暴虐的形式"和重要的题材之间的不和谐，因此对题材的处理要以形式适合于内容、适合于主题的表现为前提。1813 年 1 月 15 日，歌德在致音乐家策尔特的信中批评了强横的形式主义艺术家，因为他们所采用的"暴虐的形式"与有价值的题材不合拍："高超的艺术家施展技艺，创造了一种非常暴虐的形式（ge-waltsam lebendige Form），并用这种形式来提炼和改造每种素材。但一种有价值的基质在某种程度上会阻碍优秀艺术家的创作，因为这种基质束缚了他的手脚，限制了他的自由，降低了他作为造型艺术家和个人的自由活动的乐趣。"[③] 1807 年 3 月 28 日在和里默尔的谈话中，歌德批评了形式主义者片面追求形式和技巧，从而造成了形式与内容的脱离："有些人过分崇尚技巧……从而导致形式与内容的严重脱节，他们要么把形式强加在素材上，要么就使形式抽离于素材。"[④]

　　与"令人愉悦的限制性的形式"和"暴虐的形式"相对照，歌德作出了第三种形式定义：无定形物的造形（Formung des Formlosen）。1815 年歌德阅读了英国气象学家霍华德（Luke Howard，1772—1864）的著作《论云的形变》（1803），通过深入的云学研究和认真的气象观察，他撰写了科学论文《依照霍华德学说论云的形成》（1822）和《试论气候学》

---

① Johann Peter Eckermann, *Gespräche mit Goethe*. Berlin & Weimar：Aufbau-Verlag, 1982, S. 435.

② Goethe, *Gedenkausgabe der Werke*, *Briefe und Gespräche*. Zürich：Artemis Verlag, 1948 – 1971, Bd. 6. S. 430. 此版本在下文简写为"Goethe-GA"（《歌德文集》纪念版）。

③ Goethe-WA, Abt. IV, Bd. 24, S. 243.

④ Goethe-GA, Bd. 22, S. 444.

（1825）。在这两篇论文中，他指出大自然能够按照自然规律（蒸发、气压和气温的变化）把变幻不定的水蒸气塑造成有一定形态的云："在气象领域，大自然赋予无形态的物质以一种有形的生命，它以最美妙的方式为我们树立了一个先例。"① 歌德赞叹造化的神功："蒸气上升，形成层云；蒸气结团，形成积云；蒸气飘散，形成卷云；蒸气下降，形成雨云。"② 在组诗《霍华德云学三部曲》（1822）的第二首诗中，歌德以大自然的造形力来类比人的想象力："印度神如意身崇高而庄严，/轻松或沉重地漫步在昊天，/他收集或驱散云气的褶裥，/欣赏形态的变幻，/……他自身的造形力活跃而任性，/为飘忽不定的云气创造定形；/这里有一头猛狮，那里有一头象在走动，/他把骆驼的脖子变成飞龙。"③

　　在短文《纪念霍华德》（1822）中，歌德对这首诗作出了解释："这首诗的第一节把印度神如意身（camarupa，随意变幻身形者）描绘成精神性的实体，他能够按照自己的欲望随意变形，在云的形成和改造上，他也发挥了有效的作用。诗的第二节说明了人的想象力的作用，想象力出于天生的冲动随时赋予无定形的偶然事物以某种必然的形式。想象力喜欢从云联想到动物、战斗的军队和堡垒等类似事物，莎士比亚曾数次成功地运用了这种联想，在联想上我们看到了想象力的创造作用。在有污点的围墙和墙壁上，我们也经常进行同样的活动，在有些地方我们认为我们看见的不是规则的形象，而是扭曲的形象。"④ 歌德在此指出了想象力的赋形作用：在知性和意志的引导下，想象力可以通过类比、变形和重组创造出别有意味的审美意象。在《依据法尔康涅和论法尔康涅》（1776）一文中，歌德还指出了想象力的移情作用："无所不在的想象的魔力攫住了艺术家，并赋予他周围的世界以生命。"⑤ 换言之，艺术家通过想象把自己的情感投射到客体上，并与客体融为一体，从而使自然物具有了人性和生命。歌德所说的想象力的赋形作用类似于康德关于"审美意象"的论述：人的想象力有特殊功能，它能够依据超验的和经验的理性观念的指导，对自然所提供的感性材料进行加工，创造出理性观念的感性形象，即具体生动的"审美

---

① Johann Wolfgang von Goethe, *Werke*. Bd. 8. Wiesbaden：Emil Vollmer Verlag, 1965, S. 1171.

② Goethe-HA, Bd. 1, S. 408.

③ Ebd., S. 350.

④ Ebd., S. 408.

⑤ Goethe-HA, Bd. 12, S. 24.

意象"（ästhetische Idee）。①

在札记《歌德的文件夹》（1776）中，歌德以有感觉的、有生命的"内在形式"（innere Form）来反对法国古典主义僵化的外在形式和诗学规则："正如内在的感官区别于外在的感官，内在的形式亦有别于外在的形式，内在的形式不是用手可以把握到的，但它是可以感觉到的。我们的头脑必须理解另一个人头脑中的思想；我们的心灵必须感受到另一个人的内心情感。推翻规则并不意味着毫无约束，如果范本危害到了内心的感觉，那么我们宁可创作一部乱糟糟的剧本，也不去写一部冷冰冰的剧作。内在形式包孕所有的形式，倘若我们具有内在的形式感，那么我们就不会厌恶心智生产的迟缓……每种形式，即使是最有感觉的形式，都有某种非真实性；但内在形式毕竟是一面凸透镜，借助这面凸透镜，我们可以把广袤的自然的神圣光线聚焦到人类的心灵上，使它们成为燃烧的火焰。"②

"内在形式"一词的首创者是古罗马哲学家普罗提诺（Plotin，约204—约270），他把柏拉图的理念论和亚里士多德的形式概念结合起来，创造了"内在形式"（éndon eídos）这个概念，用它来指创造者心灵中的理念，是理念赋予事物以外在的形式。英国哲学家夏夫兹博里继承了普罗提诺的"内在形式"概念，他用"内在形式"来指艺术家心灵的"赋形力"（forming power），他认为艺术家和诗人是"第二位造物主"，艺术家的心灵能赋予质料以和谐的外在形式，从而创造出一个本身融贯一致的有机整体（即艺术品）。③歌德援用了夏夫兹博里的"内在形式"一词，用它来指艺术作品的灵魂，这灵魂是艺术家的"心智"（感性、知性、想象力和理性）所赋予的，换言之，艺术家的心智具有一种有机的造形力，它既能够赋予素材以独特的意蕴，又能够为这种独特意蕴创造一种相应的形式，从而使艺术品成为一个生气灌注的有机整体。

晚年歌德经常用康德的"形式的合目的性"来解释艺术欣赏和艺术创作，他越来越重视艺术的表现形式，被贡多尔夫称作"形式感的膨胀"。④世界在老年歌德的眼中已分裂为各种重要的事实，他要为这些事实寻找独

① 《康德著作全集》第五卷，李秋零译，第327—328页。
② Goethe-HA, Bd. 12, S. 22.
③ Klaus Weimar（Hg.）, *Reallexikon der deutschen Literaturwissenschaft*. Berlin & New York: Walter de Gruyter, 1997, Bd. 1, S. 613.
④ Friedrich Gundolf, *Goethe*. Berlin: Georg Bondi, 1916, S. 249.

特的表现形式。为此他创造了"特形"（Eigenformel）一词，他认为作为种概念（Unterbegriff）的个性化的"特形"必须符合作为属概念的普遍形式（叙事文学、抒情诗和戏剧）。1819 年 4 月 18 日，他对魏玛公国首相缪勒说道："每种事物和每种活动都要求有一种自己的形式，一种特形，这种特形排除了非本质的因素，清楚地划定了基本概念的界限。"①

晚年的歌德还提出了从有限的语言和形象中显出无限的意蕴的"象征"说，他在艺术实践上也摆脱了形式的束缚，努力追求一种虚实结合的象外之象，力求神韵轩举，使作品的意蕴不落言筌，做到言有尽而意无穷，成功地创造了一种深远的意境和一系列意态无穷的妙品。贡多尔夫盛赞歌德晚年的艺术："这种艺术所追求的最终意境不仅摆脱了这种或那种形式，而且也许超出了表达，真可谓形式中的形式。"②

歌德把艺术作品的构成要素分为素材、意蕴和形式。素材（Stoff，又译"材料"、"质料"）指的是艺术家从社会生活中摄取而来、尚未经过加工和提炼的原始材料，它是艺术创造的物质基础。"素材"一词最早可追溯到古希腊哲学中的"物质"（hylē）概念，它在亚里士多德的实体学说中被称为"质料"，即与"形式"（eidos）相对的无结构的材料，而作为原型的形式则赋予质料以形态并为质料确定目的，形式是实体得以形成的原因。

歌德把"质料"理解为认识、审美和实践活动的对象。在文艺理论领域，歌德使用了素材（Stoff）、对象（Gegenstand）、主题（Sujet）、题材（Motiv）和表现对象（Darstellungsobjekt）这一类同义词，用它们来指称经验世界中真实的客观现象，例如自然现象、生活琐事、重大事件和具体的契机，它们是审美感觉和艺术处理的原始材料。歌德认为掌握和处理现实中的素材是文艺创作的基础，他对艾克曼说道："世界如此辽阔广大，生活如此丰富多彩，什么时候也不会缺少做诗的动因。不过所有的诗都必须是即兴诗，也就是说，必须由现实为写诗提供诱因和素材。个别特殊的事件，正是通过诗人的处理，才会获得普遍价值和诗意。我自己所有的诗都是即兴诗，都是由现实所引发，在现实中获得坚实的根基。"③

---

① Woldemar Freiherr von Biedermann（Hg.），*Goethes Gespräche*. Leipzig：Biedermann Verlag，1896，Bd. 8，S. 86.

② Friedrich Gundolf，*Goethe*. Berlin：Georg Bondi，1916，S. 251.

③ 艾克曼：《歌德谈话录》，杨武能译，第 9 页。

　　早在狂飙突进时代歌德就意识到了素材的重要性，他明白文学家通过选择合适的素材可以确定文学作品的内容（尤其是主题）。他在书评《最文雅的欧洲诸民族的特质》（1772）中写道：诗人可以从农民、工匠和普通市民的现实生活中找到一个文雅民族的"自然素材"（Naturstoff），并把这种素材加工成一幅"具有特色的画面"，创作出一部反映民风民俗的"自然诗"。① 这种"选材"观在青年歌德的创作中得到了具体的体现：历史剧《葛兹》（1773）通过选取 16 世纪德国的骑士起义和农民战争为题材，成功地表现了狂飙突进时代争取个人自由的主题；诗剧《哀格蒙特》（1787）则通过 16 世纪尼德兰的政治斗争和民族独立斗争的题材表现了个人生活与社会政治的矛盾，抒发了诗人歌德被裹入魏玛宫廷的政务活动中的苦闷。

　　在《〈希腊神殿前厅〉发刊词》一文中，歌德描述了艺术创作的具体过程：首先艺术家从经验世界中摄取各种素材，然后依据典型性标准对素材进行选择，剔除偶然性因素，找到那种能表现事物本质的素材，将它确立为艺术表现的题材，接着对题材进行精神的、感性的和机械的处理，从而将题材加工成具有理性的内容美和感性的形式美的完整艺术作品。歌德对素材和题材进行了区分：素材（Stoff）指的是一切自然现象和生活现象；纷繁的素材经过艺术家的选择之后就成为艺术作品的题材（Gegenstand）。他写道："我们在我们周围所发现的一切，都只是粗糙的素材……艺术家懂得如何从事物中找出它们外在美的方面，懂得如何从现存的事物中挑选出最好的事物来。"②

　　古典文学时期的歌德非常重视有意识地选择那些具有典型意义的题材，因为典型的题材能够更集中地表现文艺作品的主题。1797 年 6 月 6 日，他在致画家迈尔的信中写道："一部艺术作品的成功建立在它所要描绘的典型的（prägnant）题材的基础之上。"③ 晚年的歌德依然视题材的选择为艺术创作的根基，他要求艺术家选择那些能表现事物的"本质特征"（das Charakteristische）的有价值的题材："还有什么比题材更重要呢？没有题材，整个艺术大厦就成了空中楼阁。题材不行，所有的才华皆白费。

①　Goethe-WA, Abt. I, Bd. 37, S. 274f.

②　歌德：《论文学艺术》，范大灿等译，第 49 页。

③　Johann Wolfgang von Goethe, *Briefe*. Bd. 2. Hamburg: Christian Wegner Verlag, 1968, S. 274.

正是由于现代艺术家缺少合适的题材，因此现代的艺术品全都是一些蹩脚货。"①

在谈论造型艺术品的构思时，歌德还对主题和母题进行了区分：主题（Sujet）是艺术作品所蕴含的基本思想，它必须由具体的母题（Motive，即形象）来展示和表现。1797 年 10 月 17 日，歌德在致席勒的信中写道："在给定了一个主题之后，我们现在开始处理母题，因为只有通过母题才能走向内部的组织，然后再过渡到布局，并继续进行下去。"② 歌德所说的造型艺术的主题类似于音乐学中的主旋律（Thema）：一首赋格曲的主旋律首先在呈示部出现，然后再由若干动机（Motive）展开，最后又在再现部回到主旋律。造型艺术的主题也可以由想象（Vorstellung）来展现，歌德在《玛卡利亚笔录选》（1829）中写道："此外，艺术自身也能创造出不少东西，同时艺术也因自身含有美而能够弥补自然的不完美。因此，菲狄亚斯才能雕出神像，尽管他不是模仿视觉所看见的人物，而是在想象中把握神的形象，他设想着宙斯将会如何显现，假如他真的浮现在我们眼前的话。"③

对于文学创作而言，素材是一种绝对必要的，但不具有直接目的的材料储备。1798 年 1 月 6 日，歌德在致席勒的信中写道："我在旅途中所获取的材料现在还毫无用处⋯⋯外界留给我的诸多印象必须长期悄悄地发生作用，直到它们自愿地为我的文学创作效劳。"④ 直到晚年歌德依然坚持对素材进行精选，主张选择有意义的题材，因为题材决定了内容的含量。1813 年 1 月 15 日，他在致作曲家策尔特的信中写道："艺术应该处理有价值的、有意义的题材，因为从伦理上来看，在最终完成了艺术作品之后，内容总是作为最高的统一体出现在我们面前。"⑤ 他还认为题材的选择能表明一位作家的审美趣味和精神境界："题材的选择总是能够表明这位作家是一个什么样的人和他具有什么样的精神素质。"⑥

歌德发现普通读者首先注意到的是一部作品题材的新颖或有趣，而不

---

① Johann Peter Eckermann, *Gespräche mit Goethe.* Berlin & Weimar：Aufbau-Verlag, 1982, S. 56.

② Johann Wolfgang von Goethe, *Briefe.* Bd. 2. Hamburg：Christian Wegner Verlag, 1968, S. 312.

③ 杨武能、刘硕良主编：《歌德文集》第 6 卷，第 465 页。

④ Johann Wolfgang von Goethe, *Briefe.* Bd. 2. Hamburg：Christian Wegner Verlag, 1968, S. 323.

⑤ Goethe-WA, Abt. IV, Bd. 23, S. 243.

⑥ Johann Peter Eckermann, *Gespräche mit Goethe.* Berlin & Wermar：Aufbau-Verlag, 1982, S. 610.

是作家别开生面的意匠。他在《诗与真》第十三卷（1814）中指出了他的小说《维特》受到广大读者喜爱的原因："这本书确实产生了巨大影响，其原因当然在于题材……我们不能要求广大读者从精神上来接受一部精神性的作品。正如我已从我的朋友们那里所体验到的那样，广大读者其实看重的只是它的内容和题材。"① 在《威廉·迈斯特的学习年代》（1796）第八集中，歌德批评了业余艺术家毫无形式感，只知道追求题材的效果，不懂得对题材进行形式化和典型化的艺术加工："由于大多数人本身也无定形（formlos），不能给自己和自己的气质一个固定的形象；因此，他们便极力要去除对象的形象，使其全部变为松松软软的原材料，他们自己也就是这样的材料。最终他们把一切降低为所谓的效果。"②

在《颜色学》（1810）一书中，歌德要求艺术家必须"控制素材"。③ 在《日志与年记》（1830）中，他要求艺术家发挥主观能动性，对题材进行形式化和典型化的艺术处理，从而创造出优美的艺术形象："唯有诗人知道题材的意义，他在实施自己的创作意图时能从题材中提炼出魅力和优美。"④ 在 1827 年 7 月 5 日与艾克曼的谈话中，歌德认为诗人能够匠心独运，通过对普通题材的巧妙处理，化腐朽为神奇："我们德国的美学家经常谈论题材有诗意和没诗意，他们在一定意义上尽管也并非完全没有道理，但是归根到底，只要诗人能正确处理题材，就能使任何现实的题材都富有诗意。"⑤ "造形"是歌德对职业艺术家提出的首要任务，但他认为形式和内容是一个有机整体，因此他要求艺术家做到各种创作要素的动态平衡："诗人应认识到和考虑到形式问题，这就要求诗人灵心妙运，使形式、素材和意蕴相互适应。"⑥

第二节　意蕴说

从普拉滕的这几部新剧中可以看出卡尔德隆的影响。它们都极富

---

① Goethe-HA, Bd. 9, S. 588 - 590.
② 歌德：《威廉·迈斯特的学习时代》，杨武能译，第 435 页。
③ Goethe-WA, Abt. II, Bd. 1, S. 373.
④ Goethe-HA, Bd. 10, S. 447.
⑤ 艾克曼：《歌德谈话录》，杨武能译，第 156 页。
⑥ Johann Wolfgang von Goethe, *Werke*. Wiesbaden: Emil Vollmer Verlag, 1965, Bd. 1, S. 1159.

才智，在一定意义上也很完美，只是缺少一种特别的分量，缺少某种意蕴的厚重。它们不具备引起观众心灵深刻的共鸣和长久回味的内容，而只是轻轻地短暂地触动了我们的心弦……德国人要求表现出某种严肃性，某种思想的伟大和某种内心的丰富，因此席勒才受到所有人的高度推崇。我一点也不怀疑普拉滕的大才，不过大概由于他的艺术观有所偏颇，其才能未表现为严肃、伟大和丰富。他显示了博学、才智、恰当的风趣和极其精美的艺术性，但这不算成功，特别是在咱们德国人看来。①

本节题记引自 1824 年 3 月 30 日歌德和艾克曼关于文学作品的意蕴的谈话。歌德评论了普拉滕伯爵（August Graf von Platen, 1796—1835）的《玻璃鞋》（1823）等剧作，认为它们形式精美，言词风趣，但它们均未表现伟大的思想和丰富的内心，因而缺乏厚重的意蕴。意蕴（Gehalt）指的是艺术作品的思想内容和精神价值，它是艺术作品内在的"精神和意义"，② 是艺术家从生活素材中"提取"出来的意义或者是艺术家给素材"注入"的更高的精神价值，③ 是艺术家在自然素材中所投入的"情感、思想"，④ 一言以蔽之，意蕴就是艺术作品通过外在形式所显现的"内在的生气、情感、灵魂、风骨和精神"。⑤

只有与"经历"、"形象"和"形式"等概念相对照和相联系，我们才能更好地理解歌德的"意蕴"说。关于意蕴与经历（Erlebtes）的关系，歌德认为意蕴来自艺术家自己的生活经历，它是艺术家从个人经历中提炼出来的、反映了生活的某些本质方面的思想意义。他在《向青年作家再进一言》（1832）一文中写道："艺术家必须从内心出发工作，因为艺术家不管如何表现，他展现出来的永远都是他的个性……青年诗人要讲自己的生活体验和工作经历，而且只讲这个，不管它以什么形态出现，他们应该严格消除一切反精神、一切胡思乱想和胡言乱语以及一切否定性的思

---

① 艾克曼：《歌德谈话录》，杨武能译，第 50 页。
② 歌德：《论文学艺术》，范大灿等译，第 377 页。
③ 同上书，第 52 页。
④ 同上书，第 113 页。
⑤ 黑格尔：《美学》第 1 卷，朱光潜译，商务印书馆 2010 年版，第 25 页。

想……诗的意蕴就是自己生活的内涵。"① 从内心出发指的是从生活中的真情实感出发，但这种真情实感只是粗糙的原料，它必须经过"感性的处理"和"精神的处理"才能上升为艺术作品的意蕴。

关于意蕴与形象（Gestalt）的关系，歌德认为意蕴是通过艺术形象表现出来的，它必须通过读者的接受才能得以实现。歌德在《威廉·迈斯特的学习时代》中塑造了一个无家可归的竖琴老人形象。竖琴老人感叹自己的身世，吟唱了三首凄凉的琴师之歌。1806 年 10 月普鲁士在与拿破仑的战争中遭到惨败，普鲁士王后路易丝（Luise von Mecklenburg-Strelitz，1776—1810）流亡到了梅默尔。被放逐的王后手捧《威廉·迈斯特》，当她读到小说的第十三章时，竖琴老人的流浪者形象令她黯然神伤，琴师之歌触动了她的伤心处，于是她潸然泪下，内心的痛苦得到了宣泄。歌德在《格言与反思》中记载了这段逸事，并说明了用血泪凝成的艺术形象的强烈感染力："书籍也有自己的、不可消除的经历。'谁不曾和着泪咽面包，/谁不曾坐在床头饮泣/熬过一个个痛苦长夜，/谁就不谙诗歌的神力。'一位极其完美的、备受尊崇的王后在惨遭流放、落入痛苦的深渊时，曾反复吟咏这几行痛彻心扉的诗。含有此诗的这本书传达了某些痛苦的经验，她以此书为友，从中寻得心灵的安慰。"②

关于意蕴与形式（Form）的关系，歌德认为意蕴和形式是一对互补性的概念。他在《〈浮士德〉的构思提纲》（1797）中写道："形式与无形式的冲突。在无形式的内容和空洞的形式之间，优先选择前者。内容带来形式，形式从不脱离内容。"③ 他重视意蕴和意蕴的表现形式，他要求艺术家对生活素材及其所体现的思想感情进行形式化和典型化的艺术加工，使其升华为具有艺术价值的意蕴。1830 年 2 月 17 日，歌德对艾克曼谈到了他的《亲和力》，他说："这部小说中没有一笔不来自生活，也没有一笔照搬生活。"④ 在《格言与反思》中，他批评了内容空洞、形式老套的形式主义庸才："现在有可能出现一些毫无价值但并不次的作品。毫无价值，是指它们没有意蕴；不次，是因为作者的眼前摆放着范本的普遍形式。"⑤ 这

① Goethe-HA, Bd. 12, S. 360 – 361.
② Ebd., S. 495.
③ Goethe-GA, Bd. 5, S. 541.
④ 艾克曼：《歌德谈话录》，杨武能译，第 259 页。
⑤ Goethe-HA, Bd. 12, S. 506.

种套用范本的平庸的形式主义之所以盛行，是因为当代才子把现存的题材都已加工殆尽，导致了"时代内容和语言的耗竭"，因此他要求当代作家拥有"更加自由的世界视野"，从外语和外国文学中"吸纳外来养料"。①

歌德要求文学家在创作时应做到素材、意蕴和形式这三种要素的相互协调。他认为普通人也有生活经历和生活情感，但只有具有审美感受力和审美评价能力的艺术家才能使生活中的思想情感升华为能反映生活本质的意蕴，而只有具有形式感的优秀艺术家才能为意蕴找到恰当的表现形式，才能为新内容创立新形式，并善于运用旧形式为新内容服务。他在《格言与反思》中写道："形式和素材一样都应得到加工；与素材相比，对形式进行加工更加困难。每个人的眼前都有素材，而意蕴只有从事创作的人才会发现；对于大多数人而言，形式始终是一个秘密。"② 歌德将形式理解为知性的造形原则，将意蕴理解为形式化的思想情感，将艺术品理解为"理式与爱"③ 的统一体。他认为审美创造依靠的是"你心胸中的意蕴/和你头脑里的形式"，④ 他要求艺术家用"造形力"（Bildens Kraft）来控制外部世界纷繁的素材和内心世界自发的思想情感，创造出既有感性的形式美又有理性的内容美的艺术作品。

在《论颜色学》（1810）一书中，歌德明确提出了形式、素材和意蕴这三种创作要素相互依存的关系，将艺术作品视作形式与内容契合无间的有机整体："无手法的意蕴会变成狂想，无意蕴的手法会沦为空洞的推敲；无形式的素材落入暗昧，无素材的形式导致虚妄。"⑤ 古典文学时期的歌德将艺术美定义为"严肃与游戏的结合"，⑥ 即美是思想内容与艺术形式相结合的整体。晚年歌德则更加明确地指出美就是有意蕴的形式："古人的最高原则是意蕴，而成功的艺术处理的最高成就就是美。"⑦

晚年歌德认为意蕴不仅是个人的精神升华的结果，而且是集体智慧的结晶，而个性化则主要体现在作家的精神能力和他所采用的表现形式上。1832 年 2 月 17 日，他对索勒说道："归根结底，我们全都是集体性人物

---

① Goethe-HA, Bd. 12, S. 506 – 508.
② Ebd., S. 471.
③ Goethe-HA, Bd. 1, S. 610.
④ Ebd., S 248.
⑤ Goethe-GA, Bd. 16, S. 343.
⑥ Goethe-HA, Bd. 12, S 98.
⑦ Johann Wolfgang von Goethe, *Werke*. Bd. 7. Wiesbaden: Emil Vollmer Verlag, 1965, S. 989.

（kollektives Wesen）……即使是最伟大的天才吧，如果完全凭借自身的内在天赋，也不会有大的出息。可是许多优秀的人偏偏不明白这点，老梦想着要独创，结果便在黑暗中摸索了半辈子。我曾认识一些艺术家，他们自诩没有任何的师承，一切一切全靠自己的天才。真是些傻瓜啊！……老实说，除了看、听、辨别和选择，以及用自己的心智赋予所见所闻以生气，并将其艺术地再现的能力和意愿之外，我并没有什么真正自己的东西。"①德国浪漫派鼓吹从自我出发的独创性。弗里德里希·施莱格尔在《断片集》（1797—1800）中写道："一切自主性都是原始的，都是独创性，而一切独创性都是道德的。"② 歌德在《格言与反思》中批评了这种纯主观的独创性："所谓的从自我出发来创作通常会造就虚假的独创性作家和矫饰主义者。"③ 歌德对施莱格尔的批评切中肯綮：施莱格尔创作的长篇小说《路琴德》（1799）在很大程度上模仿了歌德的《威廉·迈斯特的学习时代》。韦努蒂也批评了英国浪漫主义所谓的原创性和个人主义著作权观："文本被视为对作者独特思想和感情的表现。"④ 事实也是如此，例如柯勒律治就经常把别人的思想记录下来，经过加工之后再发表。

　　晚年的歌德提出了一种非个性化（unpersönlich）学说，他要求作家摆脱自己的个性，对题材作客观的处理，绝不把自己主观的思想感情灌注到题材中，而应该让人物按照作品的内在必然性来说话和行动。1830 年 3 月 14 日，歌德和艾克曼谈到了梅里美的诗集《弦琴集》和拜伦的悲剧《马林诺·法里哀罗》，他赞扬梅里美对恐怖题材所采取的远距离的客观态度和拜伦的无个性："梅里美当然是个特别能干的人；一般说来，为了对题材作客观处理，需要比人们所想象到的更大的魄力和天才。拜伦也是一个例子。他尽管个性很强，有时却有完全否定自己的个性的魄力；例如在他的一些剧本里，特别是在他的《马林诺·法里哀罗》里。读这部剧本时，我们毫不觉得它是拜伦甚至是一个英国人写的。我们完全置身于威尼斯和情节发生的时代。剧中人物完全按照各自的性格和所处情境，说出自己的话，丝毫不流露诗人自己的主观思想、情感和看法。这是文学创作的正确

---

　　① 艾克曼：《歌德谈话录》，杨武能译，第 323 页。
　　② 施勒格尔：《雅典娜神殿断片集》，李伯杰译，生活·读书·新知三联书店 1996 年版，第 184 页。
　　③ Goethe-HA, Bd. 12, S. 480.
　　④ 韦努蒂：《译者的隐形》，张景华等译，外语教学与研究出版社 2009 年版，第 180 页。

方法。但对法国青年浪漫派作家的夸张描写，我可不敢恭维。"①

歌德奉劝文学家不要直接表现生活中的思想感情，应该对自发的思想感情进行艺术处理，应该采用密语化（Verrätselung）手法，用比喻、寓言、意象和象征来暗示作品的内在意蕴。他在田园诗《阿莱希斯和多拉》（1797）中写道："诗人常用词语编织一个谜，/对着众人悄悄耳语。/秀美意象的奇妙结合令人人皆欢喜。"② 歌德所说的密语化手法类似于艾略特（1888—1965）所说的"客观对应物"：个人主观的情感只是素材，要想进入作品，必须经过一道非个人化的艺术处理过程，即找到"客观对应物"（objective correlative），例如意象、情景、事件、掌故和引语，用它们来表现具有普遍意义的情感。③

第三节　特殊与一般

　　艺术真正的生命，也正在于把握和再现特殊的事物。还有呢，如果我们只限于再现一般，那么谁都可以来模仿；可特殊却没人能模仿。为什么？因为其他的人没有同样的经历。你也不用担心特殊的事物引不起共鸣。任何个性，不管它多特别，任何艺术再现的对象，从石头直到人，都具有共性。因为万物都会重现，世界上不存在任何只出现一次的事物。到了再现特殊的阶段，所谓的布局也就开始了。④

本节题记引自 1823 年 10 月 29 日歌德和艾克曼关于特殊与一般的谈话。关于写诗，歌德要求艾克曼摆脱先入为主的概念化，认真观察现实中的个别事物，把握住特殊，从特殊中发现它的"本质方面"，通过对特殊事物的描绘来再现一般。歌德认为从特殊事例出发、"在特殊中显现一般"⑤ 是正确的文艺创作方法，是艺术的生命之所在。

　　一般（Allgemeines）指的是同类事物的共同本质。特殊（Besonderes）

---

① 艾克曼：《歌德谈话录》，洪天富译，第 474—475 页。
② Goethe-HA, Bd. 1, S. 185 – 186.
③ 张隆溪：《二十世纪西方文论述评》，生活·读书·新知三联书店 1986 年版，第 38 页。
④ 艾克曼：《歌德谈话录》，杨武能译，第 18 页。
⑤ 同上书，第 92 页。

指的是不寻常的单个事物（Einzelnes，个别），用歌德的话来说就是"重要现象"，① 它是从个别上升到一般的中间环节，是联结个别和一般的"第三者"。②

歌德经常用"一般"和"特殊"这对概念来说明科学的认识过程和艺术再现现实的过程。在《格言与反思》中，他揭示了一般与特殊的辩证关系：任何一般都是特殊事物的本质，一般总是与特殊相联结而存在，特殊也一定与一般相联结而存在；一般绝不存在于特殊之外，而是存在于特殊之中，一般只能通过特殊而存在。他写道："什么是一般？/个别现象。/什么是特殊？/千百万个现象。弱智者的错误在于：他们在进行反思时立即从个别进入到一般，而不是在总体中去寻找一般。一般和特殊是叠合的：特殊就是在各种不同的条件下所显现的一般。特殊永远为一般所决定；一般必须永远顺应特殊。"③ 需要指出的是：歌德眼中的现象世界是一个有等级的总体，其中有次要现象和重要现象，艺术家必须"在众多现象中进行选择"，从中挑选出重要现象（即特殊），通过正确描绘重要现象的"特性"并把它纳入"普遍概念"之下，从而获得纯正的风格，迈入艺术的"圣殿"。④

自柏拉图、亚里士多德和经院哲学以降，西方哲学一直在关注"一般"（共相）的实在性和可认识性问题。围绕着一般是否是实在和一般是否独立于个别这个问题，哲学史上有三种不同的答案：柏拉图主义者割裂了一般与个别的关系，他们认为一般就是存在于个别事物之外的理念，个别事物只是一般理念的摹本；经院哲学中的唯实论（Realismus）认为只有一般才是实在的，一般先于个别事物而存在，一般是独立于个别事物的客观实在，它是通过人的抽象能力能认识到的结构或原型；唯名论（Nominalismus）则认为只有个别（殊相）才是实在的，个别先于一般，一般只是人们用来表达个别事物的名称，一般只是一个名词或主体所虚构的一个概念而已，它毫无实在性。这三种观点皆割裂了一般与特殊的联系。

歌德摒弃了他那个时代的经验论和感觉论中的唯名主义倾向，批评了唯实论脱离经验的抽象推理和观念重组，并且反对斯宾诺莎提出的个别与

① Goethe-WA, Abt. II, Bd. 1, S. 29.
② Johann Peter Eckermann, *Gespräche mit Goethe*. Berlin & Weimar: Aufbau-Verlag, 1982, S. 33.
③ Goethe-HA, Bd. 12, S. 433.
④ 歌德：《论文学艺术》，范大灿等译，第 9 页。

一般的对立。歌德认为一般与特殊是一个有机统一体,他承认一般的存在,但他的一般既不是柏拉图的纯粹理念,也不是唯实论者的客观结构,而是通过现象直观和理性认识所获得的真理:"一般就是我们认识和把握到的真理(das Wahre)。"① 在谈到生物的形变时,他明确指出生命是特殊和一般的有机统一体:"活的统一体的基本特征如下:分离,结合,进入一般,保持特殊,变化,定型,生命体在千百种条件下各显神通……在相同的意义上和相同的程度上,众生都在交互作用;因此大自然中所发生的最特殊的现象总是表现为最一般的本质的形象和比喻。"② 与理性的概括能力相比,歌德更重视由感性直观得来的经验知识,他认为认识就是在经验世界的特殊事物中发现一般:"知识:经验的重要性,经验总是指向一般。"③

关于把握住特殊和一般的方法,歌德也发表了独到的见解。他根据自己的自然科学研究经验,详细阐述了科学的认识过程和把握住特殊与一般的认识方法:首先要了解自然界中丰富的个别现象,然后对纷繁的个别现象进行区分(sondern),从中挑选出重要的个别现象(即特殊),然后再对特殊现象进行感性直观(anschauen)和理性概括(verallgemeinern),得出规律性的一般。他在《〈论颜色学〉前言》(1810)中写道:"人们发现了吸引其注意力的重要现象,这种发现刺激了人的求知欲……一个巨大的集合体涌现在我们眼前,我们看见的是一个多种多样的现象世界。我们不得不进行区分、分辨和重新编排;由此最终产生了一个或多或少令人满意的、一目了然的秩序。为了在某一学科中建立起某种程度的秩序,一种持续而严格的整理工作是非常必要的。但是我们发现人们更愿意用某种普遍的理论观点或某种阐释方式来排除这些现象,而不是竭力去了解个别和建立一个整体。"④ 正因为"重要的现象"(即"特殊")包含着一般,而"纯粹直观"(reines Anschauen)⑤ 和理性思维可以发现其中的一般,所以一般就是重要的"个别现象"(特殊);形形色色的个别现象及其多样的表现形式要求观察者进行区分,从观察的整体中找出特殊现象,通过对特

① Goethe-HA, Bd. 12, S. 433.

② Ebd., S. 367 - 368.

③ Ebd., S. 407.

④ Goethe-WA, Abt. II, Bd. 1, S. 29.

⑤ Johann Peter Eckermann, *Gespräche mit Goethe*. S. 165.

殊现象的感性直观和理性认识把握住其中的普遍本质，因此特殊就是既具有个别性又具有普遍性的"一般"。

歌德在《论颜色学·教育学部分》（1810）中对"原始现象"（Urphänomen）作出了解释和定义：原始现象指的是可以直观到的、各种类似现象的本质，即这些现象的内在规律或一般，这种一般是从感觉经验出发通过感性直观而把握到的客观规律，它不是从理论概念或科学假说出发，通过抽象思维而推导出的命题。歌德强调原始现象是通过感性直观发现的："我们在经验中所觉察到的，大多都是一些现象，我们运用一些注意力就可以把它们归入普通的经验范畴。如果我们比较了解现象发生的某些必要条件，那么这些现象又可以归入表明本质的科学范畴。从此一切现象逐渐服从较高的规则和规律，这些规律不是通过言词和假说呈现给知性，而是通过现象呈现给直观。我们称这种直观到的本质为原始现象，因为在现象世界中没有什么东西高于它。正如我们此前从现象上升到本质一样，现在我们完全可以本质下降到日常经验中最普通的现象。"① 从现象中直观本质，然后从本质反观现象，由此不断加深人们对事物本质（一般）的认识，从而形成了认识不断向上发展的辩证循环。

歌德反对先于现象直观的、从"普遍的理论观点"出发的抽象思维，在谈到表示特殊和一般的颜色学术语时，他表达了对撇开具体事物的抽象概念的怀疑："不用符号来取代事物，不用词来扼杀物，而是永远面对生动具体的事物，要做到这一点尤其困难……唯理论者经常用一般来掩盖特殊，用派生的概念来遮蔽本原的感觉经验，这样就没有真正澄清和阐明一般。"② 在《格言与反思》中，歌德对唯理论者脱离感觉经验的抽象思维提出了更加尖锐的批评："普遍概念和狂妄自大总是通向可怕的灾难。"③他要求自然科学家抛弃空洞的抽象概念，"从特殊出发上升到一般，然后从一般再返归特殊"，④ 深化自己的认识，形成把特殊和一般高度统一起来的具体概念。

歌德用特殊和一般的辩证法来说明艺术再现现实和概括现实的过程。

①　Goethe-WA, Abt. II, Bd. 1, S. 72.
②　Ebd. , S. 304.
③　Goethe-HA, Bd. 12, S. 417.
④　Goethe-WA, Abt. II, Bd. 1, S. 242.

首先他对科学和艺术进行了区分：科学概括针对的是"不依赖于人而存在的大自然"，而"艺术则必然与人有关"，① 艺术概括的对象是人的生活和人性。艺术家在观赏自然物时，常常投入情感、思想和意义，他已对客观自然进行了主体化，已从特殊的自然对象中概括出了有典型意义的一般，此时独立的自然已成为人化的自然："艺术家一旦把握住自然界的一个对象，这个对象就已经不再属于自然，甚至可以说，艺术家在把握对象的那一刻就创造出了那个对象，因为他从对象中提取出了意蕴和有典型意义的、引人入胜的东西，或者甚至给它注入了更高的价值。"②

在《对自然的简单模仿、虚拟和风格》一文中，歌德描述了艺术再现现实的三种类型："对自然的简单模仿"指的是忠实地模仿外在的自然现象，它把握住了个别和特殊，但未作艺术概括，未达到典型化；"虚拟"指的是艺术家个人的主观作风，它从主观的抽象能力出发把握住了一般，但牺牲了个别和特殊；纯正的"风格"则从特殊对象中概括出了一般，它"通过一个纯正的、生动活泼的个体把这两者结合起来"，③ 从而实现了艺术的典型化。

在《德国的浪漫作品》一文中，他将"普遍的人性"视作艺术概括的最重要的对象，他要求文学家从特殊的民族性中概括出作为一般的、具有普世价值的人性："显而易见，所有民族最优秀的诗人和审美的作家自古以来追求的就是普遍的人性。在每一个特殊之中，不管它是来自历史，来自神话，来自传说，还是来自某种程度的任意虚构，我们都可以看到，那种普遍的本质越来越照射到民族性和个性之中，并贯穿其中。"④

在《格言与反思》中，歌德指出了两种艺术概括的方法：一种是席勒式的"为一般而找特殊"的概念化，概念化的结果是说教式的寓意诗；另一种是歌德式的"在特殊中显出一般"的典型化，典型化产生的是突破了有限的语言和形象限制的、气韵生动的象征诗。⑤

---

① 歌德：《论文学艺术》，范大灿等译，第 89 页。
② 同上书，第 52 页。
③ 同上书，第 9 页。
④ 同上书，第 366—367 页。
⑤ Goethe-HA. Bd. 12，S. 471.

第四节　寓意与象征

> 欧福良不是凡人，而只是一个寓意形象。他是诗的人格化，这种诗不受任何时间、任何地点和任何人的束缚。后来由他体现的同一个精神，现在表现为驾车童子；在这点上他就如同无所不在的幽灵，随时随地都可以被召唤出来。①

本节题记引自 1829 年 12 月 20 日歌德和艾克曼关于《浮士德》第二部中的寓意形象的谈话。歌德指出了第二部第一幕中的驾车童子和第三幕中的顽童欧福良之间的同一性，他们都是一个"寓意形象"（allegorisches Wesen），皆喻指脱离现实大地的浪漫主义的梦幻诗，这种浪漫诗的核心就是毫无节制的、"自由飞翔的"② 想象力。

寓意（Allegorie）是一种修辞方式，它指的是用一种人格化的具体形象来表达一个抽象概念。歌德还把"寓意"称作"讽喻"（Gleichnis），即用一个形象化的故事通过打比方来说明一种抽象的思想。

从词源学上来考查，"寓意"（allēgoría）在古希腊文中的本义是"以此言彼"（das Anderssagen）。③ 古罗马演说家昆提利安（Quintilianus，约 35—约 95）在《演说术原理》一书中对"寓意"（allegoria）作出了修辞学上的定义："寓意是用言词来表达某种东西，是用字面意思来表达另一种意义。"④ 昆提利安的这种定义实际上指的是隐喻（Metapher），即把一个词的本义转化为另一种意思，以转义的方式来暗指他物。昆提利安举出了《伊里亚特》第二十卷中与猎手们搏斗的"一头狮子"⑤ 这个例子，来说明"雄狮"并不是指这头猛兽本身，而是暗指米尔弥冬英雄阿基琉斯。

在中世纪的德国盛行寓意诗（allegorische Dichtung），它用具象来代表

---

① 艾克曼：《歌德谈话录》，杨武能译，第 248 页。
② 歌德：《浮士德》，杨武能译，第 444 页。
③ Günter Dresdowsks（Hg.），*Duden Das große Wörterbuch der deutschen Sprache.* Mannheim：Biblografhisches Institut，1976，Bd. 1，S. 104.
④ GHb，Bd. 4，S. 17.
⑤ 荷马：《伊里亚特》，陈中梅译，花城出版社 1994 年版，第 477 页。

某种抽象概念或者用具体的情节来说明某种具有普遍意义的思想。例如蒂罗尔诗人文特勒（Hans Vintler,？—1419）的教育诗《美德之花》（1411）被称作"花卉寓意诗"，他用十七种香花来代表十七种美德，并用十七种毒草来影射十七种恶习。"骑士爱情寓意诗"（Minneallegorie）是这一时期的寓意诗中的佼佼者，它以中世纪的骑士爱情为题材，其中的人物、动物、地点和情节均寄寓着他意，它主要通过人物形象和具体情节来传达教育意义，来说明骑士爱情的本质乃是精神化的爱情而非肉欲。符滕堡诗人萨克森海姆（Hermann von Sachsenheim，约1366—1458）的诗体小说《莫琳》（1453）和巴伐利亚诗人拉伯尔（Hadamar von Laber，约1300—约1354）的爱情诗《追猎》是中世纪骑士爱情寓意诗的代表作。《追猎》描写的是一位猎人追踪一头纯种母鹿的过程，其中猎人指骑士，母鹿指骑士所爱慕的贵妇人，领头的猎狗代表骑士之心，其余的猎狗则代表骑士的各种高贵品质例如忠诚、勇敢和坚毅。猎人在追猎时并未用猎枪将母鹿撂倒（指肉欲的满足），而是不断地追踪，诗人在这种不断追踪的情节中寄寓了崇高的骑士爱情（die hohe Minne）理想——性爱的精神升华。

在从中世纪直至18世纪的造型艺术中，寓意常常以人格化（Personifikation）的形式出现，艺术家通过塑造一个具有某些属性和标志的人物来说明一种抽象概念，例如怀抱圣婴的圣母像就是基督教仁爱（Caritas）的人格化。寓意艺术中人物的固定属性和标志物导致了表现的程式化，例如尼德兰画家海姆斯凯克（1498—1574）的壁画《尤斯提提娅》（Justitia，1556）以古罗马的正义女神来代表公正，画中的正义女神戴着眼罩，表明她一视同仁，她一手持天平，表明她衡情度理，另一手持剑，表示她明断是非，这幅画毫无个性，落入了古罗马正义女神雕像的窠臼。这种概念化的寓意艺术过于刻板，它依赖于艺术家的抽象思维和观赏者对形象所寄寓的他意的理性解读，缺乏灵动的感性美，因此18世纪的美学家（康德、赫尔德、歌德和诺瓦利斯等人）更青睐"在特殊的东西中直观普遍的"[1]象征，本雅明在《德国悲剧的起源》（1928）一书中指出了这种范式的转变："寓意退居为阴暗的背景……它衬托出光明的象征世界。"[2]

歌德认为寓意只是一种用部分来代表全体（pars pro toto）和以象尽意

---

[1]　朱立元主编：《西方美学思想史》中卷，上海人民出版社2009年版，第723页。

[2]　Walter Benjamin, *Gesammelte Schriften*. Bd. 1. Frankfurt am Main, Suhrkamp, 1974, S. 337.

的修辞手法而已，它从一般概念出发，用特殊事例来说明一般概念，它重视的是一般概念，而特殊只是一个表意的工具和例子而已，特殊本身的品质并未得到应有的重视，并且意义总是局限在特殊事例之中，从而使寓意成为抽象概念的简单图解。歌德在《斐洛斯拉图斯的画论》（1818）一文中褒扬了境生于象外的象征艺术，批评了以象表意的僵化的寓意艺术："象征很奇妙，它不是那事物，同时又是那事物；它是一个在精神之镜中凝聚而成的形象，但这形象又与那事物相同。寓意则相形见绌，寓意也许很机智，但它最多只是一种传统的修辞格而已。"① 与这种概念化的表达方式相对应的是接受者的理性解读，而不是欣赏者"对对象的直观"。②

在《威廉·迈斯特的漫游年代》（1829）第二部第二章中，歌德谈到了象征产生的奇迹和寓意产生的奇迹，他把寓意称作"讽喻"（Gleichnis），"讽喻"就是用浅显易懂的形象或生动的故事来说明深奥的思想，它具有深入浅出的通俗化效果。教育省里的最年长者在和威廉谈论象征画和寓意画时说道：在象征里，"普通的事物和不寻常的事物，可能的事物和不可能的事物一致起来了。在讽喻里，在寓言里，情形恰好相反：在这里，意义、认识、概念就是崇高的事物，异乎寻常的事物，不可企及的事物。如果这意义体现在一个普通的、平常的、可理解的形象中，如果它因此在我们面前变成生动的、现实的、实在的东西，使得我们能够掌握它，抓住它，理解它，能够像对待自己的同类一样对待它，那么就会出现第二种奇迹，一种堪与第一种奇迹相媲美的、也许更胜一筹的奇迹"。③ 从"使不寻常的变得寻常"④ 的通俗化效果出发，歌德充分肯定了寓意画。

在《格言与反思》中，歌德对席勒式的寓意文学提出了批评。他认为席勒从抽象概念或主观理想出发，用具体形象来说明抽象概念，这种概念先行必然导致作品的意蕴完全局限在形象中，使形象所表达的意义过于明确和单一，从而丧失了意蕴的丰富性和多义性，使作品失去了气韵生动、意味无穷的艺术魅力："寓意把现象转化为一个概念，把概念转化为一个形象，但是结果是这样：概念总是局限在形象里，凭形象就可以完全把握

---

① Goethe-WA, Abt. I, Bd. 49. 1, S. 142.

② Johann Peter Eckermann, *Gespräche mit Goethe.* Berlin & Weinar, Aufbau-Verlag, 1982, S. 195.

③ 杨武能、刘硕良主编：《歌德文集》第 6 卷，第 163 页。

④ 同上书，第 162 页。

概念和理解概念，凭形象就可以完全表达概念。"① 马克思继承了歌德的思想。他在 1859 年 5 月 18 日致拉萨尔（Ferdinand Lassalle，1825—1864）的信中批评他把文学形象当成作家的政治思想和道德观念的宣传工具，使文学作品成为作家思想和时代精神的简单图解："你的最大缺点就是席勒式地把个人变成时代精神的单纯的传声筒……其次，我感到遗憾的是，在人物个性的描写方面看不到什么特色……甚至你的济金根——顺便说一句，他也被描写得太抽象了。"②

18 世纪和 19 世纪的美学家均推崇言有尽而意无穷的象征，而把寓意文学贬低为在具体形象中寄托作者情思的简单的宣传品。这种情形直到 20 世纪上半叶才有所改变。德国文艺理论家本雅明（Walter Benjamin，1892—1940）在《德国悲剧的起源》一书中将令人费解的寓意式思维视作现代派文学特有的思维方式，从而恢复了寓意文学的名誉。本雅明对寓意和象征进行了比较研究，并对 17 世纪的巴罗克文学和以卡夫卡等人为代表的现代派文学进行了类比，从而揭示了现代寓意文学的主要特色：（一）真实性，寓意文学曲折地反映了资本主义的异化现实和人性的物化；（二）碎片性，寓意文学描述了"一战"前后支离破碎的资本主义世界和人与自然、人与人之间的隔阂；（三）废墟性，工业文明和"一战"使世界成为物质领域的废墟，而寓意文学在思想领域恰切地表现了这种废墟性；（四）忧郁性，现代派作家面对现实的碎片而陷入忧郁沉思之中，他们以陌生化手法（Verfremdungsverfahren）打破了人们对资本主义世界的总体性幻觉，瓦解和摧毁了资本主义的浮华废墟，从而建立了彻底否定资本主义现实的、放弃了外观美的"反艺术"。③

德语"象征"（Symbol）一词源于古希腊语名词 symbolon（信物），symbolon 则派生于动词 symballein（拼合）。Symbolon 在古希腊罗马时期最初指的是作为凭证的信物（例如指环、方块、棒状物或片状物），该信物（类似于我国古代的虎符之类的符信）一分为二，双方各持一半，在重逢、

---

① Goethe-HA, Bd. 12, S. 471.

② 马克思、恩格斯：《马克思恩格斯选集》第四卷，第 554—555 页。

③ 陆涛：《从"象征"到"寓言"——本雅明的艺术现代性理论》，载《理论与创作》2010 年第 1 期，第 23—26 页。

续约或传递消息时双方所执的两半相合，即可证明双方的真实身份或合法性。① 歌德或现代意义上的"象征"则指的是含有意义的、可感觉的具体事物或具体形象（Sinn-Bild），该事物或形象除了表示它自身之外还暗含着某些较高的思想关联，还暗示着某些思想情感或观念。确言之，象征是一种特殊符号，它是形象化的符号，其能指为一具体形象，其所指包括直接意义和间接意义（即象征意义），例如作为象征的鸽子的直接意义指的是一种性情温和的中型鸟，它的象征意义为和平（即和谐、安宁与安全的状态）。

象征与寓意的主要区别如下：寓意以一事物所寄托的他意是单一的、明确的，而象征所隐含的意义则是多层的、暧昧的；寓意的能指和所指之间是一种约定俗成的、死板的关系，象征的能指和所指之间则是一种自然的、灵动的关系；寓意的破解依赖于接受者的理性思维，而象征意义的理解则依靠接受者的感性直观，它诉诸接受者的感觉和情感。

《威廉·迈斯特的学习年代》（1796）第八部第七章中的"指环"既具有古代的原义，又具有现代的象征意义："旧的熟识的艺术品吸引着他，排斥着他。他毫无办法，四周的这一切，他既抓不住也放不下，面前的一切使他回忆起过去的一切，他通观这整只他生命的指环，只可惜他面前这指环已经断裂，并且似乎永远也不肯合上。他觉得他父亲卖掉的这些艺术品是一种象征，象征着他也不能平静和彻底地占有这世上的珍宝，这珍宝有时是因为自己的过错，有时是因为别人的过错而被夺走了。"② 1827 年 1 月 17 日，歌德在和艾克曼的谈话中引用了他写于 1804 年的小诗《施洗约翰节的篝火》："让夏至的篝火烈焰熊熊，/让人间的欢乐无尽无穷！/是扫帚总归扫到被废弃，/小年轻总归一茬茬出世。"③ 歌德认为象征就是本身具有意义的形象，它在表达自我的同时还意指某些更深刻、更重要的思想。④ 他明确指出了这首小诗中"扫帚"和"儿童"的象征意义：扫秃了的扫帚代表着旧事物、旧思想和旧世界，嬉戏的儿童则象征着新事物、新思想、新世界和人生的欢乐。

---

① Günther u. lrmgard Schweikler（Hg.），*Metzler Literaturlexikon*. Stuttgart：J. B. Metzler，1990，S. 450.

② 杨武能、刘硕良主编：《歌德文集》第 5 卷，第 572 页。

③ 艾克曼：《歌德谈话录》，杨武能译，第 123 页。

④ 同上书，第 104 页。

Symbolon 一词在古希腊语中的原义为"礼宾信物"（tessera hospitalis）即古希腊人相互间厚待宾客、礼尚往来的符信。欧里庇得斯（前484—前406）在《美狄亚》一剧中提到了这种礼宾信物："我还要送一些信物给我的朋友，他们会好好款待你。"① 罗念生先生对"礼宾信物"作了如下注释：古希腊人具有好客的风俗，客人受了东道主的款待，愿留一个纪念时，常将动物的踝骨或指环等物分为两半，宾主各留一半，日后相见时这两半若能相合成一个整体，则该整体即为其中一方享有宾客权的凭证。伊阿宋拟把一些骨片交给美狄亚，把另一些交给他的朋友们，如此托他们款待美狄亚。② 柏拉图（前427—前347）在《会饮篇》中则用合在一起的信物来比喻雌雄同体的阴阳人，他讲述了两性的形成："宙斯说到做到，把人全部劈成了两半，就像你我切青果做果脯和用头发切鸡蛋一样……因此，先生们，我们每个人都只是半个人，就像儿童们留作信物的半个硬币，也像一分为二的比目鱼。我们每个人都一直在寻求与自己相合的那一半。"③ Symbolon 一词的另一个意思是"标志"（Erkennungszeichen），例如五角星形（Pentagramm）就是毕达哥拉斯盟会成员的标志。

亚里士多德（前384—前322）首创了语言学上的"符号"概念，他在《解释篇》中将"象征"规定为约定俗成的表意的语言符号："嗓子发出的声音象征着心理状态，书写的词语象征着嗓子发出的词语。"④ 奥古斯丁（354—430）综合了古代的象征理论，创立了西方的符号学。他强调词语只是符号的一个种类，词语既具有指称和表意的功能，又具有交际的功能："符号是把自己展现在意义之前，并且除自身之外还给精神指示出别的内容的那种东西。说话就是借助发出的声音提供一个符号……词语是事物的符号，当它被说话人发出时可以被听话人听懂。"⑤ 在《论基督教学说》等书中，他对符号进行了分类。根据感知的方式，他把符号分为听觉符号、视觉符号、嗅觉符号、味觉符号和触觉符号；根据用途，他把符号分为自然符号（例如动物的踪迹）和意向符号（例如动物的叫声和人的语言符号）；根据社会规定，他把符号分为能直接理解的普通符号和经过学

---

① 《罗念生全集》第三卷，上海人民出版社2004年版，第106页。
② 同上书，第132页。
③ 《柏拉图全集》第二卷，王晓朝译，第228—229页。
④ 托多罗夫：《象征理论》，王国卿译，商务印书馆2004年版，第8页。
⑤ 同上书，第31页。

习才会使用的约定符号；根据象征关系的性质，他把符号区分为本义符号和移用符号。[①]

奥古斯丁的老师、基督教拉丁教父安布罗斯（339—397）首次将"象征"解释为基督教信条的凝结："希腊语的象征指的是旧风俗，拉丁语的象征则指的是凝聚。"[②] 中世纪早期基督教思想家丢尼修（Dionysius Are-opagita，约 6 世纪）把象征当作领悟上帝的神秘的认识手段，从而建立了象征的圣像学（Ikonographie）。丢尼修认为被造世界的等级秩序（事物、人与天使）展示了上帝的圣道，因此可以通过揭示可感形象的象征意义的方法接近圣道。[③] 于是中世纪艺术中开始出现了宗教象征：十字架是基督教信仰的象征，它象征着基督对有原罪的世人的救赎和上帝与人和好的福音，鹰是耶稣升天的象征，鸽子是圣灵的象征，猫头鹰是叛教的象征，方舟是教会的象征，兔子是上帝存在的象征。[④]

在中世纪的骑士文学中也出现了象征，诗人们用感性形象来表达其生存经验。在屈伦贝格（Kürenberger，创作期为 1150—1170）的《鹰之歌》中，鹰是爱情的象征。在海因里希·封·莫龙根（Heinrich von Morungen，约 1150—1222）的骑士爱情诗中，维纳斯象征着爱情的致命魔力。在沃尔夫拉姆·封·埃申巴赫（Wolfram von Eschenbach，1170—1220）的史诗《帕西法尔》中，红色和白色是女性美的象征，鸽子是圣灵的象征，圣杯是圣洁和永生的象征，圣杯堡（Gralsburg）是宽容与和解的象征。在斯特拉斯堡的戈特弗里德（Gottfried von Straßburg，约 1170—1220）的史诗《特里斯坦和伊索尔德》中，森林中的爱情岩洞（Minnegrotte）是自由的、幸福的爱情之象征。但综观中世纪至 17 世纪的文学艺术，象征始终处于边缘地位。到了 18 世纪，象征理论开始崛起，狄德罗开文学象征之先河，他认为诗应该使用象征，象征就是有理据的符号，其中的能指是所指的形象表现。他在《论聋哑人书简》（1751）中写道：诗歌"话语不仅是有力而典雅地陈述思想的生动词语的组合，还是描绘思想的纵横交错的一套象

---

① 托多罗夫：《象征理论》，王国卿译，第 41—48 页。

② Joachim Ritter u. Karlfried Gründer（Hg.），*Historisches Wörterbuch der Philosophie*. Bd. 10. Basel：Schwab & Co, 1998，S. 711.

③ 赵敦华：《基督教哲学 1500 年》，人民出版社 1994 年版，第 197 页。

④ Günther u. Irmgard Schweikler（Hg.），*Metzler Literaturlexikon*. Stuttgart：J. B. Metzler，1990，S. 451.

形文字。在这意义上我可以认为：所有的诗都是象征性的。"①

18 世纪下半叶的美学主要研究造型艺术（尤其是雕塑），它注重艺术的具体性和形象性，因此约定俗成的、概念化的寓意遭到了贬斥，而气韵生动的象征则跃居前台。德国文学家莫里茨（1757—1793）和赫尔德的美学文献为歌德时代的象征理论指明了方向。莫里茨在《论寓意》（1789）一文中批评了言此意彼的纯粹的寓意画，强调了形象（即意义载体）的自为存在，有意忽略了其指示作用："只要一个形象具有表现性和意义，那么它就是美的。但是表现性和意义必须得到正确的理解：美的形象不应该表现和意指在它之外的某种东西，而应该通过它自身的外表来表现它自己，来表现它的内在本质……一个事物只是意指自我，表明自我，包孕自我，它是一个具有自身的内在完美的整体，这就是真正的美。"②

歌德重新引入了意义载体的指示作用（间接的暗示作用），同时又强调了意义载体的自为存在，从而使二者形成一种张力。他在《论造型艺术的对象》（写于 1797 年，发表于 1842 年）中写道："对象由深厚的感情决定。如果感情是纯洁的和自然的，那么它就与最好的、最崇高的对象相符合并且能将对象转化为象征。以这种方式再现的对象似乎只是为自己而存在，但是它们在其最深处又具有意义，其原因就在于观念，因为观念总是带有某种普遍性。如果象征除了再现之外还表明某些别的东西，那么它总是采取间接的方式……现在也有些艺术作品以知性、才智和矫饰来引人注目，所有的寓意作品都可以归入这一类，在这类寓意作品中几乎没有什么佳作，因为它们败坏了我们对再现本身的兴趣，并在一定程度上把精神赶了回去，使精神之眼无法看见真正再现的事物。寓意与象征的区别在于：后者间接地指称，而前者直接地指称。"③

在上文中，歌德首次提出了象征与寓意的对立。两者的共同点在于：象征和寓意都可以指称，即它们都通过形象来意指一般。两者的第一个区别在于：在寓意里，能指是透明的、约定俗成的，它以一个传统的形象表明所指；而在象征里，能指是不透明的、暧昧的，它以一个自然的、生动的形象来暗示所指。第二个区别在于：寓意是在一事物中寄托他意，其理

---

① 托多罗夫：《象征理论》，王国卿译，第 174 页。

② Karl Philipp Moritz, *Werke in zwei Bänden*. Bd. 1. Berlin & Weimar：Aufbau-Verlag, 1973, S. 301.

③ Johann Wolfgang von Goethe, *Werke*. Bd. 7. Wiesbaden：Emil Vollmer Verlag, 1965, S. 640.

解有赖于人的知解力；象征是用可感觉的具体形象来表现某些思想情感，其意蕴的把握诉诸人的感性直观（精神之眼）。第三个区别在于：寓意直接指意，它采用人格化的形象是为了表达某种抽象概念，这种可感知的形象并不是一种自为的存在；象征则间接地指意，象征所运用的特殊形象首先是"为自己而存在"（für sich zu stehen），其次它还包含着某些思想情感，换言之，再现特殊事物是第一性的，指意是第二性的。第四个区别在于：象征是在特殊中显出一般，人们在这个特殊形象中能够直观到某种普遍规律，换言之，象征的概括化过程是具体的、生动的、个性化的，它塑造的是既具有个性又具有普遍性的典型；寓意是抽象概念的人格化，其概括化过程是抽象的，它所采用的人格化形象只是抽象概念的图解而已，它所塑造的形象是只有共同性而没有独特个性的公式化的类型。第五个区别在于：象征的接受者原以为特殊事物只是为了其自身而存在的，然后突然发现它还有某些意义，于是产生了惊讶的感觉；而寓意则是刻意求工，它过于理性化，无法产生惊奇的效果。①

　　青年赫尔德将人体视作"心灵的象征"。② 他认为象征手法是对人的心灵（思想情感）的形象化表现。他在《雕塑论草稿》（1769）中写道："澄明（Durchschein），更确切地说，在人体上触摸到灵魂是完全形象化的……它是一种象征手法。"③ 在美学专著《雕塑论》（1778）中，他将美规定为真和善的感性表现，而真则是对特殊事物的普遍性的感性认识："一切普遍的东西都仅仅存在于特殊的东西之中，而只有从一切特殊的东西之中才产生普遍的东西。因此，美只不过永远是澄明，是形式，是达到目的的完善的感性表现（sinnlicher Ausdruck），是沸腾的生命和人的健康。"④ 他说的"美是形式"指的是艺术美是表现事物本质（即普遍性或一般）的一种形式，在表现本质时他强调了个性化："成为个性，活起来吧！"⑤ 赫尔德所说的"象征手法"（Symbolik）实际上就是典型化手法，典型化就是在个性化基础上的概括，他把典型理解为能最充分地表现普遍

---

① 托多罗夫：《象征理论》，王国卿译，第256—257页。

② Joachim Ritter u. Karlfried Gründer（Hg.），*Historisches Wörterbuch der Philosopie*. Bd. 10. Basel：Schwab & Co，1998，S. 725.

③ Ebd.，S. 726.

④ 赫尔德：《赫尔德美学文选》，张玉能译，同济大学出版社2007年版，第58页。

⑤ 同上书，第85页。

性的特殊事物。他在《论美》（1800）一书中明确指出："当人们在特殊的东西中直观普遍的东西，在特殊的东西和普遍的东西之间寻找界限，并且不能找到这个界限的时候"，就产生了艺术中的审美快感。① 在象征就是个性化的典型形象这一点上，歌德的论述与赫尔德的论述有着明显的互文性，但歌德强调了突破语言和形象限制的言外之意和象外之旨。

歌德抬高象征与康德美学也有一定的关系。1796 年 6 月 20 日他在致画家迈尔的信中提到了康德《判断力批判》（1790）一书的第 59 节"美作为道德的象征"。康德在此所说的"象征"指的是理性概念的感性化，即用一个感性形象去表现某种理性的道德概念，从而激发人们内心的道德情感，使人联想到善良意志。歌德在致迈尔的信中明确反对艺术为道德服务，他将进行道德说教的艺术贬为功利性的通俗艺术："整节在重弹那种半真实的庸俗老调：艺术应该承认并屈从于道德法则……但艺术若臣服于道德，那么它就会彻底完蛋。与其让艺术逐渐死于功利性的通俗，还不如给艺术的脖子套上一块磨盘把它立即淹死。"② 歌德虽然反对艺术的道德化，但是康德所说的道德的象征是"对概念的间接展示"还是对他产生了启发性的影响。1818 年 4 月 2 日，歌德在致德国美学家舒巴特的信中写道："世界上所发生的一切现象都是象征。一个现象在再现自己的同时，它还暗示着其它的事物。"③

歌德在《格言与反思》中所表述的象征概念与康德在《判断力批判》第 49 节中提出的"审美意象"（ästhetische Idee）非常相似："我把审美意象理解为想象力的这样一种表象，它诱发诸多的思考，却毕竟没有任何一个确定的思想亦即概念能够与它相适合，因而没有任何语言能够完全达到它并使它可以被理解。"④ 审美意象与理性观念（Vernunftidee）相对。康德认为理性观念是一种概念，没有任何一个感性直观能与之相符，但人的想象力有特殊功能，它能够依据超验的和经验的理性观念的指导，对现实自然所提供的感性材料进行加工，创造出超越于自然的第二自然，这第二自然是感性表象与理性观念的有机统一，是最充分地显现理性观念的感性形象，是表现出无穷的意蕴（理性观念内容及其相关的思致）的具体

---

① 朱立元主编：《西方美学思想史》中册，第 723 页。
② Johann Wolfgang von Goethe, *Briefe*. Bd. 2. Hamburg: Christian Wegner Verlag, 1968, S. 225.
③ Goethe-HA, Bd. 12, S. 720.
④ 《康德著作全集》第五卷，李秋零译，第 327 页。

形象。

歌德的"象征"概念主要有三种含义：一是指能够显出一般的特殊事物或有丰富意义的具体形象；二是指一种用可感觉的具体形象来暗示不可感觉的观念或思想情感的表现手法；三是指观念的形象化（而不是抽象概念的人格化）的结果，观念的形象化（即虚实结合的形象思维）创造的是一种意在言外、境出象外的深远意境："象征把现象转化为一个观念，把观念转化为一个形象，结果是这样：观念在形象里总是永无止境地发挥作用而又不可把握，纵然用一切语言来表达它，它仍然是不可言说的。"①

歌德认为象征就是观念的形象化。他的"观念"（Idee，又译"理念"）一词有二层含义：一是指同类现象的本质（即"一般"）；二是指绝对、太一、实体、神、无法索解者（das Unerforschliche）："观念是永恒的和唯一的；我们也使用'观念'一词的复数，这种做法是不对的。我们所感觉到的和我们能够谈论的一切，都只是观念的显现而已。"② 泛神论者歌德在《格言与反思》中指出最高的象征就是神性的形象化显现："如果特殊体现了一般，不是把它表现为梦或影子，而是把它表现为无法索解者在一瞬间的生动显现，那么这就是真正的象征。"③ "梦"指的是宗教徒在睡梦中见到的超自然的幻觉性异象（Vision），而歌德在此所说的"象征"则指的是表现神性（上帝的慈爱和遍在等）的艺术形象。1831 年 5 月 29 日，歌德在和艾克曼的谈话中称赞米隆（约前 480—前 440）的雕塑《母牛和吃奶的牛犊》："我们在这里见到了一个最崇高的题材：它借助美丽的比喻，在我们眼前展现出了那个维系世界、贯穿整个大自然并赋予大自然活力的原则。这件雕塑和其他类似的作品，我誉之为神无处不在的真正象征。"④ 而歌德笔下的浮士德则是一个意蕴丰富的象征性人物，他集享受生活、积极行动和不断创造为一体，他是自强不息、宏己救人的"新兴资产阶级的理想化身"，是文艺复兴以来"现代西方精神文化的象征"。⑤

首次提出象征与寓意的对立的还有歌德的好友、瑞士画家迈尔。他在与歌德的文章同名的《论造型艺术的对象》（1798）一文中拔高象征：

① Goethe-HA，Bd. 12，S. 470.
② Ebd.，S. 366.
③ Ebd.，S. 471.
④ 艾克曼：《歌德谈话录》，杨武能译，第 317 页。
⑤ 杨武能：《走近歌德》，第 282 页。

"具有象征意义的形象高于一切其他的形象，高于神话的和寓意的再现。"①
在《〈温克尔曼作品集〉的注释》（1808）一文中，迈尔对象征和寓意作
了明确的区分："象征性的再现就是感性化的一般概念本身，寓意性的再
现只是意指一个与它本身不同的一般概念。"② 两者的区别在于：象征形象
是（sein）一般，它实现了特殊与一般的叠合、能指和所指的融合；寓意
形象则意指（bedeuten）一般，它言此意彼，特殊和一般是断裂的，能指
和所指是分离的，能指本身只是一个没有意义的外壳，它的作用在于意指
一个与它本身不同的一般概念，这种意指是硬性的、不自然的。

在《德国悲剧的起源》一书中，本雅明为寓意恢复了名誉。他批评歌
德等人滥用神学象征，把神的显现（Theophanie）歪曲为事物本质的显现：
"在艺术作品中，只要'观念'的'显现'被说成是'象征'时，这种滥
用便发生了。感性事物和超验事物的统一、神学象征的悖谬被歪曲成现象
和本质的一种关系。把这种歪曲的象征概念引入美学是一种浪漫的和破坏
性的放纵。"③ 卢卡契则批评了本雅明所肯定的现代派寓意艺术对人的物
化，他认为人性化的（anthropomorphisierend）象征艺术才是真正的艺术，
因为审美乃以人为中心。

第五节　人格与风格

我从青年时代起就知道并热爱莫里哀，并且毕生都在向他学
习……这不仅因为我喜爱他的完美的艺术处理，特别是因为这位诗人可
爱的天性和有高度教养的内心世界。他举止文雅，知礼节，善于和人们
交往，这种品质是只有像他那样天性完美的人每天跟自己时代的最优秀
的人物打交道，才能形成的……如果从一部剧本里看不到作者可爱的人
格或伟大的人格，那么一位才子的所有技艺又有何用呢？只有显出作者
的可爱人格或伟大人格的作品，才配进入民族文化的宝库！④

---

① Joachim Ritter u. Karlfried Gründer, *Historisches Wörterbuch der Philosophie*. Bd. 10. Basel：
Schwab& Co，1998，S. 726.

② Ebd.，S. 726.

③ 本雅明：《德国悲剧的起源》，陈永国译，文化艺术出版社 2001 年版，第 131 页。

④ 艾克曼：《歌德谈话录》，洪天富译，译林出版社 2002 年版，第 240—241 页。

　　本节题记引自 1827 年 3 月 28 日歌德和艾克曼关于文学家的人格的谈话。在谈话中歌德赞扬了剧作家莫里哀可爱的人格（率真、文雅、有分寸感、心灵高尚、谈吐幽默），正是这种可爱的人格和巧妙的艺术手法使他创作出了优秀的作品。歌德还批评了文艺评论家奥古斯特·威廉·施莱格尔（1767—1845）"渺小的人格"（Persönchen），正因为施莱格尔人格卑劣，所以他不公正地对待欧里庇得斯，"他知道语文学家们对欧里庇得斯的评价并不特别高，所以他肆无忌惮地对这位伟大的古希腊人进行诽谤，尽可能地贬低他"。①

　　歌德的"人格"（Persönlichkeit）概念属于道德哲学和心理学范畴，他所说的"人格"指的是能够区分善恶的道德实体和具有自我意识、自我控制力和自我创造能力的主体。歌德的"人格"概念在大体上符合他那个时代的道德哲学的基本观点。康德在《实践理性批判》（1788）一书中把"人格"说成是超历史的、先验的"灵物"，是由道德法则支配的、具有无限价值的"独立于动物性，甚至独立于全部感性世界以外的一种生命"。②康德的"人格"概念纯粹属于道德哲学范畴，他对"个人"（Person）和"人格"这两个概念进行了区分："个人"是现象的人（homo phaenomenon），它是一种感性和理性的存在者，它服从于自己的人格；"人格"是本体的人（homo noumenon），它是一种理性的存在者，是个人之中理想的、神圣的人性（出自原理的信守承诺和仁爱等），而人格服从于来自上帝意志的、先天的道德法则：人格就是"对整个自然的机械作用的自由和独立，但它同时被视为一个存在者的能力，这个存在者服从于自己特有的，亦即由他自己的理性所确立的纯粹实践法则，而个人作为属于感性世界的存在者，就其同时属于理性世界而言，服从于它自己的人格"。③

　　歌德的道德观类似于康德，他也认为人生来就具有同情心和道德感："像其他一切美好的事物一样，道德也是上帝自己创造的。它不是人类思维的产物，而是与生俱来的美好天性。它或多或少是一般人生来就有的，但在少数具有卓越才能的人那里会得到高度显现……道德确实是人性的主

---

① 艾克曼：《歌德谈话录》，洪天富译，译林出版社 2002 年版，第 242 页。
② 康德：《实践理性批判》，关文运译，商务印书馆 1960 年版，第 164 页。
③ 《康德著作全集》第五卷，李秋零译，第 93 页。

要组成部分。"① 歌德所说的"人格"主要指的是个人的道德品质的总和，但它还具有心理学的成分，他的"人格"概念的核心是道德上和心理上的"自制力"（Selbstbeherrschung）。他认为"人格"就是具有自我控制能力的、独立自主的主体，正是因为有"自制力"这个主体才获得了"讨人喜欢和吸引人的品质"。②

歌德认为"自制力"就是主体用意志来控制自己的情绪、情感、情欲、嗜好、行为和身体等因素的心理能力。1825 年 3 月 22 日，歌德和艾克曼谈到了如何管理魏玛剧院，他认为剧院经理必须公正无私，必须有自制力，必须能克制住自己的情欲："我必须警惕两个危险的敌人。一个敌人是我太爱才，它容易使我掉进偏袒的陷阱。另外一个我不想说，但你一定猜得到。在我们剧院里有不少既年轻貌美，又极富内在魅力的女性。——我感到有一些美女深深地吸引着我，其中也不乏曲意迎合我的人。只不过我克制住自己，对自己说：别再往前去了！……我绝对洁身自好，始终能够控制自己，也就始终能够主宰剧院，因此我从不缺少大伙儿对我的必要尊重，没有这样的尊重，任何权威都会立马化为乌有。"③ 歌德认为只有拥有自制力的人才具有真正的、稳定的性格；拥有自制力的人不仅能够控制他的情绪，而且能够控制他的才华，他在《〈西东合集〉的注释与论文》中谈到摩西的伟大人格时写道："性格建立在人格，而不是才华的基础之上。才华可以与性格相伴，性格却不可以归入才华，因为对于性格而言，除了它自己以外，一切都是可有可无的。"④

歌德经常和艾克曼谈论伟大的人格魅力（Anziehung），他认为人格魅力一方面在于道德上和心理上的自制力和道德纯洁，另一方面则在于独特的个性（尤其是自信、果断和阳刚之气）。1828 年 10 月 23 日，歌德对艾克曼谈到了已故大公爵卡尔·奥古斯特（1757—1828）的人格魅力，并将这种魅力归因为大公爵高尚的道德品质：大公爵任人唯贤，知人善任；他从善如流，能做到兼听明辨；他有仁爱（Menschliebe）之心，爱国爱民，

---

① 艾克曼：《歌德谈话录》，洪天富译，第 245 页。
② 艾克曼：《歌德谈话录》，杨武能译，第 81 页。
③ 同上书，第 78—79 页。
④ Goethe, *Poetische Werke. Kunsttheoretische Schriften und Übersetzungen.* Berlin: Aufbau-Verlag, 1979, Bd. 3, S. 274. 以下简称为"Goethe-BA"（《歌德文集》柏林版）。

"而爱是会产生爱的，谁要是获得了人民的爱，他就容易进行统治了"。①
在戏剧表演领域，他要求演员要有自制力，能够控制并隐藏自己的个性，
能够改变个性，能够戴着别人的面具来表演以扮演各种不同的角色。在谈
到扮演角色（Rollenspiel）时，歌德所使用的"人格"一词就是"个性"
（Individualität，性格是其重要组成部分）的同义词。在《魏玛宫廷剧院》
（1802）一文中，他要求演员改变自己的个性以进入角色："演员必须否定
他的人格，必须学会改变自己的人格，在扮演某些角色时必须使观众辨认
不出他自己的个性。"② 在1829年4月7日与艾克曼的谈话中，歌德认为
拿破仑具有领袖人格（Führerpersönlichkeit），并将这种人格归结为非凡的
个性（自信、果断、刚强、坚忍不拔、英勇无畏并且有知人之明）："拿破
仑摆布世界就像胡美尔弹他的钢琴……拿破仑特别了不起的地方在于，他
在任何时候都表现出同样的个性。战前也罢，战后也罢，胜利也罢，失败
也罢，他永远坚定不移，永远头脑清醒，永远当机立断……恐惧是一种怠
惰、虚弱和敏感的状态，它使敌人很容易战胜我们。拿破仑很了解这一
点，他知道自己必须无所畏惧，才能够给他的大军树立起一个伟大的
榜样。"③

　　歌德所说的"人格"既属于伦理学和心理学范畴，又属于教育学范
畴。他在《诗与真》第十卷中写道："人竭尽所能地通过他的人格对他人
施加影响……这种影响可以使世界充满活力，使它在道德方面和身体方面
都不会死灭。"④ 个人的可爱的人格（品行正派和自制力）或伟大的人格
（阳刚之气）可以对他人施加道德上和心理上的影响，但施加影响的前提
是：他人必须具有体察这种人格的资格。在谈到理解艺术家的伟大人格
时，歌德说道："要体察并尊重伟大的人格，自己也必须具有相同的人格。
所有否认欧里庇得斯的崇高人格的人，要么是些没有能力体会这种崇高的
可怜虫，要么是些不知廉耻的骗子。"⑤

　　歌德非常重视艺术家的人格，他认为人格决定风格，艺术家只有具有
伟大的人格才能创造出伟大的杰作，艺术家的人格比才华和技巧更重要。

---

　　① 艾克曼：《歌德谈话录》，洪天富译，第365页。
　　② Goethe-WA, Abt. I, Bd. 40, S. 24.
　　③ 艾克曼：《歌德谈话录》，杨武能译，第228—229页。
　　④ Goethe-HA, Bd. 9, S. 447.
　　⑤ 艾克曼：《歌德谈话录》，杨武能译，第287页。

在 1831 年 2 月 13 日与艾克曼的谈话中，歌德赞扬了当代铜版画大师们的才华、学识、技巧和趣味，但批评他们的作品缺乏骨力（zudringliche Kraft），正是他们懦弱的人格形成了一种阴柔的风格，而提香和委罗内塞等人的阳刚之气则造就了威尼斯画派雄健有力的风格："这些铜版画堪称佳作。你看见的确实是一些了不起的才子，他们学有所成，已经具有相当高的趣味和艺术技巧。只不过所有这些画作仍缺少点什么，那就是：**阳刚之气**（das Männliche）。——请记住这个词，并且加上着重的标记。这些画缺少一种骨力，这种骨力在前一些世纪里处处都得到了表现，而当今的世纪却缺少骨力……当今生活的是软弱的一代，我也说不清楚他们的软弱是由于遗传还是由于差劲的教育或营养不良造成的……在艺术和诗里，人格就是一切；然而在当代的批评家和艺术评论家中，就有那么一些软骨头不承认这个道理，他们把诗人或艺术家的伟大人格仅仅视为作品的一种微不足道的附加物。"① 歌德所说的"人格就是一切"与刘勰的"体性"说何其相似！刘勰认为才、气、学、习（才能、气质、学识、习染）构成了作家的个性，作家的个性决定了作品的风格："才有庸俊，气有刚柔，学有浅深，习有雅郑……名师成心，其异如面。"②

　　歌德和康德对"人格"有着不同的理解。康德的"人格"指的是由先天的道德法则决定的、支配感性自我的"个人之中的人性"（Menschheit in seiner Person），③ 是神圣的、"作为目的自身的人性"，④ 它是一种道德理想，不具有个性色彩。歌德的"人格"一方面指的是道德品质，另一方面则指的是个人稳定的心理品质即"个性"，例如阴柔、阳刚、平和、好战，他所说的"个性"含有非道德的成分。歌德尤其是推崇伟大的人格（性格刚强、才识卓异、品格高贵），他认为具有伟大人格的人（例如拿破仑、卡尔·奥古斯特大公爵和他自己）乃是社会的精英，精英指的是精明强干的权力阶层和博学多才的精神贵族，而不是无能的世袭贵族。在 1827 年 9 月 26 日和艾克曼的谈话中，歌德谈到了他对世袭贵族的蔑视和对自身才学的倚重："就是对于纯粹的王公贵族，如果他们不同时具有人的优秀品

① Johann Peter Eckermann, *Gespräche mit Goethe*. Berlin & Weimar: Aufbau-Verlag, 1982, S. 387.

② 刘勰著，龙必锟译注：《文心雕龙全译》，第 339 页。

③ 《康德著作全集》第五卷，李秋零译，第 93 页。

④ 《康德著作全集》第四卷，李秋零译，第 437 页。

性和卓越价值，我从来不存多少敬意……身为法兰克福的富裕市民，我们一直视自己如同贵族；手里多了一张贵族证书，并不证明我在思想品格方面比过去有了多大长进。"①

风格（Stil）指的是艺术作品在表现形式、塑造方式、形式和内容的倾向等方面的特色，歌德认为风格是由艺术家的个性（性格、气质、才能等）、民族性格、时代精神和阶级性决定的。歌德的风格观有一个发展变化的过程，即从青年时期注重风格的民族性和时代性发展到晚年强调艺术家的人格和创作个性。

旅居意大利时的歌德在温克尔曼的影响下，将风格理解成具有民族性和时代性的、统一的艺术表现方式，1787 年 1 月 25 日，他在致赫尔德的信中写道："我经常细心地观察各民族的不同风格和具有这些风格的各个时代。"②

从意大利旅行归来之后，为了确定他作为文学家和艺术家的自我认识，他对自然、艺术和社会这三个领域进行了区分。他在《论形态学·过程·手稿的命运》一文中写道：自然是偶然的，盲目的；艺术是必然的，有意图的；社会则"既是必然的又是偶然的，既是有企图的又是盲目的"。③ 从文学家和艺术家的这种自我认识出发，他撰写了《对自然的简单模仿、虚拟和风格》一文，在文中他划分了三种互相联系的、依次递进的艺术创作方式和艺术才华类型，他用风格来指一种最高超的艺术手法，并将风格誉为艺术的最高概念。

晚年的歌德在注意风格的民族性的同时，特别强调了艺术家的人格对风格的决定作用。在 1824 年 4 月 14 日与艾克曼的谈话中，歌德首先谈到了风格的民族性。他比较了德国、法国和英国作家的民族风格：德国作家因沉溺于哲学思辨而形成了一种晦涩难解的风格；英国人注重实际，所以他们的风格颇具现实性；法国人爱好交际，重视读者和听众，所以他们的风格明白易懂、优美动人。④ 从歌德的论述来看，他是从民族性格出发来分析各民族文学的风格的。紧接着歌德强调了作家的个性，他明确指出风格即人格，一个作家的风格是他的自我、是他的内在的精神气质的外在表

①　艾克曼：《歌德谈话录》，杨武能译，第 167 页。

②　Goethe-WA, Abt. IV, Bd. 8, S. 153.

③　Johann Wolfgang von Goethe, *Werke*. Bd. 8. Wiesbaden: Emil Vollmer Verlag, 1965, S. 732.

④　艾克曼：《歌德谈话录》，杨武能译，第 51 页。

现。他说道:"整个而言,风格乃是一个作家内心最真实的写照。谁想使自己的风格清明,他的内心首先就得清清亮亮;谁想写出一种壮美的风格,谁就必须首先拥有一种伟大的品格。"①

在 1825 年 1 月 18 日与艾克曼的谈话中,歌德首先谈到了"近半个世纪以来席卷德国的资产阶级高雅文化",指出了这种高雅风格的阶级性。接着他指出一个作家的风格除了源于他的人格之外,还来自恰当的语言表达能力,即用合适的语言来恰切地表达思想情感的能力,他说道:"整个德国上层社会的风格都来自维兰德,大家从他身上学到了许多东西,恰切的语言表达能力即其中之一,且并非无足轻重。"②

歌德在他的谈话和《风景画》(1818)等文章中谈到了风格的多样性。他从艺术家的人格出发,简要分析了各种不同的艺术风格。阳刚(Männlichkeit):米开朗基罗、③ 提香、委罗内塞、丢勒;阴柔(zart):哥尔德斯密斯和劳伦斯·斯特恩;④ 清明(klar):拉斐尔和哈克尔特(Philipp Hackert, 1737—1807);⑤ 晦涩(Dunkelheit):但丁⑥和德国浪漫派;崇高(erhaben):施坦巴赫设计的斯特拉斯堡大教堂、帕拉第奥设计的建筑、普桑和欧里庇得斯;⑦ 卑下(niedrig):格洛韦(Friedrich Glover)的谤书《作为人和作家的歌德》(1823)和奥古斯特·威廉·施莱格尔;⑧ 优美(Anmut):鲁本斯、米兰德;⑨ 粗野(roh):贝朗瑞的诗歌和塞尔维亚民歌《马尔柯之死》。

在《对自然的简单模仿、虚拟和风格》一文中,歌德详细分析了模仿自然(即再现现实)的三种艺术创作类型。"模仿自然"是从古希腊罗马直至 18 世纪的欧洲文艺理论中的一个基本概念。模仿说(Mimēsis)最早可追溯到希波克拉底和德谟克里特。古希腊医师希波克拉底(约前460—前377)较为系统地提出了"技艺"(tekhnē,包括技术和艺术)模仿自然

---

① 艾克曼:《歌德谈话录》,杨武能译,第 51 页。
② 同上书,第 70 页。
③ Goethe-HA, Bd. 11, S. 140.
④ Goethe-HA, Bd. 12, S. 689 – 690.
⑤ Ebd., S. 219.
⑥ 艾克曼:《歌德谈话录》,杨武能译,第 62 页。
⑦ 同上书,第 287 页。
⑧ 同上。
⑨ 同上书,第 156 页。

的思想。他认为技艺的产生是对自然现象及其运作过程的模仿，技艺协助自然工作，帮助自然实现自己的企图。他的技艺观对柏拉图、亚里士多德和斯多葛学派产生了较大的影响。希波克拉底的好友、哲学家德谟克里特（约前460—约前370）也发表过类似的、具有仿生论色彩的见解，他认为人类是动物的学生，建筑师的工作受到燕子筑巢的启发，人类的歌唱是对鸟鸣的模仿。柏拉图认为现实世界是理念世界的影子，艺术又模仿（mimeisthai）现实世界，因而是影子的影子。亚里士多德在《物理学》一书中再次提出"技艺模仿自然"（hē teknē mimeitai tēn phusin）；在《诗学》第六章中，他强调了诗艺术是对生活和行动的模仿。① 贺拉斯继承和发展了亚里士多德的模仿说，他指出艺术不仅模仿自然，而且还运用虚构和想象进行再创造。

　　古希腊罗马的模仿说在欧洲文艺复兴时期得到了进一步的发展。意大利画家瓦萨里（Vasari, 1511—1574）区分了三种不同层次的模仿：拘谨而笨拙的模仿；通过认真研究复制现实；在更高的理念的指导下模仿自然并超越自然。德国小说家莫里茨在他的美学专著《论对美的创造性模仿》（1788）一书中则从心理学的角度区分了三种不同层次的模仿：傻瓜像猴子一样模仿苏格拉底，演员滑稽地模仿苏格拉底，智者则从精神上模仿苏格拉底。歌德对瓦萨里和莫里茨的三分法进行了综合性改造，提出了艺术模仿自然的三个阶段：简单的模仿自然、虚拟和风格，并将"简单的模仿自然"视作艺术再现现实的最低阶段。

　　"虚拟"（Manier）一词源于意大利语"maniera"。"maniera"一词在意大利艺术理论中原本指的是每个艺术家、每个民族或每个时代所特有的艺术处理方法。该词本不含有价值判断，它常与形容词连用，例如古典的艺术手法（maniera antica）、现代的艺术手法（maniera moderna）。在17世纪意大利巴罗克古典主义艺术理论中，该词的意义发生了变化。"maniera"一词不再与形容词连用，而是单独使用。意大利巴罗克艺术理论家贝洛里使用了"凭虚拟来绘画"（dipingere di maniera，不是直接按照自然的原型，而是凭记忆和想象来作画）这一词组来批评美术史上的矫饰主义（manierismo，约1520—1580）。② 贝洛里所使用的"虚拟"（maniera）一词除了有

---

① 亚里士多德：《诗学》，陈中梅译，第206—213页。
② Goethe-HA, Bd. 12, S. 576–577.

虚构的含义之外，还具有不自然和矫饰的含义，这种贬斥的含义一直保留在今天的西方语言中（现代意大利语 manièra、法语 manière、德语 Manier 和英语 manner 均含有"矫揉造作"之义）。歌德是在"虚拟"（Erfinden，虚构）这个意义上来使用"Manier"一词的，用他自己的话来说就是"他们为自己臆造了一种方式……以赋予他们一再重复的某种对象一种特有的表征性的形式……而不再去管眼前的自然"。① 但歌德是在褒义上而不是在贬义上使用"虚拟"一词的，他说他使用该词时"怀着高尚的和崇敬的感情"。② 他认为艺术家凭主观精神的"虚拟"在价值上高于依葫芦画瓢式的"对自然的简单模仿"。歌德所说的"虚拟"其实就是黑格尔所说的艺术家个人的"主观的作风"。③

"风格"（Stil）概念起源于古罗马的演说术，它指的是演说家的表达方式和措辞方式。西塞罗在《演说家》一文中将演说的风格区分为"简朴风格"（stilus humilis）、"中间风格"（stilus mediocris）和"华丽风格"（stilus sublimis），以分别对应于"说服、娱悦、感动"这三个目的。④ 17世纪时，贝洛里等人从古罗马的演说术中吸收了"风格"一词，用它来指造型艺术作品所运用的"艺术手法"。在德国，艺术史家温克尔曼（1717—1768）和画家孟斯（Anton Raphael Mengs，1728—1779）率先引进了"风格"一词，用来评价造型艺术作品。温克尔曼在《古代艺术史》（1764）一书中以艺术风格的变革为依据，把希腊艺术史分为古朴风格时期、崇高风格时期、秀美风格时期和仿古风格时期，他尤其推崇崇高风格。歌德在这篇文章中所使用的"风格"一词实际上指的是运用在特殊中显出一般（本质）的创作方法所获得的"纯正风格"（echter Stil），⑤ 这种纯正风格是"艺术已经和可能达到的最高水准"。⑥

在《对自然的简单模仿、虚拟和风格》一文中，歌德按照艺术家对自然的态度，区分了三种不同的，但又互相联系的艺术创作类型。首先他探讨了"对自然的简单模仿"的艺术创作方法，运用这种方法的艺术家"从

① 歌德：《论文学艺术》，范大灿等译，第7页。
② 同上书，第10页。
③ 黑格尔：《美学》第一卷，朱光潜译，第370页。
④ 王焕生：《古罗马文艺批评史纲》，译林出版社1998年版，第114页。
⑤ 歌德：《论文学艺术》，范大灿等译，第127页。
⑥ 同上书，第10页。

不脱离自然",① 他忠实地、准确地描绘个别的自然现象，把握住了个别，但未作艺术概括，未达到典型化，没有把"低级的现实的自然（geringere reale Natur）提升到艺术家自身的精神高度"②，一言以蔽之，简单的模仿自然采用的是一种纯客观、纯感性的自然主义的创作方法。

　　运用"虚拟"方法的艺术家是"想象主义者"和"特征主义者"，③他们属于梦想家和哲学家类型，"他们看到许多对象彼此间有共同的地方，因而想牺牲个别，仅在一幅画中就要表现出这种共同性；他们厌恶那种模仿时仿佛只能依样画葫芦的方式"④，他们充分发挥精神的主观能动性，他们采用个人所特有的理解方式和表现方式，抛弃那些从属性的自然对象，用自己臆造的语言和处理方法来表现同类现象的共性和"整体的概念"，⑤这是一种偏重主观想象和理性抽象的创作方法，它由于把握住了"整体的概念"而优越于第一种方法。

　　风格采用的则是最高超的艺术处理方法，它从"众多现象中选择出"能表现同类现象本质的特殊对象，它抛弃了自然的偶然性和盲目性，同时也扬弃了运用"虚拟"方法的艺术家极端的主观性和抽象性，它采用感性直观和理性概括的方法，"在特殊中显出一般"，它"以最深刻的认识，以事物的本质为基础，因而我们就能在那些可见的具体形象中认识到这种本质"，⑥具有"风格"的艺术家"懂得直观、把握，懂得概括、象征和个性化"（zu verallgemeinern, zu symbolisieren, zu charakterisieren），⑦ 他通过个性化和概括化创作出了一种能显出特征的典型形象，这是一种融客观与主观、个性与普遍性、感性与理性为一体的创作方法，由于它塑造了反映现实生活的某些本质的典型形象，歌德便将"风格"誉为"艺术已经和可能达到的最高水准"。在《评狄德罗的〈画论〉》一文中，歌德将从现实中的特殊事例出发，通过特殊来显示一般的"传统的、自己反复斟酌过的方法"称作"纯正的方法"，而这种"纯正的方法"（实际上就是典型化

---

① 歌德：《论文学艺术》，范大灿等译，第6页。
② 艾克曼：《歌德谈话录》，杨武能译，第197页。
③ 歌德：《论文学艺术》，范大灿等译，第103—105页。
④ 同上书，第7页。
⑤ 同上。
⑥ 同上书，第8页。
⑦ 同上书，第138页。

手法）的结果就是"纯正的风格"。① 歌德认为"纯正的风格"因个性和普遍性的统一而达到了艺术巅峰，它高于过于个人化的虚拟："人们把一种纯正的方法的结果称为风格，反之则称为虚拟。风格使个人升华到群体所能达到的最高点，因此一切伟大的艺术家都因为他们的杰作而彼此接近。于是，拉斐尔创作最成功时的着色风格和提香相同。相反，虚拟更使个人——如果可以这么说的话——个人化。"② 这种在特殊中显出一般的"纯正的方法"被晚年的歌德称作"象征手法"（Symbolik）。③

第六节　显出特征的艺术

> 你现在已经到了必须有所突破的转折点，你必须进入艺术真正的高难境界，即必须把握住事物的个性（Auffassung des Individuellen）。你必须从观念中挣脱出来；你有才华，功底也非常好，现在就必须突破。前几天你去了提弗特，我要你再去，并把这作为你的任务。你也许可以再去那里三四次，认真观察提弗特，直至看出它的特征……艺术真正的生命，也正在于把握和再现特殊的事物……你也不用担心特殊的事物引不起共鸣。任何个性，不管它多特别，任何一个艺术再现的对象，从石头到人，都具有普遍性。须知一切都会有重复，世界上不存在任何只出现一次的东西。④

本节题记引自 1823 年 10 月 29 日歌德和艾克曼关于艺术的真正生命的谈话。歌德要求艺术家认真观察自然界和人类生活中的事物，发现事物的特征，把握事物的个性，描绘有个性的特殊事物，在特殊中显出一般，而"把握和再现特殊的事物"就是艺术的真正生命，因为特殊的事物无人能模仿，这种不可模仿性在于他人没有同样的经历。在这段谈话中歌德指出了"把握和再现特殊的事物"的关键在于发现事物的"特征"，也就是事物的"个性"。

特征（Charakter）指的是一个人、一个团体或一个事物的特有属性

---

① 歌德：《论文学艺术》，范大灿等译，第 127—143 页。
② 同上书，第 144 页。
③ Goethe-HA, Bd. 12, S. 749.
④ 艾克曼：《歌德谈话录》，杨武能译，第 17—18 页。

（eigentümliche Merkmale）和本质属性。[①] 歌德所使用的"特征"一词有一个发展变化的过程。青年歌德所使用的"特征"指的是一个民族的民族性格或艺术家的个性；古典文学时期和晚年歌德心目中的"特征"则指的是生活原型的个性和通过个性化与概括化手法创造的艺术形象的典型性。

　　"特征"这个概念最早出现在青年歌德所写的书评《最文雅的欧洲各民族的特征》（1772）中，它指的是民族性格（Nationalcharakter）。在《论德国的建筑艺术》（1772）一文中，歌德再次运用了"特征"这个概念，用它来指融合了民族性格的艺术家的个性（Individualität）："没有人能够把埃尔温从现有的高度上拉下来。这里就是他的作品，请你们走过去，去认识最深刻的真实感和有比例的美感吧！它矗立在狭窄而阴暗的祭司场地上，勃发出强梁粗犷的德意志灵魂。"[②] 而张扬民族性格和艺术家个性的艺术就是"显出特征的艺术"。

　　1770 年秋，青年歌德在斯特拉斯堡结识了赫尔德，并逐渐接受了赫尔德注重感觉、情感和独创性的感觉论。歌德认为人皆有"造形的天性"和"造形的能力"（bildende Kraft，即创造力），这种造形力源于人的内在感觉和情感，感觉和情感是艺术创作的原动力。在《论德国的建筑艺术》一文中，歌德将"特征"等同于融合了民族性格的人的个性。他认为人在精力过剩时就会发挥出他的造形力，就会按照他的个性（性格、精神气质和感觉能力等）对质料进行塑造，把他的精神灌注进质料之中，赋予质料以特定的形式，从而创造出显出特征的（即个性鲜明的）艺术品。在艺术家的个性中，歌德尤重感觉能力，他将感觉和情感的强度视作审美价值的标准之一。

　　歌德认为原始人就有造形天性，原始人出于内在的感觉而随意创造的艺术就是造形的艺术即显出特征的艺术，而不是美的艺术，因为原始人尚无比例感，不知道寓变化于整齐的形式美原则："早在艺术成为美的艺术之前，它就是造形的，而它当时就是真实的、伟大的艺术，甚至常常比美的艺术本身更真实、更伟大。因为人都有一种造形的天性，一旦其生存得到保障，这种天性就会活跃起来。一旦他无忧无惧，生活安定，这个活动

----

　　① Günther Drosdowski（Hg.）, *Duden*. Mannheim：Bibliographisches Institut, 1976, Bd. 1, S. 457.

　　② Goethe-HA, Bd. 12, S. 14.

的半神就会四处寻找质料，并把他的精神贯注在质料之中。野蛮人就这样用诡奇的线条、丑陋的形象和浓重的色彩来修饰他的帽子、羽毛和身体。让这种造形艺术由最任意的形式构成吧！即使没有形式比例它也能协调一致，因为一种统一的感觉把它创造成一个显出特征的整体。"①

正是统一的、内在的感觉创造了显出特征的艺术，而当这种统一的感觉与形式感融为一体时，显出特征的艺术就晋升为美的艺术："这种显出特征的艺术（charakteristische Kunst）是唯一真实的艺术。它出于内在的、统一的、自己的、独立的感觉（Empfindung）为自己而工作。它不关心也不知道所有的异物，不管它诞生于粗粝的野蛮还是有文化的敏感，它都是完整的和有活力的。你们在不同的民族和个人那里都可以看到这种艺术在无数等级上的表现。心灵能够拥有比例感（Gefühl der Verhältnisse），因为只有比例才是美的和永恒的，其主要和弦是可以证明的，其秘密是可以感知的，而神圣天才的生命只有在比例的秘密中才能够发出快乐的旋律；这种美（Schönheit）愈是渗透到精神的特质之中，以至于它似乎跟精神一道产生，只有它才能满足精神，只有精神本身才能创造出美，那么艺术家就愈加幸福。"② 而埃尔温·封·施坦巴赫设计建造的斯特拉斯堡大教堂既具有"强梁和粗犷"（Stärke und Rauheit）的个性，又具有"形式的崇高雅致"（erhabene Eleganz der Form），③ 实现了特征与形式美的统一，因此以斯特拉斯堡大教堂为代表的哥特式德国建筑艺术既是显出特征的艺术，又是美的艺术。

青年歌德认为民间艺术和民间文学也属于显出特征的艺术，因为它们表现了下层人民的真情实感和质朴的个性；民间文学和美文学可以互通互补，从而丰富民族文学和世界文学的宝库。他在《诗与真》第十卷中写道："赫尔德鼓励我们在阿尔萨斯搜求流传下来的民间文学（Volkspoesie）作品，这些最古老的文学文献足以证明诗艺术总是一种世界的和民族的赠品，而不是几个有教养的文人雅士的私人遗产。"④

青年歌德认为艺术创造力主要源于人的感受力（Empfindungsfähig-keit），而人的感受是对外部世界的感受，它来自人与大自然的交往和人的

① Goethe-HA, Bd. 12, S. 12–13.
② Ebd., S. 13.
③ Ebd., S. 9.
④ Goethe-HA, Bd. 9, S. 408.

社会生活。当人面对可怕的大自然时，危险的自然对象会使人产生恐惧感，从而激发人的自我保全本能（Selbsterhaltungstrieb），于是人凭借自己的精神力量（人因物的伟大而幻觉到自己的伟大）将恐惧感转化为带有痛感的审美快感，将恐怖的自然对象改造为崇高的形象，因此具有崇高感的显出特征的艺术体现了人的本质力量（人的主观能动性和创造性），它能够从精神上保障人的生存。歌德在书评《茹尔策的〈美艺术〉》中写道："我们在大自然身上看见的，是力量，是吞噬性的力量……而艺术恰恰是自然的对立面；艺术起源于个人抵抗自然整体的破坏力以保全自己的努力。动物就已经能凭其艺术本能来进行自我区隔和自我保存了；人则利用一切状态来强化自己对抗自然，来摆脱千万种自然灾害，并只以对人有利为标准。"①

在《诗与真》第十三卷中，歌德指出显出特征的民间文学和由文人创造的美文学均具有宣泄（Katharsis）作用，它们能够舒散人心中的不良情绪和激情（暴怒、狂喜、绝望、恐惧、悔恨、仇恨等），能够缓解痛苦，冲淡极乐，发散愤懑，排解忧愁，从而使人重获内心的平衡，以轻松的心情投入新的生活，因此歌德将文学创作称作"诗的忏悔"，将真正的诗（即发愤解忧的诗）称作摆脱了现实重负的"尘世的福音"（weltliches Evangelium）。② 歌德以他的《少年维特的烦恼》为例说明了美文学的宣泄作用和拯救功能："我借着这篇作品把我从暴风雨般的心境中拯救了出来……就像作了一次总忏悔之后我重新感到了快乐和自由，又有了投入新生活的能力。这种古老的家传药这次特别灵验。我已把现实转化成了诗，因此我感到非常轻松和爽朗。"③ 青年歌德认为显出特征的艺术和美的艺术都不是对自然的简单模仿或美化，而是人的内在精神对外在自然的创造性再现，它们都是人的本质力量的明证。他在 1774 年 8 月 21 日致雅科比的信中写道："自始至终我的所有作品都是我的内心世界对我周围的世界的再现，我的心灵抓住、连接、揉捏、改造一切素材，并用自己的形式和风格重塑世界。"④

古典文学时期的歌德把目光转向了古希腊罗马和文艺复兴时期的艺

---

① Goethe-HA, Bd. 12, S. 18.
② Goethe-HA, Bd. 9, S. 580 – 581.
③ Ebd., S. 588.
④ Goethe-WA, Abt. IV, Bd. 2, S. 186 – 187.

术，他认识到了古典艺术的特点是和谐、平衡、节制、明晰、纯净、严谨、普遍性和理想性。由于他对"普遍性"① 和"伟大性与理想性"② 的重视，他的"特征"概念的含义发生了变化，这一时期的"特征"指的是生活原型的个性和在个性化的基础上对生活中的特殊现象进行艺术概括而获得的艺术形象的典型性。

1797 年，德国艺术史家希尔特（Aloys Hirt，1759—1837）在席勒主编的《季节女神》杂志的第十期和第十二期上发表了两篇文章《试论艺术美》和《拉奥孔》，提出了他的"特征"（Charakteristik）说。希尔特认为艺术美的本质在于显出对象的"特征"，而"特征"指的是对象确定的个性，显出特征则指的是真实和对对象个性的表现。他在《试论艺术美》（1797）一文中写道："特征就是艺术美的主要原则。我认为正确地判断艺术美和形成趣味的基础就在于特征这个概念。我所理解的特征指的是形式、运动、体态、表情、表现、地方色彩、光与影、明暗对照和姿态所由分辨的那种确定的个性（bestimmte lndividualität），这种分辨当然要符合所选对象的具体情况。只有通过对这种个性的观察，艺术品才能成为一种真实的类型（Typus），才能成为自然的真正摹本。"③ 晚年的希尔特依然坚持他的注重艺术品的内容的"特征"说："我认为古代艺术的原则不是客观美和表情的冲淡，而只是富于个性的意蕴（das individuell Bedeutsame），即特征，不管所牵涉的是神和英雄的理想形象，还是任何卑贱的或普通的对象。"④

在 1797 年 7 月 5 日致席勒的信中，歌德肯定了希尔特注重内容的"特征"说，但又认为它是"褊狭的、片面的"，因此应该把它和温克尔曼所说的"静穆"的理想和莱辛所说的形式"美"结合起来："他在我随信附上的这篇论拉奥孔的文章里的观点是正确的，然而就整体来说论述还不够充分，因为他不明白，莱辛的、温克尔曼的以及他，甚至还有好几个人的见解加在一起才构成艺术的界限。"⑤ 温克尔曼认为古希腊造型艺术的最高

---

① 歌德：《论文学艺术》，范大灿等译，第 48 页。
② 同上书，第 153 页。
③ Roland Kanz u. Jürgen Schönwälder（Hg.），*Ästhetik des Charakteristischen：Quellentexte zu Kunstkritik und Streitkultur in Klassizismus und Romantik*. Göttingen：Verlag V&R unipress GmbH，2008，S. 31.
④ 鲍桑葵：《美学史》，张今译，第 171 页。
⑤ 《歌德席勒文学书简》，张荣昌、张玉书译，第 182—183 页。

法则就是"静穆"的形式美，莱辛则认为对象的形式"美是造型艺术的最高法律……古代艺术家对于这种激情或是完全避免，或是冲淡到多少还可以现出一定程度的美"。① 温克尔曼和莱辛均认为艺术美的本质在于形式的均衡，他们都忽视了艺术品所表现的内容美；希尔特则对这种形式主义美学进行了纠正，提出了"富于个性的意蕴"的特征说，但他又矫枉过正，忽视了艺术品感性的形式美，并且他所说的"特征"实际上是一种无个性的"类概念"，是对同类事物的本质的"抽象"，是"只要骨架……仅仅是逻辑的存在、仅仅是知性的活动"的雷同化的类型，因此歌德将希尔特式的特征主义者称作"严肃主义者"（Rigorist）② 和教条主义者。在 1797年 7 月 14 日致迈尔的信中，歌德批评了希尔特固执于普遍概念的、片面强调意蕴的教条主义，同时也肯定了他的功绩："席勒秉持高度灵活的、柔情脉脉的理想主义，他当然远远有别于希尔特这位教条主义者（Dogma-tiker）……希尔特的功绩在于他也将特征和激情视作艺术品的素材，这种特征和激情由于前人对美和神圣的静穆概念的误解曾受到极大的压制。"③

　　歌德所说的"特征"与希尔特所说的"特征"之间的区别在于是否凸显生活原型的个性。希尔特所理解的"富于个性的意蕴"实际上是一种由"知性"概括出并为知性所理解的、抽象的"类概念"（Gattungsbegriff），④ 也就是普遍概念（Allgemeinbegriff），即反映一类事物的概念，它所反映的是这类事物的本质属性。歌德批评希尔特把能认识同类事物本质的"知性"（即抽象思维能力）定为艺术的法官："他探索各种个体，各种变体，各种种属，各种类属（Gattungen），最后在他面前出现的不再是某个造物，而是造物的概念（Begriff des Geschöpfs），他通过他的艺术最终要表达的就是这个概念……这样，艺术作品就具有了特征。"⑤ 这种从概念出发的艺术创作方法所得出的结果就是只反映出一类事物的表面共同特征而没有表现出对象的独特个性的类型，歌德将它比作"两个一模一样的柏罗"（哈巴狗），⑥ 鲍桑葵则将希尔特的"特征"描绘称作千部一腔的常套化："这种

①　莱辛：《拉奥孔》，朱光潜译，第 11 页。
②　歌德：《论文学艺术》，范大灿等译，第 104—105 页。
③　Johann Wolfgang von Goethe, *Briefe*. Bd. 2. Hamburg: Christian Wegner Verlag, 1968, S. 283.
④　歌德：《论文学艺术》，范大灿等译，第 89 页。
⑤　同上书，第 90 页。
⑥　同上。

特征距离我们认为浪漫主义和自然主义具有的那种富于个性的特征刻画"相距甚远。①

歌德所说的"特征"是从特殊事物出发而在特殊中显出的一般（即本质），它注重生活原型的独特个性，它是在个性化的基础上对生活现象进行艺术概括而形成的既有个性又有普遍性的"意蕴"。在1832年2月17日与艾克曼的谈话中，歌德将他自己的文学创作过程简述为观察生活，在繁杂的生活素材中"区分"出不能表现生活本质的个别事物和能显出本质的特殊事物，将这个特殊事物"选取"为创作的题材，然后对题材进行"精神"的处理和"艺术地再现"，② 从而赋予有个性的意蕴以一种固定的"令人愉悦的限制性的形式"。③ 在谈到世界历史题材与文学的关系时，歌德强调了文学家必须把握住有个性的、"健康的"特殊事物，"在特殊中表现一般"。④ 他所说的"健康的"特殊事物指的是能"重复出现的"、能显出同类现象本质的事物，这种既有个性又体现了普遍性的特殊事物"非常适合文学的再现"；同时他又反对文学描述那种一次性的、"随着时间推移而老化过时的"个别现象，即反对只显出个性特征而无普遍性的"恶劣的个性化"。⑤

在《论拉奥孔》（1798）一文中，歌德创造性地综合了希尔特和莱辛等人的艺术观，他认为艺术家应将对象的"精神美"和多样统一的形式"优美"结合起来，创造"一个既是感性的又是精神的完美整体"。⑥

在书信体散文《收藏家及其亲友》（1799）中，歌德再次进行了创造性的综合，他主张以"统一的多样性"（einige Mannigfaltigkeit）⑦ 的形式法则对有个性的"意蕴"进行感性的形式"处理"，使"特征主义者"的思想内容具有"波纹主义者"的迷人外表，从而完成从特征到"美"的过程。⑧ 简言之，显出特征的艺术若具有多样统一的形式感，就会成为美的

① 鲍桑葵：《美学史》，张今译，第273页。
② 艾克曼：《歌德谈话录》，杨武能译，第323页。
③ Johann Peter Eckermann, *Gespräche mit Goethe.* Berlin & Weimar：Aufbau-Verlag, 1982, S. 435.
④ 艾克曼：《歌德谈话录》，杨武能译，第92页。
⑤ 马克思、恩格斯：《马克思恩格斯选集》第四卷，第558页。
⑥ 歌德：《论文学艺术》，范大灿等译，第28—35页。
⑦ Goethe-HA, Bd. 12, S. 81.
⑧ 歌德：《论文学艺术》，范大灿等译，第104—108页。

艺术。换言之，艺术美就是内容美和形式美的统一。

歌德认为生活原型既有个性又有普遍性的"特征"是艺术美的基础，"特征同美的关系，犹如骨骼同活人的关系一样，"① 艺术家应赋予"特征"以优美的形式，使"特征"上升为"作为有机整体的化身"的艺术美。歌德将鲜明的个性化与希尔特的类概念以及温克尔曼的理想融合在一起，来说明一部美的艺术作品的生成过程："人的精神若是尊敬，若是崇拜，若是它提高了一个对象又被这一对象所提高，那么它就处在一种美妙的状态。只是在这种状态中它不能久留，类概念使它无动于衷，理想使它超越了它自身；但此时它又想返归它自身，它想再度享受原先使它成为个体（Individuo）的那种爱好。但又不回到过去的那种狭隘，也不想抛弃意蕴和提升精神的理想。若不是美（Schönheit）的出现并成功地解谜，那么处在这种状态中的人还不知会成为什么样子！美使科学的东西有了生命和热度，由于它弱化了意蕴和高贵，并赋予它们天仙般的魅力，因此它拉近了我们与这些东西的距离。一部美的艺术作品经过了一个完整的循环，此时它又成了一种个体，一种我们喜欢拥抱并能够占有的个体。"② 文中的"类概念"和"科学的东西"均指对同类现象的本质的认识，即普遍概念；"个体"指生活原型和艺术形象的个性；"理想"指高贵的、静穆的形式美。歌德主张典型化的创作方法，他要求艺术家在个性化的基础上对生活现象进行概括，形成既有个性又有普遍性的"意蕴"（即"更高的特征"），并赋予意蕴以"较高贵的形式"，③ 而对意蕴进行形式化的艺术处理的结果就是艺术美。在《斐洛斯特拉图斯的画论》一文中，歌德再次强调了艺术美就是理性的内容美和感性的形式美的结合："古人的最高原则是意蕴，而成功的艺术处理的最高成就就是美。"④

在《收藏家及其亲友》等文章中，歌德还提出了化丑的"特征和激情"为艺术美的方法，即用"有序、明了、对称、对照等"⑤ 优美的形式来"冲淡"（mäßigen）对象丑的特征和过度的激情（例如拉奥孔被蛇咬时的极端痛苦和尼俄柏看见她的子女们被射死时的极度恐惧），从而化丑为

① 歌德：《论文学艺术》，范大灿等译，第 82 页。
② Goethe-HA, Bd. 12, S. 84.
③ Ebd. , S. 46.
④ Johann Wolfgang von Goethe, *Werke*. Bd. 7. Wiesbaden：Emil Vollmer Verlag, 1965, S. 989.
⑤ 歌德：《论文学艺术》，范大灿等译，第 28 页。

美。在谈到古希腊浅浮雕"尼俄柏的子女们"时，歌德说他看见的不是恐惧和死亡，而是经过令人愉悦的形式感"冲淡"而成的艺术美："我在此没有发现丝毫令人惊恐的东西。哪里有极度的恐惧和死亡？这里我只看到，各个人物以那样的艺术相互运动，这些人物如此成功地彼此对照或彼此伸展，以致它们既使我想起一种悲惨的命运，同时又给我最舒心的感觉。一切特征都被冲淡（gemäßigt），一切自然暴力均被扬弃。因此我要说，特征是基础，在此基础上建立起来的是单纯和尊严，艺术的最高目标是美，它的最终效果是优美感。"[1] "优美感"就是歌德在《论拉奥孔》一文中所说的融合了有节制的"精神美"的、令人愉悦的形式感。

---

[1] 歌德：《论文学艺术》，范大灿等译，第84页。

第 六 章

歌德的世界文学构想

第一节　民族文学

　　你想象一下巴黎这座城市吧，那儿的一小块地面上汇聚着一个大帝国最杰出的头脑，他们日复一日地相互交往、争斗和竞赛，彼此启迪，共同提高，眼前每天展现着来自全世界的最佳成果，自然科学和文学艺术的一切领域无所不包……我们赞赏古希腊的悲剧，不过仔细考察一下，我们更应该称赞能够产生它们的时代和民族，而不是称赞某些个诗人。要知道尽管这些剧作之间可能有一点差别，尽管这些剧作家中的某一个可能显得比另一个伟大一点，成熟一点，但它们统统都只有唯一一个共同的特征。那就是它们都一样地大气、雄伟、健康，都表现了完美的人性、卓越的生活智慧、高尚的思维方式和纯粹而有力的人生观，以及诸如此类的优秀品质。所有这些品质，不仅显现在由我们承继下来的希腊悲剧中，也存在于他们的诗歌和叙事作品里。[①]

本节题记引自 1827 年 5 月 3 日歌德和艾克曼关于民族文化环境影响文学发展和民族文学形成的前提的谈话。歌德以法国和古希腊为例，明确提出了民族文学得以产生的前提条件：这个民族（或国家）必须有一个社会生活中心（即政治和科学文化中心），该中心汇聚了一大批相互交流、相互竞争的杰出作家，这些作家具有共同的民族意识，他们赞成和反对的东西都具有全国性或全民族性的普遍意义，他们的作品都体现了民族精神，

---

① 艾克曼：《歌德谈话录》，杨武能译，第 148—149 页。

并具有共同的特征。与统一的、文化程度较高的法国相比，四分五裂的德国没有社会生活中心，作家们之间鲜有接触和思想交流，因此德国没有真正意义上的民族文学。

歌德认为民族文学（Nationalliteratur）是用某种民族语言所撰写的、体现了该民族的民族意识的文学文献的总和。作为一位摆脱了民族偏见的欧洲人和"世界公民"，① 歌德在大体上对民族文学持保留的态度。当他晚年提出世界文学的构想时，他明确表示了对狭隘的民族文学的怀疑。

18 世纪六七十年代，格莱姆（Ludwig Gleim，1719—1803）、克洛卜施托克和格廷根林苑派诗人为建立德国的民族文学做出了不懈的努力。克洛卜施托克创作了歌颂日耳曼英雄和弘扬德意志民族精神的戏剧三部曲《赫尔曼战役》（1769）、《赫尔曼与王公们》（1784）和《赫尔曼之死》（1787），并将他的文学作品称作"英雄文学"（Bardiet，取材于古代日耳曼历史的爱国主义文学）。他还在他的著作《德意志学者共和国》（1774）中制定了建立德国民族文学的计划：在敬神和爱国的旗帜下，把作为民族精英的作家和学者组织成一个集体，让他们在帝王的庇护下充分施展才能，为民族利益发挥潜力，在精神领域振兴德意志民族，在文学和学术领域超过外国。② 格廷根林苑派（1772—1776）诗人们以克洛卜施托克为楷模，高举条顿爱国主义的大旗，创作了大量表现爱国热忱、民族意识和反对专制主义的诗歌。青年歌德对克洛卜施托克及其门徒建立德国民族文学的努力非常冷淡，他把他们的爱国主义作品贬为虚妄的、政治性的文学："在和平的时代……那个由克洛卜施托克所唤起的爱国情感的确没有发泄的余地……可是既没有外敌要反抗，人们便虚构一些暴君，各地的君侯和他们的臣僚自然成为他们诋毁的对象，初时只笼统地抨击，逐渐更揭发具体的细节，结果，诗人也以激越的态度参加前述的干预司法权的运动。"③

德国文学家维兰德在《〈论德国文坛的现状〉一文的编者按》（1773）中对克洛卜施托克及其门徒建立民族文学的努力作了总结："许多人认为，通过处理本国的题材、描绘本国的风俗，尤其是通过直接关注我们的民族利益和全德国的重大事件，我们的诗艺术赢得了读者普遍的好感，只有通

---

① Johann Peter Eckermann, *Gespräche mit Goethe*. Berlin & Weimar: Aufbau-Verlag, 1982, S. 544.

② 范大灿主编：《德国文学史》第二卷，第138—139页。

③ 歌德：《诗与真》下卷，刘思慕译，载《歌德文集》（5），第564—565页。

过一种这样的实践才能产生真正的民族诗（National-Dichtkunst）。”① 维兰
德对这些爱国作家建立民族文学的企图提出了质疑："与法国和英国不同，
德意志民族没有突出的民族特性，其原因众所周知。原因在于我们的状
况，它只能随着我们的状况的改变而消失。严格地说，德意志民族并不是
一个统一的民族，而是众多民族的聚合体。"② 青年歌德也认为德国之所以
没有民族文学，其原因在于德国诸侯国林立，"在政治上四分五裂"。③ 晚
年的歌德依然抱怨分裂的德国使作家缺乏宏大的创作题材，1826 年 2 月
16 日他对艾克曼说道："我们的古代史模糊不清，近代史呢，由于不存在
一个大一统的王朝，也缺乏普遍的民族意识。克洛卜施托克尝试以赫尔曼
来弥补这个缺陷，只可惜这个题材离得太远了，谁也不清楚它与自己有何
关系，谁也不知道拿它怎么办，所以剧本写出来没有效果。"④

　　克洛卜施托克及其门徒高举条顿爱国主义大旗，提出了建立德国民族
文学的要求，他们追怀日耳曼人的古代史，幻想德国在未来能获得统一，
他们的理论和实践带有强烈的民族性和政治性。与这些过分强调德意志民
族性的爱国主义作家不同，青年歌德和赫尔德把目光转向了莪相与莎士比
亚，发现他们的作品具有粗犷、真诚和质朴的特性，于是提出了自然素朴
的"德意志特性与艺术"⑤ 的构想。在书评《最文雅的欧洲各民族之特
性》（1772）中，歌德关注的不是民族性，而是文明与粗野的冲突，他认
为基督教和民法是"文明民族"的"负担和枷锁"，"文明"（Politur）使
一个民族变得虚伪、不自然和无特性，他要求欧洲各民族遵循"自然的暗
示"，摆脱文明的矫饰，像"自然材料"（Naturstoff）一样显出自己的本
色。⑥ 歌德认为文明与粗野的冲突或曰文质之争不仅发生在德国，而且发
生在法国等其他欧洲国家，他像狄德罗和卢梭一样厌恶现代文明，推崇自
然素朴。他在《诗与真》第三部中写道："百科全书编纂人中，狄德罗与
我们十分接近，他在那些招法国人指摘的一切方面都有纯粹德意志人之
风……他能够以伟大的修辞手腕描写出来和使之高尚化的自然之子

---

① Christoph Martin Wieland, *Gesammelte Schriften*. Berlin: Weidmann Verlag, 1939. Abt. I,
Bd. 21, S. 34.

② Ebd., S. 30.

③ 歌德:《诗与真》下卷，刘思慕译，载《歌德文集》（5），第 564 页。

④ 艾克曼:《歌德谈话录》，杨武能译，第 101—102 页。

⑤ Goethe-HA, Bd. 9, S. 494.

⑥ Goethe-WA, Abt. I, Bd. 37, S. 275.

（Naturkinder），我们很喜欢。他所描写的勇悍的盗猎者和私枭，也使我们非常感兴趣……他也像卢梭那样，传播对社会生活的厌恶，暗地里引导出那打破世界一切现状的巨大变革来。"①

在《诗与真》第三部中，歌德批评了格廷根林苑派张扬条顿爱国主义和自由思想的民族文学诉求，并将其创作视作文学政治化的不良开端："这种精神，这种思想，到处都显露出来，而且正是在只有少数人被压迫的时候……由是发生一种对为政者的伦理的斗争，个人对统治权的干预；这种活动在初时虽可称道，但其后却招来非常不幸的后果。"② 紧接着歌德批评了法国大革命时期德国的报刊业，许多资产阶级撰稿人（例如耶尼施、雷普曼和福尔斯特）将文学视作一种政治力量，他们提出了建立革命的民族文学的主张，歌德将这种文学主张贬为党派性的政治宣传："我们在这世界中亲眼看到了极酷烈的揭发和煽动，杂志和日报的作者，为狂热所驱使，以伸张正义为名大肆抨击，加以他们使公众相信他们的议论就是真正的法庭，他们的锋芒更是锐不可当。"③ 歌德在《赠词》（Xenien，1797）中，将资产阶级革命者称作压制文化的"方济各派"，并以具有人道精神的世界主义来对抗德意志民族性："德国人，你们希望形成一个民族，但徒劳无功；／因此我恳请你们更自由地把自己培养成纯粹的人！"④

1795 年，资产阶级民族主义作家耶尼施（Daniel Jenisch，1762—1804）在《柏林文库》杂志上发表了《论德国人的散文与辩才》一文，他抱怨"德国人没有写出优秀的、经典的散文作品"，德国没有"经典的民族作家"。⑤ 针对耶尼施的挑衅，歌德写了《文学上的无短裤主义》（1795）一文作为回应。歌德将耶尼施称作诋毁者、僭越者和"吹毛求疵的评论家"，他对德国作家提出了"不公正的过分的要求"，尽管德国还没有"一种具有普遍性的民族文化"，但是信奉艺术宗教（Kunstreligion）的维兰德等人通过精益求精的创作已发展出了"有关趣味的一整套学说"，这些纯文学家"已处在一个美好的阶段上"。歌德在文中阐明了产生经典的民族作家的条件：必须有一种统一的民族历史传统，必须有一个把作家

---

① 歌德：《诗与真》下卷，刘思慕译，载《歌德文集》（5），第 507—508 页。
② 同上书，第 563 页。
③ 同上书，第 564 页。
④ Goethe-HA, Bd. 1, S. 212.
⑤ 歌德：《论文学艺术》，范大灿等译，第 11—12 页。

们凝聚在一起的"社会生活中心"，国家必须统一，民族必须有伟大的思想和"很高的文化"，作家们必须充满"民族精神"，"有能力既对过去也对现在产生共鸣"。① 遗憾的是分裂的德国尚不具备这些条件，歌德"并不希望能在德国为经典作品的产生创造条件的那种变革"，他关注的是知识的广博、思想的深刻和视野的开阔，追求的是"一种良好的协调一致的"古典文学风格。

晚年的歌德坚持以人道主义为基础的世界主义思想，反对民族主义和沙文主义，反对解放战争（1813—1814）诗人们用母语塑造民族性格的民族文学观。1830 年 3 月 14 日，歌德对艾克曼坦言："如果夜里走出营房就听见敌人前哨的战马嘶鸣，那我倒真乐意写战歌来着！然而这不是我的生活，这不是我的事业，这是特奥多尔·克尔纳的生活和事业。他的战歌也完全适合他这个人。可我呢，却不具有好斗的性格、好战的思想……我不仇视法国人……法兰西民族是世界上最有文化的民族之一，我本身的大部分教养都归功于它，像我这个只以文化和野蛮为价值标准的人，又怎么能仇恨这样一个民族呢！从根本上讲，民族仇恨就是个怪东西。你总发现在文化程度最低的地方，民族仇恨最强烈。可是达到了一定的文化阶段以后，它就完全消失了；这时候，人们在一定意义上已经凌驾于民族之上，已经感到邻国人民的幸福和痛苦就是自己的幸福和痛苦。"② 1827 年，歌德提出了世界文学构想，民族文学在他的眼中就更加丧失了它的重要性。

第二节　世界文学

诗是人类的共同财富，而且正在由成百上千的人在不同的地方和不同的时间创造出来……每个人都应该告诉自己，写诗的天赋并非什么稀罕物儿，没谁因为写了一首好诗，就有特别的理由感到自负。显而易见啰，我们德国人如果不跳出自身狭隘的圈子，张望张望外面的世界，那就太容易陷入故步自封，盲目自满了哦。因此我经常喜欢环视其他民族的情况，并建议每个人都这样做。民族文学而今已没有多少意义，世界文学的时代即将来临，我们每个人现在就该为加速它的

---

① 歌德：《论文学艺术》，范大灿等译，第 12—13 页。
② 艾克曼：《歌德谈话录》，杨武能译，第 266—267 页。

到来贡献力量。①

本节题记引自 1827 年 1 月 31 日歌德和艾克曼关于世界文学的谈话。世界文学（Weltliteratur）是歌德于 1827 年提出的文学发展蓝图，它指的是国际性的文学交往，其思想基础是具有人道精神的世界主义。这种国际性的文学交往具体体现在各国之间的文学交流和文化交流、阅读外国的文学杂志和外文原著、文学翻译和国际旅游等活动上。这种国际性的文学交往的结果就是具有特色的各民族文学之融合，它是歌德关于文学发展的未来规划，歌德用"世界文学"这个名称是希望"有朝一日各国文学都将合而为一，这是一种要把各民族文学统起来成为一个伟大的综合体的理想，而每个民族都将在这样一个全球性的大合奏中演奏自己的声部"。②

歌德的世界文学概念指的是国际性的文学交往和文化接触，而不是所有时代所有民族的典范作品的总和。1848 年，德国文学史家约翰内斯·谢尔（Johannes Scherr，1817—1886）出版了两卷本的文选《世界文学画廊》，他的世界文学概念指的是各民族文学的"典范作品总集"（Kanon），③ 换言之，世界文学就是具有世界声誉的文学杰作的荟萃，这种文选意义上的世界文学概念一直延续至今，例如我国高校文学院开设的外国文学课程就是名家名作的荟萃与选评。兴盛于 20 世纪下半叶的后殖民主义（杰姆逊、赛义德和霍米·巴巴等人）反对欧洲中心主义和文化帝国主义，他们将"第三世界文学"纳入到他们的世界文学方案中，将世界文学定义为与跨文化的实际状况紧密关联的融合了文化差异性和全球文化趋同性的、"混成的"（hybrid）文学，其实质是以多元文化的世界性取代以欧洲为中心的典范性。④

一 世界主义

具有人道精神的世界主义（Weltbürgertum）是晚年歌德的世界文学构

---

① 艾克曼：《歌德谈话录》，杨武能译，第 133—134 页。

② 韦勒克、沃伦：《文学理论》，刘象愚等译，生活·读书·新知三联书店 1984 年版，第 43 页。

③ Ansgar Nünning（Hg.），*Metzler Lexikon Literatur-und Kulturtheorie*. Stuttgart：Verlag J. B. Metzler，2001，S. 666.

④ Ebd.，S. 667.

想的思想基础。世界主义是一种与民族主义相对立的世界观，它认为人不只是某个国家的公民和某个民族的成员，更确切地说，人是地球（即世界）上的公民，它从世界公民的角度出发提倡各民族平等、自由和相互宽容，其思想渊源可追溯到晚期斯多葛学派（爱比克泰德和马可·奥勒留）的伦理学。歌德的世界主义思想的核心就是人道和宽容，而宽容指的是对不同的风俗习惯、不同的信仰和异质文化的承认："严格地讲，宽容只是一种暂时的观念，它必须走向承认……真正的自由思想就是承认。"①

晚年歌德在法国大革命后期明确使用了世界主义这一概念。歌德在政治的语境中运用这一概念，是为了表明他对法国大革命（1789—1799）和19世纪初欧洲各国嚣张的民族主义的拒斥态度。他的世界主义植根于18世纪的新人道主义，从中可以窥见启蒙运动（莱辛和维兰德等人）对他的深刻影响。这一概念首次出现在他于1796年至1797年创作的市民史诗《赫尔曼与窦绿苔》中，这部史诗第五章的正标题为"波利希姆尼亚"（司赞歌的缪斯女神），副标题为"世界公民"。② 史诗作者描绘了市民社会宁静而有秩序的生活以反衬革命的暴力和混乱，歌颂了市民的美德和跨地域跨时代的人道精神。作者将小市民和中产阶级的市民性（精明能干、勤劳朴实、节俭务实、善于持家、爱和平、正直善良、乐于助人、关心集体、胸无大志、安于现状）作为普遍人性的典范，并对市民美德和市民生活加以理想化。由于市民阶层已将市民美德内在化，因此市民性就突破了地域的限制，在世界各地皆有可能实现恬静美好的市民生活理想。

晚年歌德经常向他人表达这种超地域、超民族的世界主义思想。1799年3月15日，他在致瑞士古典语文学家霍廷格尔（Jokob Hottinger, 1750—1819）的信中写道："对于一位无偏见的思想家和超越了他的时代的智者而言，他根本没有祖国，或者说到处都是他的祖国。"③ 换言之，世界公民为世界人民和全人类而工作，他维护的不是他出生的国家、他所属的民族或某个政治集团的利益，而是全人类的利益。这种为全人类谋福利的世界主义思想明显带有启蒙主义的印迹。七年战争（1756—1763）期间，德国诗人格莱姆（Ludwig Gleim, 1719—1803）创作了爱国主义诗集

---

① Goethe-HA, Bd. 12, S. 385.

② 杨武能、刘硕良主编：《歌德文集》第3卷，第403页。

③ Johann Wolfgang von Goethe, *Briefe*. Bd. 2. Hamburg: Christian Wegner Verlag, 1968, Bd. 2, S. 368.

《普鲁士战歌》（1758），他站在普鲁士军国主义的立场上号召莱辛等人也写赞歌歌颂腓特烈大帝。启蒙思想家莱辛在 1758 年 12 月 16 日致格莱姆的信中明确表示他是一位超越了邦国利益的、正直的"世界公民"，因此他反对普鲁士爱国主义、萨克森爱国主义或其他形式的"爱国主义"。① 1779年他发表了启蒙主义的名作《智者纳旦》，宣扬宗教宽容和民族平等，他认为真正的宗教的标志不是信条，而是言行上的仁爱。他借这部寓意剧表达了他的世界主义思想：不管信仰哪种宗教，也不管属于哪个民族或哪个阶层，所有的人都是具有普遍人性的人，因此应该相互尊重、彼此相爱。②

世界主义者歌德并没有否认民族文化对他的滋养，他将德国视作精神上的故乡，而非政治上的疆域，他在赠词《德意志帝国》（1797）中写道："德国？它在何处？我找不到它的位置/学术的起始就是政治的终结。"③ 他的学术观和文艺观是超政治、超民族的，他认为科学和艺术是跨越国界的，因为自然科学研究的是普遍的自然规律，社会科学探讨的是人类社会的普遍规律，而纯正的艺术表现的是"完整的人性"或普遍的人性。他在《〈希腊神殿前厅〉发刊词》中指出：只有"在艺术和科学领域"才能发现纯粹的、"真正的世界主义思想"。④ 世界主义这一概念在此已成为"普遍性和人性"⑤ 的同义词。在《德国艺术概貌》一文中，歌德批评了功利性的自然主义艺术，提倡以美为自身目的的纯艺术，主张以"普遍的人性"（das allgemein Menschliche）取代狭隘的"爱国主义"。⑥ 歌德的教育观念同样突破了民族和民族文化的界限，他认为教育是跨民族、跨国界、跨时代的，世界公民接受的是具有普遍性和人道精神的人类文化教育，他在《我们的所得》（1802）一剧的序言中写道："我们受教育的大区域乃是我们的祖国。"⑦

工业化时代和随之而来的移民潮的出现使歌德更加坚定了他的世界主

---

① Kurt Böttcher u. Hans Jürgen Geerdts（Hg.），*Kurze Geschichte der deutschen Literatur*. Berlin：Verlag Volks und Wissen，1983，S. 222.

② 范大灿主编：《德国文学史》第二卷，第 171 页。

③ Geothe，*Xenien*. Frankfunt a. M.：Insel Verlag，1986，S. 27.

④ Goethe-HA，Bd. 12，S. 55.

⑤ Goethe-WA，Abt. I，Bd. 48，S. 23.

⑥ Goethe-HA，Bd. 12，S. 582.

⑦ Goethe，*Sämtliche Werke*. Jubiläums-Ausgabe. Stuttgart & Berlin：Cotta Verlag，1902，Bd. 9，S. 280.

义立场。在大批德国人移民美国以实现美国梦的背景下，歌德放眼世界，突破了将祖国视作某个民族的共同地域的狭隘观念，他将"大千世界"看成自己的祖国，认为祖国就是个人能发挥自己的才干并有益于社会的地方。他在《威廉·迈斯特的漫游年代》第三部第九章中表述了这种新的祖国观："人们曾一再说过：我在哪儿过得舒服，哪儿就是我的祖国！然而这句带来慰藉的话语的意思也许会表达得更贴切，如果是这样说的话：哪儿我有用，哪儿就是我的祖国！在家乡一个人可以是无用的废物，而别人也不会马上觉察到这一点；在外面的世界里无用的人立即就会暴露无遗。如果我现在说：愿每一个人在世界各地都能做到既有益于自己又有益于别人，那么，这既不是教训也不是劝诫，而是生活本身所提出的要求。"①

世界公民歌德采取的是一种开放的思想态度，他以世界为他的精神上的祖国，对世界各民族的文化兼收并蓄，从而超越了狭隘的民族意识和民族归属感。他在短文《异议》（1830）中写道："广阔的世界，不管它何等辽阔，终究不过是一个扩大了的祖国。"② 在此他明确表达了对异族文化的宽容和承认。利他主义也是世界公民的特征之一，他在《庆祝白鹰勋章的创设的演讲》（1816）中写道："每个世界公民皆愉快地坚信，高尚者在很大程度上是为他人而不是为自己活着，他为他人而工作而斗争。"③ 笔者认为19世纪初期多民族国家（奥地利、俄国和尼德兰联合王国等）及其多元文化的存在和世界市场的形成是歌德的世界主义思想得以产生的现实基础，而18世纪中叶以来的新人道主义则是它的理论基础。歌德的世界主义就是新人道主义和民族宽容观念的结合，它憧憬的是摆脱了"民族偏见、恐惧和狭隘"④ 的理想的人性。

二　世界文学的普遍性和整体性

德国文学家维兰德（Christoph Martin Wieland，1733—1813）是"世界文学"一词的首创者，维兰德于1790年在他的一则笔记中运用了"世界

---

① 杨武能、刘硕良主编：《歌德文集》第6卷，第386页。

② Goethe-WA, Abt. II, Bd. 42, S. 503.

③ Goethe, *Sämtliche Werke*. Jubiläums-Ausgabe. Stuttgart & Berlin: Cotta Verlag, 1902, Bd. 25, S. 254.

④ Johann Peter Eckermann, *Gespräche mit Goethe*. Berlin & Weimar: Aufbau-Verlag, 1982, S. 544.

文学"一词,但这则笔记在歌德时代从未面世,德国当代学者魏茨（Hans-J. Weitz）发现了这则笔记并把它发表在 1987 年的《阿卡狄亚》杂志上。晚年维兰德翻译了贺拉斯的《书札》,他于 1782 年 4 月 12 日写了一篇献给魏玛公爵卡尔·奥古斯特的《书札》题跋,在题跋中他用"文雅"一词来描述奥古斯都时期（公元前 27 年至公元 14 年）古罗马文学的特征。他认为古罗马文学黄金时代的"文雅"（Urbanität）指的是"博学多才、世界知识和文质彬彬的高雅趣味"。他在 1790 年的一则笔记中将"博学多才、世界知识和文质彬彬的高雅趣味"改写为"世界知识和世界文学的高雅趣味"（diese feine Tinktur von Weltkenntnis und Weltliteratur）。①维兰德是在文献史（historia litterae）的意义上使用"世界文学"一词的,他所说的"世界文学"指的是奥古斯都时期的一流作家（贺拉斯、维吉尔和普罗佩提乌斯等人）掌握了浩繁的古代文献,他们具有广博的学识、丰富的阅历和高度的个人文化修养,他们所创造的文学是一种既博学又有生活阅历的"处世高手"（Weltmann）的文学。维兰德借"世界文学"一词树立的是一种博古多识的典范,它注重的是博览古代文献,它指向的是古代（尤其是古希腊文化）;歌德的"世界文学"概念指的是各民族文学的相互交流和相互借鉴及其未来的融合趋势,它突出的是当下和未来的前景。

歌德在不知晓维兰德笔记的情况下,于 1827 年 1 月 15 日在他的日记中首次运用了"世界文学"这个复合词:"我向舒哈特口授关于法国文学和世界文学的论述。"②晚年歌德是在赫尔德的启发下提出"世界文学"的构想的。赫尔德在《关于莪相和古代民族的歌体诗的通信摘要》（1773）等文章中指出:各民族的民间文学具有普世性（Universalität）,它们用的都是大众的语言,都体现了民族的自然状态和大众的质朴精神。③从这种自然素朴的"大众性"出发,他搜集了世界各民族的民歌,出版了《民歌集》（1778）,该书后改名为《民歌中各族人民的声音》。歌德从赫尔德那里接受了文学的"普世性"观念,他在《诗与真》第二部（1812）中回忆了斯特拉斯堡时期赫尔德对他的启发:"赫尔德继他的先辈洛斯之

① Hans-J. Weitz, *"Weltliteratur" zuerst bei Wieland*. In *Arcadia* 22, 1987, Berlin: De Gruyter. S. 206-208.

② Goethe-WA, Abt. II, Bd. 11, S. 8.

③ 范大灿主编:《德国文学史》第二卷,第 225 页。

后，才气纵横地探讨希伯来诗，他督促我们在阿尔萨斯搜求流传下来的民歌，他认为这些诗的形式是最古老的文献，它们足以证明诗艺术在总体上是一种世界和各民族的赠品，而不是几个高雅的文化人的世袭遗产。"① 1826 年 2 月 23 日，他在致德国作家、翻译家伊肯（Ludwig Iken，1789—1841）的信中再次强调了各民族的民间文学的普世性："在盛大而普遍的文学节上，每个民族的民间文学的加演节目都是受欢迎的。事实表明，诗属于全人类，世界各地皆有诗，人人皆有诗兴。"②

赫尔德认为民间文学的普世性体现在"大众性"上，晚年的歌德则用"普遍的人性"替换了"大众性"。歌德认为文学之所以具有普世性，是因为各民族人民都具有普遍的人性，都有相同的思想感情。1827 年 1 月 31 日歌德在和艾克曼谈论中国小说《玉娇梨》时说道："中国人的思想、行为和情感几乎跟我们一个样，我们很快会觉得自己跟他们是同类……在他们那里一切都富于理智，都中正平和，没有强烈的情欲和激扬澎湃的诗兴，因此和我的《赫尔曼与窦绿苔》以及英国理查生的小说颇多相似之处。"③

在长篇小说《威廉·迈斯特的漫游年代》的第二部中，歌德提出了"笃信世界"（Weltfrömmigkeit）的概念。他认为农业时代的人比较封闭，他们"笃信家族"即依赖亲人；而工业化时代打破了自给自足的小农经济，建立了开放的劳务市场和商品市场，因此他要求人们转变观念，从"笃信家族"转向"笃信世界"，即从相信亲情走向相信世界各民族皆有普遍的人性，从关爱亲人走向关爱全人类："我们不想取消对笃信家族的应有的赞誉：个人的安稳建立在它的基础上，整个家族的坚固和尊严可能最后也以它为依据；但是它不够用了，我们必须建立笃信世界的观念，必须把我们的真正人道的观点广泛运用到现实生活领域中去，不仅支持我们的家人，而且同时也要关怀整个人类。"④ 歌德正是在工业化的社会背景下，从具有人道精神的世界主义出发提出"世界文学"构想的。

德国古典文学时期（1794—1805）是歌德建构他的"世界文学"纲领的重要准备阶段。歌德和席勒从人道主义和世界公民的大视角出发，要求

---

① 歌德：《诗与真》上卷，刘思慕译，载《歌德文集》（4），第 419—420 页。
② Goethe-WA, Abt. IV, S. 302 – 303.
③ 艾克曼：《歌德谈话录》，杨武能译，第 133 页。
④ 杨武能、刘硕良主编：《歌德文集》第 6 卷，第 240—241 页。

古典文学表现"普遍的人性"① 和"超越一切时代的影响的纯粹的人性"，从而使各民族"重获自由并在真与美的大旗下把政治上分离的世界重新统一起来"。② 他们站在世界公民的立场上，试图通过审美教育培养一种全面发展的"完整的人"，从而把人类从自然和社会的种种束缚中解放出来。在《广而告之》（1826）一文中，歌德认为具有普遍人性的"真正的人"是"真正的诗"的创造者，他主张用普遍的人性取代赫尔德的民间文学的大众性和德国浪漫派的民族文学的民族意识："关于民间文学和民族文学……实际上只有一种文学，即真正的诗，它既不属于平民也不属于贵族，既不属于君王也不属于农夫；谁觉得自己是一个真正的人，谁就会去作诗；真正的诗不可抗拒地出自一个纯朴而粗犷的民族，它同样也出自文雅的、有高度文化的民族。"③ 在《塞尔维亚的诗歌》（1826）一文中，他发现了粗犷的塞尔维亚民歌与贝朗瑞纯熟的歌体诗之间的共同点——表现普遍的人性，由此他提出了一种"普遍的世界诗"（allgemeine Welt-poesie）。④ 从"普遍的世界诗"到 1827 年 1 月 31 日歌德在与艾克曼的谈话中提出的完备的"世界文学"概念只有一步之遥。

　　1827 年 1 月 15 日，歌德在他的日记中创造了"世界文学"这个复合词，随后他在《迪瓦尔的历史剧〈塔索〉》（1827）一文中对这个新词作了阐释，在阐释时他凸显了"世界文学"的整体性和普遍性："人类在阔步前进，世界关系以及人的关系前景更为广阔……一种普遍的世界文学正在形成，我们德国人在其中可以扮演光荣的角色。所有的民族都在注视我们，他们称赞我们，责备我们，他们吸收和抛弃我们的东西，他们模仿和歪曲我们，他们理解或误解我们，他们打开或关上他们的心。凡此种种我们都必须冷静地接受，因为整体对我们具有巨大的价值。"⑤ 世界文学的普遍性在于它表现了普遍的人性，而整体性则体现在各民族文学的相互交流、相互借鉴和相互融合上，迪瓦尔（Alexandre Duval, 1767—1842）创作的历史剧《塔索》就是德法文学相互影响的一个范例。在 1827 年 1 月 27 日致德国翻译家施特莱克福斯（Karl Streckfuß, 1778—1844）的信中，

---

① Goethe-HA, Bd. 12, S. 582.
② Friedrich Schiller, *Werke*. Nationalausgabe. Bd. 22. Weimar: Böhlau Verlag, 1958, Bd. S. 109.
③ Goethe-FA, Abt. I, Bd. 22, S. 287.
④ Goethe-WA, Abt. XIII, Bd. 2, S. 62.
⑤ 歌德：《论文学艺术》，范大灿等译，第 378 页。

歌德提出了各民族文学相互交流，进而形成一个伟大的综合体的"世界文学"蓝图："我深信正在形成一种世界文学，深信所有的民族都心向往之，并因此而做着可喜的努力，德国人能够和应该做出最多的贡献，在这个伟大的聚合过程中，他们将发挥卓越的作用。"①

1827 年 1 月 31 日，歌德在与艾克曼的谈话中再次表达了他对狭隘的民族文学的怀疑和对具有普遍性和整体性的世界文学的展望。他提出了完备的"世界文学"概念：世界文学就是国际性的文学交往和文化交流，这种跨民族跨文化的精神交往的结果就是各民族文学融合成一个伟大的综合体，这个综合体以欧洲文学为核心，以古希腊文学为典范。歌德从普遍主义（Univeralismus）出发提出的"世界文学"构想具有明显的欧洲中心论色彩："民族文学而今已没有多少意义，世界文学的时代即将来临，我们每个人现在就该为加速它的到来贡献力量。但是我们对外国文学的重视不应止于某一特定的文学，唯视其为杰出典范。我们不应该想，只有中国文学杰出，或者只有塞尔维亚文学，或者只有卡尔德隆，或者只有《尼伯龙根之歌》杰出；而总是应该回到古希腊人那儿去寻找我们需要的典范，因为在他们的作品里，始终塑造的是美好的人。其他文学都只能以历史的眼光看待，好的东西只要有用，就必须借鉴。"② 在《〈艺术与古代〉第 6 卷第 3 册的提纲》（1832）中，歌德更加明确地提出了以欧洲文学为核心形成普遍的世界文学的构想："欧洲文学即世界文学。"③

在《玛卡利亚笔录选》中，歌德再次强调了古希腊文学的典范性，而将东方文学置于从属的地位："愿希腊文学和罗马文学的研究永远成为较高文化的基础。中国、印度和埃及的古代文化只是一些奇特的异物而已；让自己并让世界去了解它们，这是一件大好事；但是在道德和审美教育方面它们不会对我们有多大助益。"④ 即使在广泛学习东方文化的《西东合集》时期，歌德依然坚信古希腊文化是世界文化遗产中的翘楚，他在 1816年 5 月 25 日致里默尔的信中写道："请您待在古希腊文化领域，别的文化根本无法与它相提并论；希腊民族善于从千朵玫瑰中提取一小瓶玫瑰

① Goethe-HA, Bd. 12, S. 362.
② 艾克曼：《歌德谈话录》，杨武能译，第 134 页。
③ Goethe-WA, Abt, I, Bd. 42. 2, S. 500.
④ Goethe-HA, Bd. 12, S. 505.

油。"① 德国语言学家、梵语学者威廉·封·洪堡在 1821 年 5 月 15 日致歌德的信中完全赞同歌德以古希腊罗马文学为典范的欧洲中心论，他对印度文学也作出了消极的评价："我在印度文学中找不到乐趣，我坚持我的观点：古希腊罗马文化恰恰拥有高度和深度、简单和多样、节制和限度，其他的文化永远也无法赶上它。"②

18 世纪上半叶至 19 世纪下半叶，西欧的主要国家相继进入工业社会，大机器的资本主义生产方式打破了国内市场的界限，促进了世界市场的形成、国际贸易的繁荣和国际交往的频繁，不断增长的国际贸易和国际交往逐渐催生出了跨民族的世界文学。在《对外联系》（1828）一文中，歌德预言世界文学必将诞生于工业化的自由资本主义时代："在极其活跃的当代和交往非常便捷的情况下，我们满怀希望地期待一种世界文学的尽快形成。"③ 在《德国的浪漫作品》（1828）一文中，歌德指出工业产品和文化产品的国际市场业已形成，翻译家就"身居这样一个市场，在那里所有的民族都推销自己的商品……因此，应当这样来看待翻译家，他是作为这一普遍精神贸易的中介人而尽心尽力的，他把促进交换当作他的事业"。④ 在 1828 年 8 月 8 日致卡莱尔的信中，歌德指出自由资本主义的经济和政治体制促进了跨地区和跨国的邮政、交通和新闻出版业的繁荣，从而使国际交往日益便捷和世界文学的产生成为可能："通过邮政快件和轮船、通过日报、周刊和月刊，各民族逐渐相互接近，在我的有生之年，我将特别关注这种相互的交流，我们可以越来越自由地利用这种业已开始的国际交往！"⑤

在《卡莱尔的〈席勒传〉德译本前言》（1830）中，歌德具体分析了产生世界文学的历史条件：维也纳会议（1814—1815）之后，欧洲获得了长期的和平，和平的环境有利于自由资本主义的发展，国际贸易和国际精神文化交流开始走向繁荣，具有普遍性和整体性的世界文学于是应运而生。歌德认为，正如各国的国民经济能从国际贸易中获利一样，各民族文

---

① Goethe-FA, Abt. Ⅱ, Bd. 7, S. 594.

② Goethe, *Briefwechsel mit Wilhelm und Alexander von Humboldt*. Berlin: H. Bondy Verlag, 1909, S. 247.

③ Goethe-FA, Abt. I, Bd. 22, S. 427.

④ 歌德：《论文学艺术》，范大灿等译，第 367 页。

⑤ Goethe-WA, Abt, IV, Bd. 44, S. 257.

学也能从国际性的文学交往和文化交流中取长补短，共同提高："已经有一段时间，人们在谈论一种普遍的世界文学，这并不是没有道理。所有在最可怕的战争中被弄得神魂颠倒，但不久又——恢复了常态的民族，都必然会觉察到，它们发现并吸收了一些外来的东西，有时还感到有一种前所未有的精神需求。由此就产生了一种建立睦邻关系的情感，人们不再像到目前为止那样把自己封闭起来，而是精神逐步提出了这样的要求：把自己也纳入到在总体上自由的精神贸易往来（geistigen Handelsverkehr）之中。这种精神的贸易活动开始时很短暂，但是后来变得越来越持久，于是人们对它进行了思考，并设法尽快地从其中获得利益和好处，就像人们在商品交易（Waarenhandel）中所做的那样。"①

歌德在 1828 年前后明确指出自由资本主义时代国际贸易和国际交往的繁荣为世界文学的产生创造了充分的社会历史条件，这种历史主义的观点被马克思和恩格斯所继承。马克思和恩格斯在《共产党宣言》（1872）中从历史唯物主义出发揭示了世界文学的形成源于资产阶级对世界市场的开拓："不断扩大产品销路的需要，驱使资产阶级奔走于全球各地。它必须到处落户，到处开发，到处建立联系。资产阶级，由于开拓了世界市场，使一切国家的生产和消费都成为世界性的了……过去那种地方的和民族的自给自足和闭关自守状态，被各民族的各方面的互相往来和各方面的互相依赖所代替了。物质的生产是如此，精神的生产也是如此。各民族的精神产品成了公共的财产。民族的片面性和局限性日益成为不可能，于是由许多种民族的和地方的文学形成了一种世界的文学。"②

晚年的歌德开始对欧洲中世纪的文学艺术感兴趣，在文艺观上也与德国浪漫派相接近，但他对浪漫派美化中世纪和天主教仍然持批判的态度。1816 年他创办了杂志《论莱茵河和美因河地区的艺术与古代》，侧重于评价德国和荷兰的古代艺术。该杂志的第一卷第二册（1817）刊登了画家海因里希·迈尔的文章《新德国的宗教和爱国主义艺术》，迈尔反对德国浪漫派的宗教虔诚和爱国主义，他重申了歌德在《德国艺术概貌》一文中所表述的艺术应表现普遍的人性的观点："根本不存在爱国的艺术和科学。二者和一切崇高美好的事物一样皆属于全世界。艺术和科学只能通过所有

---

① Goethe-FA, Abt. I, Bd. 22, S. 870.
② 马克思、恩格斯:《马克思恩格斯选集》第一卷，第 276 页。

同时在世者的普遍而自由的相互影响而得到促进。"① 这种普遍主义的艺术观已具有了世界文学构想的雏形。

该杂志的第一卷第三册（1818）正式更名为《论艺术与古代》，从此它成了歌德宣传他的世界文学思想的喉舌。第三册已拥有了世界文学的内涵，它刊载了歌德的诗歌，史诗《伊利亚特》的片断翻译，塞尔维尔和现代希腊民歌的译文，歌德所写的文学评论《法国批评家的判断》、《古典派和浪漫派在意大利的激烈斗争》、《古希腊人的悲剧四部曲》、《伊肯教授翻译的波斯童话集〈鹦鹉传〉》，历史哲学文章《精神时代（根据赫尔曼的最新论述）》以及他人所写的造型艺术和考古学论文。

《论艺术与古代》第六卷第一册（1827）和第二册（1828）展现了世界文学的全景。歌德在第一册上庄严宣告："一种普遍的世界文学正在形成，我们德国人在其中可以扮演光荣的角色。"② 这两册杂志报道了歌德、席勒、赫尔德、霍夫曼和让·保尔等德国作家的作品所产生的国际反响，登载了评论荷马、欧里庇得斯、莎士比亚和斯特恩的文章，对拜伦和曼佐尼的新作的评论，关于中国抒情诗、东方童话和各民族的民间文学的论文，歌德的诗学文章《论叙事文学与戏剧文学》、《亚里士多德〈诗学〉补遗》和《论教育诗》。与古典文学时期（1786—1805）相比，歌德大大拓宽了他的文学视野，他把他的目光从古希腊罗马和欧洲转向了东方，转向了全世界。需要指出的是：歌德既不是从数量方面，也不是从质量方面来定义他的"世界文学"概念的，换言之，世界文学既不是各民族和各国文学的总和，也不是各民族文学具有世界影响的典范作品总集。他的切入点是各国文学之间的相互影响，他的世界文学概念指的是国际性的文学交往（Kommunikation），即各民族文学之间的相互交流和相互借鉴。

正是从"交往"的角度出发，歌德于1826年至1829年撰写了一些关于世界文学的提纲，例如《法国人对德国文学的关注》、《英国人和苏格兰人对德国文学的关注》和《意大利人对德国文学的关注》，而这些提纲的核心问题就是要弄清楚异族对德国文学的接受对其本身的民族文学有何意义。歌德认为可以从四个方面来看外国人对德国文学的接受：一、外国人是否赞同德国人的文艺观和道德观；二、外国人在何种程度上吸收德国人

---

① Goethe-HA，Bd. 12，S. 487.

② 歌德：《论文学艺术》，范大灿等译，第378页。

的文化成就；三、外国人在何种程度上采用德国人的艺术形式；四、外国人对德国文学的原有题材是如何处理的。① 歌德认为国际性的文学交往不是单向的，而是相互的，他在 1827 年 1 月 26 日致《论艺术与古代》的出版商科塔（Friedrich Cotta，1764—1832）的信中特别强调了文学交往的相互性："现在我们必须重视外国文学，因为外国人已经开始关注我们了。"② 而在国际性的文学交往中，欧洲各国之间的文学交往乃是重头戏："欧洲文学即世界文学。"这种欧洲中心论属于文化霸权主义。

　　歌德深信"一种普遍的世界文学"正在形成，它对世界各民族及其民族文学大有裨益，但他也意识到了世界文学带来的不良后果：民族文学有可能丧失其特性和大众文化盛行于世。在 1827 年 1 月 27 日致施特莱克福斯的信中，歌德感谢他翻译了意大利作家曼佐尼的悲剧《阿德尔齐》，赞扬各民族为世界文学做出的可喜努力，紧接着他表达了对德国人全盘接受外国文学的忧虑："英国大潮不需要我们推进，这种泛滥的大潮能带来什么结果还有待观察。与来自英国的大潮相反，我们必须尽可能轻柔地走近法国人和意大利人，因为他们的作品包括佳作都不太符合德国人的口味。"③"英国大潮"指的是英国浪漫主义文学和司各特的历史小说，德国作家豪夫（Wilhelm Hauff，1802—1827）和阿莱希斯等人继承了司各特的历史小说的衣钵，德国诗人普拉滕（Graf von Platen，1796—1835）和奥地利诗人莱瑙则在诗歌中宣泄拜伦式的痛苦和愤怒。1831 年 2 月 11 日，歌德严厉批评了普拉滕的拜伦作风（Byronismus）："例如普拉滕伯爵，他具备成为一位优秀诗人的几乎所有素质：他极富才智和干劲，极有想象力和创造力……不幸的是好争辩的倾向却妨碍了他。"④ 1829 年 6 月 18 日，歌德在致法国外交家莱茵哈特（Friedrich von Reinhard，1761—1837）的信中提到了法国文学对德国和全欧洲的巨大影响："世界文学的相互影响非常活跃并且奇异；如果我没弄错的话，法国人肯定从中获得了最大的好处。"⑤ 歌德的意思是说，在德法文学交流中法国文学占据了压倒性的优势，以至于一些德国作家盲目地模仿法国文学，例如霍尔泰的歌唱剧《莱

①　Goethe-FA, Abt. I, Bd. 22, S. 722.

②　Goethe-WA, Abt. VI, Bd. 42, S. 27.

③　Goethe-WA, Abt. IV, Bd. 42, S. 28.

④　艾克曼：《歌德谈话录》，杨武能译，第 284 页。

⑤　Goethe-WA, Abt. IV, Bd. 45, S. 295.

诺勒》（1829）就是照搬法国滑稽歌舞剧（Vaudeville）的模式。歌德在1829 年 3 月 4 日致策尔特的信中批评了霍尔泰等人因邯郸学步而导致了个性的丧失："在宏大而宽广的巴黎，戏剧必须夸张，但是这种夸张对我们只会带来坏处，因为我们还没有发展到确实有此需求的地步。这种盲目模仿就是即将来临的世界文学所造成的后果。"①

歌德认为世界文学是多样性的统一，它恰似一个多声部的大合唱，每个声部都各有所长，都有自己的个性，正如杨武能教授所指出的那样："歌德有关世界文学的思想及实践，都绝无抹杀民族特点和否定历史传统的意思。恰恰相反，越是具有民族特色和悠久传统的文学……就越得到歌德的重视。"② 德国人是一个思想深刻的民族，歌德明白德国文学的最大特性在于其深度："从深度上去把握客体，意味着创造。"③ 歌德非常担心德国文学在世界文学的聚合过程中丧失了其特性——深度，他在《玛卡利亚笔录选》中写道："现在，一种世界文学正在出现，严格地说，德国人的损失最多；认真考虑一下这个警告，他就会正确行事。"④ 为了防止民族文学失去特性，歌德的解决方案是既保持本民族文学的特色和传统，又具有开阔的人类意识（即表现普遍的人性），他在《德国的浪漫作品》一文中写道："达到真正普遍宽容的最可靠途径是，承认每个人和每个民族的特点有存在的权利，但同时又坚信，真正的佳作之所以优秀，乃是因为它属于全人类。"⑤ 对于外国文学，歌德提倡一种批判性的拿来主义，他要求本国作家弄清楚外国文学"值得学习的方面"和"应当避免的方面"，⑥ 要按照本国的国情和文化传统合适地取其精华，去其糟粕。

世界文学带来的另一个不良后果就是消遣性和商业性的大众文化。1825 年 6 月 6 日，歌德在致策尔特的信中指出：交通的畅达和国际交流的便捷会造成"一种平庸的文化得到普及"。⑦ 数年之后，他再次表达了他对低俗而强劲的大众文化的忧虑。针对世界文学的通俗化和商业化倾向，他

---

① Goethe-HA, Bd. 12, S. 363.
② 杨武能：《三叶集》，巴蜀书社 2005 年版，第 558 页。
③ Goethe-HA, Bd. 12, S. 414.
④ Ebd., S. 505.
⑤ 歌德：《论文学艺术》，范大灿等译，第 367 页。
⑥ 同上书，第 380 页。
⑦ Goethe-WA, Abt. IV, Bd. 39, S. 216.

举起精英文化和"美文学"① 的大旗，呼吁世界上的文化精英组成一个"淡泊宁静的教派"（eine stille，fast gedrückte Kirche），团结在一起共同坚守纯文学的阵地。他在《异议》（1829）一文中写道："讨大众喜欢的通俗文化会无限地扩展，正如我们现在所目睹的那样，通俗文化在所有的地区和所有的领域都广受欢迎；严肃的和真正优秀的文化人的作品则很难获得成功；但是这些献身于更有益的较高文化的精英分子会更快和更多地相互了解。世界各地都有这样的文化精英，他们想建立功勋，并且只关心人类的真正进步。但是他们选取道路和迈出脚步的举动并非个人的行为……严肃的精英们必须组成一个淡泊宁静的教派，因为个人要抵抗广阔的时代潮流纯属白费力气；精英们必须努力坚守自己的阵地以等待大潮过去。"② 在工业化时代，歌德已看到了阿多诺和霍克海姆所批判的"文化产业"（Kulturindustrie）的苗头；在精英意识、艺术自主和集体行动方面，他提出的建立一个"淡泊宁静的教派"的主张乃是布尔迪厄的"真正的知识分子国际"③ 的雏形。

在《自然科学家相聚柏林》（1828）一文中，歌德再次强调了各国的纯文学家们应具有集体精神，并且更精确地界定了他的世界文学概念，他认为世界文学指的不是各民族的通俗文学之间的交流，而是国际性的美文学交流："我们大胆宣布有一种欧洲的文学，甚至有一种普遍的世界文学，这并不是说各民族应当彼此了解，应当彼此了解他们的产品，因为在这个意义上的世界文学早已存在，而且现在还在继续，并在总体上不断地更新。不，不是指这样的世界文学！我们所说的世界文学是指：充满活力、奋发向上的文学家们（strebende Literatoren）彼此间十分了解，并且在爱好和集体精神的推动下共同发挥社会作用。"④ 各国的纯文学家们彼此了解和相互交流的途径有：通信、旅游、会议、翻译、阅读外文原著、阅读外文报刊（例如《地球》杂志、《法兰西评论》、《时代》周刊和《爱丁堡评论》）和阅读外国的文化史概论，例如基佐的《现代史讲义》、维尔曼的《法国文学讲义》和库赞的《哲学讲义》。⑤

---

① Goethe, *Schriften zur Kunst und Literatur.* Boston：Adamant Media Corporation，2006，S. 388.
② Goethe-WA，Abt. Ⅱ，Bd. 42. 2，S. 503.
③ 布迪厄：《艺术的法则》，刘晖译，第 400 页。
④ Goethe-HA，Bd. 12，S. 363.
⑤ 艾克曼：《歌德谈话录》，杨武能译，第 222 页。

　　尽管世界文学的聚合过程隐藏着丧失民族特性和通俗化的危险，但它在总体上能给各民族及其民族文学带来莫大的好处。在 1827 年 7 月 15 日和艾克曼的谈话中，歌德指出正在形成的世界文学能使各民族文学相互取长补短、共同提高："好在眼下法国人、英国人和德国人之间交往密切，可以相互取长补短。这就是世界文学带来的一大好处。这样的好处将越来越明显。卡莱尔写过一本席勒传，从总体上高度评价了席勒，相反却很难有一个德国人会给席勒这样的评价。另一方面，我们则对莎士比亚和拜伦了如指掌，也许比英国人自己更懂得珍视他们的功绩。"① 当局者迷，旁观者清，由于没有利害关系，外国人能够更客观、更全面地评价他国的文学。同理，在世界文学的形成过程中，"别的民族的见解和判断"可以化解"一个民族的内部分歧"。② 世界文学还可以防止民族文学的僵化和"自我厌倦"，通过外来影响使民族文学"得到更新"。③ 歌德还强调了世界文学在国际冲突中的调解作用，"众望所归的普遍的世界文学"能够促进各个民族"彼此理解，即使不能相互喜爱也至少能彼此容忍"，④ 并通过相互理解和彼此宽容来缓和国家间的矛盾和国际冲突："不可避免的争斗会变得越来越和缓，战争会变得不那么残酷。"⑤

三　世界文学的尘世性

　　歌德的"世界文学"概念有两大要素：普遍性和尘世性。普遍性指的是存在于一切民族中的普遍的人性。歌德在《德国的浪漫作品》一文中写道："显而易见，所有民族的最优秀的诗人和审美的作家很久以来追求的就是普遍的人性。在每件特殊的作品中，不管它是来自历史，来自神话，来自传奇，还是来自或多或少的随意虚构，人们都可以看到，那种普遍的人性越来越照射到民族性和个性之中，并贯穿其中。"⑥ 但世界文学的尘世性常常受到学者们的忽视。

　　世界文学的尘世性（Weltbezug）指的是它采用的是尘世题材，它再现

---

① 艾克曼：《歌德谈话录》，杨武能译，第 160 页。
② 歌德：《论文学艺术》，范大灿等译，第 378 页。
③ Goethe-FA, Abt. I, Bd. 22, S. 428.
④ 歌德：《论文学艺术》，范大灿等译，第 378 页。
⑤ 同上书，第 367 页。
⑥ 同上。

的是广阔的世俗的 "社会生活",① 它反映的是国家大事和 "世界大事"。②
歌德认为文学艺术来源于现实,由现实所触发的审美情感是艺术创作的动
力,艺术创造依靠的是审美感官 (视觉、听觉和心灵),而宗教依靠的是
超感觉的信仰。歌德反对艺术的宗教化,因为宗教是对超感觉、超自然的
最高存在者的信仰,它是一种虚妄的假想: "信仰就是对不可见者的爱,
就是对不可能者和未必真实者的信赖。"③ 正是由于宗教具有非现实性,歌
德坚决反对拿撒勒画派 (Nazarener) 和德国浪漫派的宗教艺术,1824 年 5
月 2 日他在和艾克曼的谈话中批评了这类艺术家的宗教化倾向: "信仰与
不信仰绝对不是理解艺术作品的器官,与宗教相关的是人完全不同的另外
一些力量和能力。可是艺术呢,它只诉诸我们用来理解它的那些器官。"④

　　歌德要求世界文学再现世俗生活,因为世俗生活更能表现普遍的人
性,他要求世界文学描写国家大事和世界大事,因为这类大事最集中地体
现了人性的善与恶。在《〈西东合集〉的注释与论文》中,他特别强调了
世界文学题材上的尘世性:东方文学以 "极其开阔的视野再现所有的尘世
事物"。⑤ 波斯文学的丰富多彩源于沸腾的世俗生活: "波斯诗人的多产和
多样性来源于无比广阔的外部世界 (Außenwelt) 及其无限的丰富性。一种
永远活跃的社会生活涌现在我们的想象力面前,在这种社会生活中万物都
具有相同的价值。"⑥ 波斯的宫廷诗人 (例如昂瓦里) 由于跟随在伟大的
君王左右而见多识广,并且具有一种总览全局的能力: "宫廷诗人由于和
伟大的君臣交往而获得了一种综观世界 (Weltübersicht) 的能力,他需要
这种能力来掌握丰富的素材。"⑦ 具有世界影响的波斯诗人的作品都带有明
显的世俗性: "菲尔多西以传说或历史的方式记录了所有过去的国家大事
和帝国大事";⑧ "优秀的诗人萨迪周游广阔的世界,掌握了经验世界的无
数细节,并且善于从所有的细节中获取教益";⑨ "可爱的生活导师"哈菲

---

① Johann Wolfgang von Goethe, *Werke*. Bd. 1. Wiesbaden: Emil Vollmer Verlag, 1963, S. 1159.

② Goethe-HA, Bd. 12, S. 289.

③ Ebd., S. 377.

④ 艾克曼:《歌德谈话录》,杨武能译,第 54 页。

⑤ Johann Wolfgang von Goethe, *Werke*. Bd. 1. Wiesbaden: Emil Vollmer Verlag, 1965, S. 1170.

⑥ Ebd., S. 1144.

⑦ Ebd., S. 1159.

⑧ Ebd., S. 1143.

⑨ Ebd., S. 1143 – 1144.

兹"乐观而睿智，他投身到丰富多彩的尘世之中，并从远处窥视神的秘密，但是也否定宗教沉思和感官快乐"；①"贾米的眼前有壮丽的现实世界和美妙的文学世界，他活动在这两个世界之间，神秘主义引不起他的好感"。②

在《〈西东合集〉的注释与论文》中，歌德引用了德国浪漫派作家艾兴多夫的长篇小说《预感和现实》（1815）中的诗句"只有对渴望的永恒渴慕/才对我有好处"来讽刺浪漫派脱离现实的内心渴望，他以波斯文学贴近现实生活的尘世性来批判德国浪漫派空洞的"无特性、无才华的渴望"③和遁世的宗教神秘主义。在 1826 年 1 月 29 日与艾克曼的谈话中，他再次批判了德国浪漫派的主观倾向，他认为遁入内心世界的主观的浪漫主义文学最终会因为耗尽自己的内心资源而走向死亡，而积极入世的客观的现实主义文学因面向丰富的现实世界而能永葆青春。④歌德一方面贬抑遁世的德国浪漫派，另一方面褒扬具有现实主义倾向的德国讽刺大师让·保尔（Jean Paul，1763—1825）："这位清醒而勇敢的才子以最本真的东方方式环顾世界，他创造了最奇异的联系，将各种互不相容的因素联结成一个整体，其中贯穿着一条隐秘的伦理红线……他生活在一个文明的、过于文雅的、畸形的、纷乱的世界……他在他的时代以风趣的语言从多方面来影射因艺术、科学、技术、政治、腐败、战争与和平往来而无限复杂化和碎片化的现状。"⑤

正是从世界文学大视野的尘世性出发，歌德在 1829 年 11 月 11 日致德国作家希慈昔（Eduard Hitzig，1780—1849）的信中赞扬了波旁王朝复辟时期的法国文学（贝朗瑞、梅里美、斯丹达尔、斯塔尔夫人和雨果等）对社会现实的关注和批判，批评德国的毕德麦耶尔派（Biedermeier，1815—1848）不关心国家和世界大事，只是描写小市民知足的安逸的家庭生活，充满了庸俗狭隘的小资情调："严格地说，德国文学只是表现了善意的个人的情思、叹息和感叹……它缺乏普遍性和高度；它至少反映了家庭和城市的现状，但几乎没有触及农村现状；国家和教会则完全成了他们眼中的

① Johann Wolfgang von Goethe, *Werke*. Bd. 1. Wiesbaden: Emil Vollmer Verlag, 1965, S. 1142.
② Ebd., S. 1142.
③ Ebd., S. 1151.
④ 艾克曼：《歌德谈话录》，杨武能译，第 99 页。
⑤ Johann Wolfgang von Goethe, *Werke*. Bd. 1. Wiesbaden: Emil Vollmer Verlag, 1965, S. 1165.

一个盲点。"①

歌德是以辩证思维来建构他的世界文学方案的，他认为文学家的个性与社会性、笃信家族与笃信世界、自然素朴与文化修养、民族性与普遍性是相互联系、对立统一和不可偏废的。他在《德国的浪漫作品》一文中写道："在所有民族的文学中所显示和所谋求的普遍价值，正好也就是其他民族应当具有的。必须了解每个民族的特性，以便承认这些特性存在的权利，并进而同每个民族来往。因为一个民族的特点，就如同它的语言和它的货币，是便于人们进行交往的条件，甚至只是因为有了它们，交往才成为可能。"②

在《社会文化的各种时代》（1831）一文中，歌德以发展的观点描述了人类文化的三个阶段：在田园文化时代（idyllische Epoche），人们与外界隔绝，只相信亲友，只重视母语；在市民文化时代（civische Epoche），人们打破了狭隘的家族观念，扩大了社交范围，并开始接受外语；在普世文化时代（universelle Epoche），人们"坚信有必要了解现实和理想意义上的世界现状，外国文学和本国文学开始相互同化，在世界的大循环中我们也不会落后"。③ 歌德将人类文化从田园文化发展到普世文化、从笃信家族走向笃信世界、从自然诗和民族文学迈向世界文学视作"人类的真正进步"。④

第三节　比较文学的萌芽

她以男子汉的精神将我们领进了塞尔维亚民歌的世界。这些诗歌太杰出了！其中有几首诗歌足以与《圣经》中的《雅歌》相媲美，这可不简单啊……世界永远是同一个模样嘛，各种情境不断重复，一个民族生活、恋爱和感受如同另一个民族，为什么一位诗人就不能与另一位诗人以同样的方式作诗呢？生活情境一个样，为什么诗的情境就该不一样呢……瓦尔特·司各特援用了我的《埃格蒙特》中的一个场面，他有权利这样做，他还应该受到称赞，因为他用得聪明。同样，

---

① Goethe-FA, Abt. II, Bd. 11, S. 192.
② 歌德：《论文学艺术》，范大灿等译，第367页。
③ Goethe-FA, Abt. I, Bd. 22, S. 554f.
④ Goethe-WA, Abt. II, Bd. 42. 2, S. 503.

他还在自己的一部小说里，仿照我的迷娘，塑造了一个人物，至于是否塑造得同样成功，那是另一个问题。拜伦爵士笔下的魔鬼换了一副嘴脸，却仍然是靡非斯托的后代，这也没有错！①

本节题记引自 1825 年 1 月 18 日歌德和艾克曼关于世界文学和人类生活与情感的共性的谈话。在这天的谈话中，歌德运用了比较文学的思维方式：平行研究和影响研究。他认为在两种和两种以上的民族文学之间之所以能进行共时和历时的比较研究，是因为各民族的生活和情感具有共性，即各民族的成员皆有普遍的人性。他阅读了德国翻译家雅可卜小姐（Therese von Jakob，1797—1870）的译著《塞尔维亚人的民歌》的手稿之后，从主题学的角度对塞尔维亚民歌和《圣经·旧约》中的雅歌（Hohenlied）进行了平行研究，认为有几首塞尔维亚民歌可以和雅歌相"媲美"。"媲美"（an die Seite setzen）这个德语成语的意思是"比较（vergleichen）、等同或匹敌"。② 在《塞尔维亚民歌》（1825）一文中，歌德再次指出了这几首塞尔维亚民歌和《圣经》中的雅歌在爱情这个主题上的相同：这几首情歌描写"劳动后的休息，温情脉脉，多美啊！简直可以同《圣经》中的《雅歌》相媲美（Vergleichung）"。③

歌德还从渊源学的角度作了实证的影响研究，指出了他的作品对司各特和拜伦的事实影响：司各特的长篇小说《坎尼尔华斯》（1821）援用了《埃格蒙特》第三幕第二场"克莱尔茜的寓所"，他的另一部长篇小说《佩弗里尔》（1822）则仿造了一个迷娘似的人物；而拜伦在《残废人的变形》一剧中所塑造的魔鬼形象乃是靡非斯托的后裔。

一 歌德的世界文学构想对比较文学学科创始人的影响

歌德的比较文学的思维方式来自他的自然科学研究，这种共时和历时的比较文学方法建立在居维叶（Cuvier，1769—1832）开创的比较解剖学和比较形态学的基础之上。在比较解剖学领域，为了避免因胡乱比较而产生的谬误，歌德要求建立一种"普遍的原型"（allgemeiner Typus）或"普

---

① 艾克曼：《歌德谈话录》，杨武能译，第 67—69 页。

② Günther Drosdowski（Hg.），*Duden Das große Wörterbuch der deutschen Sprache.* Bd. 5. Mannheim：Duden Verlag，1980，S. 2370.

③ 歌德：《论文学艺术》，范大灿等译，第 339 页。

遍的模式"，然后根据原型来比较和评判生物的种、属、科、目、纲、门，从而获得正确的同源和同功的知识以阐明各类群在演化上的系统关系。在世界文学领域，歌德亦从这种"模式"思维出发，主张用具有普遍意义的文学学（尤其是文学理论）来框定和指导比较文学研究，以避免胡乱比附和得出正确的结论。在《比较解剖学普通入门初稿》（1820）一文中，他确立了在"普遍的模式"指导下的比较的思维方式："总的来看，博物学建立在比较（Vergleichung）的基础之上……解剖学研究有机生物的结构，化学则主要研究无机物的组成。比较解剖学从多方面来烦劳我们的心智，它使我们有机会多角度地观察有机的自然……我们在动物身上所发现的规律极大地拓展了我们对人类体格和生理的认识……由于人们以零乱的方式将所有的动物与某种动物加以对比，并且拿某种动物与所有的动物比较，因此人们认识到采用这种方法不可能达成一致。在此我提议建立一种解剖学的原型，建立一种普遍的模式，该原型包含所有动物的可能形态，按照这种原型我们可以以一定的次序来描述每种动物……我们的具体做法如下：首先经验必须向我们表明所有动物的各部分的异同；而理念必须统治整体并以发生学的方式抽绎出普遍的模式（das allgemeine Bild）。如果我们只是尝试性地建立了这种原型，那么我们就可以充分利用迄今为止各种惯用的比较方法来检验原型。"[1]

在 1825 年 1 月 18 日与艾克曼的谈话中，歌德在主题学的普遍原理的指导下比较了塞尔维亚的民歌和德国女诗人们的诗歌，他指出塞尔维亚民歌的美就在于用具体生动的情境表现了主题（Motive），而德国女诗人们的诗歌则根本没有主题："她们说'这首诗很美'时，指的只是情感、文词和诗的格律。没有人会想到，一首诗的真正力量和作用全在情境，全在主题。正是由于这个缘故，她们创作了成千上万没有主题的诗歌，只靠情感和悦耳的诗句虚构出一种存在。"[2]

杨武能教授在《三叶集》一书中指出：歌德提出的"诗是人类共同的财富"的命题揭示了比较文学这门学科得以产生的社会学基础和哲学基础："歌德是世界文学史上最早自觉地用比较方法探讨文学问题的大作家

---

① Johann Wolfgang von Goethe, *Werke*. Bd. 8. Wiesbaden：Emil Vollmer Verlag, 1965, S. 832 - 834.

② 艾克曼：《歌德谈话录》，洪天富译，第 109 页。

之一，可算是比较文学这门学科的一位远祖。"① 歌德博采众长，他的文学创作吸收了从古至今全人类的科学艺术成果，具有包罗万象的世界性（Universalität）；晚年他在具有人道精神的世界主义的思想基础上提出了影响深远的"世界文学"构想。歌德的文学创作的世界性和他的"世界文学"构想对比较文学的先驱和鼻祖们产生了启发性的影响。比较文学的先驱者斯塔尔夫人（Madame de Staël-Holstein，1766—1817）在《论德国》（1813）一书中指出了歌德兼容并蓄的思维方式和他的思想与创作的世界性："他是一位具有世界主义精神的人，正因为他兼容并包，所以他不偏不倚。这种不偏不倚并非冷漠，确言之，它是一种双重存在、一种双重力量和一种双重光，这种双重光总是能够同时照亮一个问题的两面。没有什么东西能够阻止他的思想的自由翱翔。"② 在歌德的世界主义精神的启发下，斯塔尔夫人摆脱了民族偏见与民族仇恨，在拿破仑战争时期大力推介德国文化和德国文学，并对德法两国文学作了平行比较："这两个民族具有不同的才能，这可以在戏剧艺术上找到显著的例证。在法国作家中，行动、纠葛、事件等所引起的兴趣，都被千百倍地结合得更好，被千百倍地理解得更好；在德国作家中，内心印象的发展、强烈感情的秘密风暴等，却被研究得更多。"③

　　法国文学史家安培（Jean-Jacques Ampère，1800—1864）是比较文学这门学科的创始人之一，圣伯夫在《悼念安培》（1868）一文中写道：安培是一位周游列国的文学研究者，他熟稔外国文学，并在他的著作中准确描述了外国文学和法国文学的相互关系，他是"比较文学"的真正创立者。④ 1825 年法国作家施塔普费尔（Alexandre Stapfer，1802—1892）出版了他的译著《歌德戏剧集》，安培为这部译著写了一篇出色的书评，并把它发表在 1826 年 4 月和 5 月的《地球》杂志上。安培在书评中盛赞歌德思想的博雅和创作的多元化："歌德的所有作品都具有互不相同的思想观点；如果我们读完他的一部作品再读他的下一部作品，那么我们就会踏入一个新的世界。这种创作的多样性会使懒人感到惊骇，并使片面的教条主义者感到愤怒；但歌德的博学多才能吸引有高度修养的文化精英，他们能理解他并愿意追随他。"① 在歌德海纳百川的开放性思维的启迪下，青年学者安培决定从事"各民族文学的比较研究"。② 为了更好地了解德国文学，他于 1827 年 4 月前往魏玛并拜访了歌德。从 4 月 22 日到 5 月 16 日，安培一直待在魏玛，其间与歌德进行了多次交流。1827 年 5 月 4 日，歌德在家中宴请安培和施塔普费尔，他为德法两国的文学交流感到高兴，并称赞安培是一位摆脱了狭隘的民族偏见的"世界公民"。③ 世界公民安培没有辜负歌德的厚望，他周游世界，广泛研究各国文学，撰写了《诗史论》（1830）、《文学与旅游》（1833）和《文学史和文学论文集》（1867）等多部比较文学著作，并于 1833 年确立了"所有民族各门艺术和文学的比较史"的研究方向。④

歌德的跨越民族界限的世界文学构想和翻译作为国际文化交流的中介的思想对马克斯·科赫（Max Koch, 1855—1931）的比较文学史研究同样产生了巨大的启发作用。1886 年科赫在柏林创办了《比较文学史杂志》，他在该杂志的发刊词中将歌德的世界文学构想与比较文学的思维方式勾连在一起："近代和当代德国人所从事的翻译艺术应受到特别的重视。我们的伟大的翻译家们的杰作激活了歌德的世界文学观念，而世界文学研究就是比较文学史。"⑤ 科赫为他主编的另一本杂志《比较文学史研究》规定了下述内容：翻译艺术；文学形式和主题史以及影响研究；思想史；政治史与文学史之间的关系；文学与造型艺术和哲学之间的关系；等等。从这些研究课题中可以窥见歌德对他的启发。

在歌德的世界文学思想的感召下，匈牙利日耳曼学学者、比较文学学科的创始人之一梅茨尔（Hugo Meltzl von Lomnitz, 1846—1908）于 1877 年在克劳森堡创办了比较文学学科的第一本专业杂志《比较文学杂志》，并于 1879 年将该杂志更名为《世界比较文学年鉴》，其存在一直延续到 1887 年。梅茨尔将比较文学研究视作促进歌德心目中的世界文学的手段，他在

① Birte Carolin Sebastian, *Von Weimar nach Paris: die Goethe-Rezeption in der Zeitschrift "Le Globe"*. Köln: Böhlau Verlag, 2006, S. 87.

② Claude Pichois et A. M. Rousseau, *La littérature comparée*. Paris: Armand Colin, 1967, p. 16.

③ 艾克曼：《歌德谈话录》，洪天富译，第 267 页。

④ Harald Fricke（Hg.）, *Reallexikon der deutschen Literaturwissenschaft*. Bd. 2. Berlin: Walter de Gruyter, 2000, S. 315.

⑤ *Acta litteraria Academia Scientiarum Hungaricae*. Budapest: Akademiai Kiado, 1968, Tomus 10, pagina 235.

这本多语种杂志的发刊词中写道:"我们的比较文学现在还不是一门完善的学科……这门逐渐形成的未来学科的杂志的任务不仅在于确切地比较现存的资料,还要全面地充实这些资料……因此我们的杂志既是翻译艺术的杂志,也是歌德的世界文学杂志。"① 为了促进各民族文学的相互交流和相互借鉴,梅茨尔为这本杂志制定了两条基本原则:第一,必须促进翻译艺术,因为翻译艺术是各民族文化与文学相互交流的中介;第二,使用多种语言以体现世界各民族的平等和凸显各民族文学的特性。为此他刊发用各种语言撰写的专栏文章,并为一个原始文学文本配备有多种文字对照的译本,例如他在裴多菲的一首诗后面附上二十种语言的译本。为了保证这本杂志的专业性,梅茨尔组建了一个国际性的编委会。他主编的杂志持续了十一年之久,为比较文学这门新学科作出了开创性的贡献。在《回顾〈比较文学年鉴〉的头一个十年》(1887)一文中,梅茨尔委婉表达了他对科赫无视他的杂志的更早存在的不满,并再次向比较文学的远祖歌德表示敬意:"我的年鉴的办刊原则之一就是将歌德的世界文学构想与比较文学研究等同起来,而在年鉴面世之前,欧洲根本没有比较文学研究的杂志。"②

二 歌德草创了比较文学的基本类型

比较文学作为一门新学科诞生于 19 世纪下半叶,它是历史地比较研究各民族的文学现象之间的相互关系,文学与其他艺术门类以及其他意识形态的相互关系的学科,它具有跨民族、跨语言、跨学科界限的自觉的比较意识,具有开放的、宏观的视野。③ 歌德的"世界文学"构想包含了比较文学的萌芽,它具有明显的跨民族性、跨文化性和宏观性。在《卡莱尔的〈席勒传〉序言草稿》(1830)中,他强调了"普遍的世界文学"应对所有民族之间的相互关系进行宏观把握:"别人对我们说了些什么,这当然对我们极为重要,但对我们同样重要的,还有他们同其他人的关系,我们必须密切注视他们是如何对待其他民族的,如何对待法国人和意大利人的。因为只有这样,才能最终产生出普遍的世界文学;每个民族都要了解

---

① *Acta litteraria Academia Scientiarum Hurgaricae.* Budapest: Akademiai Kiado, 1968, Tomus 10, pagina 235.

② Ibid. , p. 236.

③ 陈惇、刘象愚:《比较文学概论》,北京师范大学出版社 2010 年版,第 14—18 页。

所有民族之间的关系（Verhältnisse aller gegen alle），这样每个民族在别的民族中才能既看到令人愉快的方面也看到令人反感的方面，既看到值得学习的方面也看到应当避免的方面。"①

在《格言与反思》中，歌德确立了影响研究这个基本类型，即比较研究当代不同民族的文学家艺术家之间的相互影响以及历史遗产对当代创作的影响："根本没有爱国主义艺术和爱国主义科学。科学和艺术像一切崇高而美好的事物一样属于全世界；科学和艺术只能通过所有在世的同时代人的普遍而自由的相互影响（Wechselwirkung）和对我们所熟悉的历史遗产的珍惜而得到促进。"②

在 1825 年 5 月 12 日和 1827 年 3 月 28 日与艾克曼的谈话中，歌德从渊源学的角度指出了莫里哀在风格和艺术手法（例如延缓法）上对他的影响："莫里哀确实伟大，你每读他一次都会重新感到惊讶。他独具风格，喜剧作品近乎于悲剧，写起来机智圆熟，没谁有勇气步其后尘……我每年都要重温几部莫里哀的剧作，就像我不时地取出以意大利大师为蓝本的铜版画来观赏一样。"③ 在揭示事实联系的同时，歌德总结出了一条指导影响研究的规律："关键总在于我们要学习的人必须符合我们的天性（unserer Natur gemäß sein）……一般说来，我们只向自己喜欢的人学习。"④ 也就是说，相同的个性和相似的审美趣味是产生和接受影响的前提。⑤ 在 1827 年 3 月 28 日的谈话中，歌德说他"热爱莫里哀，并且毕生都在向他学习"，因为他们俩具有相同的个性（可爱、有教养、有节制、爱交游）和相似的审美趣味——"优雅"。⑥

歌德还从放送者的角度探讨了他对同时代的外国作家所产生的事实影响。在 1826 年 11 月 8 日与艾克曼的谈话中，歌德介绍了拜伦《残废人的变形》（1824）一剧的渊源和流变："我再次读了他的《残废人的变形》……他笔下的魔鬼脱胎于我的靡非斯托，却并非模仿，而是地地道道的新的创造，一切都那么精练、卓异而俏皮……但是忧郁和消极挡住了他

---

① 歌德：《论文学艺术》，范大灿等译，第 379—380 页。

② Goethe-HA, Bd. 12, S. 487.

③ 艾克曼：《歌德谈话录》，杨武能译，第 91 页。

④ 同上书，第 90—91 页。

⑤ 杨武能：《三叶集》，第 441 页。

⑥ Johann Peter Eckermann, *Gespräche mit Goethe*. Berlin & Weimar: Aufbau-Verlag, 1982, S. 523.

的路。"① 在 1823 年 4 月 13 日与索勒的谈话中，歌德指出了他的诗剧《浮士德》对拜伦的诗剧《曼弗莱德》（1817）的事实影响："拜伦的《曼弗莱德》采纳了《浮士德》一剧的氛围（Stimmung）。"②

歌德提出的影响研究还包括媒介学（改编和翻译）。在《迪瓦尔的五幕历史剧〈塔索〉》（1827）一文中，歌德介绍了法国人对他的剧作《托尔夸托·塔索》（1790）和法国作家迪瓦尔（Alexandre Duval，1767—1842）的改编本《塔索》所作的比较研究："法国人承认，迪瓦尔的作品是歌德的《塔索》的仿作；只是关于原作与改编本的价值和关系，他们尚未取得完全一致的意见。"③

平行研究是对并无直接关系的不同民族文学在主题、题材、文类、形象和风格等方面的异同所作的研究。歌德是一位非教条主义者，他具有一颗"灵活的心灵"，④ 他尤其喜欢作这种摆脱了事实联系的、自由的平行研究。在 1824 年 4 月 14 日与艾克曼的谈话中，他从比较诗学的角度分析了德法英三国不同的民族文学风格："总的说来，哲学思辨妨碍了德国作家，给他们的风格注入了一种晦涩难解、宽泛散乱的特性……英国人通常都写得很好，他们是天生的演说家和注重现实的实践家。法国人在风格上也显出其普遍性格，他们爱好交际，说起话来从不忘记自己的听众，写文章力求明白易懂、有说服力，而且还要优美动人。"⑤ 在作了这番平行比较之后，歌德得出了一个具有真理意义的结论："风格乃是一位作家的内心的真实写照。"对民族文学而言，民族文学的风格乃是民族性格的表现：德国文学的晦涩缘于其爱好思辨的民族性格，英国文学的常识性源于其注重实际的民族性格，法国文学的明朗优美则源于其合群的民族性格。

这种灵活的平行研究在歌德的著述中比比皆是。在《通告》（1826）一文中，歌德从风格上比较了欧洲几个民族的民歌：塞尔维亚民歌"大气"，立陶宛民歌"秀美"，瑞典诗歌《弗里蒂奥萨迦》"庄严"。⑥ 在

---

① 艾克曼：《歌德谈话录》，杨武能译，第 105 页。
② Johann Peter Eckermann, *Gespräche mit Goethe.* Berlin & Weimar：Aufbau-Verlag, 1982, S. 457.
③ Goethe-WA, Abt. I, Bd. 41. 2, S. 260.
④ Goethe-HA, Bd. 12, S. 384.
⑤ 艾克曼：《歌德谈话录》，杨武能译，第 51 页。
⑥ Johann Wolfgang von Goethe, *Werke.* Bd. 7. Wiesbaden：Emil Vollmer Verlag, 1965, S. 372.

《塞尔维亚的诗歌》（1827）一文中，歌德从文类学角度作了归类：塞尔维亚民歌和法国小调（包括贝朗瑞创作的歌曲）皆属于"最轻浮的诗歌"。① 在《塞尔维亚民歌》（1825）一文中，歌德作了人物形象上的平行比较：古希腊半神赫拉克勒斯和波斯传说中的英雄鲁斯塔姆比较文明，而塞尔维亚民歌中的英雄马尔柯则"极其野蛮"。② 在同一篇文章中，歌德指出了下述两者在主题上的类同：塞尔维亚情歌描写"劳动后的休息，温情脉脉，多美啊！简直可以同圣经中的《雅歌》相媲美。"③

在《说不尽的莎士比亚》一文的第二部分《莎士比亚与古人和今人之比较》（1815）中，歌德首先对古希腊文学和当下的浪漫主义文学作了平行的对比："古典的，朴素的，异教的，英雄的，现实的，必然，应当（Sollen）；现代的，感伤的，基督教的，浪漫的，理想的，自由，愿望（Wollen）。"④ 从这种对比中他发现在古代文学中占统治地位的是"应当"，而在现代文学中居支配地位的则是"愿望"。然后他再拿莎士比亚和古人与今人"进行比较"，最后得出莎士比亚是一位结合了古典与浪漫的现代作家的结论："莎士比亚热情洋溢地将古与今结合起来……他竭力使愿望与应当达到平衡，二者进行强烈的抗争，然而最终总是愿望处于劣势。"⑤

接受研究是影响研究的进一步发展，其侧重点在于研究某一国家的作家作品被另一国家的广大读者（包括译者、作家、评论家和出版者）的接受情况。在接受研究领域，歌德提出了反映理论（Theorie der Spiegelung）。"反映"一词取自光学和生物学，它在光学上指镜面的反射性能；它在生物学上指有机体接受和回答客观事物影响的机能，这种机能在有机体的水平上表现为应激性，在人的水平上指客观事物作用于人的感官而引起的摹写，即人对外部世界的认识。歌德所使用的"反映"一词在自然科学中指自然研究者对自然现象及其规律的认识，在文学研究中则指读者对外国文学作品的理解和接受。他在《对外联系》（1828）一文中写道："如果每一种民族文学不通过外来影响而获得自我更新，

① Johann Wolfgang von Goethe, *Werke*. Bd. 7. Wiesbaden: Emil Vollmer Verlag, 1965, S. 373.
② 歌德:《论文学艺术》，范大灿等译，第 337 页。
③ 同上书，第 339 页。
④ 同上书，第 222 页。
⑤ 同上书，第 223—229 页。

那么它就会对自己感到厌倦。有哪位自然科学家不喜欢他通过反映
（Spiegelung）创造出来的奇迹？反映在伦理上意味着什么，每一位科学
家都有自觉或不自觉的亲身体验；一旦他注意到自己的能力，他就会理
解他在学识上的欠缺。"① 在文学研究和翻译研究中，歌德十分重视接受
者的能力和作用，他在《拜伦的〈唐璜〉》（1821）一文中写道："如果
一种错误的反映没有正确地再现出原物，那么它就会促使我们注意到镜
面（Spiegelfläche）本身，注意到镜面或多或少的、明显的缺陷。"② "镜
面"指的是接受者（读者和译者）的期待视野或前理解，即接受者现存
的知识结构（包括经验、知识、文学和文化素养、审美趣味等）。歌德
要求接受者不断完善自己的知识结构，在阅读和翻译时尽可能地使自己
的视界与原作的视界相吻合。

　　由于接受者的期待视野各不相同，因此他们对外国作家的理解和评价
也不相同。1827 年 3 月 28 日，歌德和艾克曼在一起谈论古希腊悲剧和 17
世纪欧洲戏剧，并提及奥古斯特·威廉·施莱格尔对莫里哀的恶评。歌德
认为施莱格尔人格卑劣，同情女权主义，思想方法过于片面，以浪漫主义
的艺术趣味排斥古典现实主义，这种人格和趣味导致了他对莫里哀的毁
谤："他感到莫里哀不合自己的胃口，所以不能忍受他。我经常阅读莫里
哀的《恨世者》，把它视为我最喜欢的剧本之一，可是施莱格尔却讨厌它。
他勉强对《伪君子》说了几句赞扬的话，可是他又马上贬低它，而且尽量
贬低它。莫里哀取笑某些有学问的妇女装腔作势，施莱格尔因此不肯原谅
他。"③ 歌德生性乐观，宽宏大度，既博学多才又练达世情，具有兼容并包
的、辩证的思维方式，能将古典的和浪漫的艺术趣味融为一体，秉性和趣
味上的相似使他能够理解和欣赏莫里哀喜剧的悲剧性和他的人物性格的多
面性。与施莱格尔相反，他对这位不拘一格的古典主义大师作出了高度评
价："我从青年时代起就知道并热爱莫里哀，并且毕生都在向他学习。我
坚持每年读几部他的剧本，以便经常和优秀作品打交道。这不仅因为我喜
爱他的完美的艺术处理，特别是因为这位诗人可爱的天性和有高度修养的
内心世界。"④

① Johann Wolfgang von Goethe, *Werke*. Bd. 7. Wiesbaden: Emil Vollmer Verlag, 1965, S. 546.
② Ebd. , S. 490.
③ 艾克曼：《歌德谈话录》，洪天富译，第 241 页。
④ 同上书，第 240 页。

歌德的接受研究既重视个体差异，也重视时代差异。他认为不同时代的读者对同一部作品的理解和解释是各异的，正是历史距离使古代作品对当代读者呈现出完全不同的面貌。他在《格言与反思》中写道："我们经常反复朗诵的、古人的各种格言有着完全不同于后人所乐于赋予的意义。"① 古人和今人之所以对同一部作品有不同的见解，是因为人类的认识水平和知识结构随着时代的变迁而发生了变化，历史的向前发展，造成了"知识的拓展"和知识结构的"重组"（Umordnung）。②

第四节　翻译实践与翻译理论

法国人开始研究和翻译我们的作家，他们做得对，因为他们在形式和主题方面都有局限，他们没有别的法子，只能向外寻找借鉴。就算可以指责我们缺少完美的形式，我们在题材方面却胜过法国人。科策布和伊夫兰德的题材如此丰富，够他们采撷好一阵子的啰。特别是我们的哲学理想更受到他们欢迎，因为每一种理想都可以服务于革命的目的。③

本节题记引自1824年11月24日歌德和艾克曼关于法国人对德国文学的接受的谈话。歌德当时已获悉了法国人对德国文学的接受的具体事件：塞韦林和施塔普费尔等人对歌德作品的翻译以及斯塔尔夫人和《地球》杂志对德国文学的评介。歌德称赞法国人通过翻译对德国文学的形式、主题、题材和哲学理想的采纳和借鉴。文学翻译是各民族文学相互交流和相互借鉴的主要渠道之一，这种借鉴不是单方面的，而是互利互惠的。1828年6月15日，歌德在致英国作家和翻译家卡莱尔的信中明确指出了文学翻译作用的双向性："翻译家不光为自己的民族工作，对那个他从其语言移译来作品的民族亦然。"④ 卡莱尔是歌德和席勒专家，他翻译了歌德的《威廉·迈斯特的学习年代》（1824）、《威廉·迈斯特的漫游年代》（1828）和选本《德国的浪漫作品》（1827），撰写了论文《德国文学现

① 杨武能、刘硕良主编：《歌德文集》第12卷，第333页。
② Goethe-HA, Bd. 12, S. 424.
③ 艾克曼：《歌德谈话录》，杨武能译，第60页。
④ Goethe-WA, Abt. IV, Bd. 45, S. 140.

状》（1827）和《歌德》（1828），并著有《席勒传》（1825）。在 1828 年
10 月 11 日与艾克曼的谈话中，歌德指出卡莱尔通过对德国文学作品的翻
译实现了英德两国文化交流的双赢：他对德国文学的译介既提高了不列颠
民族的文化，又传播了德国文学。①

翻译文学是歌德的世界文学构想的一个重要支柱，他认为翻译家在国
际文学交往中发挥了一个"中介者"② 的作用，他不仅重视外国人对德国
文学的译介，而且要求德国人通过翻译吸纳外国文学的精华，对外国文学
采取批判性和创造性的拿来主义的态度："真正具有绝对独创性的民族是
极为稀少的，尤其是现代民族，更是绝无仅有。如果想到这一点，那么德
国人根据自己的情况从外国获取文化素养，特别是吸取外国人的诗的意蕴
和形式，就用不着感到羞耻。不过，外来的财富必须变成我们自己的财
产。要用纯粹是自己的东西，来吸收已经被掌握的东西，也就是说，要通
过翻译或内在的消化使之成为我们的东西。"③

一 歌德的翻译实践

少年歌德曾在私人教师沙德（Johann Peter Christoph Schade，1734—
1798）和阿尔布莱希特博士（Doktor Johann Georg Albrecht，1694—
1770）等人那里学习外语和各门文化知识，他熟练掌握的外语主要包括
英语、法语、意大利语、拉丁语和古希腊语。出于对外国文学的兴趣和
吸收外来营养的目的，歌德从青年时期就开始从事翻译工作。歌德的文
学翻译和他自身的文学创作与思想发展紧密相联，他的文学翻译大致分
为四个时期。青年和壮年时期（1768—1793）是歌德的文学创作的起步
和上升阶段，其文学翻译服务于练习和学习的目的，大多数译文在他生
前均未发表。这一时期歌德完成的译本有：高乃依的喜剧《说谎者》
（1768）、莪相作品片断《塞尔玛之歌》（1773）、品达的《第五首奥林
匹亚颂歌》（1775）、圣·哲罗姆通俗拉丁文本《圣经》中的《雅歌》
（1775）、拉辛的悲剧《阿达莉》中的合唱（1789）、荷马史诗《奥德
赛》和《伊里亚特》片断（1793），其中莪相作品片断已融入到他的书

---

① 艾克曼：《歌德谈话录》，杨武能译，第 193 页。
② Goethe-WA，Abt. IV，Bd. 35，S. 25.
③ 歌德：《论文学艺术》，范大灿等译，第 180 页。

信体小说《少年维特的烦恼》中。

古典文学时期（1794—1805）是歌德的文学和文艺理论翻译的高潮期，所有的译本都是在和席勒进行思想交流的语境中产生的，他所翻译的戏剧主要用于演出，小说用于出版，文论用于文艺理论研究。这一时期歌德完成的译本有：斯塔尔夫人的《论文学作品》（1795）、莎士比亚的悲剧《哈姆莱特》片断（1796）、切利尼的《自传》（1799）、狄德罗的《画论》（1799）、伏尔泰的五幕悲剧《穆罕默德》（1799）和《唐克雷德》（1801）、泰伦斯的喜剧《阉奴》片断（1803）和狄德罗的对话体小说《拉摩的侄儿》（1805）。所有的译本皆服务于歌德和席勒的古典文学纲领。

1806—1819 年的翻译主要诞生于歌德的自然科学研究和艺术批评的语境，他所节译的狄奥弗拉图斯的《植物志》和保萨尼阿斯的《希腊记事》被收入他自己的自然科学著作中，斐洛斯特拉图斯的艺术批评则收入他自己的长文《斐洛斯特拉图斯的画论》（1818）中。这一时期歌德所完成的文学译本有：卡尔德隆的剧本《人生如梦》片断（1812）和马图林的诗体悲剧《伯特伦》片断（1817）。在自然科学研究的语境下，文学翻译显然处于次要地位。

1820—1832 年的文学翻译大多发表在歌德本人主编的杂志《论艺术与古代》上，它们皆服务于歌德的世界文学构想。这一时期完成的译本有曼佐尼的悲剧《卡马尼奥拉伯爵》片断（1820）、拜伦的诗剧《曼弗雷德》片断（1822）、索福克勒斯的悲剧《俄狄浦斯王》片断（1822）、曼佐尼的颂歌《五月五日》（1823）和悲剧《阿德尔齐》片断（1825）以及欧里庇得斯的悲剧《酒神的伴侣》片断（1826）。

歌德的文学翻译在总体上属于归化式翻译，即他本人所说的"平实的散文式翻译"和"戏仿式翻译"；他的译诗《五月五日》则属于异化式翻译，这种译法更新和扩展了德语的表达能力。歌德对外国文学采取了拿来主义的态度，即批判地、创造性地吸收外国文学的形式因素和内在意蕴，他的具体做法有翻译、改编和化用。歌德和歌德时代（1750—1850）的翻译文学对德国文学语言的塑造和改造作出了巨大贡献，它已成为德国文学不可分割的一个组成部分。1982 年德国文学文献馆在马尔巴赫举办了一场歌德时代的翻译文学展览，展出了德国翻译家大量的手稿、书信、图片、书评、相关书刊和实物，展览结束后特加尔特（Reinhard Tgahrt）等人将展品目录编成了 712 页的巨著《世界文学——歌德世纪的翻译热》。①

歌德翻译狄德罗的对话体小说《拉摩的侄儿》实乃文学翻译史上的一件趣事。这部对话体小说有一段奇怪的流传史和接受史。狄德罗从 1762 年开始创作长篇小说《拉摩的侄儿》，该小说几经增改于 1774 年完稿。因该小说含有人身攻击的内容，故狄德罗生前未将它发表。1784 年狄德罗去世后，《拉摩的侄儿》原稿的一个副本流传到了圣彼得堡，这个副本经过德国作家克林格尔和魏玛宫廷总管沃尔措根之手传给了席勒。席勒说服了莱比锡出版商葛申出版此书，并委托歌德将它译成德文。歌德从 1804 年 11 月开始翻译，1805 年 1 月完成译本，4 月完成注释。1805 年 5 月，附有注释的歌德德文译本《拉摩的侄儿·狄德罗的对话体小说》由莱比锡的葛申出版社出版，这是该小说的首版，但它是以歌德的德文面世。1821 年法国人索尔（Joseph-Henri de Saur）和圣热尼（Léonce de Saint-Geniès）将歌德的译本回译成法文，并谎称歌德所依据的副本是狄德罗的原稿。1823 年法国人布里埃依据另一个副本在巴黎公开出版了这部小说，他写信给歌德询问歌德的版本的真伪。歌德在回信中肯定了索尔和圣热尼对德法文学交流的贡献，因为他们将歌德的研究成果《为〈拉摩的侄儿〉加的注释》译成了法文，但是他批评这两个法国人撒了谎。歌德所依据的副本于 1805 年底被送回了圣彼得堡，此后便失传了。1891 年法国人蒙瓦尔（Georges Monval）发现了狄德罗的原稿，最终解决了该小说的版本问题。

狄德罗的这篇对话体小说具有各种不同的语域（Sprachregister），整篇小说因人物和情境的不同而显现出不同的语言风格，这种风格的细微变化增加了翻译的难度。歌德采取了归化式译法，他用自然朴素的德语对这部小说进行了意译，尽管他的译本在某些方面不够精确（例如对法语成语的误译），但歌德译笔的平实和流畅最终使它成为翻译文学的名作之一。②

二　翻译文学是世界文学的重要支柱

翻译文学是歌德的世界文学构想的重要组成部分，因为翻译是语言和信息的转换，它体现了两种语言、两种民族文学和两种民族文化的相互影响，它是国际性的文学交往的一个重要手段。翻译家在国际性的文学交往

---

① 杨武能：《三叶集》，第 334 页。
② Goethe-HA, Bd. 3, S. 512 – 513.

和文化交流中扮演的是一个中介者角色，为此歌德采用了国际贸易术语来形象地说明翻译的中介作用："谁要是懂得并研究德语，谁就会觉得，他身居这样一个市场，在那里所有的民族都在推销自己的商品，他自己充当翻译，借此丰富自己的学识。因此应当这样来看待翻译家，他是作为这种普遍的精神贸易的中介者（Vermittler）而尽心尽力的，他把促进交换当作他的任务。尽管人们可以说，翻译有这样那样的不足之处，但是现在和将来它都是普遍的国际交往（Weltverkehr）中最重要和最有价值的工作之一。"① 这段引语出自歌德的文章《德国的浪漫作品》，歌德在该文中赞扬了翻译家卡莱尔为英德两国文学交流所作出的巨大贡献：一方面他在英国传播了"德国的诗意文学"，另一方面他又丰富了自己的精神素养和英国的文化，促进了两个民族的相互理解和"相互承认"。②

　　在《德国的浪漫作品》一文中，歌德还把翻译家视作民族的先知："《古兰经》说：'上帝赐给每个民族一个能运用自己的民族语言的先知。'因此每个翻译家都是他的民族的先知（Prophet）。"③ 换言之，翻译家是新思想和新语言的引进者和首倡者。翻译对民族语言和民族文学的影响是巨大的，马丁·路德从希伯来文和古希腊文翻译的通俗易懂的全本德文《圣经》（1534）促成了德国民族语言的统一，奠定了德国文学语言的基础；维兰德翻译的八卷本《莎士比亚戏剧集》（1762—1766）则使当时的德国青年作家意识到了天才的"自由"、"自然"和"无比伟大"，④ 从而在一定程度上引发了针对德国启蒙运动和法国古典主义的文学革命——狂飙突进运动。

　　在《阿雷曼方言诗》（1805）一文中，歌德提到了语内翻译和语际翻译，他特别强调了语际翻译对于本民族具有走向文明和提升文明程度的巨大作用："将外国作品翻译成自己民族的语言，这是自己民族迈向文明的重要一步（Hauptschritt zur Kultur）。"⑤ 歌德的观点是一种有事实依据的真知灼见：路德翻译的通俗易懂的《圣经》在德国人民中普及了基督教文化，从整体上提升了德意志民族的文明程度；歌德翻译的切利尼和狄德

① 歌德：《论文学艺术》，范大灿等译，第 367 页。
② 同上书，第 366—367 页。
③ 同上书，第 367 页。
④ 同上书，第 4 页。
⑤ 同上书，第 157 页。

罗，福斯翻译的荷马史诗，维兰德翻译的西塞罗、贺拉斯和琉善，维兰德、埃申堡（Johann Joachim Eschenburg, 1743—1820）和奥古斯特·威廉·施莱格尔翻译的莎士比亚，施莱格尔翻译的卡尔德隆，福尔斯特翻译的《沙恭达罗》，威廉·封·洪堡翻译的《薄伽梵歌》，哈默尔翻译的《哈菲兹诗集》和《一千零一夜》，恩格尔哈特（Christian Moritz Engelhardt, 1775—1858）翻译的元杂剧《老生儿》，等等，歌德时代的翻译文学改造了德国的文学语言，拓展了德意志民族的世界视野，大大提升了德国文学的地位。在《纪念兄长维兰德》（1813）一文中，歌德高度评价了维兰德的莎士比亚译本的文化史意义："维兰德进行自由的翻译，他把握住了作者的思想……这样他就使德意志民族能普遍地理解另一个民族的杰作，并使他的时代认识到逝去世纪的高度文化。"①

三 语文学的翻译理论

歌德具有丰富的翻译实践经验，并且非常熟悉歌德时代的德国作家和翻译家的文学翻译，为了解决翻译中出现的棘手问题和评判他的作品的外文译本的质量，他对自己和他人的翻译实践作出了理论上的概括，从而建立了一套语文学的翻译理论体系。

歌德的翻译理论在总体上是一种模仿说：文学文本是对现实生活的创造性再现，译入语文本则是对原语文本的忠实模仿。在 1829 年 4 月 8 日与艾克曼的谈话中，歌德以临摹油画来说明译本和原本之间的关系："这些素描有的地方技法欠纯熟，不过看得出来，临摹这些油画的人对它们的感觉细腻而且正确，把这一感觉移植进了素描，就在内心忠实地再现了原作……在翻译方面也可以举出类似的例子。例如福斯肯定很成功地移译了荷马；可是不妨设想还有一个人，他对原著的感觉更单纯、更真切，尽管总的看来他不是福斯那样一位大翻译家，却也能够再现（wiedergeben）原著的精神。"② 歌德在此提出了文学翻译的一个标准——"忠实"（treu）：译本必须忠实地再现原本。关于忠实，歌德更看重的是神似。在 1823 年 4 月 1 日与索勒的谈话中，歌德直接运用了"模仿"（nachahmen）一词，他以自己的译著《拉摩的侄儿》为例，来说明忠实的翻译是对原著风格的模

---

① Johann Wolfgang von Goethe, *Werke*. Bd. 7. Wiesbaden: Emil Vollmer Verlag, 1965, S. 159.
② 艾克曼：《歌德谈话录》，杨武能译，第 232 页。

仿。以下是索勒的转述："许多德国人都认为，狄德罗的原著根本不存在，歌德的译本是他自己编造出来的。但歌德向我保证了他的译本的可信性，他说他根本不可能抛开原著去模仿狄德罗风趣的描述和风格（Schreibart），由他译成德语的《拉摩的侄儿》是一个非常忠实的译本。"①

在《格言与反思》中，歌德谈到了漂亮而不忠实的翻译："翻译家可以视为职业媒人，他们把一个半遮半掩的美人夸得可爱之极，使我们对原著生出按捺不住的兴趣。"② 这种美化的翻译可以诱导读者去学外语和读原著，直接接触外国文学和外国文化。③ 从"诱"的积极意义来看，歌德支持这种过度的翻译，杨武能教授将这种创造性的翻译称作"雅译"。④

在《〈西东合集〉的注释与论文》的正文之前，歌德写了一首箴言诗："若想了解文学创作，/必须进入文学王国；/若想理解某位诗人，/必须深入他的祖国。"⑤ 在此歌德提出了从事文学翻译的前提条件：译者必须懂文学，最好有创作才能；必须会外语，必须了解外国的文化和风土人情，最好还要了解外国作家的生平和思想。

歌德还指出了译文获得高质量的前提：译者和作者志趣相合，两者有相似的个性和相同的审美趣味，译本才有可能达到高质量。歌德在评论维兰德翻译的《琉善全集》时指出译本较高的审美价值主要源于译者和作者在精神气质上的相似："我们的朋友通过细致的准备性工作，深入到哲学和享受生活的领域……于是诞生了德语的琉善，德语译者之所以能生动地再现希腊语的琉善，是因为作者和译者是真正的同类，他们思想相似，志趣相合。"⑥

歌德在翻译中遇到的最大难题就是不可译性。1823 年 12 月 30 日，索勒记载了他与歌德的下述谈话："随后我们谈到了翻译，歌德告诉我，他感到很难用德语诗句再现英语诗歌。他说道：当我们用德语的多音节词或

---

① Johann Wolfgang von Eckermann, *Gespräche mit Goethe.* Berlin & Weimer: Aufbau-Verlag, 1982, S. 456.

② Goethe-HA, Bd. 12, S. 499.

③ 杨武能：《三叶集》，第 316 页。

④ 同上书，第 327 页。

⑤ Johann Wolfgang von Goethe, *Werke.* Bd. 1. Wiesbaden: Emil Vollmer Verlag, 1965, S. 1109.

⑥ Johann Wolfgang von Goethe, *Werke.* Bd. 7. Wiesbaden: Emil Vollmer Verlag, 1965, S. 160.

复合词来翻译英国人有力的单音节词时，那简直是自费力气，并且毫无效果。"① 不可译性是由语言和文化差异造成的，语言不可译产生的原因在于译入语没有与原语文本相对应的语言形式，文化不可译产生的原因则在于与原语文本功能相关的语境在译入语文化中根本不存在。② 歌德将翻译纳入到个人或民族的学习过程和"教育过程"③ 之中，他认为一个民族的学习过程是没有终结的和逐步完善的，不可译问题可以在一个民族不断发展的教育过程中，在各民族不断深化的相互交流和相互理解的过程中逐步得到解决。他要求译者尊重外语文本的不可译性，因为不可译性恰恰凸显了这种语言与文化的个性和价值："作翻译的时候必然会遇到不可译的情况；然而正是到了这个节骨眼儿，你才会真正见识到别的民族、别的语言。"④

作为"世界文学"的首倡者之一，歌德非常重视普通读者对译本的接受。为了更好地实现翻译在"普遍的国际交往"中的中介作用，他要求译者用文献资料来支持译本，即对译本的内容进行必要的注释、解释和评论，以使读者更好地理解外国文学作品。作为翻译家的歌德以身作则，做了大量有助于读者接受的评注工作，例如他为《画论》的译本撰写了一篇解释性和评论性的论文《评狄德罗的〈画论〉》（1799），对译作《拉摩的侄儿》中出现的人物和事物添加了《注释》（1805），为自己的、与波斯文学紧密相关的诗集《西东合集》撰写了东方学论文《〈西东合集〉的注释与论文》（1819）。

在歌德的翻译活动的高潮期（1794—1805）过去了之后，他从语言、文学、历史和文化史的角度对有影响的德国翻译家的译本进行了研究和理论概括，建立了他的语文学（Philologie）的翻译理论体系。在 1812 年 5 月 14 日完稿的《诗与真》第三部第十一卷中，歌德回顾了他的青年时代和他对维兰德和埃申堡的莎士比亚译本的接受，在文中他提出了外国文学名著的两种译法：散文化翻译（prosaische Übersetzung，即意译）和诗化翻译（poetische Übersetzung，即直译）。他赞成维兰德和埃申堡将间杂着诗体和散文体的莎士比亚戏剧全部译成散文的译法，并且建议德国翻译家将用

① Johann Peter Eckermann, *Gespräche mit Goethe.* Berlin & Weimar：Aufbau-Verlag, 1982, S. 462.

② 许钧、穆雷主编：《翻译学概论》，译林出版社 2009 年版，第 79 页。

③ Goethe-WA, Abt. I, Bd. 41. 2, S. 361.

④ Goethe-HA, Bd. 12, S. 499.

六音步诗行写成的荷马史诗译成散文体，因为朴实无华的散文体能更好地把握住原著的意蕴，并且更易于普通读者的接受，而诗体的音韵和华饰则会遮盖住原著深刻的思想内容。歌德认为质朴的散文体译本能产生适合于接受者的（adressantengerecht）良好效果，因此他支持马丁·路德和维兰德等人的散文化翻译："莎士比亚的散文译本，由维兰德先开其端，接着埃申堡也这样做。因为以散文译出，无论何人也易读好懂，所以流通很快，影响很大。我重视节奏和声韵，诗之所以成为诗，就靠着它们，但是，诗作中本来深切地影响我们的，实际上陶冶我们的，却是诗人的心血被译成散文之后而依然留下来的东西。散文化译法使原著纯粹的完美的内容保留了下来，而诗体只是一种魅惑人的外饰，当缺乏内容时，诗体的外饰常常会冒充内容，而有内容时外饰只会把它遮盖住。所以，我认为对于青年初期的教养而言，散文化翻译比诗化翻译更有效……路德是一位卓越的翻译家，他把《圣经》中所包含的各种不同的文体，它的诗的、历史的、命令的、教训的语调，合一炉而冶之，用我们的母语译出来，他的平实的译法比起刻意模仿原著的种种特色的译法，更有助于宗教思想的传播。"①

在《纪念兄长维兰德》（1813）一文中，歌德提出了两种翻译类型——归化式翻译和异化式翻译："有两种翻译原则：一种要求把外国作家拿到我们这里来，尽量同化他，以使我们能够视他为自己人；另一种原则则相反，它要求我们走到外国作家那边去，去适应他的状态、言语方式和各种特性。这两种类型都有其值得仿效的范例，它们各自的优点已为所有的文化人所熟知。"② 归化式翻译的目的在于征服原语文化，它试图从内容到形式将原语文本完全本地化，从而使译本读起来酷似用本国语言创作的作品，这种同化的译本更易于本国读者的接受；异化式翻译的目的则在于凸显原语文化的异质性（Fremdheit），它试图从内容到形式将原语文本原封不动地搬入译入语，从而使译本读起来更有异国风味，这种异化的译本在可读性上较差，但是它的新异的元素可以激活本民族僵化的文学语言。③ 歌德认为这两种翻译类型各有所长，他们的地位是平等的。

---

① 歌德：《诗与真》下册，刘思慕译，载《歌德文集》（5），第513—514页。
② Johann Wolfgang von Goethe, *Werke*. Bd. 7. Wiesbaden：Emil Vollmer Verlag, 1965, S. 161.
③ 许钧、穆雷主编：《翻译学概论》，第12—14页。

作家型翻译家维兰德采用的是自由的翻译,他灵活地穿梭于这两种类型之间,在没有把握的情况下他总是采用归化式翻译:"我们的朋友维兰德在翻译时走的是一条中间道路,他力图将这两种原则结合起来,但他是一位有感觉有趣味的人,在没有把握的情况下他更喜欢运用第一种原则。他深信,赋予译本以生命的不是词,而是意义……因此他让他的作者以我们所熟悉的方式,以近似于我们的思维方式和感觉方式来说话。"①

在《〈西东合集〉的注释与论文》中,歌德为他的翻译研究专门写了一节《翻译》。歌德进行了细化,将翻译类型从两种扩展为三种,并且他的翻译观也发生了转变。这三种类型是"平实的散文式翻译"(schlicht-prosaische Übersetzung)、"戏仿式翻译"(parodistische Übersetzung)和"对等的翻译"(identifizierende Übersetzung),它们既是三种不同的翻译方法,又是翻译文学发展史上三个逐渐上升的阶段。平实的散文式翻译就是以路德为代表的通俗化翻译,它以浅显易懂的散文体来夷平原作中的各种文体和艰深之处,从而使译本最适合于大众读者的接受。歌德写道:"有三种翻译。第一种用我们自己的思维方式使我们熟悉外国;平实的散文式翻译是同化的最佳方式。由于散文体完全取消了任何一种诗艺术的所有特性,它把热情的诗意降低到了普遍人的水平,因此它为大众的启蒙作出了最大的贡献。"②

戏仿式翻译以法国文人和维兰德为代表,它用本国的语言形式和文化资源来复制和改造原作,从而使译作成为原作的"替代品"(Surrogat),即译作和原作在性质上相似:"接着是第二个阶段,翻译家虽然进入到了外国的情境之中,但他的本意是要把外国的思想化为己有,因此他竭力用自己的思维方式来再现原作。在最纯粹的词义上我把这个阶段称作戏仿式翻译。采用这种做法的人大多都是一些才子。法国人在翻译文学作品时使用的就是这种方法;在德利尔的各种译本中可以找到这种译法的范例。法国人常使外国的词汇变得合乎自己的口味,他们也以同样的方式来处理外国人的思想情感和各种事物;对于任何一种外国的水果,他们都要找到一种本国土生土长的替代品。"③ 平实的散文式翻译和戏仿式翻译皆属于归化

---

① Johann Wolfgang von Goethe, *Werke*. Bd. 7. Wiesbaden: Emil Vollmer Verlag, 1965, S. 161.

② Johann Wolfgang von Goethe, *Werke*. Bd. 1. Wiesbaden: Emil Vollmer Verlag, 1965, S. 1229.

③ Ebd.

式翻译，两者的不同之处在于前者俗后者雅。

对等的翻译其实就是异化式翻译，其杰出的代表是福斯和哈默尔。它采用"逐行对译"（Interlinear-Version）的方法，逐字逐句逐行地直译，在形式和内容上最大限度地贴近原作，竭力保存原语文本的语言和文化特色，努力凸显他者的异质性，其结果是译作"取代"了原作，成为译入语中的一部创新之作，换言之，译作和原作在性质上相同。《西东合集》时期的歌德极力推崇对等的翻译："第三个时期可以称作最高的和最后的阶段，这一阶段的译者竭力使译本等同于原本，其结果就不是一个权宜地替代另一个，而是完全取代另一个。这种译法起初会遭到最大的抵抗；因为译者死抠原语文本，他或多或少地放弃了本民族的特性，于是产生了一个第三者，而受众必须逐渐培养自己的趣味才能接受它……努力等同于原文的翻译最终将接近逐行对译并使原文的理解变得极其容易……这样，外国的和本国的，熟悉的和陌生的便逐渐靠近，最终实现整个圆的衔接。"① 这种贴近原语的（ursprungssprachenah）"对等的翻译"其实就是韦努蒂（Lawrence Venuti，1953— ）所主张的"异化式翻译"（foreinizing method），今人韦努蒂在用词上（例如"抵抗"、"他者"和"异国情调"）②也与歌德惊人地相似，由此可见歌德的翻译思想的前瞻性。韦努蒂本人在谈到彰显原语文本异质性的异化翻译策略时引用了勒弗维尔翻译的这句歌德名言："严格忠实原文的译者或多或少放弃了自己民族的独创性，因此出现了第三种类型的文本，这就必须使大众的口味适合这种文本。"③ 歌德提倡对等的翻译是为了丰富本民族的文化和提升本民族文学的表现力，而韦努蒂主张异化翻译主要是为了抵抗欧美文化霸权，限制欧美文化的民族中心主义暴力，两者在目的上是不同的。

歌德认为"平实的散文式翻译"、"戏仿式翻译"和"对等的翻译"在某一历史时期可以同时并存，甚至在同一个译本中可以交叉使用。它们既是三种不同的翻译方法，也是翻译文学史上的三个发展阶段，其中"对等的翻译"是翻译艺术发展过程中的最高阶段，因为这种异化式翻译能拓展本民族的"世界视野"，更新国人的"思想和思维方式"，丰富陈旧的

---

① Johann Wolfgang von Goethe, *Werke*. Bd. 1. Wiesbaden：Emil Vollmer Verlag, 1965, S. 1230 – 1231.

② 徐钧、穆雷主编：《翻译学概论》，第 14 页。

③ 韦努蒂：《译者的隐形》，张景华等译，外语教学与研究出版社 2009 年版，第 111 页。

"母语",① 提升本民族的语言表达能力。歌德本人就从福斯翻译的《荷马史诗》中获益匪浅，他在自己的史诗《列那狐》、《赫尔曼与窦绿苔》和诗剧《浮士德》等作品中成功地运用了荷马的六音步诗体（Hexameter），从而丰富了德国文学语言的表现形式。

---

① Goethe-HA, Bd. 12, S. 506 – 509.

结　语

　　歌德是德国古典美学的代表人物之一。德国古典美学是近代西方美学的一座巅峰，它总结了此前的西方美学思想，综合了英国经验主义美学和德国理性主义美学，将美视作感性形式与理性观念的统一。与康德、谢林、黑格尔等从概念出发进行抽象思辨并建立庞大美学体系的哲学美学家不同，歌德是一位从文艺创作经验出发进行理论总结的、非体系的美学家。他的文艺美学思想散见于他遗留下来的浩繁的文献之中。本书从《歌德谈话录》中完备的美学基本概念出发，对歌德庞杂的美学思想从整体上进行了梳理，希望能像奋发有为的智者浮士德一样找到"智慧的最后结论"。①

　　歌德在生活实践和科学研究中形成的自发唯物主义和自发辩证法的世界观与带有自然主义色彩的泛神论自然观是他的文艺美学的思想基础，而古希腊罗马文艺则是他的审美理想的范型。歌德从青少年时期就开始接触古希腊罗马文化，并将它视作"更高的教育的基础"。② 旅居意大利时他深入研究古代文艺，确立了以客观、明晰、平衡、和谐、节制、严谨、具有普通性和理想性的古希腊罗马文艺为楷模并创造性地学习古人的古典文学理念。自发唯物主义和自然主义为他确立了文艺创作的"现实性"原则，他要求艺术家"依靠自然，研究自然，模仿自然"，③ 在细节上忠实于自然和自然规律，达到与自然现象相近似的"自然真实"；另一方面，他要求艺术家发挥精神的能动性，"懂得概括、象征和个性化"，对现实素材进行典型化或理想化的艺术处理，创造出作为美的现实和美的假象的"艺术真

---

① 歌德：《浮士德》，杨武能译，第528页。
② Goethe-HA, Bd. 12, S. 505.
③ 歌德：《论文学艺术》，范大灿等译，第49页。

实"。1827 年 1 月 18 日，歌德和艾克曼谈到了他的《中篇小说》的诗意，再次强调了他的文学创作的现实性（通过精确的细节描写而达到的自然真实）和对低级的现实进行精神性提升的理想追求："这篇小说的主旨，在于揭示用爱和虔诚，常常更容易制服狂野的、桀骜不驯的东西……这就是理想，这就是那朵花。而绝对现实的情节的展开就好似一簇簇绿叶，它们只为花而存在，只因为花而有些个意义。仅仅现实本身算得了什么呢？我们欣赏真实的描写，是的，真实的描写可以使我们对某些事物的认识更加清楚，但是对于我们的更高的天赋而言，真正的收获仅仅存在于由诗人心里产生的理想。"① 歌德的现实性（Realität）和理想性（Idealität）原则既来自他的世界观、自然观和人格论，也来自他对古希腊文艺的研究，旅居意大利时他已认识到了荷马史诗和古希腊文艺的客观的现实性以及古希腊悲剧和喜剧所具有的普遍性和理想性。因此，本书得出的初步结论就是：歌德的文艺美学是一种以古希腊罗马文艺为楷模的、主张在自然真实的基础上创造艺术真实的古典现实主义美学。

歌德的现实性和理想性原则与恩格斯关于现实主义的定义非常贴近。现实主义是 1830 年至 1880 年盛行于欧洲的文艺思潮，它按照忠实于现实的逼真原则来再现社会现实。恩格斯以现实主义大师巴尔扎克的创作为例，对现实主义作出了经典的定义："现实主义的意思是，除细节的真实外，还要真实地再现典型环境中的典型人物。"② 在《评狄德罗的〈画论〉》（1799）一文中，歌德明确提出了创造纯正"风格"的典型化手法："艺术家之所以有艺术天赋，就在于他懂得直观、把握，懂得概括、象征和个性化……艺术家借助这种方法才得以把握对象，限定对象并赋予它艺术存在的统一性和真实性。"③ 在 1827 年 4 月 18 日与艾克曼的谈话中，歌德再次提到了艺术创作的现实性原则："在细节方面，艺术家当然必须忠实而虔诚地模仿自然。"④

歌德讲究平衡的古典现实主义美学对 19 世纪下半叶的诗意现实主义（poetischer Realismus）美学产生了巨大影响。这个流派的理论家、歌德学学者费希尔（F. T. Vischer，1807—1887）在其巨著《美学》中表达了调

① 艾克曼：《歌德谈话录》，杨武能译，第 125 页。
② 马克思、恩格斯：《马克思恩格斯选集》第四卷，第 683 页。
③ 歌德：《论文学艺术》，范大灿等译，第 138 页。
④ 艾克曼：《歌德谈话录》，杨武能译，第 147 页。

和主客观对立的思想：现实必须经过理想的过滤，而过滤的手段就是幽默。① 诗意现实主义一方面要求对生活进行客观把握，另一方面又要求调和理想和现实的对立，其目的是创造一个被想象力提升了的现实，"一个位于事物的客观真实和精神所置入的规律之间的世界"。② 诗意现实主义流派接受了歌德的现实性和理想性原则，但是清除了歌德的古典现实主义美学的批判性和解放性因素。正是由于歌德认为艺术来源于现实生活，艺术的使命是"把现实转化为诗"，③ 而歌德的文学创作（尤其是他的长篇小说）又再现了当时的社会现实，批判了贵族的特权和资产阶级的金钱欲，因此德国马克思主义文艺学家吉尔努斯（Wilhelm Girnus，1906—1985）将歌德称作德语文学中"最伟大的现实主义者"，并将歌德的美学称作"古典现实主义"美学。④

吉尔努斯概括性的结论没错，但他的立论有些失之偏颇，因为他忽视了歌德美学思想的发展过程，忘记了歌德调和的天性和兼容并蓄的开放性思维方式。吉尔努斯认为歌德对德国浪漫派在总体上采取了一种拒斥的态度，他说歌德厌恶浪漫派极端的"主观主义"、荒唐的"神秘主义"和不真实的"梦幻世界"，说歌德以古典文学"理想化的现实"来反对浪漫文学的"虚幻和怪诞"。⑤ 歌德的确批评了浪漫派纯粹从主观自我出发的创作方法，说过"古典是健康的，浪漫是病态的"⑥ 之类的话。但推崇古典趣味的歌德与德国浪漫派也有精神上的血缘关系，以歌德和赫尔德为代表的张扬天才的自我意识、内在情感和自由的想象力的狂飙突进运动乃是德国浪漫派的先驱。歌德的人格具有复杂的多面性，德国浪漫派丰富的幻想、深沉的情感、非理性的直觉和对自然、民间文学与童话的偏爱显示了双方在精神上的共通性，耶拿浪漫派的弗里德里希·施莱格尔和诺瓦利斯等人曾将歌德当作学习的榜样，蒂克则是歌德的终生好友。

晚年的歌德具有更加开阔的胸怀，他在理论和创作上均致力于古典与浪漫的融合。在《说不尽的莎士比亚》（1815）一文中，他将古典与浪漫

---

① Kurt Böttcher u. Hans Jürgen Geerdts, *Kurze Geschichtc der deutscher Literatur*. Berlin: Volk und Wissen, 1983, S. 452.

② Ebd. , S. 453.

③ Goethe-HA, Bd. 9, S. 588.

④ Girnus, S. 53

⑤ Ebd. , S. 86 – 90.

⑥ Goethe-HA, Bd. 12, S. 487.

作了一个平行的对比，指出在古代文学中是"应当"占优势，而在现代文学中是"愿望"占优势，他主张将古今的对立"统一起来"，并高度赞扬了莎士比亚对古典和浪漫所作的融合："莎士比亚热情洋溢地将古与今结合起来，在这一方面他是独一无二的。在他的剧作中，他竭力使愿望与应当达到平衡……对个人性格中愿望与应当的最初的伟大衔接没有谁比他描绘得更加出色了。"① 而歌德的诗剧《浮士德》第二部第三幕则是歌德本人融合古典与浪漫的成功范例。据此本书作出了"智慧的最后结论"：歌德的文艺美学是一种带有浪漫主义色彩的古典现实主义美学。

---

① 歌德：《论文学艺术》，范大灿等译，第 224 页。

参考文献

中文专著、译著和论文集

［苏］阿尼克斯特：《歌德与〈浮士德〉》，晨曦译，生活·读书·新知三联书店 1986 年版。

［美］艾布拉姆斯：《镜与灯》，郦稚牛等译，北京大学出版社 2004 年版。

［德］艾克曼：《歌德谈话录》，杨武能译，浙江文艺出版社 2004 年版。

［德］艾克曼：《歌德谈话录》，朱光潜译，人民文学出版社 1978 年版。

［德］艾克曼：《歌德谈话录》，洪天富译，译林出版社 2002 年版。

［德］爱克曼：《歌德谈话录》，吴象婴、潘岳、尚芸译，上海社会科学院出版社 2001 年版。

白居易：《白居易全集》，上海古籍出版社 1999 年版。

北京大学中文系文艺理论教研室编：《马克思恩格斯列宁斯大林论文艺》，人民文学出版社 1986 年版。

［英］鲍桑葵：《美学史》，张今译，商务印书馆 1985 年版。

［法］贝西埃：《诗学史》，史忠义译，百花文艺出版社 2002 年版。

［古希腊］柏拉图：《柏拉图文艺对话集》，朱光潜译，安徽教育出版社 2007 年版。

［古希腊］柏拉图：《柏拉图全集》第一卷，王晓朝译，人民出版社 2002 年版。

［古希腊］柏拉图：《苏格拉底的申辩》，吴飞译，华夏出版社 2007 年版。

［古希腊］柏拉图：《理想国》，郭斌和等译，商务印书馆 1986 年版。

曹俊峰等：《西方美学通史》第四卷《德国古典美学》，上海文艺出版社 1999 年版。

曹顺庆等：《比较文学论》，四川教育出版社 2005 年版。

曹顺庆主编：《世界文学发展比较史》，北京师范大学出版社 2001 年版。

〔德〕策勒尔:《古希腊哲学史纲》,翁绍军译,山东人民出版社 1992年版。

〔奥〕茨威格:《六大师》,黄明嘉译,漓江出版社 1998 年版。

〔奥〕茨威格:《与魔鬼作斗争》,徐畅译,西苑出版社 1998 年版。

陈中梅:《柏拉图诗学和艺术思想研究》,商务印书馆 1999 年版。

〔法〕丹纳:《艺术哲学》,傅雷译,人民文学出版社 1963 年版。

董问樵:《〈浮士德〉研究》,复旦大学出版社 1987 年版。

多人:《秋风怀故人——冯至百年诞辰纪念集》,人民文学出版社 2005年版。

范明生:《西方美学通史》第三卷《十七十八世纪美学》,上海文艺出版社 1999 年版。

冯至:《冯至全集》第八卷《论歌德 冯至学术论著自选集》,河北教育出版社 1999 年版。

〔奥〕弗洛伊德:《论创造力与无意识》,孙恺祥译,中国展望出版社 1986年版。

高中甫:《德国的伟大诗人——歌德》,北京出版社 1982 年版。

高中甫:《歌德接受史》,社会科学文献出版社 1993 年版。

〔德〕歌德:《浮士德》,杨武能译,广西师范大学出版社 2003 年版。

〔德〕歌德:《歌德文集》14 卷,杨武能、刘硕良主编,河北教育出版社 1999 年版。

〔德〕歌德:《歌德文集》10 卷,人民文学出版社 1999 年版。

〔德〕歌德:《论文学艺术》,范大灿、安书祉、黄燎宇等译,上海人民出版社 2005 年版。

〔德〕歌德:《意大利游记》,周正安等译,湖南文艺出版社 2006 年版。

〔德〕歌德:《歌德戏剧集》,钱春绮等译,人民文学出版社 1984 年版。

〔德〕歌德:《歌德的格言和感想集》,程代熙等译,中国社会科学出版社 1982 年版。

〔德〕歌德:《维廉·麦斯特的漫游年代》,关惠文译,人民文学出版社 1988 年版。

〔德〕歌德、席勒:《歌德、席勒文学书简》,张荣昌、张玉书译,安徽文艺出版社 1991 年版。

〔德〕歌德:《歌德名诗选》,钱春绮译,太白文艺出版社 1997 年版。

［德］汉·尤·格尔茨：《歌德传》，伊德等译，商务印书馆1997年版。

［德］海涅：《论德国宗教和哲学的历史》，海安译，商务印书馆1974年版。

［美］霍尔等：《荣格心理学入门》，冯川译，生活·读书·新知三联书店1987年版。

［俄］加比托娃：《德国浪漫哲学》，王念宁译，中央编译出版社2007年版。

蒋孔阳：《德国古典美学》，安徽教育出版社2008年版。

蒋凡等主编：《中国古代文论教程》，中华书局2005年版。

［德］康德：《判断力批判》，邓晓芒译，人民出版社2002年版。

［德］康德：《康德著作全集》第五卷，李秋零译，中国人民大学出版社2007年版。

刘勰：《文心雕龙》，龙必锟译注，贵州人民出版社1992年版。

［英］罗素：《西方哲学史》，商务印书馆1996年版。

马新国主编：《西方文论史》，高等教育出版社2002年版。

全增嘏主编：《西方哲学史》，上海人民出版社1983年版。

［瑞］荣格：《心理学与文学》，冯川译，生活·读书·新知三联书店1987年版。

［波］塔达基维奇：《西方美学概念史》，褚朔维译，学苑出版社1990年版。

［法］托多罗夫：《象征理论》，王国卿译，商务印书馆2004年版。

［德］温克尔曼：《希腊人的艺术》，邵大箴译，广西师范大学出版社2001年版。

［美］韦勒克：《近代文学批评史》（第1、2卷），杨自伍译，上海译文出版社2009年版。

吴琼：《西方美学史》，上海人民出版社2002年版。

伍蠡甫主编：《西方文论选》上卷，上海译文出版社1979。

伍蠡甫等：《欧洲文论简史》，人民文学出版社2004年版。

伍蠡甫、胡经之主编：《西方文艺理论名著选编》（上、中、下卷），北京大学出版社1985年版。

［奥地利］弗里德里希·希尔：《欧洲思想史》，赵复三译，广西师范大学出版社2007年版。

许钧、穆雷主编：《翻译学概论》，译林出版社 2009 年版。

[古希腊] 亚里士多德：《诗学》，陈中梅译，商务印书馆 1996 年版。

[古希腊] 亚里士多德：《亚里士多德全集》，第九卷，苗力田主编，中国人民大学出版社 1994 年版。

杨武能：《歌德与中国》，生活·读书·新知三联书店 1991 年版。

杨武能：《走近歌德》，河北教育出版社 1999 年版。

杨武能：《三叶集》，巴蜀书社 2005 年版。

杨武能：《德语文学大花园》，湖北教育出版社 2007 年版。

叶隽：《歌德思想之形成》，中央编译出版社 2010 年版。

叶朗：《美学原理》，北京大学出版社 2009 年版。

叶廷芳：《美的流动》，中国社会科学出版社 2000 年版。

叶廷芳：《遍寻缪斯》，商务印书馆 2004 年版。

余匡复：《德国文学史》，上海外语教育出版社 1991 年版。

章安祺编订：《缪灵珠美学译文集》第二卷（共四卷），中国人民大学出版社 1998 年版。

张鸿年：《波斯文学史》，昆仑出版社 2003 年版。

中国社会科学院外文所编：《冯至先生纪念文集》，社会科学文献出版社 1993 年版。

钟嵘：《诗品》，徐达译注，贵州人民出版社 1990 年版。

朱狄：《当代西方美学》，人民出版社 1984 年版。

朱光潜：《西方美学史》，人民文学出版社 1986 年版。

朱立元主编：《当代西方文艺理论》，华东师范大学出版社 2005 年版。

宗白华等：《三叶集》，安徽教育出版社 2006 年版。

德语专著

Arnold, Heinz Ludwig(Hg.), *Text + Kritik Sonderband Johann Wolfgang von Goethe.* München: Edition text + kritik in Richard Boorberg Verlag, 1982.

Barner, Wilfried(Hg.), *Unser Commercium. Goethe und Schillers Literaturpolitik.* Stuttgart: Cotta, 1984.

Baumgart, Wolfgang, *Südliche Beleuchtung. Der Träumer Eckermann.* In: *Euphorion.* 85(1991), H. 2, S. 111 – 124.

Benedetti, Gaetano (Hg.) , *Die Welt der Symbole.* Göttingen: Vandenhoeck, 1989.

Benjamin, Walter, *Gesammelte Schriften.* Bd. 2 Hg. v. Rolf Tiedemann u. Hermann Schwepphäuser. Frankfurt/M. : Suhrkamp, 1987.

Benz, Richard, *Goethe und die romantische Kunst.* München: P. Piper& Co. Verlag, 1940.

Berlin-Brandenburgische Akademie der Wissenschaften (Hg.) , *Goethe Wörterbuch.* Stuttgart: Kohlhammer, 1978 ff.

Boerner, Peter, *Johann Wolfgang von Goethe.* Reinbek bei Hamburg: Rowohlt Taschenbuch Verlag, 1999.

Borchmeyer, Dieter, *Weimarer Klassik. Portrait einer Epoche.* Weinheim: Beltz Athenäum, 1994.

Cassirer, Ernst, *Freiheit und Form. Studien zur deutschen Geistesgeschichte.* Darmstadt: Biblio Bazaar, 1991.

Conrady, Karl Otto, *Goethe. Leben und Werk.* München: Artemis & Winkler Verlag, 1994.

Eckermann, Johann Peter, *Gespräche mit Goethe in den letzten Jahren seines Lebens.* Berlin: Aufbau-Verlag, 1956.

Eckermann, Johann Peter, *Gespräche mit Goethe in den letzten Jahren seines Lebens.* Berlin und Weimar: Aufbau-Verlag, 1982.

Eckermann, Johann Peter, *Gespräche mit Goethe in den letzten Jahren seines Lebens.* Stuttgart: Philipp Reclam jun. , 1998.

Einem, Herbert von, *Goethe und Dürer. Goethes Kunstphilosophie.* Hamburg: Marion von Schröder Verlag, 1946.

Franz, Erich, *Mensch und Dämon. Goethes Faust als menschliche Tragödie, ironische Weltschau und religiöses Mysterienspiel.* Tübingen: M. Niemeyer, 1953.

Gelzer, Thomas, *Schöpferische Traditionen. Ausgewählte Schriften zur klassischen Philologie.* Basel: Schwabe Verlag, 2006.

Goethe, Johann Wolfgang von, *Goethes Werke.* Hamburger Ausgabe in 14 Bänden. Hg. v. Erich Trunz, München: Verlag C. H. Beck, 1978.

Goethe, Johann Wolfgang von, *Werke.* Herausgegeben im Auftrage der Großherzogin Sophie von Sachsen. Vier Abteilungen, 143 Bände. [Weimarer Ausgabe] Weimar: Böhlau, 1887 – 1919.

Goethe, Johann Wolfgang von, *Goethes Briefe an Frau von Stein*. 2 Bde. Hg. V. Julius Petersen, Leipzig: Insel-Verlag, 1923.

Goethe, Johann Wolfgang von, *Tagebücher*. Historisch-kritische Ausgabe. 10 Bde. Hg. V. Jochen Golz, Stuttgart: J. B. Metzler Verlag, 1998 ff.

Goethe u. Zelter, *Der Briefwechsel zwischen Goethe und Zelter*. 3 Bde. Hg. V. Max Hecker, Leipzig: Insel-Verlag, 1913 – 1918.

Glaser, Horst Albert (Hg.), *Goethe und die Natur*. Frankfurt/M. : Verlag Peter Lang, 1986.

Guenzler, Claus, *Das Teleologieproblem bei Kant und Goethe*. Diss. Freiburg, 1964.

Hegel, Georg Friedrich Wilhelm, *Ästheik*. Bd. 1 u. 2. Berlin & Weimar: Aufbau-Verlag, 1965.

Heise, Wolfgang, *Die Wirklichkeit des Möglichen. Dichtung und Ästhetik in Deutschland 1750—1850*. Berlin & Weimar: Aufbau-Verlag, 1990.

Herwig, Wolfgang (Hg.), *Goethes Gespräche*. 6 Bde. Zürich: Artemis, 1965 – 1987.

Houben, Heinrich Hubert, *Johann Peter Eckermann. Sein Leben für Goethe*. 2 Bde. Leipzig: Haessel, 1924 – 1928.

Jens, Walter, *Kindlers Neues Literatur Lexikon*. Bd. 5 u. 6. München: Kindler Verlag, 1989.

Jolles, Matthijs, *Goethes Kunstanschauung*. Bern: Francke Verlag, 1957.

Jurgensen, Manfred(Hg.), *Symbol als Idee. Studien zu Goethes Ästhetik*. Bern & München: Francke Verlag, 1968.

Kant, Immanuel, *Kants Werke. V Kritik der praktischen Vernunft. Kritik der Urteilskraft*. Akademie Textausgabe. Berlin: Walter de Guyter & Co. , 1968.

Koch, Manfred, *Weimaraner Weltbewohner. Zur Genese von Goethes Begriff " Weltliteratur"*. Tübingen: Max Niemeyer Verlag, 2002.

Kreutzer, Leo, *Mein Gott Goethe. Essays*. Reinbek bei Hamburg: Rowohlt, 1980.

Korff, Hermann August, *Geist der Goethezeit. II. Teil Klassik*. Leipzig: Koehler & Amelang, 1958.

Krings, Hermann (Hg.), *Handbuch philosophischer Grundbegriffe*. München: Kösel, 1973.

Krippendorff, Ekkehart, *Goethe. Politik gegen den Zeitgeist*. Frankfurt a. M. : Insel-

Verlag,1999.

Kristeller,Paul O. ,*Humanismus und Renaissance*. Bd. 2 München:Fink,1976.

Kuhn,Dorothea,*Typus und Metamorphose. Goethe-Studien*. Marbach/N. :Deutsche Schillergesellschaft,1988.

Lamping,Dieter,*Die Idee der Weltliteratur. Ein Konzept Goethes und seine Karriere*. Stuttgart:Kröner Verlag,2010.

Lichtenstern, Christina, *Die Wirkungsgeschichte der Metamorphosenlehre Goethes. Von Philipp Otto Runge bis Joseph Beuys*. Weinheim:VCH,1990.

Lindner,Herbert,*Das Problem des Spinozismus im Schaffen Goethes und Herders*. Weimar:Arion Verlag,1960.

Luhnmann,Niklas,*Die Ausdifferenzierung des Kunstsystems*. Bern:Benteli,1994.

Lukács,Georg,*Goethe und seine Zeit*. Berlin:Aufbau-Verlag,1953.

Mandelkow,Karl Robert, *Das Goethebild J. P. Eckermanns*. In:Gratulatio. Festschrift für Christian Wegner zum 70. Geburtstag. Hamburg:Christian Wegner Verlag,1963,S. 83 – 109.

Mandelkow, Karl Robert (Hg.) , *Goethes Briefe und Briefe an Goethe*. 6 Bde. München:dtv,1988.

Mayer,Hans,*Goethe. Ein Versuch über den Erfolg*. Frankfurt/M. :Suhrkamp Verlag,1992.

Albert Meier, *Goethe. Dichtung-Kunst-Natur*. Stuttgart:Philipp Reclam jun. , 2011.

Menzer,Paul, *Goethes Ästhetik*. In:Kantstudien. Ergänzungshefte. 72 (1957). Köln:Kölner Universitäts-Verlag,1957.

Muschg,Walter,*Goethes Glaube an das Dämonische*. Stuttgart:Metzler,1958.

Nahler,Edith,*Johann Peter Eckermann und Friedrich Wilhelm Riemer als Herausgeber von Goethes literarischem Nachlaß*. In:Karl-Heinz Hahn(Hg.) ,*Im Vorfeld der Literatur*. Weimar:Böhlau Verlag,1991.

Nietzsche,Friedrich,*Menschliches,Allzumenschliches I und II*. Ksa2. München & Berlin:Dtv/de Gruyter,1988.

Petersen, Julius, *Die Entstehung der Eckermannschen Gespräche und ihre Glaubwürdigkeit*. Frankfurt/M. :Diesterweg,1925.

Rodieck,Christoph,*Eckermann und die Folgen*. In:*Neophilogus*. 73 (1989). S.

327 – 338. Berlin: Springer Verlag GmbH, 1989.

Schaeder, Grete, *Gott und Welt. Drei Kapitel Goethescher Weltanschauung.* Hameln: F. Seifert, 1947.

Schärf, Christian, *Goethes Ästhetik. Eine Genealogie der Schrift.* Stuttgart & Weimar: Verlag J. B. Metzler, 1994.

Scheidig, Walther, *Goethes Preisaufgaben für bildende Künstler 1799—1805.* Weimar: Böhlaus Nachfolger, 1958.

Schiller u. Goethe, *Briefwechsel zwischen Schiller und Goethe.* Bd. 1 u. 2. Jena: Eugen Diederichs, 1910.

Schiller u. Goethe, *Der Briefwechsel zwischen Schiller und Goethe.* 3 Bde, Hg. V. Hans Gerhard Graef u. Albert Leitzmann, Leipzig: Insel Verlag, 1912.

Schmeling, Manfred (Hg.), *Weltliteratur heute.* Würzburg: Königshausen & Neumann, 1995.

Schmidt, Alfred, *Goethes herrlich leuchtende Natur. Philosophische Studie zur deutschen Spätaufklärung.* München & Wien: Hanser Verlag, 1984.

Schmidt, Jochen, *Die Geschichte des Geniegedankens in der deutschen Literatur, Philosophie und Politik 1750 – 1945.* 2 Bde. Darmstadt: Universitätsverlag Winter, 1985.

Schulze, Sabine (Hg.), *Goethe und die Kunst. Wissenschaftlicher Katalog der Ausstellung in der Kunsthalle Schirn.* Ostfildern-Ruit: Hatje Cantz Verlag, 1994.

Selbmann, Rolf, *Deutsche Klassik. Kulturkompakt.* Paderborn: Ferdinand Schöningh, 2005.

Sommerhäuser, Hanspeter, *Wie urteilt Goethe? Die ästhetischen Maßstäbe Goethes auf Grund seiner literarischen Rezensionen.* Frankfurt/M. : Haag + Herchen, 1985.

Spranger, Eduard, *Goethe. Seine geistige Welt.* Tübingen: Wunderlich, 1967.

Tewes, Friedrich (Hg.), *Goethes Faust am Hofe des Kaisers. In drei Akten für die bühne eingerichtet von J. P. Eckermann.* Berlin: G. Reimer, 1901.

Tewes, Friedrich (Hg.), *Aus Goethes Lebenskreise. J. P. Eckermanns Nachlaß.* Bd. 1. Berlin: G. Reimer, 1905.

Wachsmuth, Andreas B. , *Geeinte Zwienatur. Aufsätze zu Goethes naturwissenschaftlichem Denken.* Berlin & Weimar: Aufbau-Verlag, 1966.

Wertheim, Ursula, *Goethe-Studien.* Berlin & Weimar: Aufbau-Verlag, 1990.

Wiese, Benno von, *Das Dämonische in Goethes Weltbild und Dichtung.* Münster: Aschendorffsche Verlagsbuchhandlung, 1949.

Witte, Bernd u. a. (Hg.) , *Goethe Handbuch.* 4 Bde. Stuttgart & Weimar: Verlag J. B. Metzler, 2004.

Yang, Wuneng, *Goethe in China (1889 – 1999).* Frankfurt/M. : Peter Lang Verlag, 2000.

Zmegac, Viktor, *Tradition und Innovation.* Wien: Böhlau Verlag, 1993.